TOT AAN DE ZON EN TERUG

Van Jill Mansell is verschenen:

Solo
Open huis
Tophit
Kapers op de kust
Hals over kop
Geknipt voor Miranda
De boot gemist
Millies flirt
Niet storen!
Kiezen of delen
Gemengd dubbel
Geluk in het spel
De prins op het verkeerde paard
Schot in de roos
En de minnaar is...
Ondersteboven
Scherven brengen geluk
Eenmaal andermaal verliefd
Versier me dan
De smaak te pakken
Drie is te veel
Vlinders voor altijd
Huisje boompje feestje
Rozengeur en zonneschijn
Je bent geweldig
Lang leve de liefde
Ik zie je op het strand
Stuur me een berichtje
Ik wil met je mee!
Heerlijk duurt het langst
Tot aan de zon en terug

Jill Mansell

Tot aan de zon en terug

UITGEVERIJ LUITINGH-SIJTHOFF

Eerste druk, april 2021
Derde druk, mei 2021

Oorspronkelijke titel: *And Now You're Back*
Vertaling: Marja Borg
Omslagontwerp: Studio Marlies Visser
Omslagillustratie: Ingrid Bockting
Auteursfoto: Bonnita Postma
Opmaak binnenwerk: Crius Group, Hulshout

ISBN 978 90 245 9310 1
ISBN 978 90 245 9311 8 (e-book)
ISBN 978 90 245 9428 3 (luisterboek)
NUR 343

www.jillmansell.nl
www.lsamsterdam.nl
www.boekenwereld.com

Dit boek draag ik op aan mijn fantastische lezers.
Dank jullie voor het kopen – of lenen – van mijn boeken.
Ik hou van jullie! xxx

Elli
Comer Street
Prince of Wales
INN
Layla's flat
Wickham
-HOTEL-
BOURTON-ON-THE-WATER
PETROL

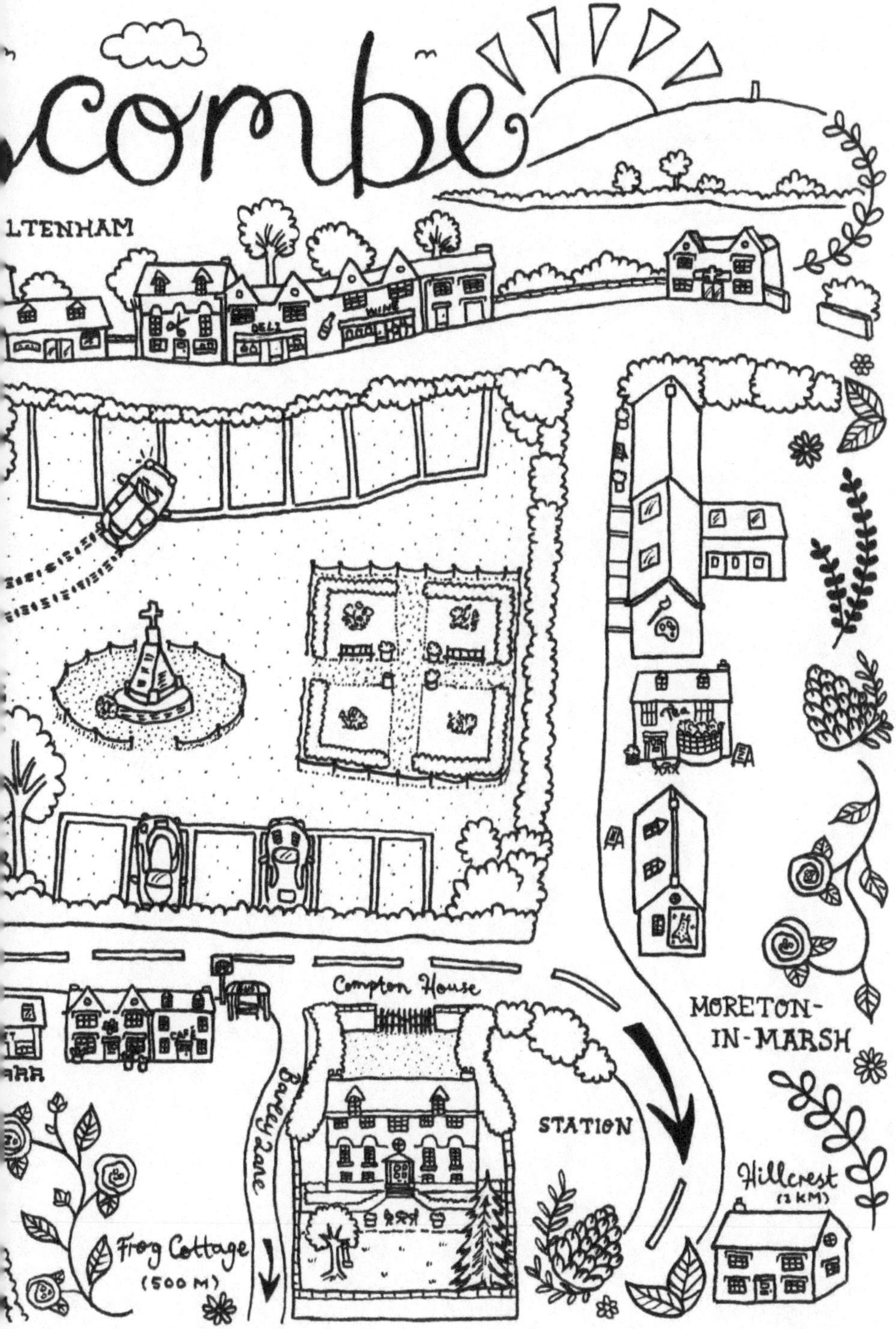
combe
LTENHAM
DELI
WINE
Tea
Café
Compton House
Barley Lane
STATION
MORETON-
IN-MARSH
Hillcrest
(1 KM)
Frog Cottage
(500 M)

1

'Mijn god, mijn oren.' In de gang voor hun hotelkamer schoot iemand in de lach. 'Wat is dat voor een verschrikkelijk geluid?'

Didi, met alleen een badhanddoek om zich heen geslagen, wierp een boze blik op de deur en riep verontwaardigd: 'Dat heet zingen.' Echt, nu waren ze in Venetië, een van de bijzonderste steden ter wereld, en dan was er nog een of andere grapjas die je uitlachte.

'Misschien noem jij het zingen,' merkte haar criticus op, 'maar anderen vinden het kattengejammer.'

Ze hoorden zijn voetstappen wegsterven toen hij de gammele trap op liep naar de kamer van de jongens op de bovenste verdieping.

'Shay Mason vindt zichzelf erg grappig,' zei Didi.

'Eerlijk gezegd zong je ook een beetje vals,' merkte Layla op.

Layla was altijd eerlijk, op het irritante af.

'Ik snap niet waarom je hem hebt meegevraagd. Hij zit niet eens bij ons op school.' Nou ja, ze kon het eigenlijk wel raden. Terwijl Layla zorgvuldig een tweede laag turquoise mascara aanbracht, keek Didi haar vriendin met opgetrokken wenkbrauwen aan in de verweerde antieke spiegel.

'Je hoeft me niet zo aan te kijken,' zei Layla. 'Hij is aardig voor me geweest, meer niet. Ik heb je toch verteld over die keer dat de andere jongens de draak met me staken en dat hij daar toen een eind aan heeft gemaakt? Ik val heus niet op hem.'

'Ook niet een heel klein beetje?'

'Nee!'

'Oké, ik geloof je, maar ik ben wel een van de weinigen.' Ze wierp haar een ondeugend lachje toe en zette de radio wat harder toen haar favoriete nummer van Elton John begon. 'Ik wilde het alleen maar even weten.' Met haar haarborstel als een microfoon voor haar mond zong ze hard en vals: *'I'm still standing, yeah yeah yeah!'*

'Hij kan je horen, hoor.' Layla wees naar het plafond.

'Dat is ook precies de bedoeling,' zei Didi.

Wat gebeurde er? Didi's ogen vlogen open; ze was ergens wakker van geworden. Ze draaide haar hoofd en zag op de wekker dat het tien over drie 's nachts was.

'Die garnalen niet op mijn voeten leggen,' mompelde Layla vanuit het andere bed.

Oké. Nu wist ze waarvan ze wakker was geworden.

'Stap nou maar gewoon in de wasmachine,' ging Layla verder. 'Je bent helemaal blauw.'

Didi glimlachte bij zichzelf. Het was altijd grappig om naar Layla te luisteren als ze in haar slaap praatte. Maar veel meer kwam er niet; na een geërgerd 'Niet de hondenkoekjes!' draaide Layla zich om naar de muur en begon weer zacht te snurken.

Didi, die inmiddels klaarwakker was, zag een spookachtig grijs licht en flakkerende bewegingen door de kier in het gordijn. Ze stapte uit bed en liep zachtjes naar het raam. Het was ongelofelijk, maar het sneeuwde, dikke vlokken die als donsveertjes uit een inktzwarte lucht naar beneden dwarrelden. Sneeuw in Venetië, in februari, tijdens hun krokusvakantie, wie had dat nu kunnen denken? Toen ze vier uur geleden naar bed waren gegaan, was het wel ijskoud geweest, maar hier had niemand op gerekend.

Ze drukte haar neus tegen het koude raam en keek van links naar rechts, zo veel mogelijk van het uitzicht opslurpend. Hoewel ze niet echt uitzicht had; Calle Ciati was een kronkelend steegje, donker en stil. Morgenvroeg zou ze veel meer kunnen zien vanaf de voorkant van het hotel, dat uitkeek op het kanaal.

Venetië. In de sneeuw. Maar wat als die morgen weer was verdwenen?

Layla was diep in slaap. Hoewel ze niet meer snurkte, maakten haar lippen een zacht *pff*-geluidje tijdens het uitademen. Ze was dol op slapen en vond het vreselijk om ook maar een minuutje te vroeg te worden gewekt.

Vijf minuten later, dik ingepakt en met haar gele muts in haar hand, sloop Didi de sierlijke trap af naar de verlaten hal en ging naar buiten. O wauw, het was echt prachtig. De sneeuw was al een paar centimeter dik en kraakte onder haar voeten, terwijl ze door de smalle steeg liep. Er waren haar al mensen voor geweest, hun voetafdrukken werden alweer bedolven onder de steeds sneller vallende sneeuw, maar ze zag niemand lopen. Toch voelde ze zich volkomen veilig, hoewel ze in het volgende straatje wel bij de glibberige randen van een smal kanaaltje weg probeerde te blijven.

En toen sloeg ze de laatste hoek om en strekte het weidse San Marcoplein zich voor haar uit. Haar hart maakte een sprongetje. Overdag was het al spectaculair, maar nu, spierwit en met de dwarrelende sneeuwvlokken, was het ronduit betoverend. De San Marco zelf, met zijn goudkleurige daken en de versierde torenhoge vlaggenmasten ervoor, leek op een verlichte bruidstaart. Rechts van haar stond een stel elkaar te kussen. Links zag ze iemand een sneeuwpop maken. Een paar andere mensen, ook door de sneeuw naar buiten gelokt, maakten foto's, en een vrouw in een enkellange jas van wit namaakbont stak met een teckel in haar armen schuin het plein over, langs de Campanile, waarna ze uit beeld verdween.

Didi stopte haar handen in de zakken van haar eigen veel minder glamoureuze jas, een parka die tot op haar knieën kwam, maar gelukkig wel warm en waterproof. Ze keek even van een afstandje naar de energieke sneeuwpopmaker en ging toen iets dichterbij staan. Opeens drong tot haar door wie het was.

O, fijn. Intuïtief draaide ze zich van hem af, terwijl ze probeerde te bedenken wat ze moest doen. Aan de ene kant was ze boos op Shay Mason omdat hij deze unieke ervaring voor haar verpestte, want tot een paar seconden geleden had ze heerlijk staan genieten van al het moois, en nu zou ze terug moeten naar het...

Pets! Vlak naast haar raakte een sneeuwbal de grond; hij rolde langs haar heen en loste toen op tot een poederachtige rook.

Ha, dus niet zo goed als hij dacht dat hij was. Triomfantelijk draaide ze zich weer om en zei: 'Mis!'

Op tien meter afstand van haar zei Shay Mason: 'Dat was ook de bedoeling.'

'Ja, vast.'

'Blijf staan,' beval hij, terwijl hij snel een nieuwe sneeuwbal maakte.

Didi deed wat hij zei, zich afvragend of hij tegen haar borstkas zou gooien. Als een snelle cricketwerper gooide hij de bal in haar richting. De eerste was op zo'n dertig centimeter links van haar neergekomen. Deze kwam op zo'n dertig centimeter rechts van haar terecht. Shay maakte een kleine buiging en zei toen grijnzend: 'Als ik je had willen raken, had ik dat gekund. Maar omdat ik een heer ben, heb ik dat niet gedaan.'

'Zo zul je nooit een sneeuwballengevecht winnen.' Onwillekeurig begon ze ook te lachen.

'*I'm a lover, not a fighter.*' Meteen schudde hij zijn hoofd. 'O, dat was een stomme opmerking. Maar echt, ik wil alleen maar deze sneeuwpop afmaken. Als je zin hebt, mag je wel helpen.'

'O, echt?'

Hij keek haar stralend aan. 'Je mag er zelfs bij zingen.'

'O, shit. Je kon het niet laten, hè?'

'Ik maakte maar een grapje, in het hotel.' Zijn grijns werd nog breder. 'Je hebt een stem als van een engel.'

'De stem van een engel die soms vals zingt. Het geeft niet, ik weet dat ik niet zo goed kan zingen. Maar ik vind het gewoon leuk om te doen.'

Met een schuin hoofd nam hij haar op. 'Ga je me nog helpen?'

'Ach, waarom ook niet.' Sneeuwvlokken vielen op zijn haar en wimpers en bleven op de schouders van zijn donkerblauwe donsjack liggen. 'Zo te zien kun je wel wat hulp van een expert gebruiken.'

Ze deden er een dik halfuur over, maar eindelijk was hun sneeuwpop af. Hij zag er schitterend uit: anderhalve meter hoog, met muntjes van vijf cent als ogen, een verloren gestreepte sjaal om zijn nek en een vrolijke lach van flessendoppen. Didi's gele muts maakte het plaatje compleet.

Een groepje Spaanse toeristen klapte voor hen en bood hun een slokje aan uit hun fles prosecco. Shay zag dat een van de mannen nog een fles ongeopende prosecco in zijn zak had en vroeg in gebroken Spaans of hij die van hem kon kopen. Hij gaf hem er een briefje van twintig euro voor.

Toen de Spanjaarden waren doorgelopen, pakten ze twee stoelen van het terras van een café achter hen en zetten ze bij hun kunstwerk. Terwijl de sneeuwvlokken bleven dwarrelen, haalde Shay de kurk van de fles en gaf hem aan Didi, die hun sneeuwpop daarmee van een neus voorzag. Daarna zaten ze naast elkaar te genieten van de mooie omgeving.

'Daar zitten we dan.' Shay hield zijn in elkaar gevlochten vingers voor zijn borst. 'Ik weet hoe je heet en ik weet waar je woont, maar dat is dan ook zo'n beetje alles. Vertel me eens wat leuks over jezelf. Iets fascinerends.'

Didi dacht even na. Ze woonden allebei in Elliscombe en zaten in hun eindexamenjaar, maar ze bewogen zich in heel andere kringen en hadden bijna nooit met elkaar te maken gehad. Layla en zij zaten op Stonebank Hall, een paar kilometer ten noorden van de stad, en hadden ouders die zich die school konden veroorloven, met daarbij ook nog dingen als buitenlandse vakanties. Shay Mason daarentegen zat op de openbare school aan de andere kant van de stad; zijn moeder was zes jaar geleden gestorven en zijn vader zat op het ogenblik in de gevangenis. Alweer.

Die feiten alleen al zouden mensen een verkeerd idee van Shay kunnen geven, maar Shay leek er niet mee te zitten, hij maakte altijd een zelfverzekerde indruk. Terwijl Didi dit dacht, besefte ze ineens dat zij blijkbaar meer over hem wist dan hij over haar, waarschijnlijk omdat zijn achtergrond interessanter was, en er veel over hem werd geroddeld. In de loop der jaren had Shay jeugdzorg ervan weten te overtuigen dat hij in de periodes dat zijn vader het er, op kosten van Hare Majesteit, van nam in de gevangenis, bij diverse vrienden kon logeren en later ook thuis voor zichzelf kon zorgen; daarbij deed hij goed zijn best op school en had hij ondertussen ook nog twee of drie bijbaantjes, 's avonds en in het weekend. Zijn kleren waren altijd schoon, net als hijzelf. Behalve dat hij overliep van zelfvertrouwen, was hij ook nog eens charmant en kon hij het met iedereen vinden. Hij was lang en mager, met het lichaam van een atleet. En natuurlijk kon het ook geen kwaad dat hij er onweerstaanbaar uitzag, iets wat hem heel wat bewonderaarsters opleverde.

Charisma, die ongrijpbare eigenschap. Mensen hadden het of niet. Met iemand anders met zo'n chaotische en weinig veelbelovende jeugd zou je al snel medelijden krijgen, maar niet met Shay Mason.

Hoe dan ook, hij had haar iets gevraagd. 'Ik kan een potlood oprapen met mijn blote tenen,' zei Didi.

'Handig.'

'Echt wel.'

'En kun je er dan ook mee schrijven?'

'Natuurlijk, maar niet nu. Jouw beurt. Wat is er fascinerend aan jou?'

Hij aarzelde geen moment. 'Ik kan een hele croissant in één keer in mijn mond stoppen.'

Ze knikte, diep onder de indruk. 'Ook handig.'

'Mag ik je nog iets vragen? Waarom heeft Layla me uitgenodigd om mee te gaan naar Venetië?'

Dit uitstapje was typisch iets van Layla's vader geweest. Hij had haar gevraagd wat ze met haar achttiende verjaardag wilde doen, en Layla had gezegd dat ze altijd nog een keertje naar Venetië wilde, in de veronderstelling dat het om een gezinsuitje ging. Maar haar vader had gezegd dat ze negen vrienden en vriendinnen mocht uitnodigen om samen met hen haar verjaardag in stijl te vieren, zodat ze die nooit meer zou vergeten. Om te voorkomen dat de boel uit de hand zou lopen en om alles te betalen, waren haar ouders ook mee.

'Ze zei dat je een keer voor haar was opgekomen,' vertelde Didi. 'Toen een stelletje jongens de draak met haar stak, 's avonds in de stad. Jij hebt die jongens toen aangepakt en bent met haar mee naar huis gelopen.' Ze zweeg even, omdat Shay haar aandachtig opnam. 'Waarom kijk je zo? Is het niet zo gegaan?'

'Jawel. En het was heel aardig van Layla om me uit te nodigen, maar het kwam nogal... onverwacht.' Met zijn kleine lachje gaf hij haar te kennen wat hij bedoelde. Van het groepje van tien hier in Venetië zaten er negen op de twee plaatselijke privéscholen, en die negen waren al heel lang bevriend met elkaar. Shay was de enige van een openbare school en sowieso de enige met een vader in de gevangenis.

'Ze wilde graag dat je meeging.' Didi veegde een sneeuwvlokje weg dat als een veertje op haar neus was geland. 'Ze vindt je leuk.'

'In welke zin?' Aan zijn grijsblauwe ogen was niets af te lezen. 'Daarom vraag ik het juist aan jou. Beschouwt ze me als een vriend omdat ik zo fantastisch ben – wat natuurlijk ook zo is – of valt ze op me?'

'En dat vraag je omdat je graag wilt dat ze op je valt?'

'Nee, dat wil ik helemaal niet. Ze is hartstikke leuk, maar... nee.' Hij schudde zijn hoofd. 'Maar ik wil haar ook niet kwetsen.'

Ze zwegen toen een oudere man bij hen kwam staan om hun sneeuwpop te bewonderen. Hij knikte hen glimlachend toe en liep toen verder over het plein.

'Ik heb het haar vanavond voor het eten gevraagd,' zei Didi. 'En ze zei dat ze je gewoon aardig vindt, als vriend. Verder niet.'

'Oké. Nou, dat is goed om te weten.' Zichtbaar opgelucht veegde hij zijn vochtige blonde haar van zijn voorhoofd. 'Gewoon uit nieuwsgierigheid, kan ze nog een andere reden hebben gehad om me uit te nodigen?'

Didi dacht aan die keer dat Layla in de keuken bij haar thuis de lijst van genodigden had opgesteld. Toen Shays naam was gevallen, had Layla's moeder Rosa gevraagd: 'Denk je dat hij wel met je andere vrienden overweg kan?' Layla had geantwoord: 'Natuurlijk wel. Shay kan met iedereen overweg. En ik durf te wedden dat hij nog nooit op vakantie is geweest.'

Vroeg hij het haar soms daarom? Ze ging hem echt niet vertellen dat hij uit een soort liefdadigheid aan de lijst was toegevoegd. Hardop zei ze: 'Nee, dat was de enige reden. Ze is gewoon blij dat je haar toen hebt gered van dat stel idioten. En ik vind het trouwens ongelofelijk dat je geen handschoenen aanhebt.' Ze wees naar zijn handen. 'Zijn die niet ijskoud?'

Als antwoord legde hij zijn vingers even op haar wang. Ze waren verschrikkelijk warm. 'Ik heb een zeer goede bloedsomloop. Beter dan wie dan ook. Nog zo'n talent van me.'

Didi pakte de fles prosecco, die ze in een hoopje sneeuw hadden vastgezet. Ze nam nog een prikkelend slokje, gaf de fles door en keek naar hem terwijl hij ook een slok nam. Toen hij de fles op zijn knie plaatste, zei ze: 'Niet te geloven dat we hier zitten, voor de San Marco, om vier uur 's ochtends.' Haar armgebaar omvatte het witte marmer en de Byzantijnse architectuur met de gouden versieringen, alles wazig door de nog steeds vallende sneeuw.

Hij knikte. 'Toen ik wakker werd en uit het raam keek, moest ik gewoon naar buiten.'

'Om een sneeuwpop te maken.'

'Ja, dat zijn van die dingen die nu eenmaal moeten gebeuren.'

Didi merkte dat ze meer over hem te weten wilde komen. 'Welke examenvakken heb jij?'

'Wiskunde, natuur- en scheikunde en Engels. En jij?'

'Engels, geschiedenis en kunst.' Ze zweeg even. 'Je zult je moeder wel missen.'

Hij nam nog een slok prosecco en gaf de fles toen weer aan haar. 'Natuurlijk mis ik haar. Maar het is inmiddels zes jaar geleden. Op de een of andere manier raak je eraan gewend.'

Het was alsof er, op dat moment, een band tussen hen werd gesmeed; Didi had het gevoel dat ze hem alles kon vragen. 'Hoe is het als je vader in de gevangenis zit? Sorry, zeg het maar als je vindt dat ik te ver ga.'

'Maakt niet uit. Je bent de eerste niet die het vraagt. Mensen willen dat soort dingen nu eenmaal graag weten.' Hij haalde zijn schouders op. 'Ook hiervoor geldt dat ik eigenlijk niet beter weet. Het is zoiets als ik jou zou vragen hoe het is om twee keurige ouders te hebben die samen een luxueus hotel runnen. Zo ziet je leven er nu eenmaal uit, je vraagt je niet af hoe het is, omdat je niet anders kent.'

Hij had gelijk, zij had een geprivilegieerd leventje en nam het zoals het was. Ze zei: 'Het moet vreselijk voor je zijn als hij... als hij weggaat.'

'Ja, maar wat ik zei, ik ben niet anders gewend. En dan ben ik weer blij als hij vrijkomt. Het is altijd te gek als hij weer thuis is.' Hij haalde nonchalant zijn schouders op. 'Ik weet dat hij een lastpak is, maar hij is mijn vader en ik hou van hem. Hij is mijn enige familie.'

Didi kon nog steeds nauwelijks geloven dat ze dit gesprek voerde met iemand die ze nauwelijks kende. Ze merkte dat ze voor het eerst echt naar hem keek, naar zijn ontspannen lichaam, zijn vochtige blonde haar en scherp getekende jukbeenderen. 'De meeste mensen in jouw situatie zouden het lang niet zo goed doen als jij.'

'Dat weet ik.'

'En nog zo bescheiden ook.'

Hij glimlachte. 'Als iedereen in de stad denkt dat je ook wel zult ontsporen en net zoals je vader worden, dan krijg je gewoon zin om daartegenin te gaan, om ze te laten zien dat ze het bij het verkeerde eind hebben. Maar ik heb ook nog een vraag voor jou. Waar staat Didi voor? Is dat een afkorting? Of een bijnaam?'

'Ik heet eigenlijk Danielle, maar toen ik klein was, kon ik dat niet uitspreken. Toen mijn vader en moeder het me probeerden te leren, kwam het eruit als Didi. Het begon als een grapje in de familie, maar op de een of andere manier is die naam toen blijven hangen. En nu noemt iedereen me Didi.'

'Schattig.'

'Ik kon er niks aan doen. Zelf geef ik de schuld aan mijn tanden.'

'Natuurlijk was het hun schuld.' Hij wierp haar een grijns toe en begon plagend te zingen: '*Guilty teeth have got no rhythm.*'

'Ontzettend grappig.' Maar ze glimlachte er wel bij.

'Krijg je het soms koud?'

Didi zat te rillen. 'Een heel klein beetje.'

'Maar we kunnen niet terug voordat we wat foto's hebben gemaakt.' Hij pakte een wegwerpcamera uit de zak van zijn donkerblauwe donsjack. Didi maakte een foto van hem voor de San Marco met zijn arm om de schouders van hun prachtige sneeuwpop. Daarna maakte hij net zo'n foto van haar, gevolgd door nog eentje waarop ze haar armen gespreid hield en sneeuwvlokken probeerde te vangen met haar mond.

Vervolgens hielden ze een passerende Venetiaan staande om een foto van hen samen te laten maken, elk aan een kant van de sneeuwpop, die de fles prosecco tegen zijn borst hield.

'*Grazie mille, signore,*' riep Shay de man na, die wegliep in de richting van de Campanile.

Didi was behoorlijk onder de indruk van het gemak waarmee hij zijn talen sprak, vooral gezien het feit dat dit zijn eerste buitenlandse reis was. 'Ik heb geen gevoel meer in mijn tenen,' zei ze, terwijl ze de stoelen weer op het caféterras zetten.

'Bijna vergeten.' Hij pakte de gele muts van de sneeuwpop en schudde er even mee.

Didi zette hem op. 'Zo krijg ik het alleen maar nog kouder.' Ze begon te klappertanden.

Hij trok de muts van haar hoofd en keek grijnzend toe terwijl ze de smeltende sneeuw uit haar haar klopte. 'Ik vond dit echt heel leuk. Ik ben blij dat we dit hebben gedaan.'

Hij stond vlak voor haar, ze voelde zijn warme adem op haar gezicht. De vingers van zijn linkerhand gleden licht over haar wang toen hij een natte lok haar opzijschoof. De adem stokte Didi in haar keel. Zijn mond bevond zich op een paar centimeter van de hare, en het was ineens alsof hij haar elk moment kon kussen.

Nee, om preciezer te zijn, ze had ineens het gevoel alsof ze niets liever wilde dan dat.

Maar het gebeurde niet.

'Kom, laten we teruggaan,' zei hij.

Ze knikte, want wat kon ze anders? Haar armen om zijn nek slaan en jammeren: 'Maar ik dacht dat je me ging kussen! Ik stond erop te wachten!'

Nee, dat zou echt niet cool zijn.

Onderweg naar het hotel vroeg hij: 'Gaan we dit aan de anderen vertellen?'

'Dat liep ik me ook net af te vragen.' Als ze het vertelden, zou iedereen vast denken dat ze expres samen het hotel uit waren geslopen. En dan zouden ze er de rest van het uitstapje mee gepest worden en misschien nog wel veel langer. 'Misschien beter van niet.'

'Dat denk ik ook. En als we morgen op het plein komen, zeggen we niks als ze de sneeuwpop zien. Het is ons geheim.'

Bij het hotel aangekomen bleef hij in de smalle steeg staan, en

Didi's onnozele hart maakte weer een sprongetje, omdat hét nu misschien zou gebeuren.

Maar nee, dubbele teleurstelling; Shay haalde alleen maar zijn sleutelkaart uit zijn broekzak om er de voordeur van het kleine hotel mee te openen. En nadat ze de sneeuw van hun jassen hadden geklopt en van hun sneakers gestampt, liepen ze zachtjes de trap op.

Op de tweede verdieping fluisterde hij: 'Tot morgen. Ons geheim.'

'Ja, tot morgen.' Verbaasd vroeg Didi zich af waarom het niet was gebeurd. Wat was er in vredesnaam mis met hem? Shay Mason zou zich gevleid moeten voelen dat ze had gewild dat hij haar kuste; waarom had hij die kans niet met beide handen aangegrepen?

Drie uur later werd ze wakker van een jubelkreet, gevolgd door een harde bons toen Layla op haar bed sprong.

'O mijn god, wakker worden!'

'Waarom? Au,' zei Didi toen Layla op haar voeten trapte.

'Je gelooft je ogen niet,' gilde Layla. 'Het heeft gesneeuwd!'

2

Dertien jaar later

Soms had je even de tijd om op adem te komen voordat je aan je werk begon. Soms ook niet.

Sylvia, de assistent-manager, die achter de receptie stond, wenkte haar. 'Didi, die Amerikaan in de Midsummer Suite doet moeilijk, iets over te veel lawaai. Hij wil de baas spreken.'

Didi schudde haar hoofd; gisteravond had Myron Miller zich

er in het restaurant luidkeels over beklaagd dat hij friet bij zijn biefstuk had gekregen, terwijl er toch duidelijk *chips* op de kaart had gestaan. Ze hadden hem er vriendelijk op gewezen dat in Groot-Brittannië *chips* friet betekende. Natuurlijk had hij dat bijzonder on-Amerikaans gevonden en eerlijk gezegd ook niet acceptabel.

En nu was hij dus alweer bezig; iets aan hun mooiste suite beviel hem blijkbaar niet. Maar klant is koning, en daarom zei Didi: 'Ik loop meteen even naar hem toe.'

Met twee treden tegelijk rende ze de smalle trap op naar de Midsummer Suite op de tweede verdieping. Toen de deur van hun lastige gast openging nadat ze had aangeklopt, begon ze: 'Meneer Miller...'

'Jullie hebben hier een groot probleem met de elektriciteit.' Myron Miller schudde zijn berenkop. 'Jullie moeten er echt iemand naar laten kijken die er verstand van heeft, voordat er iemand geëlektrocuteerd wordt.'

Haar eerste gedachte was: werd u maar geëlektrocuteerd. Maar omdat ze een professional was, trok ze een bezorgd gezicht en zei: 'Dat is erg vervelend, meneer Miller. Maar als u me eerst eens uitlegt wat er precies aan de hand is...'

'Want als er iemand doodgaat, dan kun je hier een heel legertje advocaten verwachten, dat kan ik u wel vertellen. Kom verder, dan zal ik u laten zien waar ik het over heb.' Hij trok haar de kamer in en gebaarde triomfantelijk om zich heen. 'Hoort u dat? En mocht het niet gevaarlijk zijn, dan is het nog steeds volkomen onacceptabel. U kunt niet verwachten dat mensen bij die herrie kunnen slapen.'

De laatste keer dat er gasten over herrie hadden geklaagd, bleek het om het gezang van de merels in de bomen voor hun raam te gaan. Dit was echter geen merelgezang; het was een gedempt zoemgeluid van iets elektrisch.

O, nee.

'Ik geloof niet dat er iets mis is met onze elektriciteitsvoorziening,' zei ze tegen Myron.

Hij keek haar boos aan. 'Het duurt nu al drie uur. Dus wat het ook is, ik wil dat u er heel snel iets aan doet.'

Nou ja, dan zat er niets anders op. Didi liep door de kamer naar Myron Millers glanzende Samsonite-koffer. Ze bukte zich om even te luisteren. Met haar vingers op het deksel draaide ze zich naar hem om en zei vriendelijk: 'Het geluid komt uit uw koffer. Wilt u het zelf doen of moet ik het voor u doen?'

Het had natuurlijk helemaal verkeerd kunnen uitpakken, maar gelukkig gebeurde dat niet. Myron barstte in lachen uit en viste zijn elektrische tandenborstel op, die waarschijnlijk per ongeluk was aangegaan toen hij hem in zijn toilettas had gestopt. Hij zette hem uit, en het gezoem stopte. 'Niet te geloven. Het klonk helemaal niet als mijn tandenborstel.'

Een echte verontschuldiging zat er waarschijnlijk niet in, maar daar was Didi inmiddels wel aan gewend. Opgewekt zei ze: 'Ik ben blij dat het probleem is opgelost. Is er nog iets anders wat ik voor u kan doen?'

Myron Miller had echter al geen belangstelling meer voor haar. Verdiept in zijn telefoon zei hij afwezig: 'Nee, u kunt wel weer gaan.'

Toen ze de kamer uit liep, zei de stem van een andere Amerikaan in de Midnight Suite er recht tegenover: 'Mevrouw? Wat was dat voor hels kabaal?'

Omdat de deur van de Midnight Suite dicht bleef, riep Didi: 'Niks aan de hand. Het was alleen maar een elektrische tandenborstel.'

'Zeker weten? Want het deed behoorlijk pijn aan mijn oren. Het klonk bijna alsof er iemand… weet ik veel, probeerde te zingen of zo…'

Didi stond al stokstijf stil. Nee, dat kon niet!

Echt niet.

Of toch wel?

Terwijl ze naar de gesloten deur van de Midnight Suite keek, ging haar hart als een gek tekeer; het was alsof er een dikke duif wilde opstijgen in haar borstkas. 'Nee, het was beslist geen zingen.' Ze zweeg even. 'En ook geen kattengejammer.'

Er verstreek nog een seconde. En toen ging de deur open, en stond hij voor haar. Bijna dertien jaar nadat hij was vertrokken.

'Hoi,' zei Shay.

'Hoi.' Didi slikte; normaal gesproken zei ze niet 'hoi'. Maar dit was een van die vreemde situaties waarin ze niet wist wat ze moest zeggen. Normaal gesproken zou je een oude vriend omhelzen en kussen als je hem zo lang niet had gezien. Maar Shay was niet echt een oude vriend; hij was een ex-vriend.

Nog erger zelfs, hij was haar eerste liefde geweest.

En de manier waarop ze uit elkaar waren gegaan was op zijn zachtst gezegd nogal ingewikkeld geweest.

'Goh... dat ik jou hier zie.' Zijn ogen lichtten even op toen hij het zei, en dat was al wat.

Didi's hersens werkten overuren. 'Ken je meneer Miller soms?' vroeg ze. 'Heb jij dat zo bedacht met die tandenborstel?'

Hij schudde zijn hoofd. 'Nee op allebei de vragen. Ik had natuurlijk wel verwacht je hier op zeker moment tegen het lijf te lopen, maar ik had niet de bedoeling daarop aan te sturen. Ik hoorde die man aan de telefoon klagen over de herrie in zijn kamer. En vlak daarna hoorde ik iemand de trap op komen en drong het tot me door dat jij dat was.' Opnieuw kregen zijn grijsblauwe ogen een geamuseerde glans. 'Dus je bent Venetië niet vergeten?'

Natuurlijk was ze Venetië niet vergeten. Dat was onmogelijk.

'Je Amerikaanse accent is vreselijk,' zei ze.

'Bijna net zo vreselijk als jouw zingen.' Glimlachend stak hij een hand op. 'Dat was een grapje. Je weet dat ik het niet meen.'

'Wat doe je hier?'

'Ik ben gisteravond geland, heb een auto op Heathrow gehuurd en ben hier rond middernacht aangekomen. Ik kon nog net de laatste kamer bemachtigen.' Hij gebaarde naar de suite achter hem, die zo duur was als je van een suite in een chic viersterrenhotel kon verwachten, en voegde eraan toe: 'Maak je geen zorgen, ik kan het me veroorloven. Net.'

Het was een steek onder water, natuurlijk was het dat. De opmerking negerend vroeg ze: 'Wat had je gedaan als we helemaal vol hadden gezeten?'

'Ik zou het niet weten. Waarschijnlijk had ik in de auto geslapen.' Na een korte stilte vervolgde hij: 'Als het moet, kan ik nog steeds met weinig toe.'

Er was zoveel dat niet werd uitgesproken, zoveel dingen die ze hem in de loop der jaren had willen zeggen. Toen Shay was vertrokken, had hij dat grondig aangepakt, zo grondig dat ze als ze had willen weten waar hij was, wat hij met zijn leven deed en hoe het met hem ging, een privédetective in de arm had moeten nemen. Maar zelfs als ze daar het geld voor had gehad was het zinloos geweest, want zij was de reden dat hij was weggegaan.

En nu was hij terug.

Ze merkte dat haar blik langs hem heen gleed, alsof direct contact te heftig was, zoiets als in de zon kijken. Zoals ze wel had verwacht, zag hij er op zijn eenendertigste nog steeds goed uit, en hij was ook nog net zo atletisch als op zijn achttiende. Hij droeg een gebleekte spijkerbroek in de tint van zijn ogen, met daarboven een wit poloshirt zonder logo, wat betekende dat het óf goedkoop was óf juist een heel duur, exclusief ontwerp. Gebruind. Het dunne littekentje op zijn linkerslaap waar ze altijd zo graag haar vinger over had laten glijden. En streperig blond haar nog nat van het douchen. Hij droeg geen sieraden, zag ze, geen horloge en ook geen ring aan zijn linkerhand.

Verdomme, hij had gezien dat ze ernaar keek.

'Nee, nog steeds single. In tegenstelling tot jou, zie ik.' Hij knikte net naar haar hand toen Sylvia de laatste bocht van de steile trap nam. 'Dus je hebt iemand gevonden die met je wil trouwen. Goed zo.'

Sylvia zei opgewekt: 'O, kennen jullie elkaar?' Ze keek van Didi naar Shay. 'Eerlijk gezegd heeft ze al drie keer iemand gevonden die met haar wilde trouwen! Niet slecht, hè? Didi, heb je het al in orde gemaakt met de gast uit de Midsummer Suite?'

'Ja.'

Behulpzaam zei Shay: 'Het was een elektrische tandenborstel.'

'O. Oké! Prima! Maar ik kwam kijken of je tijd had om even met de Carter-Laceys te praten; ze willen het hotel boeken voor de eenentwintigste verjaardag van hun dochter. Ze wachten op je in de oranjerie.'

Didi, die inmiddels klamme handen had, was blij dat ze een reden had om weg te gaan. 'Natuurlijk, ik ga meteen naar ze toe.' Werk ging voor op herinneringen ophalen met ex-vriendjes die je uit het oog had verloren, en ze had bovendien even een moment voor zichzelf nodig om aan het idee te wennen dat Shay weer in Elliscombe was. Terwijl ze in de haar maar al te vertrouwde grijsblauwe ogen keek, zei ze: 'Misschien spreken we elkaar nog.'

'Misschien.' Hij knikte. 'Zou kunnen.'

'Nou, maar dit is interessant!' Sylvia gaf haar een duwtje, terwijl ze samen de smalle trap af liepen. 'Leuke vent, hè? Wat een lijf… en die glimlach van hem!'

Sylvia was zestig. Ze was ook gefascineerd door mensen en onverbeterlijk nieuwsgierig. Didi dacht even na. 'Hij glimlachte helemaal niet.'

'Misschien niet naar jou,' zei Sylvia. Ze waren inmiddels beneden. 'Maar zeker weten wel naar mij!'

Vijftig minuten later was Didi de tafelreserveringen aan het checken toen iets in haar maakte dat ze opkeek van het computerscherm. Ze zag Shay door de hal lopen.

Misschien was het eigenlijk niet eens zo raar dat ze had opgekeken. Waarschijnlijk had ze onbewust zijn voetstappen op de trap herkend. Ze wachtte tot hij een blik op de receptiebalie zou werpen en haar zou zien staan, maar hij liep rechtstreeks naar de uitgang en verliet het hotel zonder nog om te kijken.

Zonder nadenken haastte ze door de hal en duwde de oude houten voordeur open om te kijken waar hij naartoe ging. Aha, daar had je hem, hij was rechtsaf gegaan, in de richting van het marktplein en...

Dertig meter van haar verwijderd bleef hij opeens staan en keek over zijn schouder, zodat ze genoodzaakt was snel een stapje naar achteren te doen voordat hij zag dat ze hem stond te bespioneren.

'Oef!' piepte Marcus, hun nieuwste en zenuwachtigste ober, en *beng* deed het zilveren dienblad waarmee hij naar boven had willen gaan. Hij ging meteen door zijn knieën om de zilveren theepot, de sneetjes toast en het gebroken serviesgoed op te rapen, terwijl hij met trillende stem zei: 'O nee, o god, wat erg, sorry sorry.'

Shay Mason was nog geen uur terug in haar leven, en hij zorgde nu al voor problemen. Ze wierp een blik op de arme Marcus met zijn knalrode kop en zei: 'Geeft niks, ik help je wel even met opruimen.'

'Oké, hou je vast, weet je wie ik net voor mijn kantoor uit een blauwe Audi zag stappen?'

Didi hoorde aan Layla's stem door de telefoon dat ze bijna uit elkaar knapte van opwinding; ze stond te popelen om het haar te vertellen.

'Ik zou het niet weten. Ziet hij er goed uit?'

'O ja,' riep Layla uit. 'Bijzonder goed!'

'Strak lijf?'

'Zeer strak.'

'Klein littekentje op zijn linkerslaap?'

'Daarvoor zat ik te ver weg.'

'Droeg hij een wit poloshirt en een gebleekte spijkerbroek?'

'Ik haat je.' Layla slaakte een kreun toen tot haar doordrong dat Didi het al wist. 'Je weet het al.'

'Ik zag hem toevallig vanochtend. Hij zit in de Midnight Suite.'

'Meen je niet! En wanneer had je me dat willen vertellen?'

'Zodra ik tijd had. Het is hier ontzettend druk, ik ben alleen maar aan het heen en weer rennen.'

'En was hij... Nou ja, deed hij normaal tegen je?'

'Ja hoor.' Op een paar ongemakkelijke momentjes na.

'Maar waarom is hij terug? Waar heeft hij al die tijd gezeten en wat heeft hij allemaal gedaan?'

'Dat weet ik niet. Dat heb ik niet gevraagd. Het was zo maf om hem weer te zien.'

'Goed maf of slecht maf?'

'Geen idee. Maf maf,' zei Didi.

'Dus misschien zie ik hem vanavond wel, als hij er dan is. Denk je dat hij er is?'

'Je vraagt me allemaal dingen waar ik geen antwoord op heb.'

'Sorry! Maar het is ook zo opwindend. Dat hij ineens zomaar weer hier is en... O shit, mijn klanten zijn er, ik moet ophangen.'

'Geeft niet,' zei Didi. 'Ik zie jou en Rosa vanavond om acht uur.'

'Maar hij ziet er nog steeds goed uit, hè, vind je ook niet?'

'Wie? O, Shay bedoel je.' Didi grinnikte. 'Is dat zo? Dat is me niet opgevallen.'

'Nee, vast niet. Waarom zou het ook?'

Om drie uur 's middags zat Didi in haar kantoor toen ze de blauwe Audi het parkeerterrein van het hotel op zag rijden. Shay reed soepeltjes achteruit een smalle plek op en stapte toen uit. Ja, natuurlijk zag hij er nog goed uit. Meer dan goed. En hij kon ook fantastisch parkeren. Sommige mensen bezaten nu eenmaal vele talenten.

Een minuut later werd er zacht op de deur geklopt. Voordat

ze opendeed, zwiepte ze nog snel even met haar korte donkere kapsel om het meer volume te geven.

Nou ja, dan zat het gewoon beter.

'Hoi, de receptioniste zei dat je hier was. Heb je plannen voor vanavond? Moet je werken?'

'Nee...'

'Mooi. Zullen we samen wat eten?'

'Ik kan niet.'

'Hoezo niet? Is je verloofde jaloers aangelegd?'

'Mijn verloofde is niet jaloers. En door de week zit hij voor zijn werk in Londen.' Na een korte stilte vervolgde ze: 'Rosa is vandaag jarig. We vieren dat vanavond in de oranjerie met een paar mensen.'

'Rosa. Hoe gaat het met haar?'

'Wel goed, gezien de omstandigheden. Ik weet niet of je weet dat Joe dood is?'

'Dat heb ik gehoord. Drie jaar geleden toch? Dat zal een behoorlijke klap voor haar zijn geweest.'

Didi knikte. 'Ook voor Layla. Het was vreselijk. Hoe heb je dat gehoord? Heeft iemand je op de hoogte gehouden van wat er in Elliscombe gebeurde?'

'Nee. Er bestaat tegenwoordig zoiets als internet... Het is niet moeilijk om uit te vinden wat er zoal gebeurt.'

'Jij zit niet op sociale media.'

'O nee?' Daar had je het weer, dat lachje waarmee hij haar wilde laten zien dat hij haar alweer een stapje voor was, dat hij wist dat ze dus naar informatie over hem had gezocht.

'Layla heeft je vandaag al in de hoofdstraat gezien,' zei ze. 'Ik weet zeker dat ze het leuk zouden vinden als je ook kwam. Als je vanavond hier bent.'

Hij schudde zijn hoofd al. 'Dank je. Even nog niet. Is je vader er dan ook?'

'Ja.' Wat had dat er nou mee te maken?

'Laat Rosa haar verjaardag maar in alle rust vieren. Ik loop haar een dezer dagen vast nog wel tegen het lijf. Veel plezier.'

Didi kon er niets aan doen. Ze haalde een keer diep adem en vroeg toen: 'Hoe lang blijf je?'

Hij nam haar een paar seconden in stilte op, en ze voelde de adrenaline door haar aderen zoeven. Na wat een eeuwigheid leek, zei hij: 'Ik weet het nog niet. Er zijn wat dingen die ik hier moet regelen.'

3

Er was vast wel een waardiger manier om je vijfenvijftigste verjaardag af te sluiten, maar soms kon je gewoon niet anders. Nadat Rosa Gallagher de gele jurk die ze tijdens het etentje had gedragen had omgeruild voor een zwart T-shirt met lange mouwen, een spijkerbroek en flatjes, ging ze voor de tweede keer die avond de deur uit en wandelde door Barley Lane. Het was middernacht en inmiddels behoorlijk stil, maar toch zocht ze voor de zekerheid de schaduw op, terwijl ze eerst links afsloeg en toen rechts, tot ze bij de hoge muur was die ze in de loop van de afgelopen anderhalf jaar zo goed had leren kennen.

Aan de andere kant van die muur van Cotswold-steen lag de tuin die ze nog veel langer kende, met daarachter Compton House, haar oude huis, de plek waar ze zielsveel van hield, bijna net zoveel als ze van Joe had gehouden.

Terwijl de maar al te vertrouwde golf van droefheid over haar heen spoelde, bleef ze even staan, zich geestelijk voorbereidend op de klauterpartij. Hoewel ze inmiddels precies wist waar ze haar voeten moest neerzetten, bevond zich links een lastig stukje waar ze heel gemakkelijk kon uitglijden.

Oké, de kust is veilig. Daar gaan we dan.

Ze klom tegen de muur op. Nadat ze bovenaan nog even voor de zekerheid had gekeken of alles rustig was, liet ze zich de tuin in zakken die ze eigenlijk niet meer mocht betreden. Het was zaak om als een kat te landen, stilletjes en sierlijk, om te voorkomen dat ze haar enkel zou breken of op haar knieën terechtkomen. Tot nu toe was dit haar nog altijd gelukt, maar ze wist dat het op haar leeftijd steeds waarschijnlijker werd dat het een keertje zou misgaan, of wie weet zouden de nieuwe eigenaars haar op een dag verrassen met de aankoop van een gevaarlijke waakhond.

Ze liep zoals altijd achter de schuur langs en tussen de struiken door naar Joe's boom, die ze meteen omhelsde. Ja, ze wist best dat iemand die haar zo bezig zag zou denken dat ze haar verstand had verloren, maar aangezien er niemand was, maakte het niets uit. Hoewel het in de verste verte niet leek op Joe omhelzen, had ze toch het gevoel dat ze het moest doen. Ze had zijn as uitgestrooid om de stam van de boom, en omdat het die bewuste avond hard geregend had, wist ze zeker dat de as was opgenomen door de wortels van de Japanse esdoorn. In haar gedachten zat het wezen van Joe nu in de boom die hij twintig jaar geleden had geplant, en als ze hier was en de takken en bladeren aanraakte, was het alsof ze dicht bij hem was.

Ze ging in kleermakerszit in het droge gras zitten en fluisterde: 'Hoi, schat, hier ben ik. Hoe gaat het?'

Joe zei niets, natuurlijk niet. Toch gaf het haar een goed gevoel om hier te zijn. Ze voelde dat ze zich ontspande bij zijn ingebeelde aanwezigheid, en dat was voldoende. Terwijl ze de ruwe boombast streelde, vervolgde ze: 'Gek, hè? Ik ben vijfenvijftig geworden. Jij was altijd ouder dan ik, maar nu heb ik je ingehaald. Dat voelt zo raar.'

Ze zag voor zich hoe Joe lachrimpeltjes om zijn ogen kreeg toen hij zei: 'Dus ik ben nu jouw toyboy?' Want dat was echt iets wat hij zou hebben gezegd als hij dat had gekund.

'O Joe, zal het ooit makkelijker worden? Want ik mis je nog net zo erg als in het begin. Ik mis je zo ontzettend!'

Rosa wist dat veel mensen zich afvroegen waarom ze hem nog miste, vooral gezien de puinhoop waarin hij haar had achtergelaten, maar het was voor haar onmogelijk om niet van hem te houden, zelfs niet nadat het hele verhaal bekend was geworden. Ze had het geluk gehad om bijna dertig jaar samen te kunnen zijn met haar grote liefde, en dat was verdomme meer dan de meeste mensen konden zeggen. Toen ze op haar drieëntwintigste Joe Gallagher had ontmoet, was het alsof al haar dromen waren uitgekomen. Hij was een dynamische man geweest, de verpersoonlijking van het woord 'ondernemer', iemand die met niets was begonnen, die niet bang was risico's te nemen en die steeds weer een nieuw bedrijfje opzette, op zoek naar meer en beter. Vaak was dat hem ook gelukt. Tijdens hun eerste weken samen had Joe gouden zaken gedaan, en hij had toen gezegd dat zij hem geluk bracht. Twee maanden later had ze tot haar verbazing ontdekt dat ze zwanger was. Ze was doodsbang geweest dat Joe ervandoor zou gaan zodra ze het hem vertelde. Maar hij was juist dolblij geweest, en ze waren snel getrouwd om haar ouders gerust te stellen, hoewel die met een zuur lachje hadden voorspeld dat het huwelijk geen lang leven beschoren zou zijn.

Maar het huwelijk had standgehouden, op een fantastische, opwindende en tumultueuze manier. Rosa, zelf opgegroeid in een stil huis, had altijd gedroomd van een man die met haar zou dansen in de keuken, en Joe was die man. Hij deed alles met overgave, werken en pret maken, en ze hadden vaak gedanst in hun kleine appartementje in Bermondsey. En hun geluk was compleet geweest toen Layla was geboren.

Het leven bleef volmaakt, Joe's bedrijven floreerden, en ze vertrokken uit Londen om Layla het soort semi-dorpsleven te geven dat Joe altijd voor zijn gezin had gewenst. Compton House was tientallen jaren in het bezit geweest van een oude weduwnaar die niet in moderne gemakken had geloofd, en ze hadden anderhalf jaar in chaos geleefd, terwijl het huis om hen heen werd gerenoveerd. De *Georgian* villa van vier verdiepingen keek uit op het marktplein en had aan de achterkant een diepe tuin, die Joe zelf had opgeknapt door nieuwe bomen en bijzondere struiken te planten. Hij was extravert en ongelofelijk gastvrij en gaf grote feesten waarvoor hij mensen uit Londen uitnodigde en iedereen die hij maar aardig vond in Elliscombe. Als nieuwkomers werden ze beschouwd als nouveaux riches en nogal opzichtig, wat betekende dat sommigen in het begin hun twijfels hadden gehad, maar het had niet lang geduurd of Joe had iedereen weten in te palmen met zijn onweerstaanbare charme.

Het was niet moeilijk om mooie herinneringen op te halen, hier in hun oude tuin. Rosa streek met haar hand over het gras; niet alleen bedekte dat Joe's as, ook een stuk of tien van hun geliefde huisdieren lagen hier begraven. De cairnterriër Albie, de nerveuze whippet Jennifer, de katten Beano en Biggie, en nog wat konijnen en cavia's van Layla, en een tamme ekster die Gerald heette en die door het jachtinstinct van Beano en Biggie akelig aan zijn einde was gekomen; ze hadden hem van Layla toch met alle egards moeten begraven, want ze konden hem volgens haar niet zomaar in de vuilniszak gooien: ook eksters verdienden een echte begrafenis.

Met een glimlach om haar lippen dacht Rosa aan de plechtigheid. Van Layla, die toen zeven was geweest, hadden ze bij het graf 'All Things Bright and Beautiful' moeten zingen, waarna ze een zelfgeschreven gedicht had voorgedragen:

Gerald, je was mijn lievelingsvogel
Ik hield van hoe je naar me keek met je kraalogen
Ik hoop echt dat je niet hoefde te wenen
Toen Beano en Biggie je te pakken kregen

Rosa had niet naar Joe durven kijken, die naast haar had gestaan met zijn handen verstrengeld voor zijn borst en zijn lippen strak op elkaar, terwijl er tranen van onderdrukt lachen over zijn wangen stroomden.

Layla had het gedicht geëindigd met een eerbiedig: 'Rust in vrede, Gerald. Amen.' Daarna had ze zich tot haar vader gewend en troostend gezegd: 'Papa, je hoeft niet te huilen, hoor, hij is nu in de hemel.'

O god, al die herinneringen. Rosa kneep haar ogen stijf dicht; zij mocht nu ook niet gaan huilen. Het was een mooie dag geweest; het kleine verjaardagsfeestje in het hotel was fantastisch geweest, en ze had zoveel bloemen gekregen dat ze twee vazen had moeten lenen van haar buren. In haar cottage was nauwelijks plaats geweest voor alle bossen.

Klik.

Het vertrouwde geluid van een slot dat werd geopend werd gevolgd door het metalige zoefgeluid van de glazen deuren die openschoven. Achter in de tuin, op zo'n twintig meter afstand, hield Rosa haar adem in en vocht tegen de aandrang om er als een speer vandoor te gaan. Dat zou wel het stomste zijn wat ze kon doen. Ze kon beter blijven waar ze was en hopen dat ze niet naar buiten zouden komen omdat ze haar al hadden gezien.

Toen ze het vinnige geklikklak van hoge hakken op het terras hoorde, kromp ze ineen, want hoge hakken betekenden dat het Ingrid was, en Ingrid was eng. Ze hoorde ook dat Ingrid in haar mobieltje stond te mompelen, waarschijnlijk een of andere belangrijk zakelijk gesprek met een cliënt in Tokyo of New York, terwijl ze tegelijkertijd...

'Getver,' piepte Rosa, woest schoppend toen er iets kleins over haar voet liep.

'Wacht even, ik hoorde iets. Hopelijk geen inbrekers.' Ingrid klonk niet alsof ze echt geschrokken was, maar het geluid van haar hakken kwam wel dichterbij. Rosa sloot haar ogen en bleef als bevroren zitten, in de hoop dat ze zo onzichtbaar was. Op vijftien meter afstand hoorde ze de voetstappen stoppen en Ingrid zeggen: 'Nee, waarschijnlijk gewoon een vos of zo. Of een das. Hoe vaak ik niet tegen Benny heb gezegd dat we bewegingsmelders moeten laten aanleggen... Maar daar komt natuurlijk niks van, want hij wil de dieren niet afschrikken.'

Rosa wist wat voor geluid een das maakte, een beetje snuffend en grommend. Zou Ingrid snel weer naar binnen gaan als ze dat geluid nadeed? Of zou ze juist op onderzoek gaan en proberen een paar foto's van het wezen in haar tuin te maken? Verscheurd door twijfel hoorde ze opnieuw wat geritsel, en ze begreep dat de muis of woelmuis of wat het ook was dat over haar voet was gerend nog in de buurt was.

'Oké, ik ga weer naar binnen. Bel me morgen na halfnegen. Als ik niet opneem, is dat omdat ik in de auto zit. Ik hou van je. Ja, dag... dag...'

Het geklikklak stierf weg, de terrasdeuren werden dichtgeschoven en er werd een sleutel omgedraaid in het slot.

Rosa slaakte een zucht van opluchting. Oef, dat had niet veel gescheeld.

'Oké, ik kan maar beter gaan. Je brengt me nog eens zwaar in de problemen,' fluisterde ze tegen Joe, terwijl ze op het droge gras klopte en toen voorzichtig opstond. Ze sloop over het gazon en tussen de struiken door naar het vertrouwde stuk muur dat aan het zicht werd onttrokken door de bomen.

Naar boven en eroverheen, en dan op de stoep springen zonder een enkel te breken. Ziezo, klaar.

'Dag, liefje. Ik hou van je.' Ze wist best dat dat belachelijk klonk, maar als je eenmaal de gewoonte had om een kusje te blazen en die woorden te zeggen, was het lastig om er weer mee te stoppen. In het donker liep ze terug naar Frog Cottage in Barley Lane.

Het was misschien niet haar allermooiste verjaardag geweest, logisch, maar al met al zeker niet haar ergste. Het viel haar ieder jaar wat gemakkelijker om weduwe te zijn, en ze vergat nooit dat ze tevreden moest zijn met wat ze allemaal nog had. Goed, ze was Joe kwijt, en hun prachtige huis en al hun geld, maar ze was gezond, ze had vrienden en natuurlijk ook nog haar dochter. In de eenzaamheid die ze vanbinnen voelde zaten nog steeds goudklompjes van geluk.

4

Vanuit haar slaapkamerraam aan de achterkant van het hotel had Didi een goed uitzicht op de patio. Hoewel het twee uur 's nachts was, zag ze toch duidelijk iemand aan een van de houten tafels zitten en intuïtief wist ze wie het was.

Aangezien ze zelf ook niet kon slapen, trok ze een katoenen jurk aan en liep naar beneden.

Op de patio aangekomen zei ze tegen Shay: 'Ik zag hier iemand zitten, maar wist niet wie het was.'

Aan de glinstering in zijn ogen zag ze dat hij haar niet geloofde, maar hij hief zijn glas en zei: 'Ik heb een glas cognac voor mezelf ingeschonken. Maar ik heb het netjes opgeschreven.'

Weer zo'n kleine steek onder water.

'Hou op met dat soort dingen zeggen,' mompelde ze. 'Alles goed?'

'Met mij gaat het prima.'

Het punt was dat ze hem weliswaar dertien jaar niet had gezien, maar daarvoor had ze hem heel goed gekend. Bovendien die nauwelijks te horen nadruk van hem op het woordje 'mij'.

'Met iemand anders niet dus.'

Hij knikte.

'Gaat het om je vader?'

'Je hebt zeker een cursus gedachtelezen gevolgd.'

'Zit hij in de problemen?'

'Ja, maar niet op de manier die jij bedoelt.' Hij zei het op kalme toon. 'Voor deze ene keer.'

'Is hij ziek?' vroeg ze.

'Ja. En het ziet er niet best uit.'

'Och, wat erg.' Shays vader, die door iedereen Red werd genoemd, was in vele opzichten een ramp geweest, maar ze had altijd een zwak voor hem gehad als persoon, omdat hij zo vreselijk charmant was. Hij was typisch zo'n boef met een klein hartje.

'Volgens de artsen heeft hij hooguit nog één à twee jaar.'

Ze keek hem vol medeleven aan. Hoe oud zou hij nu zijn? Achter in de vijftig? Dat was veel te jong. Hardop zei ze: 'Verschrikkelijk. Waar is hij nu?'

'Niet in de gevangenis, als je dat soms bedoelt. Dat leven heeft hij achter zich gelaten, hij heeft er de energie niet meer voor. De afgelopen tien maanden heeft hij bij een vriendin in Edinburgh gewoond, maar ik geloof dat het daar niet zo lekker meer loopt.'

Dat was te verwachten. Zolang Didi Shays vader kende was hij de gevangenis in en uit gegaan, en had hij in de periodes daartussen niet bepaald verlegen gezeten om vrouwelijke aandacht. Toen hij zeven jaar geleden was weggegaan uit Elliscombe had hij zijn huis verhuurd aan vrienden van vrienden, en iedereen was ervan uitgegaan dat hij wel bij een of andere nieuwe vrouw zou zijn ingetrokken.

'Hij is behoorlijk verzwakt, kan niet veel meer.' Shay sloeg een grote mot voor zijn gezicht weg. Na een korte stilte vertelde hij: 'Hij wil naar huis. De tijd die hij nog heeft in Elliscombe wonen. In zijn eigen huis.'

De witte lampjes op zonne-energie die in de takken van de bomen hingen gloeiden nog steeds als sterren. Didi's ogen waren inmiddels gewend aan het donker, en ze kon zijn gezicht veel beter onderscheiden. 'Dus daarom ben je terug, om de boel voor hem in orde te maken?'

Hij trok een wenkbrauw op. 'Heb je het huis toevallig onlangs nog gezien?'

Natuurlijk had ze het gezien. Hillcrest, het oude huis van de familie Mason, lag aan de rand van de stad, op de weg naar Moreton-in-Marsh, wat betekende dat je er vanzelf vaak langs kwam. 'De tuin lijkt... een beetje verwilderd.'

'Het is een oerwoud,' zei hij kortaf. 'En als je al vindt dat het er vanbuiten slecht uitziet, dan zou je het binnen eens moeten zien. Eén grote puinhoop.'

'Er woonden ook heel veel mensen, wel een stuk of tien.' Ze trok haar neus op. 'Ze zagen er een beetje...'

'Het waren krakers. Iedere normale huiseigenaar zou een makelaar in de arm hebben genomen om zijn huis te verhuren. Maar mijn vader natuurlijk niet, o nee, dat was niets voor hem. Hij wilde gewoon huurders die iedere maand de huur aan hem zouden betalen via zijn maatje Baz. Maar nadat ze waren vertrokken, en Baz naar Spanje verhuisde, is het huis gekraakt. Hij heeft me dit overigens nog maar kortgeleden verteld. Ik had geen idee.'

'En hier wist niemand waar je vader was. Anders hadden ze hem wel ingelicht. De krakers zijn een paar maanden geleden vertrokken.'

'Het ziet er niet uit. Ik bedoel, het is nooit echt een paleisje geweest, maar nu...' Hij klemde zijn lippen op elkaar. 'Ik had verwacht gewoon even te moeten schoonmaken, het gras misschien maaien en stofzuigen en zo. Ik heb mijn vader vanmiddag gebeld om hem te vertellen wat er was gebeurd, en toen kwam hij met het hele verhaal op de proppen. En vervolgens vroeg hij of ik niet wat langer kon blijven om het in orde te maken.'

'Geen wonder dat je niet kon slapen,' zei ze. 'Wat heb je tegen hem gezegd? Blijf je?'

Hij keek haar aan. 'Ik heb hem gezegd dat daar maanden werk in gaan zitten. Dat het makkelijker is om het te koop te zetten en een ander huis voor hem te zoeken.'

'En dat ga je doen?'

'Je zou denken dat dat het meest logisch was, hè? Maar hij wil niet. Hij wil alleen maar in het huis wonen waar we als gezin hebben gewoond.'

'Dat doen mensen vaak, hè? Teruggaan naar hun roots, omdat daar al hun herinneringen liggen.' Ze knikte; ze kon zich Reds verlangen om terug te keren goed voorstellen. Toen ze zag dat Shay zijn blik langs de silhouetten van de daken liet glijden, vroeg ze: 'Is het raar om weer terug te zijn?'

'Raar en vertrouwd tegelijk.' Hij gebaarde naar het hotel. 'Het ruikt hier nog precies zoals vroeger.'

Ze knikte. 'Ik weet het. Haardvuur, oude stenen, bijenwas en schone lakens. Ik vind dat de lekkerste geur ter wereld.'

'Ik ga nog wat te drinken halen. Zal ik voor jou ook iets meenemen?' Hij dronk zijn glas leeg en stond op.

'Een rode wijn graag.'

Terwijl ze op hem wachtte, strekte ze haar benen en keek naar de sterren aan de hemel. Onder haar verstrengelde handen op haar borstkas voelde ze haar hart iets sneller kloppen dan normaal. Waarom was ze eigenlijk naar beneden gegaan? Beroepsmatige bezorgdheid om een hotelgast? Of barstte ze alleen maar uit elkaar van nieuwsgierigheid, wilde ze weten wat Shay voor man was geworden? Ze wist het antwoord natuurlijk allang. Het was een verontrustende gewaarwording om eenendertig te zijn en je weer achttien te voelen.

Door de openstaande zijdeur hoorde ze het gerinkel van een fles, gevolgd door het zachte gekrabbel van een potlood over papier.

Toen hij terugkwam boog hij zich over haar schouder heen om haar glas montepulciano op tafel te zetten. 'Het klinkt misschien maf,' zei hij, 'maar jij ruikt ook nog precies hetzelfde.'

Hoewel haar hart een sprongetje maakte, zei ze luchtig: 'Is dat positief of negatief?'

Hij glimlachte. 'Positief. Ik wilde alleen maar zeggen dat ik als ik geblinddoekt in een volle ruimte zou staan, jou nog altijd zou herkennen.'

Didi nam een slokje wijn, en toen een nog iets grotere slok om weer wat tot bedaren te komen. 'Ongelofelijk eigenlijk dat je nooit eerder terug bent geweest.'

'Het was makkelijker om weg te blijven.'

'Waar ben je naartoe gegaan?'

'Heb je dat nooit aan mijn vader gevraagd?'

'Jawel! Maar hij wilde het me niet zeggen.'

'Goh. Hij zei wel dat hij niets had gezegd, maar ik wist niet of ik hem kon geloven. Ik ben naar Australië gegaan.'

'Australië!' Ze had zich allerlei bestemmingen in haar hoofd gehaald, maar Australië was niet bij haar opgekomen.

'Ik had een tijdelijk werkvisum aangevraagd. Ik heb een halfjaar in Melbourne gewerkt en daarna een halfjaar in Sydney. Toen ik terugkwam in Groot-Brittannië heb ik overal in het land in de bouw gewerkt.'

'In de bouw.' Ze moest het even verwerken. Van al hun leeftijdgenoten had hij de hoogste eindexamencijfers gehaald, en drie van de beste universiteiten in het land hadden hem een plek aangeboden.

Shay haalde zijn schouders op. 'Daar is niets mis mee. Ik heb er veel van geleerd. In mijn vrije tijd ben ik ook een ICT-consultancybedrijf begonnen, dat erg goed liep. Ik ben toen naar Londen verhuisd en heb dat een paar jaar gedaan. Daarna kreeg ik een idee voor een datingapp, en daar kreeg ik veel succes mee.'

Verrassing na verrassing; dat had ze echt niet achter hem gezocht. 'Maar ik heb op internet naar je gezocht... echt heel uitgebreid. Maar je bent helemaal nergens te vinden.'

Hij knikte geduldig. 'Je hebt naar Shay Mason gezocht. En wat heb je zoal gevonden?'

'Ontzettend veel artikelen in plaatselijke kranten over je vader die weer eens was gearresteerd, of moest voorkomen, of de gevangenis in draaide. Maar nooit iets over jou.' Hoewel Shays voorouders al een eeuw geleden uit Ierland waren vertrokken, waren de zonen van generatie op generatie Shay genoemd.

'Als potentiële klanten iets over me hadden willen opzoeken, hadden ze exact hetzelfde gevonden. Misschien is het pessimistisch, maar ik was bang dat ze dan geen zaken met me zouden willen doen. Weet je nog wat mijn tweede naam was?'

Wat een stomme vraag. Maandenlang had ze zijn volledige naam zachtjes bij zichzelf uitgesproken en in de kantlijn van haar schriften en op kladblokken gekrabbeld. 'Stefan.' Hoewel ze wist dat ze waarschijnlijk zou overkomen als een stalker, voegde ze eraan toe: 'Ik heb ook op Stefan Mason gezocht.'

'Ik heb hem veranderd in Steven. Om het simpel te houden.'

'Oké. Moeten we je dan nu Steven noemen?'

'Nee hoor. Shay is oké.'

Ze moest het weten. 'Heb je mij wel eens opgezocht?'

Een kleine glimlach. 'Ik heb dit hotel opgezocht. En daar was jij.'

Ze spreidde haar handen. 'Ta-daaa!'

'Je ziet er goed uit.'

Alleen maar goed? Niet fantastisch? Of ongelofelijk?

'Dank je.' Ze nam een slokje. 'Ik kan nog steeds nauwelijks geloven dat je een datingapp bent begonnen. Gebruik je hem zelf ook?'

Hij schudde zijn hoofd. 'Nee.'

'Maar hij loopt goed?'

'Ja.'

'Hoe heet hij?'

'Fait.'

'Dat meen je niet!' Er trok een rilling over haar rug. Iedereen kende Fait. Ze had er zelf gebruik van gemaakt. Fait ging uit van de veronderstelling dat hoewel uiterlijk vanzelfsprekend belangrijk was als je iemand zocht, ook het geluid van de stem een grote rol speelde. En daarom moesten gebruikers niet alleen een foto plaatsen, maar ook een korte geluidsopname van hun stem uploaden. Als het een andere gebruiker dan beviel wat hij of zij had gezien en gehoord, liet die dat aan je weten.

'Ik heb ook een tijdje op Fait gezeten, een paar jaar geleden,' zei ze.

'O ja?' Hij keek haar zo onschuldig aan dat ze zich afvroeg of hij dat soms al wist. 'En heeft het je wat opgeleverd?'

'Nou... Ik bedoel, ik heb er niet mijn grote liefde ontmoet, maar ik heb wel een paar aardige mannen leren kennen. Maar wacht eens, heb ik onlangs niet ergens gelezen dat Fait zou worden overgenomen door You-Me?'

'Dat kan. Ik heb mijn bedrijf aan hen verkocht. Twee weken geleden is de deal gesloten.'

You-Me was de grootste datingapp ter wereld. Didi nam nog een slok wijn, terwijl tot haar begon door te dringen wat Shay haar vertelde. 'En daar hebben ze dus heel veel geld voor betaald?'

De lach in zijn ogen was nog precies dezelfde als vroeger. 'Ik geloof dat we het met recht heel veel kunnen noemen.'

Jemig.

'Zou je dit hotel kunnen kopen als je wilde?'

'Ja.'

'Hoe voelt dat?'

'Fantastisch,' zei hij.

Dat geloofde ze meteen. Ze voelde zich genoodzaakt het te zeggen. 'Mijn vader en moeder hebben nooit echt gedacht dat je iets te maken had met wat er was gebeurd.'

Hij keek sceptisch. 'Ik geloof niet dat dat echt waar is, hè?'

'Welles!'

'Ze waren er niet echt van overtuigd. Er bleef altijd iets van twijfel. Geef nou maar toe.'

'Maar ze mochten je graag, ze hadden je anders toch niet in dienst genomen?'

'Dat was ook wat je vader zei toen ik bij hem op kantoor moest komen.' Hij zweeg even. 'En daarna zei hij: "En nu dit."'

O god. Ze kromp ineen bij de gedachte dat haar vader daarmee had willen zeggen dat Shay zijn vertrouwen had beschaamd; ze herinnerde zich die verschrikkelijke middag nog als de dag van gisteren. En hij duidelijk ook. 'Sorry.'

'En als je heel eerlijk bent, moet je dan niet toegeven dat jij je ook afvroeg of ik niet loog?'

Ze zou dat nooit toegeven. En dat was ook niet nodig.

Ze wisten allebei dat het zo was.

'Goed.' Nu hij zijn zegje had gedaan, stond hij op en stak zijn hand op ten afscheid. 'Ik ga naar bed.'

Ze had in de veronderstelling verkeerd dat ze gezellig zaten bij te praten, maar nu besefte ze dat hij haar een lesje had willen leren omdat ze ooit aan hem had durven twijfelen.

Eerlijk gezegd kon ze het hem niet kwalijk nemen. Zijn wraak was zoet. Al helemaal omdat hij op zo'n grootse manier was teruggekeerd.

Ik ben Shay Mason, ik ben terug en ik ben rijker dan wie van jullie dan ook. En denk maar niet dat ik ben vergeten hoe jullie over me dachten, want dat ben ik niet vergeten en dat zal ik ook nooit vergeten.

5

Benny Colette had net stiekem een mok oploskoffie voor zichzelf klaargemaakt in de grote zilveren met marmeren keuken van Compton House toen Bill de tuinman op de zijdeur klopte en binnenkwam.

'Ik was wat aarde aan het wegbrengen, en toen reed ik bijna met mijn kruiwagen hieroverheen.' Hij hield een dun zilveren bedelarmbandje op. 'Ik zag het nog net op tijd. Ik neem aan dat het van je vrouw is. Ze zal wel blij zijn dat ik het heb gevonden.'

Benny pakte het armbandje van hem aan; het was een leuk ding, zoals het licht op de bedeltjes viel die aan het smalle bandje bungelden. Het was ook het soort sieraad waar Ingrid nog niet dood mee aangetroffen zou willen worden.

'Wat is dat?' Hoge hakken klikten over de marmeren vloer, en toen stond Ingrid achter hen. 'Bah, wat een goedkoop prul. Niet van mij. Waar heb je het gevonden?'

'Aan de rand van het gazon, bij het bloembed tegen de muur aan de straatkant.' Bill keek teleurgesteld; hij had zichtbaar gehoopt op uitroepen van dankbaarheid en misschien zelfs een vindersloon. 'Naast de lupines en stokrozen.'

Ze keek hem vies aan. 'Nou, het is een ding van niks. Ik denk dat iemand zo teleurgesteld was toen ze dit lelijke geval kreeg dat ze het over de muur heeft gegooid om ervanaf te zijn.'

'Misschien is het van Birgitte,' zei Benny. 'Of van een van haar vriendinnen.' Hij wendde zich verontschuldigend tot Bill. 'Toch bedankt dat je het bent komen brengen.'

'Het is warm buiten. Mijn water is op,' zei Bill. 'Kan ik hier mijn fles even bijvullen?'

'Dat doe ik wel,' zei Ingrid met een blik op zijn werkschoenen. 'We willen niet weer zo'n smerige puinhoop op de vloer als de vorige keer, hè? O Benny, niet weer, hè?' Met haar arendsogen had ze de pot Nescafé zien staan, die hij niet op tijd had kunnen verstoppen. 'We hebben niet voor niets een Gaggia.' Ze wees naar het ingewikkelde apparaat dat altijd siste en spuwde als een draak voordat het eindelijk het allerkleinste druppeltje espresso ter wereld aan je afstond.

'Ik vind oplos lekkerder,' zei Benny voor ongeveer de duizendste keer. Al dat gedoe met die bonen kon hem gestolen worden.

'Kom op, kom op, waar ben je nou?' Terwijl Rosa energiek de kussens en het donsbed van het bed trok, vlogen de veertjes haar om de oren. Ze had het hele huis al doorzocht; ze had dezelfde route als gisteravond gelopen en had in het hotel aan Sylvia van de receptie gevraagd of iemand misschien een armbandje had gevonden. Wat niet het geval was.

Hetgeen betekende dat ze het óf had verloren toen ze gisteravond bij Joe was geweest en het nu ergens in de tuin van Compton House lag, óf het voorgoed kwijt was.

Wat weer betekende dat ze het moest vinden óf een nieuw armbandje kopen voordat Layla ontdekte dat haar moeder nog geen twaalf uur had kunnen genieten van het mooie verjaardagscadeau dat ze haar had gegeven.

Nee, nee, dat kon ze niet laten gebeuren, zeker niet na het debacle van vorig jaar met het turquoise hangertje.

Een uur later zag Rosa, toen ze de kruidenierswinkel uit kwam met een pot oploskoffie, tot haar grote geluk Benny en Ingrid langsrijden in hun glanzende grijze Mercedes.

Voor deze ene keer lachte het geluk haar toe. Ze rende bijna de hoofdstraat door en stond binnen een paar minuten voor de muur. Ze was genoodzaakt nog even op de stoep te blijven staan en te doen alsof ze druk bezig was op haar mobiel, maar het duurde niet lang voordat de kust veilig was. Ze stopte de pot koffie in haar T-shirt, klom razendsnel de muur over en liet zich aan de andere kant op de grond vallen. Oef, wat was dat glas koud op haar huid. Ze zette de pot in het gras en doorzocht vijf minuten methodisch het bloembed, het gazon en de plek om Joe's geliefde Japanse esdoorn.

Tevergeefs, het geluk lachte haar niet meer toe. Ze kon het bedelarmbandje nergens vinden. Natuurlijk niet; dat zou al te simpel zijn geweest. Nadat ze nog een keer haar blik over het gazon had laten dwalen, liep ze terug naar de muur, controleerde of de kust veilig was, klauterde er weer overheen en ging naar huis.

Pas toen ze in haar kleine blauw-witte keuken de waterkoker wilde aanzetten, drong tot haar door dat ze de pot oploskoffie op het gazon van Compton House had laten staan.

Oké, ze kon echt niet terug om hem te gaan ophalen. Het risico was te groot. Al was het dan goudmerk…

Dit was de manier waarop het lot haar liet weten dat ze sowieso beter gewoon een pot thee had kunnen zetten.

Shay was vroeg vertrokken uit Elliscombe om naar het vliegveld van Birmingham te rijden. Om halfelf stond hij in de aankomsthal te wachten. Hij keek naar een jongetje van een jaar of drie à vier dat zich losmaakte van zijn moeder om naar de gate te rennen, waar hij zich met een kreet van vreugde in de armen van zijn vader wierp.

Hij vroeg zich af of hij zoiets ooit had gedaan. Vast wel toch? Hij hield van zijn vader en bewaarde gelukkige herinneringen aan samen in de tuin spelen, of autorijden met alle raampjes open, of verstoppertje spelen door het hele huis. Hij herinnerde zich dat hij met zijn moeder zijn vader in de gevangenis had opgezocht, maar wist ook dat het daar niet toegestaan was geweest om zich in zijn armen te werpen. Hij herinnerde zich ook nog dat hij toen zijn moeder ziek was geworden had gedaan alsof er niets aan de hand was en tegen iedereen had verkondigd dat ze zich over hem geen zorgen hoefden te maken.

Nou, wat dat betrof had hij het bij het verkeerde eind gehad, maar hij had zich geestelijk op het onvermijdelijke kunnen voorbereiden naarmate ze steeds zieker werd; hij had leren koken en schoonmaken en was al met al een stuk handiger geworden dan zijn leeftijdgenootjes. En toen zijn moeder uiteindelijk was gestorven – hij was toen twaalf geweest – had hij zich eerder een volwassene dan een kind gevoeld.

Maar hij moest het zijn rouwende vader nageven, hij had zijn best gedaan om zijn vaderlijke plichten te vervullen. Bijna anderhalf jaar lang, waarschijnlijk eerder een kwestie van geluk dan van wijsheid, was het hem gelukt om niet in de problemen te komen, tot hij had toegegeven aan de verleiding van snel geld verdienen en was betrapt bij het uitladen van een lading nepleren jacks voor een nepvriend.

Dat was het moment geweest waarop Shay echt had moeten leren om op eigen benen te staan. Hij wist een gezin uit de buurt zover te krijgen dat ze tegen jeugdzorg zeiden dat hij bij hen woonde, maar hij bleef gewoon in zijn eentje thuis wonen. Zijn gevoel van trots zorgde ervoor dat het hem lukte. In het begin had hij voornamelijk hamburgers, instantnoedels, ovenfriet en toast gegeten, die hij kocht van het geld dat hij uit de trommel haalde die onder de plankenvloer was verstopt. Maar later begon hem dat te vervelen en was hij echt gaan koken, zoals hij van zijn moeder had geleerd. Hij werd ook steeds beter in het huishouden doen en zorgde daarbij ook nog voor de katten en bleef goede cijfers halen op school. Het geld uit de trommel onder de vloer was waarschijnlijk gestolen, wat natuurlijk niet echt ideaal was, maar veel keus had hij niet. Shay was van plan om, zodra hij oud genoeg was, te gaan werken voor zijn geld, maar tot die tijd moest hij doen wat hij moest doen om te overleven.

En nu rende een meisje van ergens in de twintig op hem af, met gespreide armen en gillend: 'Daar ben je!' Hij ging zo op in zijn herinnering dat het even duurde voordat tot hem doordrong dat ze niet naar hem toe kwam rennen. Hij stapte opzij, en het meisje vloog langs hem heen en begon enthousiast haar vriendje te kussen.

Enthousiast en luidruchtig. Terwijl hij zich van het stel verwijderde om zijn trommelvliezen te beschermen, zag hij in de gang een vertrouwde gestalte opdoemen, opgehouden door een gezin van vakantiegangers dat worstelde met hun te grote koffers.

'Pap.' Eindelijk was het zijn beurt om zijn vader te omhelzen, en hij was blij dat zijn vader niet kon zien hoezeer hij was geschrokken van zijn aanblik. Red was altijd een mooie man geweest, blakend van gezondheid, lang en slank, met glinsterende donkere ogen en een ondeugende glimlach. Maar in de paar weken sinds Shay hem voor het laatst had gezien was hij zichtbaar afgevallen, hij bewoog zich trager, had paarse wallen onder zijn ogen en nog meer rimpels in zijn ooit zo aantrekkelijke gezicht.

'Fijn je te zien, jongen.' Red bekeek Shay van een afstandje. De vertrouwde glimlach verscheen om zijn mond. 'Waar staat de auto?'

'Hier vlakbij. Je hoeft niet ver te lopen.'

'Laten we dan maar gauw gaan. Voordat die hasjhonden doorhebben wat ik bij me heb.'

'Je wilt me toch geen hartaanval bezorgen?' Shay grinnikte; die dagen had zijn vader hopelijk allang achter zich gelaten. 'Als je wordt gesnapt met iets wat je niet bij je hoort te hebben, zul je het alleen moeten oplossen.'

Red gaf hem een geruststellend klopje op zijn schouder. 'En, hoe voelt het om terug te zijn in Elliscombe?'

'Behoorlijk gek. Pap, het huis is een puinhoop.'

'Dat weet ik, dat heb je me al verteld. Waar slaap jij?'

'In het Wickham.'

'Echt? Tjongejonge. Chic, hoor.'

'Ze zitten helemaal vol, maar als je wilt, kun je wel bij mij in de suite slapen. Er staat een extra bed.'

'En me iedere keer dat ik wegga door hen laten fouilleren? Nee, dank je. Trouwens, ik ga vanavond weer terug.' Onderweg naar het parkeerterrein voegde Red eraan toe: 'Heb je haar al gezien?'

'Wie?' vroeg Shay zo onschuldig mogelijk.

'Toe zeg, zij runt dat hotel tegenwoordig toch?'

'Heeft iemand je wel eens verteld dat je een akelig nieuwsgierig oud mannetje bent?'

Het gelach van zijn vader ging over in gehoest. 'Ik ben in mijn leven al voor heel wat erger uitgemaakt, dat kan ik je wel vertellen. Is dat horloge een echte Cartier of namaak?'

'Het feit dat jij het verschil niet ziet is de reden dat je zo vaak in de gevangenis bent beland,' zei Shay op vriendelijke toon.

Een uur later waren ze in Elliscombe. Toen ze door de hoofdstraat reden, knikte Red naar het Wickham. 'Hoe was het? Om haar weer te zien?'

'Kun je eindelijk eens ophouden met dat kruisverhoor?'

'Ik heb dat meisje altijd graag gemogen. En jij ook.'

'Dat is dertien jaar geleden. We zijn allemaal veranderd.'

'Diep vanbinnen niet.'

Wat wilde zijn vader nu van hem? Shay nam de afslag die hen naar hun oude huis zou brengen en zei op vastbesloten toon: 'Ze gaat trouwen.'

Red trok zijn wenkbrauwen op. 'Nou en? Daar kun je iets aan doen.'

Shay keek hem aan. 'Waarom zou ik dat willen?'

'Oké, ik zeg al niks meer.' Red deed alsof hij zijn lippen dichtritste.

Een paar minuten later stonden ze voor het huis.

'Jezus, je hebt niks te veel gezegd.'

Shay hielp hem uit de auto. 'Het is nog erger dan het lijkt.'

Zijn vader wilde per se alles met eigen ogen zien. Aan de overwoekerde tuin was nog wel wat te doen, maar het huis zelf vroeg om een grondige aanpak die heel wat geld zou gaan kosten. De muren en plafonds waren beschimmeld, er was overal vocht omhooggetrokken, de kozijnen waren verrot, de deuren kapot, de ramen waren dichtgetimmerd en er ontbraken vloerplanken. In de keuken groeide klimop; binnen waren brandplekken op de muren te zien en vochtplekken op de plafonds en vloeren. De meubels die er nog stonden waren onbruikbaar. In de grote slaapkamer lag op de grond een smoezelige matras vol brandgaatjes van sigaretten. Iemand had PEACE AND LOVE op een van de muren gespoten en iemand anders – waarschijnlijk – had er in nog grotere letters FUCK THE WORLD onder gekalkt.

'Als ik die klootzakken die dit hebben gedaan in mijn handen krijg...' Red schudde vol afkeer zijn hoofd. 'Wat bezielt dat soort mensen? Het is mijn huis, niet dat van hen.'

Shay zei niets over de dubbele moraal die zijn vader er blijkbaar op na hield. 'Ik had je gewaarschuwd. Het is te herstellen, maar dat kost tijd. Luister, ik heb gisteren de makelaar gebeld. Wat denk je ervan om daar even naartoe te gaan, gewoon even kijken wat ze zoal hebben? Als je hier per se weer wilt gaan wonen, dan is het gemakkelijker om iets anders te kopen of huren.'

'Gemakkelijker,' herhaalde zijn vader smalend.

'En ook sneller. Er staat een fantastisch huis te koop in Comer Street, net gerenoveerd, alles wat je maar kunt bedenken, muren, dak, elektriciteit, de hele mikmak. Het staat leeg, dus je zou er deze maand nog in kunnen.'

'En jij vindt dat ik dat zou moeten doen?'

'Het is aan jou, pap. Ik vind alles prima. Ik dacht alleen aan... Nou ja, ik bedoel, tijd speelt ook een rol.'

'Je bedoelt dat het, als het een halfjaar kost om de boel op te knappen, nogal irritant zou zijn als ik een dag voor de oplevering de pijp uit ga?'

Zijn vader benaderde de situatie met zijn karakteristieke luchtigheid en humor. Shay besloot het over dezelfde boeg te gooien. 'Zo irritant ook weer niet. Ik zou het dan meteen te koop kunnen zetten.'

Reds gelach veranderde weer in een hoestbui, waarna hij steun moest zoeken bij een afbladderende muur om weer op adem te komen.

'Kom,' zei Shay, 'laten we eerst ergens wat gaan lunchen.'

'Ik heb geen trek.'

'Je moet eten.'

'Ik heb meer zin in drinken.'

'Pap...'

'Je hoeft me niet zo aan te kijken,' zei Red zonder enig berouw in zijn stem. 'Op dit moment is mijn lever nog het gezondste deel van mijn lichaam. Ik vind dat hij wel een beloning verdient wegens goed gedrag, wat jij?'

Didi, die net het postkantoor had verlaten, stond zo druk naar Rosa bij de bushalte te zwaaien dat ze geen idee had wie er links van haar stond tot ze zich omdraaide en tegen hem op botste.

'Oef! Sorry! O!' Ze maakte zich gauw los van Shay. Het was zowel opwindend als beschamend dat ze tegen hem op was gebotst, want stel dat hij dacht dat ze het expres had gedaan.

'Ah, daar heb je d'r. Leuk je weer te zien! En wat zie je er goed uit. Kom eens hier, meisje.' Red Mason nam haar in zijn armen, en Didi merkte dat ze hem iets langer moest vasthouden dan normaal om te verbergen dat ze was geschrokken van zijn aanblik. Hij was ontzettend veranderd.

'Het geeft niet,' zei hij. 'Je hoeft heus niet te zeggen dat ik er goed uitzie. Dat zou behoorlijk ongeloofwaardig zijn.'

Haar hart smolt; vanbinnen was hij onveranderd, hij nam zichzelf nog steeds niet serieus. 'Wat fijn om je te zien. Shay zei dat je erover dacht om hier weer te komen wonen.'

'We zijn net bij Maurice Welsh geweest.' Red wees naar het makelaarskantoor achter hem en toen naar de stapel papier in zijn hand. 'Allemaal huizen.'

'O!' Didi stond verbaasd. 'Ik dacht dat je per se in je eigen huis wilde.'

Met een spijtige blik zei hij: 'Dat is ook zo, maar mijn jongen ziet dat niet zo zitten. Hij denkt dat er te veel moet gebeuren.'

'Ik heb niet gezegd te veel. Ik dacht alleen aan hoe lang het zou gaan duren,' zei Shay, zo te horen niet voor het eerst.

Didi knikte diplomatiek naar de papieren in Reds hand. 'Zit er iets bij, denk je? In Windsor Street is een heel leuk huis waar sinds deze week een TE KOOP-bord bij staat.'

'We zijn op weg naar de Prince om iets te drinken,' zei Red op joviale toon. 'Heb je soms zin om mee te gaan, als je baas het tenminste goedvindt dat je lunchpauze neemt?'

'Papa is met pensioen. Ik ben de baas,' zei Didi.

Hij gaf haar een knipoog. 'Dat weet ik. Shay vertelde dat. Nou, hoe zit het, kun je jezelf twintig minuten vrijgeven? Ik trakteer.'

'Oké dan, eentje. Maar dan ga ik eerst snel even aan Sylvia vertellen waar ik ben.'

Red tuurde naar de andere kant van de hoofdstraat. 'Is dat Rosa Gallagher? Waarom staat ze in godsnaam bij de bushalte te wachten?'

'Ja, dat is Rosa. Joe is drie jaar geleden overleden,' vertelde Didi.

'Ja, dat heeft Shay me ook verteld. Oude mensen, bah!' Hij schudde zijn hoofd. 'Dat wordt maar ziek en gaat maar dood, het is ronduit deprimerend. Maar ik begrijp nog steeds niet waarom Rosa op de bus staat te wachten.'

Toen Didi even later de Prince of Wales binnen kwam, zaten Shay en Red al in een alkoof van het café. De tafel was bezaaid met huizenfolders, en de pubeigenaar had hun net een ijsemmer met een fles prosecco en drie glazen gebracht.

'Ik dronk dit vroeger nooit, maar sinds kort begin ik het lekker te vinden.' Red tikte met zijn glas tegen die van hen. 'Altijd leuk als er een reden is om iets te vieren, zeg ik altijd maar.'

'Absoluut.' Didi nam een slokje, zich bewust van Shays elleboog die de hare bijna raakte.

'En gefeliciteerd nog.'

'Waarmee? O, omdat ik het hotel nu run? Het is fantastisch, ik vind het echt hartstikke leuk.'

'Eigenlijk bedoelde ik de verloving. Behoorlijke steen die je daar hebt.' Red pakte haar linkerhand. 'Wie is de gelukkige? Hij heeft wel verstand van diamanten, dat moet ik hem nageven. Heel goede smaak.'

Gisteravond had Shay het onderwerp zorgvuldig vermeden. Om niet te laten merken dat ze ineens een beetje verlegen werd, zei ze: 'Hij is ook fantastisch. Hij heet Aaron en hij heeft ook een goede smaak in vriendinnen.'

Red lachte. 'Ja, natuurlijk. Ik had niet anders verwacht. Hoe hebben jullie elkaar leren kennen?'

'Twee jaar geleden met kerst. Hij was op een wijnproeverij in het hotel, en toen raakten we in gesprek. En daarna vroeg hij me mee uit eten. En zo is het begonnen.'

'Romantisch,' zei Shay.

Ze stoof op. 'Dat was het heus wel!'

'Je moet haar niet zo plagen. Je weet niet hoe die dingen gaan. Je weet alleen dat het een keer gebeurt. Vroeg of laat.' Red gaf Shay een por. 'Heb jij Didi al verteld hoe je die laatste vriendin van je hebt leren kennen?'

'Nee, nog niet,' antwoordde Shay kalm.

Red nam een slok prosecco en boog zich toen naar Didi toe. 'Hij was naar de bank en hij had haast en toen vroeg hij haar of hij voor mocht. En ze zei nee, want ze had zelf ook haast. Wat hem natuurlijk irriteerde. Maar toen hij de bank uit kwam, stond ze op hem te wachten en vroeg of hij een keer iets met haar wilde gaan drinken. En hij zei ja.'

'Wauw.' Het sarcasme in haar stem was misschien nauwelijks hoorbaar, maar ze zorgde ervoor dat het er wel was. Met opgetrokken wenkbrauwen keek ze Shay aan en zei: 'Dat is pas romantisch.'

'Tja.' Hij haalde zijn schouders op. 'Het echte leven is niet altijd een Richard Curtis-film.'

Red ging onverstoorbaar verder: 'Hoe lang heb je ook alweer iets met Rebecca gehad? Drie maanden? Ik ben eigenlijk vergeten waarom het is uitgegaan. Was het omdat ze verslaafd was aan sudoku's?'

'Pap, kunnen we alsjeblieft van onderwerp veranderen?'

'O, ik weet het alweer. Jij hebt het uitgemaakt omdat ze verslaafd was aan spreadsheets.'

Ter verdediging van Shays ex-vriendin en van alle goedgeorganiseerde mensen in het algemeen zei Didi: 'Er is niks mis met een mooie spreadsheet.'

Red keek haar met glanzende ogen aan. Toen deed hij een greep in de stapel folders. 'Oké, laten we hier eens naar kijken. Didi, laat jij je professionele blik er eens over gaan, want ik vertrouw die slijmerige klootzak van een Maurice Welsh niks.'

Twintig minuten later schoof ze haar stoel naar achteren. 'Ik moet echt terug. Als ik jou was, zou ik zeker naar die bungalow in Bray Hill gaan kijken en naar de cottage achter het tuincentrum. Deze hier zou ik maar vergeten.' Ze wees naar een huis dat Shay wel leuk had geleken. 'Het gezin dat er sinds kort naast woont zorgt voor allerlei soorten overlast, en dat kun je missen als kiespijn.'

'Als er al iemand voor overlast zorgt,' zei Red, terwijl hij haar omhelsde, 'dan ben ik dat liever zelf.'

Rosa had haar dag liever anders doorgebracht, maar het moest. Rond lunchtijd had ze de bus naar Cheltenham genomen, een trage, bochtige rit van een uur en een kwartier. In Cheltenham was ze naar de juwelier gegaan waar Layla de armband had gekocht. Nadat ze het dunne zilveren kettinkje had gevonden en de bedeltjes die Layla had uitgekozen bij elkaar stond te zoeken, zei de vrouw die haar hielp: 'Dat is toevallig, vorige week heeft iemand precies dezelfde gekocht!'

'Dat was mijn dochter.' Rosa vroeg zich af of er geen korting in zat. 'De bedeltjes betekenen allemaal iets speciaals voor ons, en ze heeft me die armband gisteren voor mijn verjaardag gegeven, en ik vond hem natuurlijk meteen mooi, maar vanochtend was ik hem kwijt. Misschien dat er iets met de sluiting was...'

'O nee, onze sluitingen zijn prima!' De vrouw schudde zo verwoed haar hoofd dat haar onderkinnen ervan trilden. 'Er is nog nooit iets mis geweest met een sluiting van ons; u hebt hem gewoon niet goed vastgemaakt.'

Nou, die korting kon ze wel vergeten. Rosa was genoodzaakt bijna tweehonderd pond, die ze zich niet kon veroorloven, te betalen voor de nieuwe armband. Wat betekende dat ze de komende tijd op andere dingen moest bezuinigen. Het kwam erop neer dat ze veel toast zou moeten eten. En nog wat meer poppen maken, en dan het liefst voor klanten die ook daadwerkelijk betaalden.

Nou ja. In elk geval hoefde Layla niet te weten dat ze de armband al na een paar uur kwijt was geraakt. En de bus bracht haar – armer maar wijzer – alweer terug naar Elliscombe.

Nadat de bus was gestopt bij de halte op het marktplein, stond Rosa achter een ouder echtpaar te wachten tot ze kon uitstappen. Toen ze naar buiten keek, zag ze dat het indrukwekkende hek van Compton House openstond en dat Benny en Ingrid terug waren van waar ze die ochtend dan ook naartoe waren geweest. In de tijd die het haar had gekost om naar Cheltenham en terug te gaan, konden zij naar Londen zijn geweest... of naar Devon... Zo zag je maar weer eens hoe...

'Au.' Ze miste de laatste trede, viel op de stoep en voelde de pijn als een mes door haar knie schieten.

'Let dan ook op,' zei de oudere vrouw voor haar.

Haar man slaakte een geïrriteerde zucht. 'Ze kwam ook nog bijna op mijn voet terecht!'

Au au au! Rosa had het gevoel alsof haar knie in brand stond. Ze greep beschaamd naar haar been, niet in staat om op te staan.

'Gaat het?' riep de chauffeur.

Blij dat in elk geval iemand zich om haar bekommerde, toverde ze een vrolijke, o zo Britse lach tevoorschijn. 'Ja hoor, niets aan de hand. Dank u!'

'Fijn.' De buschauffeur nam zijn voet van het rempedaal en reed weg, bijna over haar handtas heen, die op zijn kop in de goot lag.

'Hallo, zou u alstublieft mijn tas willen pakken?' riep Rosa het echtpaar na, maar ze liepen al door, tegen elkaar mopperend over mensen die niet keken waar ze hun voeten neerzetten. Maar toen hoorde ze iemand komen aansnellen.

'Ongelofelijk dat ze gewoon weglopen en jou laten liggen! Kun je je bewegen? Of moet ik een ambulance bellen?'

'Nee, dat hoeft niet.' Rosa schudde haar hoofd naar Benny Colette. 'Het gaat zo wel weer. Maar als je mijn tas zou willen pakken...'

Benny ging op zijn hurken zitten, pakte de tas op als een man en vloekte toen de hele inhoud eruit vloog. Snel begon hij alles bij elkaar te rapen, lippenstift, mobiel, huissleutels en het met donkerblauw papier ingepakte doosje van de juwelier. Nadat hij alles weer in de tas had gestopt, zei hij: 'Zo, ik denk dat dat alles wel is. Zal ik je dan nu maar overeind helpen?'

De ironie van de situatie ontging haar niet. Ze was anderhalf jaar lang zonder enig probleem de muur van Benny's tuin over geklauterd, en nu had ze haar knie bezeerd door één kleine misstap. Het ergste was nog wel dat het kwam omdat ze met open mond had staan staren naar hem en Ingrid, met hun designerkleren en dure auto en volmaakte leven.

'Benny, wat doe je!' Aan de kortaffe manier waarop ze het met haar Zweedse accent had gezegd was te merken dat ze geen enkel geduld met hem had. 'Ik moet naar binnen, en jij hebt de sleutels.'

Een vrouw van middelbare leeftijd die Rosa had zien vallen kwam met een pakje zakdoekjes aanzetten. 'Ocharme. Ik kan niet goed tegen bloed, daar word ik altijd een beetje misselijk van, maar als je wilt, mag je deze wel hebben... O nee, er zit ook bloed op je hand... Daar kan ik echt niet tegen...'

Rosa, die het vreselijk vond om in het middelpunt van de belangstelling te staan, nam het pakje zakdoekjes aan, en de vrouw haastte zich weer weg. Andere mensen bleven staan om het tafereel van een afstandje te bekijken; het was net zoals in zo'n droom waarin iedereen op straat naar je staart en het ineens tot je doordringt dat je naakt bent.

'Benny, schiet nou op!' beval Ingrid, toen Benny Rosa onhandig overeind probeerde te helpen.

Toen zei een andere stem: 'Rosa, ben jij dat? Kan ik je ergens mee helpen?'

Rosa draaide zich om en glimlachte gegeneerd. 'Hallo, Shay, ik had al gehoord dat je terug was. Red, hoi.' God, wat was die man mager geworden.

'Benny!' viel Ingrid uit.

Shay en Benny hielpen Rosa samen overeind. Toen ze haar gewicht op haar knie zette, slaakte ze een kreetje van pijn.

'Ik heb haar.' Shays arm lag stevig om haar middel.

'Zeker weten?' Zichtbaar opgelucht zei Benny: 'Ik hoop dat je je snel weer beter voelt.' Daarna haastte hij zich naar Compton House.

'Wie zijn dat?' Verbluft keek Red hem na. 'Werken ze bij jou? Nou, dan zou ik ze maar ontslaan als ik jou was. Allemachtig zeg.'

'Ik woon daar niet meer. Zij wonen er nu.' Rosa bloosde. Een paar toeristen stonden foto's van haar te maken, zichtbaar opgetogen over het bloed dat over haar scheenbeen druppelde. 'Zou je me naar die bank daar kunnen helpen, dan kan ik even zitten en wachten tot de ergste pijn wegtrekt...'

Shay schudde zijn hoofd al. 'Waar woon je nu dan? Ik breng je wel even, mijn auto staat daar.'

Omdat alles beter was dan door iedereen te worden aangestaard, zei ze: 'O, nou ja, als je dat echt wilt... Dat is erg aardig van je.'

6

'Frog Cottage. Gek dat je hier nu woont.' Reds ogen klaarden op toen ze voor het huis stopten. 'Ik bewaar goede herinneringen aan dit huis. Ik heb ooit kort iets met Julie gehad.'

'Jij hebt zo'n beetje met alle vrouwen hier uit de buurt wel kort iets gehad,' wees Shay hem erop.

'Julie is bij haar zus in Kaapstad gaan wonen,' vertelde Rosa. 'Ik heb geluk gehad; ik had niet veel geld, en dit huis kwam precies op het goede moment op de markt. Er was ook een stelletje dat het wilde kopen, maar die waren zo stom om te zeggen dat de huiskamer wel een kwastje kon gebruiken. Julie was woest en heeft ze eruit gezet. Omdat ze wist dat ik haar huiskamer juist mooi vond zoals die was, heeft ze het huis aan mij verkocht.'

'Dus die muurschildering zit er nog? Ik vond hem prachtig. Ik sta er ook op,' zei Red.

'Echt?' Rosa fronste; dat was nieuw voor haar.

'Geloof je me niet? Ik zal je het laten zien.' Hij opende het portier en stapte voorzichtig uit.

'O, dat hoeft niet. Bedankt voor de lift, maar...' Rosa kromp ineen toen Shay haar de auto uit hielp.

'O, wil je me soms niet binnen hebben? Bang dat ik er met het familiezilver vandoor ga? Nergens voor nodig. Ik ben een eerzaam burger tegenwoordig. Ik kan me bovendien toch niet meer snel genoeg uit de voeten maken.' Hij zweeg even. 'Dat was een grapje, hoor. Ik heb nooit bij mensen ingebroken of dingen gejat van mensen die ik kende.'

'Dat weet ik wel.' Hij was meer van het sigaretten smokkelen geweest. Op Shay steunend pakte ze haar huissleutel uit haar tas. 'Natuurlijk mogen jullie mee naar binnen.' Na een korte stilte liet ze erop volgen: 'Bovendien valt er bij mij toch niets te halen.'

De muurschildering in de huiskamer, die een hele wand besloeg, was Julies grote trots geweest. In drie weken tijd had ze een eigenzinnige, kleurige versie van Elliscombe geschilderd, compleet met huizen, tuinen, winkels en inwoners. Iedereen die ze kende had ze erop afgebeeld, en de meesten waren ook herkenbaar.

Tevreden liet Red zijn blik over de muurschildering glijden. 'Ach, nog net zo mooi als toen. Ze had echt talent.'

'Ik zie nu ineens waar jij bent.' Rosa leunde tegen de tafel om haar knie te ontlasten. 'Ik wist niet dat jij en Julie iets hebben gehad. Maar dat ben jij, hè?' Ze wees naar de geschilderde versie van Frog Cottage, met haar mooie tuin en kleine vijver compleet met kikkers, en de donkere gestalte van een bezoeker die uit wat ooit Julies slaapkamerraam was geweest klom.

'Nee, je wist het niet omdat we heel discreet waren. En ja, dat ben ik, ik ga er als een pijl vandoor omdat haar vader eraan kwam. Kijk, daar heb je hem.' Red wees naar een politieauto die de bocht om kwam, met Julies vader achter het stuur. 'Je snapt dat hij me niet zo zag zitten.'

'Dat lijkt me inderdaad niet zo raar,' zei Shay.

Nu Rosa wist wie Julies bezoeker was geweest, zag ze ook vaag een gelijkenis. Ze wees naar een vrijstaand huis op een ander gedeelte van de muurschildering, aan de weg die naar Bourton-on-the-Water liep. 'Kijk, je was niet de enige stouterd; daar sluipt nog iemand een achtertuin uit... O!' Ze begon te lachen toen ze de blik op Reds gezicht zag.

'Ja.' Hij keek berouwvol. 'Dat was ik ook. Het was Julies manier om me te laten weten dat ze wist wat ik uitspookte als ze de stad uit was.'

Rosa was blij dat Julie er niet meer was om de geheimen van de stad te schilderen; stel je voor dat ze zelf op de muurschildering zou staan afgebeeld, schuldbewust rondhangend in de schaduw van de tuin van Compton House.

Met Shays hulp ging ze in haar rode fluwelen stoel naast de

open haard zitten. Ze boog voorzichtig haar knie en veegde het opgedroogde bloed af met warm water en zakdoekjes. De zwelling viel mee, en ze had ook al wat minder pijn. Met een beetje geluk en wat drukverband zou ze snel weer de oude zijn.

'Maar genoeg over mijn duistere verleden.' Reds blik werd getrokken naar de voorwerpen op de eettafel bij het raam. 'Wat zijn dat? Sorry...'

Toen hij niet meer hoestte, zei Rosa: 'Ga zitten, als jullie tenminste geen haast hebben om weg te gaan. Dan zet ik een pot thee voor ons.'

'Nee, jullie zijn de invaliden hier. Ik zet wel thee.' Shay stak zijn hand op om haar ervan te weerhouden op te staan. Daarna liep hij de kleine keuken in.

Red pakte twee poppen van tafel en ging toen in de blauwe stoel tegenover haar zitten. 'Heb jij die gemaakt?'

'Ja.'

'En je verkoopt ze ook?'

Ze glimlachte. 'Dat is wel de bedoeling, want er moet brood op de plank komen.'

'Ik vond het heel erg toen ik hoorde dat Joe dood was. Hij was een fantastische kerel.'

Ze knikte en keek even naar de trouwring die ze nog steeds droeg. De leegte bleef; ze miste Joe nog net zo erg als in het begin, maar met het verstrijken van de tijd was ze er wel handiger in geworden om de leegte te ontwijken. 'Ja, hij was echt fantastisch. Ik heb veel geluk met hem gehad.'

'Ik weet niet wat er is gebeurd,' zei Red op meelevende toon, 'maar het zal niet gemakkelijk zijn geweest om uit dat grote huis te moeten vertrekken.'

Vergeleken met doorgaan met leven zonder de man van wie ze zielsveel had gehouden, was uit Compton House vertrekken en in Frog Cottage gaan wonen helemaal niet moeilijk geweest. Maar dat haar leven zo'n beetje van de ene op de andere dag op zijn kop was gezet was natuurlijk niet ideaal geweest. Geen enkele recentelijk weduwe geworden vrouw zou dat boven aan haar verlanglijstje hebben gezet.

'Ach, je raakt eraan gewend.' Omdat ze geen zin had hem het hele verhaal te vertellen, haalde ze haar schouders op. 'Maar inderdaad, ik ben met die poppen begonnen in een poging wat geld te verdienen. Een vriendin van me heeft een kleindochter met een wijnvlek op haar gezicht en hals en ze vroeg waarom haar poppen niet op haar leken, en toen heb ik er eentje gemaakt die wel op haar leek. Ze vond haar prachtig. En daardoor kwam ik op het idee om een website te beginnen waar mensen om poppen kunnen vragen met speciale kenmerken.'

Ze wees naar een jongenspop met stekelig blond haar, een brilletje en een been dat boven de knie was geamputeerd. Hij droeg een blauw-wit gestreept shirt en een korte rode broek, en hij had sproetjes en een scheef grijnsje om zijn mond. 'Die is voor een jongetje van vier. Hij heet Robbie en woont in Nieuw-Zeeland en hij is bij een ongeluk zijn onderbeen kwijtgeraakt. En die andere pop is voor een klein meisje dat Jade heet en in Londen woont. Ze heeft vitiligo, en haar moeder heeft me een foto gestuurd zodat ik de plekken op haar gezicht en lichaam waar geen pigment zit precies kan nabootsen.'

Red keek bewonderend naar de poppen. 'Ze zijn fantastisch.'

'Ik vind het ook heel leuk om te doen. Ik krijg vaak foto's toegestuurd van de kinderen met hun nieuwe pop. Vorige week kreeg ik nog een video van een vijfjarig meisje dat het pakje met de pop erin openmaakt. Nadat ze hersenvliesontsteking had gehad, moesten er bij haar een arm en een voet geamputeerd worden. Ze nam de pop meteen in haar armen en riep almaar: "Mijn pop lijkt precies op mij!"' Ze vertelde hem maar niet dat ze de video steeds opnieuw had bekeken en iedere keer weer tranen in haar ogen had gekregen.

Toen de thee op was, vroeg Shay: 'Hoe gaat het nu met je knie?'

Rosa strekte en boog haar been even. 'Al een stuk beter. Niet gebroken.' Hoewel het nog wel even zou duren voordat ze weer over een hoge muur zou kunnen klimmen en in iemands tuin springen.

'Fijn. Pap, we moeten echt terug naar Birmingham, anders mis je je vlucht nog.'

Red knikte. Hij zag er ineens moe uit toen hij opstond, maar zijn gezicht mocht dan misschien smaller zijn dan vroeger, zijn lach was nog net zo ontwapenend. 'Ja, we moeten gaan. Ik vond het leuk je weer te zien, Rosa. En dank je wel dat je me die muurschildering nog een keer hebt laten zien.' Er verscheen een ondeugende blik in zijn ogen. 'Veel mooie herinneringen. Pas goed op jezelf,' voegde hij eraan toe, terwijl hij haar een kus op haar wang gaf. 'Voorzichtig met die knie van je en niets doen wat ik ook niet zou doen.'

Het was bijna alsof hij wist wat ze had gedaan. Daarbij was het een vreemd gevoel – alsof ze zich aanstelde – dat iemand die er zelf zichtbaar erg slecht aan toe was haar aanraadde om voorzichtig te zijn met haar knie. Hardop zei ze: 'Ik vond het ook leuk om jou te zien.'

Zijn vader sliep de hele weg naar het vliegveld aan de rand van Birmingham. Nadat Shay de auto had geparkeerd en Red wakker gemaakt, vroeg hij: 'Nou, wat vond je van het huis, nu je het hebt gezien?'

'Welk huis? Dat van Rosa?'

'Jouw huis, waar je weer wilde gaan wonen. Dat compleet onbewoonbare huis?'

'Maar het is de enige plek waar ik wil wonen. We zijn daar gelukkig geweest,' zei Red. 'Ik wil wat ik nog heb aan tijd daar doorbrengen.'

Shay onderdrukte een zucht. Uit ervaring wist hij dat zijn vader als hij eenmaal zijn zinnen op iets had gezet, niet meer van mening zou veranderen, ook niet als het een volslagen onzinnig plan was. 'Goed, dan zal ik wat aannemers laten komen. Kijken wat die te melden hebben.'

'Ik wil dat jij het doet.'

'Dat is onpraktisch. Ik kan het onmogelijk helemaal in mijn eentje doen.'

'Maar wel een gedeelte. Je kunt wat dingen uitbesteden en de werkzaamheden in de gaten houden.'

'Ik wilde vakantie houden,' bracht Shay hem in herinnering. 'Daar was ik aan toe, weet je nog? Na een paar jaar lang non-stop te hebben gewerkt?'

'Ik ben stervende.'

'O, dus nu gaan we emotionele chantage gebruiken?'

'Nu?' Een klein lachje. 'Dat was ik de hele tijd al van plan.'

Natuurlijk. Je ophanden zijnde dood was zo'n beetje de mooiste troefkaart die je kon uitspelen.

'Zou je niet liever in Edinburgh blijven, bij Angela?' vroeg Shay, hoewel hij het antwoord op die vraag al wist.

'Nee. Ze begint iedere keer dat ze naar me kijkt te huilen. Ik heb geen zin om haar de hele tijd te moeten troosten omdat ze het erg vindt dat ik doodga.' Zijn vader schudde berustend zijn hoofd. 'En ik wil ook niet dat ze hiernaartoe komt. Het is makkelijker om er gewoon een punt achter te zetten. Ik wil gewoon mijn laatste dagen in Elliscombe doorbrengen, in ons oude huis. En ook wat meer tijd met mijn zoon doorbrengen, om alle maanden die we gemist hebben in te halen.'

Maanden? Eerder jaren. Droog zei Shay: 'Ik kon er niks aan doen dat je steeds weer de gevangenis in draaide.'

'Dat weet ik maar al te goed. En daarom kan ik je ook niet dwingen. Het is aan jou, Shay. Als je het niet wilt, dan hoeft het niet. Je kunt gewoon nee zeggen.' Hij hoestte zacht. 'Zoals ik zei: ik kan je niet dwingen.'

Dat wisten ze allebei. Net zoals Shay ook al wist dat hij met geen mogelijkheid nee kon zeggen.

Maar het was wel ironisch. Red had zijn hele leven risico's genomen om maar wat geld te verdienen. En nu Shay veel meer bij elkaar had verdiend dan zijn vader ooit voor elkaar had gekregen, was het misschien wel te laat om Reds laatste wens in te willigen.

Nadat Shay zijn vader naar de gate had gebracht liep hij weer naar buiten, de zon in. Naast zijn auto stond inmiddels een rode Bentley Continental, en een vrouwelijke chauffeur stond koffers uit de kofferbak te laden terwijl een echtpaar van in de zeventig toekeek, met hun paspoorten en boardingpassen stevig in hun handen geklemd.

'O sorry, schat, kun je er niet langs? We zijn zo weg...'

'Het geeft niet,' zei Shay tegen de oudere vrouw, die verontschuldigend met haar hand wapperde. 'Neem maar rustig de tijd.'

'Ongelofelijk, hè, dat we met die mooie auto zijn gekomen.' Met glanzende ogen vertrouwde ze hem toe: 'Hij is niet van ons, hoor. Het is een echte Bentley! Deze lieve jongedame heeft ons opgehaald van ons huis in Solihull... Ik heb onderweg steeds gezwaaid, als een koningin! En je raadt nooit waar we naartoe gaan...'

'Marjorie, rustig nou, schat.' Marjories man schudde zijn hoofd. 'Die jongeman wil vast niet weten waar we naartoe gaan; hij wil alleen maar bij zijn auto kunnen en wegrijden.'

'O sorry, maar ik ben ook zo opgewonden,' zei Marjorie.

'Dat merk ik, en dat is ook logisch toch?' Shay vond haar enthousiasme juist leuk. 'Ik zou heel graag willen weten waar jullie naartoe gaan.'

'Het is een cadeau van onze kinderen, voor ons gouden huwelijksjubileum.' Ze straalde van trots. 'Ik heb mijn hele leven al naar Venetië gewild, maar dat konden we ons nooit veroorloven, met de kinderen en zo, maar nu gaan we er een hele week naartoe! In een echt hotel! Ik moet mezelf steeds in mijn arm knijpen, want ik ben bang dat ik het alleen maar droom... Wij allebei, hè, lieverd?'

'Nou, je knijpt mij in elk geval wel steeds, dat kan ik wel zeggen. Je lijkt wel bezeten,' zei haar man.

'Het wordt vast fantastisch,' zei Shay.

Marjorie knikte blij. 'O ja. Ben jij wel eens in Venetië geweest?'

En dat was voldoende; in een flits was hij weer in Hotel Ciati en plaagde hij Didi met haar vals zingen, gevolgd door hun betoverende ontmoeting op het besneeuwde San Marcoplein, waar ze samen een sneeuwpop hadden gemaakt, een fles goedkope prosecco hadden gedeeld en die eerste steek van wederzijdse aantrekkingskracht hadden gevoeld.

'Ja, ik ben er wel eens geweest,' zei hij. 'Het is een stad om nooit te vergeten.' Voor hem stond Marjorie nog steeds blij te knikken, maar in zijn geest was hij weer in Venetië en zag hij Didi met gespreide armen sneeuwvlokken vangen op haar tong. Zou ze dat zelf nog weten? Waarschijnlijk niet. Terwijl hij het nooit was vergeten, zoals hij nooit was vergeten dat hij toen had beseft dat hij zich nog nooit zo had gevoeld, wat betekende dat het misschien het begin van iets zou kunnen zijn…

De blonde chauffeur sloot de inmiddels lege kofferbak van de Bentley met een duur klikje. Ze had de koffers van haar klantjes netjes naast elkaar opgesteld om ze samen te kunnen duwen, als een tandem. 'Ik neem deze, en dan laat ik jullie zien waar jullie heen moeten. Voor jullie het weten, zijn jullie al in de lucht!'

'Dank je, schat, heel aardig van je. O, zou je met ons op de foto willen? Mag dat?'

'Ik maak wel een foto,' bood Shay aan toen Marjorie haar mobieltje pakte.

'Ik ga heel veel foto's maken komende week.' Ze gaf hem het toestel en klapte verrukt in haar mollige handen. 'Honderden! Zodat Bob en ik de rest van ons leven herinneringen aan deze vakantie hebben!'

'De rest van ons leven.' Bob knikte. 'En nou maar hopen dat het vliegtuig niet neerstort.'

7

Op vrijdagavond, na haar werk, nam Didi een douche en trok een grijs zijden vestje en een spijkerbroek aan. Ze borstelde de klitten uit haar natte haar, werkte snel haar make-up bij en pakte haar lievelingsgeurtje. Oké, niet echt dus. Zich een beetje schrap zettend haalde ze de dop van de parfumfles die ze met kerst van Aaron had gekregen en richtte toen op haar hals en polsen. Het was niet haar soort geurtje, maar Aaron had het speciaal voor haar uitgezocht bij een of ander speciaal zaakje in Covent Garden; zelf vond hij het heerlijk ruiken, en hij had gewoon geweten dat zij dat ook zou vinden. Afgelopen weekend had hij gevraagd waarom ze het niet ophad, en toen ze had gelogen dat ze het de hele week al had opgehad, had hij naar de bijna volle fles op haar ladekast gekeken en op betekenisvolle toon gezegd: 'Dan doe je er wel lang mee, hè?'

Want dat was het irritante aan parfums waar je niet zo dol op was; zelfs het allerkleinste wolkje leek eeuwig om je heen te blijven hangen.

Ze hield de fles uit het raam en spoot krachtig een stuk of twintig keer, in de hoop dat de geur zou oplossen in de buitenlucht en niet haar slaapkamer in zou vliegen. Haar telefoon maakte een *ping*-geluid. Ze keek naar het berichtje van Aaron: Kun je me komen ophalen? Ik kom om halfacht aan. Heb je gemist xx

Ze antwoordde: Geen probleem, tot zo.

Ineens drong tot haar door dat ze een foutje had gemaakt, en ze stuurde gauw nog een bericht: Sorry, duim gleed uit, ik heb jou ook gemist xx

Hoewel het net zeven uur was geweest, stapte ze in haar auto en reed vast naar Moreton-in-Marsh. De trein vanuit Paddington deed er anderhalf uur over, en Aaron zei altijd dat het weekend voor hem pas begon als ze hem opwachtte op het station en hem met een kus begroette.

Toen ze aan de rand van Elliscombe de bocht om kwam, zag ze de blauwe auto op de overwoekerde oprit van Hillcrest staan. Ze ging automatisch wat langzamer rijden, en haar hart maakte een sprongetje toen ze hem om de hoek van het huis zag komen, pratend in zijn telefoon. Hij stopte en keek naar haar.

Stoppen of niet stoppen? Dat was de vraag.

Haar voet nam de beslissing voor haar en trapte op de rem.

'Hoi,' zei Shay toen ze uitstapte.

'Praat maar verder, hoor.' Didi gebaarde naar de telefoon in zijn hand. 'Ik was gewoon benieuwd hoe het hier ging.'

'Het was geen telefoongesprek, ik sprak wat dingen in, dingen die er moeten gebeuren. Zo'n beetje alles dus.'

'Is het zo erg?'

'Wil je het zien?'

Ze knikte en liep achter hem aan het huis in waar ze bijna dertien jaar niet was geweest. Hoewel het er toen niet bepaald luxueus was geweest, hielden Shay en zijn vader het keurig op orde. Alleen de vrouwelijke hand had ontbroken, maar dat was logisch. En ze hadden het huis dan misschien niet volgeplempt met kussentjes en kaarsen en qua kleur op elkaar afgestemde handdoeken in de badkamer, er had ook geen dode rat in de huiskamer naast de open haard gelegen, zoals nu wel het geval was, met zijn pootjes in de lucht.

'Niet op letten.' Shay, die haar geschokte blik zag, zei: 'Het is gewoon een gevaar voor de volksgezondheid.'

Ze liep achter hem aan naar de keuken. 'Het is een gevaar voor alles. Pas op je hoofd.'

Ze had hem nog net op tijd gewaarschuwd; hij bukte zich om het dikke spinnenweb tussen de deur en de muur te ontwijken, en ze zag dat hij even huiverde. Shay was bijna nergens bang voor geweest, niet voor slangen, niet voor muizen, niet voor andere insecten, maar spinnen waren zijn grote vijand; hij had er altijd al de rillingen van gekregen.

En nog steeds, blijkbaar. Om zijn aandacht af te leiden van de spin die als een ninja op de loer lag op de muur, vroeg ze: 'Wat zijn de plannen precies?'

'Nou, zoals je weet, was het plan om mijn vader een paar leuke huizen in de buurt te laten zien waar hij zo in zou kunnen trekken.' Hij wapperde met zijn vinger. 'Maar nee, dat zou al te makkelijk zijn. Hij wil per se terug naar zijn oude huis.'

'De Harris-broers zijn goed. Wij huren ze ook altijd in als er iets moet gebeuren.'

'Hij wil dat ik het project zelf begeleid. Dat ik hier ga wonen en het van het begin tot het einde in de gaten hou.'

'O.' Een kleine adrenalinestoot.

'Zeg dat wel. Niet echt hoe ik me mijn zomer had voorgesteld.'

'Je kunt toch zeggen dat jij niet kunt, maar iemand anders wel?'

'Blijkbaar niet. Hij speelde meteen op mijn gemoed. Stervende man en zo.'

'Ik vind het heel erg.' Zijn luchtigheid was gespeeld, wist ze. Zelf voelde ze zich vanbinnen verscheurd. Nu Shay hier weer was kwamen er allerlei gevoelens naar boven, gevoelens die ze meer dan tien jaar geleden vaarwel had gezegd.

'Wat precies?'

'Dat je vader zo ziek is. Dat moet heel zwaar voor je zijn.' Ze waren altijd met zijn tweeën geweest, vader en zoon. Zijn moeder was al negentien jaar dood. Als Red doodging, zou Shay geen familie meer hebben.

'Tja, die dingen gebeuren.' Hij haalde zijn schouders op en wees toen naar de trap. 'Boven is het helemaal een puinhoop. Daar hoef je niet te gaan kijken.'

Ze knikte, opgelucht dat die pijnlijke situatie haar bespaard bleef. Net als zij was hij zich er natuurlijk scherp bewust van dat zijn slaapkamer boven was, de kamer waar ze die eerste idyllische maanden samen zoveel tijd hadden doorgebracht. Het was waar ze, anderhalve maand na die avond in de sneeuw op het San Marcoplein ontmaagd was door Shay Mason. Hij was haar eerste liefde geweest en zij de zijne.

Er trok een rilling langs haar ruggengraat toen ze terugdacht aan die tijd. Stond hij er ook aan te denken?

Toen ze hoorde dat hij iets sneller ging ademen nam ze aan dat hij er inderdaad ook aan dacht, tot hij weg deinsde van de muur waarop de spin in volle vaart zijn kant uit kwam.

'Je zou ervoor in therapie moeten gaan.'

Een huivering onderdrukkend zei hij: 'Dat werkt echt niet.'

'Maar ik denk dat hier best veel spinnen zijn. Ik bedoel, dat is niet echt ideaal, toch? Misschien moet je ze als schattige kleine huisdieren beschouwen, ze namen geven. Deze zou je Fenella kunnen noemen.'

Hoewel hij zijn hoofd schudde, was er iets van een glimlach te zien. 'Echt niet.'

'Toe nou, je kunt het toch proberen? Fenella is een schat! Ze is een Tweeling, heeft twee kinderen, en haar hobby's zijn breien, vliegen vangen en naar *Coronation Street* kijken. Nou ja, vroeger dan.' Ze gebaarde met een droevig gezicht naar de oude tv met een kapot scherm die op zijn kant op de grond lag. 'Haar grootste wens is dat dit huis wordt opgeknapt, zodat je vader er weer kan wonen, die dan een nieuwe tv koopt, zodat zij al haar lievelingsseries weer kan volgen.'

Shay begon te lachen, en haar hart maakte een sprongetje van vreugde toen ze zich herinnerde dat ze het vroeger altijd zo leuk had gevonden om hem aan het lachen te maken en de sterretjes in zijn ogen te zien en...

Trrrinnngggg! Het geluid van haar telefoon bracht haar weer terug op aarde. Oeps, dat was Aaron.

'Hoi, ik ben er, maar jij niet.'

'Sorry, sorry, ik ben opgehouden op mijn werk... maar ik ben onderweg. Ik ben er over acht minuten.'

'Je vriend?' vroeg Shay nadat ze had opgehangen. 'Ik bedoel, je verloofde?'

'Ja, ik moet gaan.' Zich doodschamend omdat ze hem helemaal was vergeten, pakte ze haar autosleutel uit haar zak.

'Hopelijk heeft hij geen tracker op je auto geplaatst.'

'Hoezo?'

'Je zei tegen hem dat je opgehouden was op je werk.'

Ze kromp ineen; waarom had ze dat eigenlijk gedaan? 'Macht der gewoonte. Ik word continu opgehouden op mijn werk.'

'Hij wacht vast wel op je,' zei Shay.

'Natuurlijk wacht hij op me.' Om haar schaamte te verbergen voegde ze er luchtig aan toe: 'Ik ben de moeite van het wachten waard.'

'Sorry dat ik te laat ben.' Didi stapte snel uit.

'Hou op met dat gesorry. Kom hier.' Aaron sloeg zijn armen om haar heen, midden op het parkeerterrein, en kuste haar alsof ze in een film speelden, wat aan de ene kant leuk was, maar tegelijkertijd ook een beetje gênant. Hij had haar een keer verteld dat hij als kind *The Truman Show* had gezien, met Jim Carrey in de hoofdrol, en dat hij toen gegrepen was geraakt door het idee dat zijn leven misschien ook stiekem werd gefilmd. Didi vermoedde dat hij dat af en toe nog dacht. Aaron was uitbundig, gek op grootse, romantische gebaren, en soms, wanneer hij naar andere mensen luisterde, had ze het idee dat hij zijn gezicht op de voordeligste manier wilde laten zien, alsof hij klaar was voor de volgende close-up.

Maar dat deden waarschijnlijk heel veel mensen, zoals wanneer je op een feest de dansvloer op liep. Als je je ineens bewust was van het feit dat andere mensen naar je keken, je gezicht en lichaam in zich opnamen, dan was het logisch dat je je van je beste kant wilde laten zien.

'Ach, kijk die twee nou eens, ze kunnen niet genoeg van elkaar krijgen.' Een vrouw met een geruit boodschappenkarretje zei in het voorbijgaan tegen haar vriendin: 'Waarom doet Derek dat nou nooit meer met mij?'

'Omdat je al vijftig jaar met die ouwe zak zit opgescheept,' zei de vriendin smalend. 'Bovendien schiet het hem in zijn rug als hij het zou proberen.'

'Ik zou niet eens willen dat hij me kuste, niet met die tanden van hem. Die zien er echt niet uit.'

'De pot verwijt de ketel, Maureen. Geef maar toe, jullie hebben je allebei een beetje laten verslonzen.'

Terwijl de twee vrouwen kakelend als hyena's doorliepen, fluisterde Aaron: 'Ik kan je nu al vertellen dat ik je nog steeds iedere dag zal kussen als we vijftig jaar bij elkaar zijn.'

'Zelfs als ik me liet verslonzen?'

'Dat zou jij nooit doen.'

Eenmaal in de auto slaakte hij een zucht van verlichting. 'Je moest eens weten hoe ik je heb gemist. Het was een regelrechte rotweek.'

Hij maakte idioot lange dagen. 'Nou, je bent er nu,' zei Didi. 'Je kunt hier lekker bijkomen.'

'Dat is wel de bedoeling.' Hij legde zijn hand op haar knie. 'Het is fijn om hier weer te zijn. Hoe was jouw week?'

'Leuk. Druk. Het hotel zit vol; we hebben gisteren een paar mensen die het op de bonnefooi probeerden moeten wegsturen.' Na een korte aarzeling voegde ze er terloops aan toe: 'Er was wel iets raars. Een van mijn exen van jaren geleden dook ineens op. Zo gek; de laatste keer dat ik hem zag was ik achttien. En nu is hij een volwassen man.'

Zie je wel? Terloops, maar niet té. Niet zo terloops dat het weer verdacht werd. Toen ze door de hoofdstraat van Moreton-in-Marsh reden, wees ze naar een Frans restaurant dat net was geopend, met een terras met houten tafels en stoelen. 'Ik heb daar veel goeds over gehoord. We moeten er echt heen.'

'Een kort bezoek?'

'Eh... Nou, gewoon om te eten natuurlijk.'

'Ik bedoel die ex. Wat komt hij hier doen?'

'O, dat is eigenlijk een droevig verhaal. Zijn vader is stervende en wil het beetje tijd dat hij nog heeft in zijn oude huis doorbrengen.'

'Ik hoop niet dat je al te veel medelijden krijgt,' zei Aaron plagend. 'Maar hoe was het om hem weer te zien?'

'Zoals ik al zei, raar.'

'En je was toen achttien? Was hij je eerste liefde?'

'Neeeee.' Didi vroeg zich af of haar neus soms langer werd. 'We hebben niet zo lang iets gehad. Het was in ons eindexamenjaar. En toen maakten we het uit, en Shay vertrok naar Australië.' Beseffend dat ze er niet onderuit kon komen om het te zeggen, voegde ze er schouderophalend aan toe: 'Hij zit in het hotel.'

'Pech voor hem, geluk voor mij. Ik durf te wedden dat hij er nu spijt van heeft. Hoe lang blijft hij?'

'Geen idee.' Didi versnelde vaart om een oudere man op een fiets met een collie aan de lijn in te halen.

'Nou, ik hoop maar dat hij zich niks in zijn hoofd haalt.' Aaron grinnikte. 'Je bent nu van mij.'

'Zeg, we leven niet meer in de victoriaanse tijd, hoor.'

'Grapje. Ziet hij er beter uit dan ik?'

'Hoezo? Ben je soms jaloers?'

Lachend klopte hij op haar knie. 'Misschien wel een heel klein beetje. Zou ik jaloers moeten zijn?'

'Nee. Ben jij nooit een vriendin van vroeger tegen het lijf gelopen?'

'Ha, dat is inderdaad een keertje gebeurd. Een vriendin vroeg me mee naar de bruiloft van een vriend van haar, en toen bleek de bruid een ex van me, van toen ik studeerde. Ik had geen idee tot ze door de kerk kwam aanlopen en we elkaar ineens herkenden.'

'O mijn god, geweldig. En toen?'

'Ze zei: "Aaron?" en ik zei: "Jules?" en toen sloeg ze haar armen om mijn nek, begon te huilen en zei: "Hoe kan ik nu nog met hem trouwen? Ik hou van jou! Ik heb altijd alleen maar van jou gehouden!"'

Ze grinnikte. 'Heel leuk. Maar hoe ging het echt?'

'Ze is getrouwd met de man die haar voor het altaar opwachtte. En later, tijdens de receptie, kwam ze naar me toe en zei: "Hoi, ik dacht al dat ik je ergens van kende... Richard is het toch? Jij werkte toch bij die benzinepomp in Falcondale Road?"'

'Au. En wat zei jij toen?'

'Wat kon ik doen? Ze wist echt niet meer wie ik was, en ik schaamde me dood. De rest van de avond heb ik gedaan alsof ik Richard van de benzinepomp was.'

Didi barstte in lachen uit. Dit was nu precies wat ze zo leuk vond aan Aaron. Af en toe kon hij raar uit de hoek komen, maar hij bedoelde het altijd goed, hij was vriendelijk en kon op een ontwapenende manier grapjes over zichzelf maken, terwijl hij tegelijkertijd heel zelfverzekerd was.

Nee, ze vond hem niet alleen leuk, ze hield van hem. En hij hield van haar. Ze boog de vingers van haar linkerhand op het stuur en bewonderde de manier waarop de diamant schitterde in het zonlicht. Nog steeds was ze af en toe verbaasd wanneer ze naar die diamant keek. Maar ze zou er wel aan wennen, ze zou hem de rest van haar leven dragen. En in december zouden Aaron en zij gaan trouwen.

Toen Hillcrest in zicht kwam, stond de blauwe Audi nog steeds op de oprit. Shay leunde ertegenaan. Deze keer trapte Didi het gaspedaal wat dieper in.

'Kijk,' zei Aaron verbaasd. 'Eindelijk weer een teken van leven bij dat huis. En die man ziet er niet uit als een kraker.'

Tijd voor weer een snelle beslissing: Aaron wel of niet vertellen wie hij was? Shay draaide zich iets om en stak zijn hand op, vriendelijk knikkend toen ze dichterbij kwamen. Onwillekeurig vroeg ze zich af of hij soms had uitgerekend wanneer ze ongeveer met Aaron terug zou komen van het station en of hij naar buiten was gekomen om ze langs te kunnen zien rijden.

'Ken je hem?' vroeg Aaron.

Oké, nu moest ze het wel zeggen. Ze trapte het gaspedaal nog iets dieper in. 'Dat is Shay.'

8

Nou, tot dusverre heel surrealistisch allemaal.

Layla had natuurlijk al wel eerder geflirt met datingapps, maar er was nooit echt iets uit voortgekomen, behalve dat ze veel berichtjes had gekregen van mannen die ervan overtuigd waren dat ze tegen hen loog. De algemene opvatting was dat ze wel een prostituee moest zijn die graag nerdy types ter wille was.

Het kwam erop neer dat als ze in de afgelopen tien jaar een pond had gekregen voor iedere keer dat iemand verbaasd was dat ze accountant was, nou ja, dat ze dan geen accountant meer zou hoeven zijn; ze kon dan gewoon lui achteroverleunen en leven van haar vergaarde kapitaaltje.

Toch was ze niet van plan iets aan haar kleren of make-up te veranderen; ze was gewoon zo, en het zou alleen maar raar voelen om saaie kleren, onopvallende lippenstift en verstandige schoenen te dragen. Ze kon er niets aan doen dat ze wel iets van een ekster had; al bijna haar hele leven voelde ze zich als een magneet aangetrokken tot het soort outfits dat de meeste mensen automatisch afwezen omdat ze gewoon… té waren.

Wat Layla betrof was té nooit té. Ze wist donders goed dat haar uiterlijk niet altijd in haar voordeel werkte, zowel op zakelijk als op persoonlijk gebied niet, maar ze deed het voor zichzelf, en niet voor anderen. Kleren waren haar grote passie.

En vandaag had ze, voor het eerst sinds maanden, zowaar een date met een man die er niet alleen perfect uitzag, maar zo te horen verder ook perfect was. En mocht het wat worden, dan had ze dat allemaal aan Shay Mason te danken, want als Didi haar niet dat verbazingwekkende nieuwtje over Shays net verkochte bedrijf had verteld, zou ze de app nooit voor de tweede keer hebben gedownload.

Leave it all to Fait, dat was de slogan van het bedrijf... en ze kreeg langzamerhand echt het gevoel dat dit inderdaad het lot was. Oké, misschien was het realistisch gezien niet erg waarschijnlijk dat haar date van vanavond de ware zou blijken te zijn, maar ooit moest het toch gebeuren, en het begin was goed, want ze had gezocht naar iemand binnen een straal van vijftien kilometer, en als door een wonder bleek hij op nog geen tien kilometer van Elliscombe te wonen.

Hopelijk voldeed hij aan haar verwachtingen.

Haar toestel zoemde. Een berichtje van Will: hij stond buiten op haar te wachten. Precies op tijd, zoals altijd. Layla pakte haar tas en danste zo'n beetje haar appartement uit.

'Weer helemaal opgedoft,' merkte Will op. 'Je ziet er goed uit.'

'Dank je. Ik voel me ook goed!' Dat hij het waarschijnlijk niet meende, maakte haar niets uit. Omdat ze een hekel had aan autorijden, reed Will Osborne haar al jaren rond. Hij was een paar jaar ouder dan Layla en had als tiener en jonge twintiger voor zijn moeder gezorgd, die weduwe was en uiteindelijk aan haar hartziekte was overleden. Hoewel het niet gemakkelijk voor hem kon zijn geweest, had hij zich nooit beklaagd. Hij was van het stille, rustige soort. Tegenwoordig woonde hij alleen in de kleine cottage van zijn moeder in Comer Street en bestierde hij het efficiëntste eenmanstaxibedrijf in de Cotswolds.

'Ga je iets leuks doen?'

'Schrik niet.' Liefdevol streek ze haar satijnen rok met kersenpatroon glad. 'Ik heb een date!'

'Goed zeg. Waar heb je hem leren kennen?'

'Nou, ik heb hem nog niet in het echt ontmoet. Dat gaat zo gebeuren. Over een kwartiertje.'

Will fronste. 'Heb je een date met een volslagen vreemde?'

'Hij is geen volslagen vreemde. Ik zit op een datingapp. Zo doen mensen dat tegenwoordig.' Ze lachte. 'Je gaat me toch niet vertellen dat jij dat nog nooit hebt geprobeerd!' Ze wist dat Will in de afgelopen jaren een paar vriendinnen had gehad, hoewel het geen onderwerp was dat vaak ter sprake kwam.

'Ik heb het te druk met mijn werk.' Hij schudde zijn hoofd, terwijl hij de taxi vaardig keerde op een oprit. 'Klinkt niet erg veilig.'

'Je lijkt mijn moeder wel,' diende ze hem van repliek. 'Ik ben niet achterlijk, Will. Als die kerel me uitnodigt om met hem mee naar huis te gaan en me vervolgens probeert over te halen om in die grote pan op het fornuis te stappen, dan zeg ik heus wel nee.'

Hij lachte niet. 'Ik weet dat je het grappig bedoelt, maar dat is het niet. Je moet niet met iemand mee naar huis gaan die je niet kent.'

'Hallo?' Geïrriteerd spreidde ze haar handen. 'Dat doe ik heus niet, want ik ben niet gek. Hij woont hier net, hij komt oorspronkelijk uit Manchester, en we hebben afgesproken op die kleine brug naast de Kingsbridge Inn. En dan gaan we, op klaarlichte dag, een wandeling maken langs de rivier en dan praten we wat om elkaar beter te leren kennen. En misschien worden we wel helemaal wild en gaan we nog iets drinken in de pub. En daarna, als het voor mij tijd is om naar huis te gaan, bel ik jou, en dan mag je me naar huis brengen.'

'Oké,' zei Will. 'Maar pas op dat hij je niet dronken voert.'

Ze rolde met haar ogen. Allemachtig. 'Ik word heus niet dronken.'

'Heb je zijn gegevens wel aan iemand anders gemaild?'

'Die staan allemaal in de app.'

'Wil je ze mij niet even mailen?'

'Nee, Will. En dit is bedoeld als een leuk uitje, oké? Ik hoop echt dat hij gewoon een leuke man is en geen seriemoordenaar of een andere gek met moordneigingen.'

'Sorry.' Hij haalde een hand van het stuur. 'Sorry, ik wilde alleen maar...'

'Je wilt geen goede klant kwijtraken, dat snap ik.' Ze glimlachte om hem te laten zien dat ze het hem niet kwalijk nam.

Toen hij haar afzette in Bourton-on-the-Water, vlak bij de Kingsbridge Inn, vroeg hij terloops: 'Nog nagedacht over die rijlessen?'

'Nee.' Wilde hij haar soms kwijt als klant of zo?

'Nou, het aanbod geldt nog steeds, mocht je van gedachten veranderen.'

Dat zou echt niet gebeuren. 'Oké.'

'Stuur me een berichtje als je weer naar huis wilt.'

'Zal ik doen.' Ze stapte uit.

'Veel plezier.'

'Dank je.'

Ze wachtte tot hij was weggereden en haalde toen diep adem om zich voor te bereiden op de aanblik van een lege brug wanneer ze zich omdraaide. Hoewel er nog nooit een man was geweest die haar echt had laten zitten, bestond die kans natuurlijk altijd; en misschien ging het nu wel gebeuren. Als haar date niet op de brug over de River Windrush stond, zou ze er toch gewoon naartoe lopen en doen alsof ze van het uitzicht genoot. En daarna zou ze zich uit de voeten maken en Will een berichtje sturen. O god, wat vernederend zou dat zijn...

Maar toen ze zich omdraaide, stond hij er. En nog beter: hij keek haar lachend aan, alsof het hem beviel wat hij zag.

En het allerbeste was nog wel dat hij er net zo goed uitzag als in zijn profiel. Echt serieus goed. Bonuspunten!

Layla liep de straat op en kon nog maar net voorkomen dat ze werd neergemaaid door een maar al te vertrouwde auto. Will, die was omgekeerd en door de hoofdstraat terugreed, trapte op de rem en keek haar hoofdschuddend aan terwijl hij haar passeerde.

En toen was hij echt weg, en kon ze veilig de straat oversteken.

'Hallo,' zei Harry Gray.

Ze kreeg meteen vlinders in haar buik. 'Hallo.'

'Je bent het echt.' Hij had een onweerstaanbaar aanstekelijke lach.

'Ja.'

'Nee, ik bedoel, je bent het.' Hij gebaarde naar haar haar, haar kleren, haar schoenen. 'Ik was vorige week in Elliscombe en toen zag ik je lopen. Ik had meteen het gevoel… nou ja, je kent dat wel, zo'n gevoel dat je ineens overvalt. Ik had ongelofelijk veel zin om achter je aan te lopen en uit te zoeken wie je was, maar jij sloeg de hoek om en toen durfde ik plotseling niet meer, want stel dat je het op een lopen zou zetten omdat je dacht dat ik knettergek was. Dus heb ik dat niet gedaan, en daar heb ik nog de hele dag spijt van gehad.'

'O, wauw.' Layla was sprakeloos. Het was verbazingwekkend dat ze op straat zo'n reactie aan een man kon ontlokken, en dan nog wel een man van dit kaliber, qua uiterlijk, ook.

'En toen ik vanochtend even op Fait keek, liet ik mijn toestel bijna vallen toen ik jou erop zag. Tenminste, ik wist bijna zeker dat jij het was; ik kon het natuurlijk niet honderd procent zeker weten.'

'En was ik het?'

Hij knikte. 'Ja. Als dit niet het lot is, dan weet ik het ook niet meer.'

'Ik ken degene die die app heeft gemaakt!' O, misschien kwam ze nu wel over als iemand die interessant wilde doen. Maar aan de andere kant, het was echt belangrijk! 'Hij heet Shay, en toen ik achttien werd, vierde ik dat in Venetië met wat vrienden, en hij was daar ook bij... Hij is op dit moment ook in Elliscombe.'

Harry grijnsde. 'Nou, wie het ook is, hij heeft een drankje van me tegoed.'

Ze liepen naast elkaar langs de oever, wat minder stijfjes aanvoelde dan in een pub tegenover elkaar aan een tafeltje te moeten zitten en misschien een moeizaam gesprek voeren. Op deze manier hoefden ze elkaar niet aan te kijken, hoewel Layla wel steeds de neiging had om onder het praten stiekem even een blik op hem te werpen. Harry was personal trainer en dat was hem aan te zien; hij droeg een spijkerbroek en een strak wit T-shirt waarin zijn arm- en buikspieren goed uitkwamen. Hij was licht gebruind, had sproetjes en groene ogen, en zijn haar was heel kort, wat zijn mooie oren en de prachtige vorm van zijn schedel benadrukte. Hij droeg een frisse eau de cologne, met iets van dennen erin, maar op een goede manier, zonder op wc-reiniger te lijken. Zijn moeder kwam uit Yorkshire, zijn vader was Schots. Hij had de afgelopen zes jaar in Manchester gewoond.

'En ik praat te veel,' eindigde hij met een droog lachje. 'Sorry, maar dat komt omdat ik zo zenuwachtig ben. Maar genoeg over mij. Vertel me eens wat over jezelf. Wat voor werk doe je?'

Ze aarzelde. Uit ervaring wist ze dat je op een datingapp het woord 'accountant' beter kon vermijden. Zich schrap zettend, zei ze: 'Ik ben accountant.'

'Nee, echt?' Hij keek gespeeld verbaasd. 'Zo zie je er helemaal niet uit. En ik neem aan dat je schoon genoeg hebt van mensen die dat tegen je zeggen.'

'Dat gebeurt nogal vaak, ja.'

'Goh, maar ik vind het te gek. Ik hou van verrassingen. En ik hou ook van hoe je je kleedt. Stel je voor, er zo uitzien en dan belastingformulieren kunnen invullen!'

Oef. Layla voelde haar laatste beetje bezorgdheid wegvloeien. Hij was niet geschrokken van haar beroep en alles zou perfect gaan.

'Zijn er nog meer verrassingen die ik zou moeten weten?'

Hij overviel haar. 'Eh... dat ik dol ben op Beyoncé?'

'Dat is geen verrassing. Iedereen is dol op Beyoncé.'

'Ik bewaar de rest van mijn verrassingen wel voor later.' Ze hadden tot aan het eind van het dorp aan de ene kant van de rivier gelopen en toen weer terug aan de andere kant, en Layla had geen gevoel meer in haar tenen door de hooggehakte vlinderschoenen die ze droeg. 'Zullen we even iets gaan drinken?'

'Graag. Ik wil alles van je weten. Doe je aan fitness?'

Ze kon het maar beter eerlijk zeggen, dan had ze dat ook weer gehad. 'Niet echt, nee.' Zou hij hierop afknappen?

Maar Harry lachte. Aan niets was te merken dat hij ervan schrok en er als een pijl vandoor wilde gaan. 'Dat is voor de verandering wel eens leuk om te horen. Het leven bestaat uit meer dan alleen bodysculpting en sit-ups.'

Oef. Gelukkig.

Twee uur later vroeg hij op spijtige toon: 'Weet je zeker dat je niet nog even wilt blijven?'

Layla wist dat helemaal niet zeker, maar Didi had haar strenge instructies meegegeven: zorg dat hij gretig blijft! Wat behoorlijk grappig was, want Didi was meteen de eerste avond al met Aaron naar bed gegaan. Maar ja, ze had Didi zelf om raad gevraagd en haar plechtig beloofd zich eraan te houden.

Bovendien leek alles bijzonder goed te gaan, en het gaf haar ook een gevoel van macht om de touwtjes in handen te hebben, om assertief te zijn en nee te zeggen.

'Ik moet echt gaan.' Dat voelde echt heerlijk om te zeggen. Ze boog zich naar hem toe en plantte een kus vlak bij zijn mond. 'Ik moet morgen om zeven uur al op kantoor zijn, en mijn taxi kan elk moment komen. Maar ik vond het heel leuk.'

'Wanneer zie ik je weer?'

Yes! 'Dat weet ik niet, je hebt het me nog niet gevraagd.'

'Ik vraag het je nu. Morgenavond?'

De aandrang om ja, ja, ja te roepen was bijna onweerstaanbaar. Dit verliep echt op rolletjes, precies volgens plan. Maar ze moest de touwtjes in handen houden. Zoals haar was opgedragen zei ze koeltjes: 'Morgen kan ik niet.'

God, dit zou nog haar dood worden.

'O. Oké.' Hij leek diep teleurgesteld. 'Maakt niet uit. Ik vond het leuk vanavond.'

Toch was het alsof hij zich iets terugtrok. Zijn stem klonk al wat minder enthousiast. In paniek flapte ze eruit: 'Maar zondag kan ik wel!'

'Zeker weten?'

'Ja, echt!'

'Oké, dan wordt het zondag.' Hij sloeg zijn arm om haar middel en trok haar tegen zich aan. En deze keer was het een echte kus, een betekenisvolle kus, lang en traag en barstensvol beloftes.

Layla viel bijna flauw; het was lang geleden dat iemand haar zo had gekust.

Toen ze zich eindelijk van elkaar losmaakten, stond ze te trillen op haar benen en kreeg ze bijna geen adem meer.

'Je blijft erbij?' fluisterde hij. 'Ik woon hier vlakbij.'

Ze wist waar hij woonde. Hij had het haar al aangewezen, een klein appartementje boven een van de toeristenwinkeltjes waar ze serviesgoed, schilderijen, lampenkappen en theedoeken en nog veel meer verkochten, als er maar een afbeelding van de Cotswolds op stond.

'Ik kan niet...'

Glimlachend streek hij met zijn wijsvinger over haar sleutelbeen. 'Je kunt heus wel, als je echt wil.'

9

Layla's toestel zoemde. 'Dat is mijn taxi.' Ze draaide zich om om te kijken of ze hem al zag aankomen, maar tot haar verbazing bleek hij al aan de overkant van de straat te staan, tussen de andere geparkeerde auto's. 'O, hij is er al.' Nou, dat was wel een beetje gênant. 'Ik kan hem beter niet laten wachten. Tot zondag dan maar.'

Hij grijnsde. 'Ik verheug me er nu al op.'

Ze liep de brug over en vervolgens over het droge gras. Had Will daar al die tijd al gestaan en had hij dan gezien dat ze haar date bijna behoeftig had staan kussen? Toen ze echter bij de taxi aankwam, zag ze dat hij iets op zijn iPad zat te typen.

Ze trok het portier open. Hij zette meteen zijn iPad uit en legde hem in het handschoenenvak.

'Wat schreef je?'

Hij startte de auto. 'O, niets.'

Ze hoopte maar dat hij niets op Facebook had gepost, een of andere sensatiefoto met daarbij de tekst: *Kijk Layla Gallagher eens lekker bezig met haar blind date, tongzoenend als een puber voor de pub! Is dat wanhopig of niet!*

Ze maakte haar autogordel vast. 'Sta je al lang te wachten?'

'Ik was vlak in de buurt toen je me een berichtje stuurde.'

'Je had me toch kunnen laten weten dat je er was?'

'Je had het druk,' zei hij vriendelijk. 'Ik wilde je niet storen.'

Toen ze wegreden draaide ze zich om om naar Harry te zwaaien, maar hij was al weg. Nog steeds euforisch na haar bijzonder succesvolle date zei ze opschepperig: 'Nou, aardig dat je het vraagt. Het was fantastisch.'

Will week uit voor een vos die overstak. 'Dat zag ik.'

Het punt was dat Will dingen zo droog kon zeggen dat je nooit wist of het een grapje was of niet. Ze besloot zijn woorden te negeren, pakte haar telefoon en deed net alsof ze verdiept was in een ongelofelijk belangrijk accountant-gerelateerd bericht. Toen ze in Elliscombe waren keek ze even op en zei gauw: 'Zet me hier maar af,' voordat Will het Wickham Hotel voorbij zou rijden.

'Ik ben blij dat je het leuk hebt gehad,' zei hij toen ze uitstapte. Blijkbaar was dat zijn manier om zich te verontschuldigen voor zijn droge opmerking van daarnet.

Ze sloeg haar zilveren tas over haar schouder en wierp hem een vluchtig lachje toe. Hij moest niet denken dat hij er zo gemakkelijk mee wegkwam. 'Ik ook.'

Het was nog warm, en van de achterkant van het hotel steeg het geroezemoes van gepraat en gelach op; blijkbaar zaten er nog steeds veel gasten op het terras. Toen Layla de tuin in liep, bleef ze even staan om het uitzicht te bewonderen. In de bomen hingen lampjes, tussen de struiken stonden zilveren terraslampen, en op iedere tafel flakkerden waxinelichtjes in glazen potjes. Het rook naar kamperfoelie, rozen en siertabak. De gasten hadden zich gemengd en zaten te drinken en kletsen, en ze zag dat Didi, gekleed in een paarse kokerjurk en op groene schoenen met hakken, met wat hotelgasten stond te praten.

'Layla,' zei een mannenstem achter haar.

Ze draaide zich razendsnel om, ze had zijn stem meteen herkend.

'Shay!' Goh, de mooie jongen van dertien jaar geleden was een opvallend aantrekkelijke man geworden. Net als alle andere meisjes – en waarschijnlijk ook een paar jongens – was ze een klein beetje verliefd op hem geweest, zo'n verliefdheid waar je het niet over had, omdat je wist dat je toch geen schijn van kans maakte. Shay was net zo onbereikbaar geweest als een popster. Dat zijn vader crimineel was en dat hij een nogal onconventionele opvoeding genoot had niets afgedaan aan zijn aantrekkingskracht – misschien was hij er juist wel aantrekkelijker door geworden.

En toen waren ze naar Venetië gegaan. Bij Shay en Didi was

de vonk overgeslagen en dat was dat, een voldongen feit. Het was alsof ze getuige waren van een bijzondere chemische reactie in het scheikundelokaal. Layla herinnerde zich dat het bijna als een privilege had aangevoeld om getuige te zijn van de magische band tussen die twee. En hun relatie had zich een halfjaar voortgezet, onwankelbaar en onverbrekelijk, tot er een eind aan was gekomen, met een plotse klap, en daarna was Shay verdwenen.

En nu was hij terug, onbereikbaarder dan ooit; een verliefdheid op hem zou nu nog zinlozer zijn dan het toen al was geweest.

Maar het was fantastisch om hem weer te zien. Bovendien was ze heel benieuwd naar hoe hij en Didi met elkaar omgingen. Hoe zou ze zich voelen?

Om maar te zwijgen van hoe Aaron zich voelde...

'Je ziet er fantastisch uit.' Layla omhelsde hem stevig.

'Jij ook. En Didi zei dat je accountant bent geworden. Ongelofelijk.'

'Ik ben een heel goede accountant. Dus mocht je ooit iemand nodig hebben om die miljoenen van je te beheren...'

Hij lachte. 'Ik zal eraan denken.'

'Nee, serieus, je hebt wat van mij tegoed. Didi vertelde me over jou en Fait. Ik kon nauwelijks geloven dat die app van jou was.' Ze kon het niet langer voor zich houden en vervolgde: 'Ik kom net van een date die ik via jouw app heb gevonden!'

'En je kijkt behoorlijk blij, dus dat betekent hopelijk dat het goed is gegaan.'

'Heel goed. De beste eerste date ooit. En allemaal dankzij jou.'

'We maken graag mensen blij. Niet dat ik er nog wat mee te maken heb. Trouwens, ik heb je moeder vandaag ook gezien.'

'Dat weet ik, ze belde om me te vertellen dat jij en je vader haar vanmiddag hadden geholpen. Ze was jullie heel dankbaar.'

Hij haalde zijn schouders op. 'Graag gedaan. Hoe gaat het nu met haar?'

'Redelijk. Ze heeft een zak diepvrieserwten om haar knie gebonden, en dat heeft blijkbaar erg goed geholpen.' Na een korte stilte zei ze: 'Ik vond het heel naar om te horen dat je vader zo ziek is. Dat is voor jullie allebei erg.'

'Dank je. En ik vond het erg om te horen dat jouw vader is overleden. Jullie zullen hem wel vreselijk missen.'

'Ja.' Ze knikte; haar vader en Red Mason waren onwaarschijnlijke vrienden geweest, allebei mannen die er wel van hadden gehouden om een gokje te wagen, die hetzelfde gevoel voor humor hadden gehad en samen graag een paar biertjes hadden gedronken in hun lievelingspub, de Prince of Wales. 'Vooral voor mijn moeder was het zwaar toen ze het huis uit moest. We hadden geen idee dat het er financieel zo slecht voor stond, dus dat was een behoorlijke schok. Mijn moeder doet wat ze kan – ze grijpt alles aan om wat geld te verdienen – maar het is niet gemakkelijk voor haar geweest om aan het idee te wennen dat ze ineens geen geld meer had. En ik mag haar natuurlijk niet helpen.'

'We hebben de poppen gezien die ze maakt. Die zijn prachtig,' zei Shay.

'Ja, maar voor iedere pop die ze verkoopt zijn er twee andere die ze weggeeft aan mensen die zeggen dat ze ze zo mooi vinden maar veel te duur. Mijn moeder is veel te lief.'

'O, dat heeft ze niet verteld.'

'Ach, je weet hoe ze is.' Layla veranderde van onderwerp. 'Maar vertel, was het raar om Didi weer te zien?'

Daar had je dat betoverende, raadselachtige lachje dat ze zich nog zo goed herinnerde. 'Ik denk niet dat ik het raar zou noemen. Interessant misschien. We zijn allemaal ouder geworden, hè? Dingen veranderen. Didi runt het hotel nu, en ze is verloofd. Ik ben blij dat het goed met haar gaat.'

'Mijn moeder vertelde dat je jullie oude huis gaat opknappen, zodat Red daar weer kan gaan wonen. Dan blijf je nog wel een tijdje hier dus.'

'Nou, het is niet zoals ik me de zomer had voorgesteld, maar hij heeft me weten over te halen.' Hij keek haar spottend aan. 'Typisch mijn vader, goed met woorden.'

'En hou je dan je hotelkamer aan terwijl je aan het huis werkt?'

Hij schudde zijn hoofd. 'Mijn vader wil erg graag snel weg bij zijn huidige vriendin in Edinburgh. Hij wil zo snel mogelijk hiernaartoe komen, en daarom ga ik zolang een huis voor ons tweetjes huren. Ik heb er al een paar gevonden waar ik morgen naar wil gaan kijken.' Hij keek langs haar heen. 'Daar heb je Didi. En ik neem aan dat dat haar verloofde is.'

'Hij heet Aaron.' Layla draaide zich om en wuifde naar hen. 'Ze is natuurlijk nieuwsgierig naar hoe mijn date is gegaan.'

'Als het wat wordt tussen jullie, dan moet je niet vergeten aan wie je dat te danken hebt,' zei hij.

Layla moest ineens denken aan de duizelingwekkende kus, aan het gevoel van Harry's warme handen in haar nek. Voor de grap – maar niet helemaal – zei ze: 'Als we trouwen, ben jij onze eregast.'

De armen van de pop moesten op exact de juiste manier worden gevuld, en Rosa was net met dat lastige karweitje bezig, worstelend om de goede kromming te krijgen, toen haar vaste telefoon ging. Omdat ze het nummer niet herkende wilde ze eerst niet opnemen, maar nieuwsgierig als ze was, kon ze het toch niet laten.

'Hoi, hoe gaat het met je knie?'

Stomverbaasd zei ze: 'Red, hallo! Hoe kom je aan mijn nummer?'

'Gewoon, opgezocht op internet. Je staat nog steeds in het telefoonboek.'

'O. Ja, dat weet ik. Ik had alleen niet verwacht dat je zou bellen.'

'Dan kun je misschien maar beter een geheim nummer nemen.' Zijn stem had een geamuseerde klank. 'Maar ik wilde je iets vragen, en je mag gerust nee zeggen, hoor. Nee, zelfs dat hoeft niet, ik vraag het gewoon en dan hang ik meteen op. Dan kun jij er even over nadenken, en als je het wilt doen, kun je me terugbellen. Maar als je niet wilt, houdt het daarmee op. En je hoeft je er verder niet ongemakkelijk over te voelen.'

Verbaasd fronste ze. 'Wil je soms dat ik een pop maak voor iemand die je kent? Want dat is geen enkel probleem, hoor, dat doe ik graag.'

'Rosa, dat is erg aardig van je, maar het gaat me niet om een pop. Het gaat me om je logeerkamer.'

'O...' Nou, dat was wel het laatste wat ze had verwacht.

'Voor drie maanden maar, tot mijn huis weer bewoonbaar is. En ik zal je er natuurlijk goed voor betalen. Shay zei dat we samen wel een huis konden huren, maar hij is de hele dag aan het werk, en ik ben gewend aan mensen om me heen. Ik vind het niet fijn om alleen te zijn. En daarom dacht ik dat jij misschien ook wel wat gezelschap kon gebruiken, maar ik zal je echt niet tot last zijn.' Hij zweeg even. 'Zo, ik heb het gezegd. Zeg het maar gewoon als je het een afschuwelijk idee vindt. Ik begrijp dat volkomen, en we zullen het er niet meer over hebben. Ik hang nu op.'

'Wacht...' riep ze, maar het was al te laat. De verbinding was verbroken.

Ze stond op, hinkte naar de keuken en schonk een glaasje wijn in. Nadat ze weer op de bank was gaan zitten, belde ze terug. Na drie keer overgaan nam Red op.

'Het lijkt me een heel goed plan,' zei ze.

'Echt?' Aan zijn stem was te horen dat hij heel blij was. 'Zeker weten?'

'Helemaal zeker. Wanneer je maar wilt. Wat had je zelf in gedachten?'

'Morgen? Of anders overmorgen?' Ze hoorde dat hij een hoest probeerde te onderdrukken. 'Ik ben zo blij.'

'Ik ook.' Ze meende het. Hoewel ze veel vrienden had in Elliscombe en Layla vlakbij woonde, was ze er nooit echt aan gewend geraakt om alleen te wonen. Een beetje gezelschap zou haar vast opvrolijken. Gezelschap in de platonische zin natuurlijk.

'Dank je,' zei Red. 'En het is hooguit voor drie maanden. Ik zal proberen niet voor die tijd dood te gaan.'

'Waag het niet. Als je dat doet, vermoord ik je.'

10

Didi's verloofde, Aaron, die zich aan Shay had voorgesteld met zo'n verpletterende handdruk die moest laten zien dat hij een echte kerel was, had daarna zo'n echt kerel-onderwerp aangesneden over auto's.

Shay, die totaal niet geïnteresseerd was in auto's, knikte vaag, terwijl hij met een half oor naar Layla luisterde die Didi enthousiast op de hoogte bracht van haar date met Harry, die echt fantastisch was verlopen, het kon gewoon niet beter.

'... ik bedoel, heb je de Mercedes AMG GT Coupé wel eens geprobeerd? Dat is me een krachtpatsertje. Een achtcilinder biturbomotor met een droog cartersysteem. Echt, wat een knaller.' Aaron schudde bewonderend zijn hoofd.

'Het was echt ongelofelijk... Als hij me aankeek, was het alsof hij alles over me te weten zou willen komen,' ratelde Layla blij. 'Ik kan bijna niet wachten om hem aan je voor te stellen.'

'Verticale radiatorgrill en een elektronisch bedienbare achterspoiler... zilverkleurige remschijven... memorypakket...'

'En hij heeft ontzettend mooie ellebogen! Ik heb iets met ellebogen, jij niet? Die kunnen echt het verschil maken.'

'Ik val meer op polsen.' Didi knikte. 'Ik ben dol op polsen.'

Shay moest zich inhouden om niet naar Aarons polsen te kijken.

'En als je de GTS neemt, dan krijg je nog eens 46 pk erbij. Met verstelbare sportvering.'

Shay was nog nooit zo blij geweest dat zijn telefoon ging. Nadat hij zijn toestel uit zijn zak had gepakt, zei hij verontschuldigend: 'Sorry, het is mijn vader. Ik moet echt even opnemen.'

'Ga je gang.' Aaron gebaarde dat hij het begreep. 'Dan haal ik nog wat te drinken, oké? Ik ben zo terug.'

O god, nog een drankje betekende nog eens twintig minuten te moeten luisteren naar de inhoud van de gebruiksaanwijzing van een auto, maar voordat Shay kon weigeren, was Aaron al op weg naar de bar.

'Pap, alles goed?' Want wanneer je werd gebeld door een terminaal zieke vader, bereidde je je iedere keer automatisch weer voor op het allerergste. Op een dag zou de stem aan de andere kant van de lijn misschien niet meer die van Red zijn; het zou misschien de stem van een ambulancebroeder of een arts of een toevallige voorbijganger zijn.

'Beter dan ooit,' zei Red. 'Luister, ik moet je iets vertellen. Je hoeft geen huis meer voor ons te zoeken voor de eerstkomende maanden.'

O god, wat nu weer? Wilde hij toch in Edinburgh blijven, bij Angela? Had hij het plan om het oude huis te renoveren helemaal laten varen, zodat Shay het huis te koop kon zetten en in elk geval nog een deel van de zomer op een exotische plek kon doorbrengen?

Zijn gedachten buitelden over elkaar heen; dit was wat hij wilde. Maar nu het leek alsof hij zijn zin zou krijgen, was een gevoel van blijdschap vreemd genoeg ver te zoeken. 'Ben je van gedachten veranderd? Wil je niet meer terug naar ons oude huis?' Het was belachelijk, maar hij was zowaar teleurgesteld.

'Wat bazel je nou? Natuurlijk ben ik niet van gedachten veranderd,' zei Red. 'Ik kom maandag naar Elliscombe, ik neem de late ochtendvlucht.'

'Ik snap het niet. Wat wilde je me dan vertellen?'

'Ik trek bij Rosa Gallagher in.'

'Wat?' Dat had zijn vader snel voor elkaar, zelfs voor zijn doen.

'Je hoeft niet zo geschokt te klinken.' Zijn vader lachte amechtig. 'Het is een platonische regeling. Wat dacht je nou, ik loop zo'n beetje op mijn laatste benen. Rosa heeft een logeerkamer, en ze kan het geld wel gebruiken. En het houdt in dat ik niet de hele tijd alleen ben, en dat jij je daar niet schuldig over hoeft te voelen. Jij kunt gewoon in het hotel blijven zitten en het huis opknappen. Klinkt dat logisch of niet?'

'Heb je het haar al gevraagd?'

'Natuurlijk heb ik het haar gevraagd. Het is allemaal al geregeld. Oké, ik ga hangen. Ik moet het nog aan Angela vertellen. Kun je me maandag van het vliegveld komen ophalen?'

'Eh... ja.'

'Ik word nog een echte jetsetter op mijn oude dag! Ik zie je maandag!'

'Wat kijk je geschokt,' zei Didi. 'Wat is er? Is alles goed met je vader?'

'Zo te horen wel.' Shay keek Layla aan, die gestopt was met praten over haar date en nu ook wilde horen wat het telefoontje te betekenen had gehad. 'Dat was mijn vader. Hij belde om me te vertellen dat hij maandag bij je moeder intrekt.'

Layla zette grote ogen op. 'Dat meen je niet!'

'Hij zei het echt.'

'Maar... als dat zo was, dan zou ze me toch wel hebben gebeld?' Net toen Layla haar wijnglas neerzette, bliepte haar telefoon in haar tas. Ze haalde hem eruit. 'Het is een berichtje van mijn moeder: "Hoi, schat, hoe is de date? Je raadt het nooit, Red Mason huurt een kamer bij me tot zijn eigen huis klaar is! Geld voor mij, gezelschap voor hem! Bel me morgen."'

'Wauw,' zei Didi.

Shay kwam tot de ontdekking dat hij blij was dat hij het oude huis toch moest opknappen.

Nog geen seconde later betrapte hij zichzelf erop dat hij naar zijn linkerhand keek toen hij zijn bijna lege glas wilde oppakken. Waren zijn polsen mooi? Wat maakte ze bijzonder? En waarom in hemelsnaam vroeg hij zich dat af?

Het kwam bijna als een opluchting om Aaron te zien komen aanlopen met een dienblad vol drankjes.

'Ik moet met haar gaan praten.' Layla had zich van hem afgewend, maar hoewel ze fluisterend tegen Didi sprak, kon Shay precies horen wat ze zei. 'Ik bedoel, we hebben het hier wel over Red Mason.'

Dat was iets wat hij in de loop der jaren natuurlijk vaker had gehoord. Shay merkte zelf dat hij scherp klonk toen hij zei: 'Je kunt hem vertrouwen. Hij zal je moeder echt niet bestelen.'

'O mijn god, dat bedoelde ik helemaal niet.' Zichtbaar gegeneerd flapte ze eruit: 'Ik bedoelde zijn reputatie op het gebied van vrouwen! Het heeft niks met dat andere te maken. Maar sinds mijn vader dood is heeft mijn moeder niemand meer gehad... Dat is alles.'

'Sorry.' Shay voelde zich nu ook verschrikkelijk. Dacht hij de olifant in de kamer aan te pakken, bleek het helemaal de verkeerde olifant te zijn. 'Natuurlijk bedoelde je dat niet. En om je gerust te stellen, mijn vader zei dat het een platonische relatie zou worden.' Hij legde zijn hand op Layla's schouder. 'Het spijt me echt. Waarschijnlijk is het normaal voor me geworden om me voor hem te verontschuldigen. Maar hij heeft al die slechte gewoontes achter zich gelaten, echt.'

'Ik heb de indruk dat ik de helft van het verhaal heb gemist!' Aaron, die blijkbaar de andere helft niet van Didi had gehoord, begon de drankjes rond te delen. Toen hij Shay zijn glas gaf, zei hij: 'En ik moet me ook verontschuldigen. Ik raakte aan de bar even in gesprek met een of andere Amerikaan en die liet zich ontvallen dat jij niet in auto's geïnteresseerd bent.'

Ah, Myron uit de Midsummer Suite, die gisteravond een babbeltje met hem had willen maken en tegen wie hij wel eerlijk was geweest.

'Zolang ze me maar van A naar B brengen... Meer hoef ik er niet over te weten,' gaf Shay toe.

'Dat had je moeten zeggen! Dan had ik er niet twintig minuten lang over doorgezaagd!'

'Geen probleem. Dank je voor het biertje.'

'Graag gedaan. Dus geen auto's meer,' zei Aaron. 'Waar wil je het wel over hebben dan?'

Och, weet ik veel. Over je verloofde misschien?

Didi wapperde speels met haar vingers in de richting van Shays schouder en zei met een stralende blik: 'Nou, hij is dol op spinnen...'

11

'Sorry, het is net alsof je dump, alsof ik zo'n klootzak ben die zijn hond in de vakantie bij het asiel dumpt en er dan als een haas vandoor gaat.' Terwijl hij de koffers van zijn vader de trap op droeg, vervolgde Shay: 'Maar die mannen staan met hun bestelbus voor het huis te wachten, dus ik moet echt...'

'Schiet nou maar op.' Rosa liep achter hem. 'Het geeft niet, doe wat je moet doen.'

'Woef woef,' zei Red. 'Dump me maar.'

Shay legde de koffers op het bed en draaide zich om. 'De rest van zijn spullen gaan in de opslag tot het huis klaar is. Leuke kamer trouwens.' Hij bewonderde de kamer die Rosa snel van alle rommel had ontdaan en wierp een blik op de blauw-witte gordijnen met het bijpassende beddengoed, de schilderijen aan de hemelsblauwe muren, de kleine mooie badkamer en suite, en op de tuin die hij door het glas-in-loodraam kon zien. 'Dat heb je goed geregeld, pap. Zorg nou maar dat ze je er niet uit gooit.'

'Ik zal mijn best doen.' Red stond in de deuropening op adem te komen.

'Nou, dan ga ik maar. Tot later.' Shay lachte naar Rosa. 'Laten we hopen dat hij zich een beetje gedraagt. En bel me als er problemen zijn.'

Ze keken uit het raam naar hem, terwijl hij in zijn auto stapte en gehaast wegreed.

'Ik zal water opzetten,' zei Rosa. 'Dan kun jij ondertussen je spullen uitpakken.'

'Wacht even.' Red ritste de kleinste koffer open en pakte er twee flessen prosecco uit. 'Wil je deze even in de ijskast leggen? Dan nemen we straks een echt drankje.'

'Goed, maar ik neem niet meer dan één glas, hoor. Ik moet vanavond nog een pop afmaken, en het zou niet handig zijn om het verkeerde been te amputeren.'

Tegen vijven was de tweede fles bijna leeg, en waren ze het erover eens dat er niets meer van poppen maken zou komen.

Maar de uren waren echt voorbijgevlogen. Red was fantastisch gezelschap en een goede verteller. Tot nu toe had ze niet meer over hem geweten dan wat ze via via aan roddels had gehoord. Maar het bleek ontzettend boeiend om alle verhalen uit zijn eigen mond te horen. Ze zaten op een schaduwplek in de tuin, en dat was echt oneindig veel leuker dan met een half oog op *Come Dine with Me* aardappelen en uien in stukjes snijden.

'Ik was gewoon verslaafd aan de adrenalinekick.' Nadat hij op zijn horloge, dat los om zijn pols hing, had gekeken hoe laat het was, pakte hij een paar doosjes medicijnen uit zijn borstzakje en nam de tabletten in met wat water gevolgd door een grote slok prosecco. Wat waarschijnlijk niet zo verstandig was, maar hij was bijna zestig en het was zijn lichaam, zijn besluit.

'Ik hou niet van adrenalinekicks,' zei Rose. 'Daar word ik altijd misselijk van.'

'Ach, toch niet altijd?' Zijn ogen glinsterden ondeugend. 'Wat als je voor twee uur parkeergeld hebt betaald en je bent pas na drie uur terug bij je auto?'

'Dat zou mij nooit overkomen, echt niet.' Van het idee alleen al kreeg ze een paniekerig gevoel. 'Als ik verwacht drie uur nodig te hebben, zou ik voor zes uur betalen, gewoon voor het geval dat. Ik bedoel, dat deed ik altijd toen ik nog een auto had.'

'Kijk, dat is nou het verschil tussen ons. In de eerste plaats zou ik al nooit een parkeerkaartje kopen, en dan is het de kick om te kijken of je ermee wegkomt. Het mooiste is nog als je net weer terug bent bij je auto als de parkeerwacht komt aanlopen. Zo'n adrenalinekick bedoel ik.'

'Ik snap niet hoe je dat kunt.'

'Ach, het zal wel in de genen zitten. Mijn ouders waren net zo. Wat vond jij het leukste tv-programma toen je op school zat?'

Ze knipperde met haar ogen. 'Eh, *Blue Peter* geloof ik.'

'Dat bedoel ik! Ik keek het liefst naar *Robin Hood*. Of naar die film met Cary Grant, *To Catch a Thief*. En je had toen ook een Amerikaanse tv-serie, *Alias Smith and Jones*. En toen ik een jaar of elf was, smokkelde mijn vader me een keer mee de bioscoop in voor *Butch Cassidy and the Sundance Kid*. Alles wat ik mooi vond, ging over criminelen, mensen die het leuk vonden om het systeem te slim af te zijn. Ik vond dat glamoureus en opwindend en ontzettend grappig. Sommige mensen hebben dat met... weet ik veel, als er gescoord wordt op Wembley of als ze moeten zingen voor een groot publiek of honderdvijftig rijden op een motor.' Hij leunde naar achteren en spreidde zijn handen. 'Ik kreeg een kick als ik ergens mee wegkwam waar ik niet mee weg had mogen komen.'

'Dat snap ik,' protesteerde ze. 'Maar het punt is dat je er de helft van de tijd niet mee wegkwam! Je werd gesnapt, en dan draaide je weer de gevangenis in, steeds opnieuw.'

Hij haalde zijn schouders op. 'Dat dat het risico was, maakte het nu juist zo opwindend. De gok.'

Gokken. Nou, daar wist ze alles van. Misschien hadden Red en Joe het daarom zo goed met elkaar kunnen vinden; Joe had misschien nooit iets illegaals gedaan, hij was wel een geboren ondernemer en gokker geweest. Om zijn zaak op te bouwen had hij met veel succes met geld gegoocheld, tot het moment waarop dat succes – buiten haar medeweten – was verbrokkeld en veranderd in een grote ramp.

'Sorry.' Verontschuldigend wapperde hij met zijn magere hand, en het drong nu pas tot Rosa door dat ze voor zich uit had zitten staren. 'Moest je daarom weg uit Compton House? Ik heb nog aan niemand gevraagd wat er is gebeurd...'

Ze knikte. 'Ach, het is geen geheim. Een van zijn zaken kwam in de problemen, en toen deed Joe wat hij altijd deed, hij leende van anderen om het gat te dichten. Maar het probleem bleek zich niet vanzelf op te lossen, en hij bouwde een steeds hogere schuld op. Omdat hij me er niet mee lastig wilde vallen, hield hij het voor zich en zocht naar andere manieren om het op te lossen... nog meer leningen, een tweede hypotheek... een paar avonden in het casino. Maar ook dat liep anders dan hij had gehoopt, hij verloor steeds meer geld en ging dus door met gokken, omdat hij dacht dat het geluk hem toch een keer weer moest toelachen. Hij heeft me dat nooit verteld. Ik heb het maanden later van vrienden van hem gehoord. En het punt is dat hij het allemaal deed omdat hij van me hield en ons gezin in bescherming wilde nemen. We waren echt alles voor hem.'

'Ja, natuurlijk.'

'Hij probeerde uit een financieel gat te kruipen, maar het gat werd steeds dieper. En ik wist nergens van. En toen kreeg hij een hartaanval, vast door de stress.' Ze kreeg een brok in haar keel bij de herinnering, maar dwong zichzelf verder te praten. 'Ze zouden hem naar de operatiekamer brengen, en ik denk dat hij toen al wist dat hij het niet zou halen. Hij zei steeds sorry, sorry, sorry, en ik begreep er niets van. En toen ging hij dood.'

'Wat vreselijk voor je.' Red knikte meelevend.

'Ja, zeg dat wel. Ik liep wekenlang rond in een waas en moest steeds denken aan dat hij sorry had gezegd. Ik bedoel, ik wist dat hij van me hield, en het was nooit eerder bij me opgekomen dat er een andere vrouw in zijn leven zou kunnen zijn. Maar op dat moment begon ik me dat toch af te vragen.'

'Joe? Nooit.'

'Dat weet ik. Ik vroeg me af of er op de begrafenis niet een of andere mysterieuze minnares zou opduiken. Dat gebeurde natuurlijk niet, maar ook daarna bleef ik me afvragen of er niet ineens een onbekende vrouw voor de deur zou staan. Maar een paar weken daarna had ik een afspraak met Joe's accountant en notaris, en toen kwam de hele waarheid boven tafel. Toen ontdekte ik dat zijn minnares eigenlijk de bank was.'

'Shit.'

'Bijna al ons geld was weg. En de bank wilde ons huis, omdat het al niet meer van ons was, het was van hen.'

'Wat moet dat afschuwelijk voor je zijn geweest.' Red schonk haar glas nog eens bij. 'Na alles wat je al had meegemaakt.'

'Het was echt afschuwelijk, want het was ons mooie huis geweest. Toen ze me het vertelden, moest ik huilen.'

'Logisch.'

'Maar wat ze niet wisten,' vervolgde Rosa, 'was dat ik huilde van blijdschap, omdat ik ineens begreep waarom Joe sorry had gezegd. Er was geen geheime minnares. Ons huwelijk was net zo gelukkig geweest als ik altijd had gedacht. Vergeleken met waar ik bang voor was geweest, stelde het huis kwijtraken niets voor.'

Hij knikte. 'Zo zie je maar. Geld is ook niet alles.' Na een korte stilte knipoogde hij. 'Maar wel fijn om te hebben.'

Negentien jaar geleden had hij zijn vrouw verloren, en de kanker zat door zijn hele lichaam, maar toch deed hij niet aan zelfmedelijden en kon hij haar nog steeds aan het lachen maken. Ze zei:

'Zullen we het over iets vrolijkers hebben? Je zult wel ontzettend trots zijn op Shay.'

'O ja. Mijn briljante zoon, die op de een of andere manier gevrijwaard is gebleven van de criminele genen. Weet je, toen hij zijn bedrijf had verkocht, zei zijn financieel adviseur dat hij zijn geld het beste op een offshorerekening kon zetten... volstrekt legaal, maar het zou hem veel belasting schelen. En hij was totaal niet geïnteresseerd!' Red schudde ongelovig zijn hoofd. 'Geen idee van wie hij dat heeft. Dat zal wel van zijn moeders kant komen. Hij heeft het in elk geval niet van mij.' Zijn gelach veranderde in een hoestbui, en Rosa kon horen dat het hem veel moeite kostte om weer op adem te komen nadat het hoesten was gestopt. Op dat moment ging zijn telefoon over, en hij zei: 'Vast Angela weer,' want ze had hem al twee keer huilend gebeld. Hij nam op en zei met een diepe zucht: 'Ange, je moet hier echt mee ophouden. Ik lig in bed, ik wil slapen. Nee, dat is echt zo. Ik zet nu mijn toestel uit. Het is een lange dag geweest. Ja, echt, ik voel me goed. Maar je moet niet steeds bellen, oké? Je moet het loslaten. Je moet verder met je eigen leven.'

'Ze huilt dus nog steeds,' zei Rosa nadat hij had opgehangen. Gek genoeg had ze zich schuldig gevoeld toen hij zijn snikkende ex vertelde dat hij al in bed lag.

'Eerlijk gezegd doet ze al weken niets anders dan huilen. Het is gewoon te veel. Het is vermoeiend.' Hij schudde zijn hoofd. 'En ik kan er niet meer tegen.'

'Ze is van streek. Ze houdt van je.'

'Ze wil met me trouwen.'

'Ach, de arme vrouw.'

'Je hoeft echt geen medelijden met haar te hebben. Angela doet graag dramatisch. En dat idee om met me te trouwen kwam pas bij haar op toen ze ontdekte dat ik een steenrijke zoon had.'

'O.' Tja, dat zette de zaak in een ander licht.

'Precies. Volgens mij lijkt het haar wel leuk om Shays zielige stiefmoeder te zijn die net weduwe is geworden. Maar hoe dan ook, dat gaat niet gebeuren. En ik verheug me op een leven hier, zonder drama's.' Hij boog zich naar haar toe en tikte met zijn glas tegen het hare. 'Denk je dat ons dat zal lukken?'

'Vast wel. Ik ben niet zo'n dramatisch type.'

'Perfect. Proost.'

'Proost.' Ze toostten nog een keer.

'Leuke armband.'

'Dank je.' Rosa schudde even met haar pols, zodat de bedeltjes vrolijk rammelden. 'Ik was vorige week jarig. Ik heb deze van Layla gekregen.'

'Nog gefeliciteerd. En wat fijn om een dochter te hebben die zulke leuke dingen voor je koopt.'

'Ja, hè? Maar eerlijk gezegd was het niet deze armband die ik van haar heb gekregen.' De vroege prosecco was haar naar het hoofd gestegen en had haar een beetje loslippig gemaakt. Maar als er iemand geheimen kon bewaren, was Red het wel. 'Ze heeft de bedeltjes speciaal uitgekozen omdat ze allemaal een betekenis voor ons hadden. Ik kreeg de armband op de avond van mijn verjaardag. Maar de volgende ochtend was ik hem alweer kwijt.'

'Bedoel je dat iemand hem heeft gestolen?' Hij keek verontwaardigd.

'Nee, helemaal niet! Hij is gewoon op een gegeven moment van mijn pols gegleden, en ik kon hem nergens meer vinden. Vorig jaar had ik een turquoise hangertje van haar gekregen dat ik per ongeluk in de vuilnisbak heb gegooid, dus ik kon haar met geen mogelijkheid vertellen dat ik de armband ook alweer kwijt was. Daarom ben ik met de bus naar Cheltenham gegaan en heb ik daar precies dezelfde armband met dezelfde bedeltjes gekocht. En toen ik terugkwam, stapte ik dus mis en viel ik op de grond. En toen hebben Shay en jij me geholpen.'

'Ik bedoel het niet verkeerd, maar ik ben blij dat je toen uit die bus bent gevallen.'

Ze glimlachte. 'Nu ik niet meer zoveel pijn heb, ben ik daar ook blij om. Behalve dat het jammer is dat ik al dat geld aan de armband kwijt was.'

'Misschien vind je hem nog, en kun je deze terugbrengen.'

Heel even kwam ze in de verleiding om hem over haar nachtelijke bezoekjes aan de tuin van haar oude huis te vertellen. Maar nee, hij zou nog denken dat ze knettergek was. 'Laten we het hopen.'

'Toch zal het niet gemakkelijk zijn geweest om ineens kleiner te moeten wonen en zuinig te doen, terwijl je aan zo'n comfortabel leven was gewend.'

'Het ging met ups en downs. Ik begin er nu aan gewend te raken. Toen Joe nog leefde, trakteerde hij me op weekendjes Milaan om designerkleren te kopen. Tegenwoordig koop ik de meeste kleren tweedehands. Maar dat is best leuk, je kunt zo blij zijn met een koopje.' Ze plukte aan de stof van haar paarse jurk. 'Zoals deze, drieënhalve pond in de kringloop hier.'

'Staat je prachtig.' Hij knikte goedkeurend. 'Niemand die het eraan afziet.'

'Behalve vorig jaar, op de kerstmarkt in het stadhuis. Toen kwam Ingrid naar me toe en zei: "O, hemeltje, ik had net zo'n jurk! Maar die heb ik aan de kringloop gegeven!" En toen moest ik wel toegeven dat het haar jurk was, en toen zei ze: "Goh, echt ongelofelijk! Ik had nooit gedacht dat mijn kleren jou zouden passen!"'

'Heel aardig. Wie is Ingrid?'

'Je hebt haar laatst gezien, de vrouw die boos werd omdat haar man me overeind wilde helpen, terwijl zij naar huis wilde. Het huis dat vroeger van ons was.'

'O, ik weet het weer. Lang, mager, lang blond haar. Zo'n typische ramp van een vrouw.'

'Ach, dat valt wel mee. Ze is alleen maar een beetje... bot. Ze is interieurdesigner, runt een groot internationaal bedrijf, ze is heel dynamisch en zegt precies wat ze denkt.' Rosa zweeg even, in gedachten bij de in strenge bewoordingen opgestelde brief die ze had gekregen van Benny Colettes advocaat als reactie op haar eigen handgeschreven brief: *Ik moet u helaas mededelen dat mijn cliënten uw verzoek ongepast en onwerkbaar vinden. Ze zullen u dan ook geen bezoekrecht verlenen.*

'Waar denk je aan?' Red ontging blijkbaar niets.

'Nergens aan.'

'Ben je nog terug geweest nadat zij het huis hebben betrokken?'

Ze schudde haar hoofd, want het huis zelf had ze niet meer betreden. 'Nee, maar ik weet wel dat het er heel anders uitziet dan toen wij er woonden. Mensen die er zijn geweest zeggen dat het heel minimalistisch en Scandinavisch is, erg taupe.'

'Niet echt mijn stijl.' Red trok zijn mondhoeken naar beneden.

'De mijne ook niet, maar er zijn zat mensen die het mooi vinden wat ze doet. Er is veel vraag naar haar. Heb je trouwens trek? Ik kan wel even een *cottage pie* opwarmen, als je wilt.'

'Dat klinkt goed. Maar ik eet tegenwoordig niet zoveel meer, dus voel je niet beledigd als ik maar een paar happen neem.'

'Ik zal hem in de oven zetten en dan mag je precies zoveel nemen als je wilt.' Hoewel Layla een paar keer per week langskwam na haar werk, zou het leuk zijn om na al die tijd weer eens wat vaker voor iemand anders te koken.

Rosa liep de keuken in, maar toen ze een paar minuten later terugkwam in de tuin, was Red in slaap gevallen in zijn stoel. Hij had zijn handen losjes verstrengeld in zijn schoot, zijn hoofd lag iets opzij en er was een donkere haarlok over zijn gebruinde voorhoofd gevallen. De rimpels op zijn gezicht leken wat verzacht, waardoor hij er een paar jaar jonger uitzag, meer zoals vroeger. Hij was altijd al een aantrekkelijke man geweest.

Ze schrokken allebei van het geluid van zijn telefoon. Hij deed zijn ogen open. 'Oeps, even in slaap gesukkeld. Shay, hoi. Nee, nee, je hoeft niet langs te komen. Het was een lange dag, en ik ben kapot.' Nadat hij zijn toestel had uitgezet, keek hij Rosa aan. 'Sorry, maar ik geloof niet dat ik een hap door mijn keel zal krijgen. Vind je het goed dat ik naar bed ga?'

'Je woont hier nu ook, je hoeft dat niet te vragen. Je kunt doen wat je wilt.'

Even verscheen er een kleine glinstering in zijn ogen, alsof hij iets plagerigs wilde zeggen, maar zich meteen weer bedacht.

'Dank je,' zei hij alleen maar, terwijl hij langzaam opstond. 'Ik ben gewoon moe, meer niet.'

Harry stond op woensdagochtend vroeg op en rommelde wat rond in de keuken. Na zich bijna tien minuten te hebben liggen afvragen of hij haar misschien thee op bed zou brengen stond Layla ook op en liep naar de keuken, waar ze hem aantrof met een kom cornflakes in zijn hand.

'Goedemorgen,' begroette hij haar met zijn betoverende glimlach.

'O.' Nadat ze een schone mok en een theezakje had gevonden, keek ze in de ijskast. 'Waar is mijn melk?' Ze had gisteren speciaal een pak halfvolle melk meegenomen.

'Staat het er niet? Sorry, misschien heb ik het opgemaakt,' zei hij op verbaasde toon.

'Bedoel je dat je het hele pak daarin hebt geschonken?' Layla wees naar de idioot grote kom in zijn hand. 'Maar... waarom heb je niet je eigen sojamelk gebruikt?'

Hij haalde zijn schouders op. 'Die is op.'

'En wat moet ik nu?'

'Weet ik veel. Thee zonder melk drinken?'

'Ik lust geen thee zonder melk. Daarom had ik dat pak meegenomen.'

'Sorry, schatje.' Hij zette de kom neer en gaf haar een kus.

'Je zou even naar de Co-op kunnen lopen om melk te kopen,' zei ze.

'Daar heb ik geen tijd voor. Ik moet op zijn laatst om halfnegen de deur uit. En jij ook trouwens,' bracht hij haar in herinnering.

Ze draaide de kraan open en dronk een glas koud water, met haar gezicht naar de gootsteen.

'O, je bent toch niet boos op me? De volgende keer koop ik wel een pak melk voor je. Ik weet het, ik ben een slechte vriend.' Hij wierp haar zijn charmantste blik toe. 'Maar dat is geen opzet en ik h...' Hij stopte abrupt en sloot zijn ogen. 'Nee, dat moet ik niet zeggen.'

'Wat niet?' Haar hart maakte een sprongetje.

'Niks. Hoe kan ik dat nou zeggen, terwijl ik je niet waard ben?' Hij slaakte een spijtige zucht. 'Het spijt me echt van de melk. Haat je me nou? Ga je me nou dumpen? Ga me alsjeblieft niet dumpen.' Hij sprak op speelse toon, terwijl hij vlak voor haar kwam staan en diep inhaleerde. 'God, je ruikt verrukkelijk.'

Het was onmogelijk weerstand aan hem te bieden. 'Oké, ik zal je niet dumpen. Nog niet.' Ze bedoelde het plagend; ze kenden elkaar weliswaar pas zes dagen, maar hun tijd samen was voorbijgevlogen in een wervelwind van opwinding en emoties.

Hij lachte. 'Gelukkig. Zie ik je vrijdag?'

'Niet morgen?'

'Dan kan ik niet. Ik heb dan een nieuwe cliënt.' Hij had zijn armen inmiddels om haar heen geslagen. 'Hoewel ik natuurlijk liever bij jou zou zijn.'

'Waarom kom je vrijdag niet bij mij? Ik wil je graag aan Didi voorstellen. Ik kan haar en Aaron uitnodigen.'

'Luister, je vrienden zijn vast heel aardig, maar ik moet de hele dag al naar mijn cliënten luisteren. Als ik niet werk, wil ik liever gewoon niets doen. Jij en ik samen, hier bij mij. Het spijt me als je dat saai vindt, maar het is mijn idee van de zevende hemel.'

Tegen beter weten in voelde Layla dat ze weer smolt, want als zo'n mooie man die woorden zei, kon je niet anders dan toegeven. Hij streelde haar haar, streek met zijn duim langs haar sleutelbeen, en de blik in zijn ogen was gewoon...

'Shit, is het al zo laat? We moeten opschieten.' Hij gaf haar een korte kus, vol verlangen en spijt, en maakte zich toen van haar los. 'Ik moet weg.'

Ze had Will gevraagd haar om kwart voor negen af te halen, maar toen ze om halfnegen buiten kwam stond de taxi al aan de overkant van de straat, en zat Will op een bank aan het water van het ochtendzonnetje te genieten. Ze keek naar hem, terwijl hij stukjes van zijn broodje scheurde en aan de eenden voerde, om daarna een slok van iets warms in een meeneembeker te nemen.

Toen hij haar zag, stond hij op en gooide de rest van zijn broodje in de rivier.

'O, dat had je niet hoeven doen,' protesteerde ze meteen. 'Ga zitten en drink je koffie op. Ik ben te vroeg.'

'Zeker weten? Ik ben net terug, ik moest mensen naar Heathrow brengen.' Hij nam een slok en wapperde toen met zijn hand voor zijn mond. 'Sorry, een beetje heet.'

'Koffie?'

'Thee.'

Het water liep Layla in de mond.

'Weet je, ik hoef ook niet meer. Ik heb wel genoeg gehad,' zei Will.

'Niet doen,' piepte ze toen hij de beker in de vuilnisbak wilde gooien.

Hij keek haar aan. 'Waarom niet?'

'Dat is zonde! Ik bedoel...'

'Wil jij soms?'

'Graag.'

'Heeft hij geen thee voor je gezet?'

'De melk was op.'

'Hier, neem maar. Er zit wel suiker in, is dat erg?'

'Perfect.' Ze probeerde al jaren haar thee zonder suiker te drinken, maar dat was toch een stuk minder lekker. Zonder te wachten tot de thee iets was afgekoeld, nam ze een paar grote slokken. God, wat was dat heerlijk. Ze veegde haar mond af met de rug van haar hand. 'Nog beter dan perfect. Dank je.'

'Graag gedaan.'

'Mag ik... Sorry, maar er zitten kruimels...' Ze veegde ze van de kraag van zijn witte overhemd.

'Dank je. Kom, dan rijd ik je naar huis.' Hij pakte de iPad die naast hem op de bank lag.

'Je zit altijd maar op dat ding te tikken,' merkte ze op. 'Ik zou wel eens willen weten wat je precies doet.'

Hij glimlachte, pakte de lege kartonnen beker uit haar hand en gooide hem in de vuilnisbak naast de bank. 'Niks belangrijks. Kom, dan gaan we.'

12

'Schat, je moet me één ding toch vertellen,' had Didi's moeder door de telefoon gezegd vanuit haar appartement met uitzicht op zee in Marbella. 'Wat zie je precies voor je als je jezelf in een trouwjurk voorstelt?'

Didi verbaasde zich over de manier waarop de hersens van haar moeder werkten. Op geduldige toon zei ze: 'Ik zie helemaal niks. Ik heb hem nog niet gevonden.'

'Nou, je kunt moeilijk naakt naar het altaar lopen! Wanneer heb je je volgende vrije dag?'

'Donderdag. Hoezo?' Een fractie van een seconde later drong tot Didi door dat ze in de val was gelokt.

'Goed, dan boek ik meteen een vlucht. Ik zie je donderdagochtend, en dan gaan we meteen op pad!'

'Waarnaartoe? Ik trouw pas in december.' Er trok een angstaanjagende gedachte door haar heen: o nee, ze hebben toch niet als verrassing voor volgende week al een trouwpartij georganiseerd?

'Liefje, voor je het weet is het december. Dit is iets anders dan een paar onderbroeken kopen, hoor. De goede jurk vinden en die passend laten maken, daar gaan máánden overheen.'

Didi was zich er al van bewust dat het haar blijkbaar ontbrak aan een of ander jurk uitzoek-gen. Ze kon zich niets ergers voorstellen dan stapels trouwjurken passen, hoewel ze best begreep dat haar moeder wel een punt had.

Bovendien was Maura als ze eenmaal een besluit had genomen niet meer te stoppen.

En nu was het donderdag en stapte haar moeder, in een wolk van parfum en kleurige zijde, uit de taxi van Will Osborne.

'Schat, weet je wel zeker dat je zo meegaat?' Ze nam Didi met een schuin hoofd op.

'Hoe gaat het, mam?' Didi omhelsde haar moeder even. 'En ja, ik ga zo mee. Kom, hoe sneller we het achter de rug hebben, hoe beter.'

'Ik bedoel: hou je dat aan?'

'Het is mijn vrije dag.'

'Ja, maar een spijkerbroek. Niet echt ideaal als je die de hele dag aan en uit moet trekken.'

'Ik hou hem gewoon aan,' zei Didi. 'Je ziet hem echt niet onder de jurk uit.'

'O, mijn hemel, je hebt echt geen idee, hè? Het is maar goed dat ik er ben. Zullen we dan maar meteen gaan?'

Ze gebaarde naar de taxi, maar Didi zette haar hakken in het zand en liet haar autosleutel zien. 'We gaan met mijn auto. Een taxi is nergens voor nodig.'

'Doe niet zo gek, als je rijdt kun je niet drinken.'

'Waarom zou ik willen drinken?'

'Omdat ze je in die bruidswinkels altijd champagne geven!'

'Ik kan toch gewoon weigeren?'

Nu was het Maura's beurt om geschokt te kijken. 'Nee, dat kun je niet. Dat zou bijzonder onbeleefd zijn.'

Het was blijkbaar een hele beproeving om een trouwjurk uit te zoeken, anders zouden ze je geen alcohol opdringen. 'Dan zeg ik gewoon dat ik zwanger ben.'

'O, schat! Echt waar?' De ogen van haar moeder begonnen te glanzen.

'Nee, mam.'

'O, nou, maar goed ook waarschijnlijk, anders wordt het een ramp om een passende jurk te vinden. Vooruit, ik kan die taxi nu niet meer afzeggen. Ik heb Will al gezegd dat hij een paar uur voor ons moet vrijhouden. Leuk toch? Dan maken we er een echte moeder-dochterdag van!'

Om één uur had Didi het helemaal gehad met jurken, maar haar moeder begon net lekker op stoom te komen. De bruidswinkels – nee, geen winkels, het waren altijd boetieks of showrooms – waren allemaal even geparfumeerd en glamoureus en hadden een duizelingwekkende hoeveelheid trouwjurken op voorraad. Will reed hen van de ene naar de andere, geduldig wachtend in zijn taxi, met als enige gezelschap zijn iPad, terwijl Maura glazen champagne achteroversloeg en dingen riep als: 'O nee, schat, die is zo gewoontjes!', iedere keer dat Didi een jurk probeerde die er niet uitzag als een bruidstaart uit een aflevering van *The Great British Bake Off*.

Nadat ze Oxford, Cheltenham en Stroud hadden gehad, zei Didi: 'Dit is een ramp. Ik kan niet meer. Als ik niet gauw iets te eten krijg, val ik nog flauw.'

'Die jonge vrouwen van tegenwoordig ook. Geen enkel doorzettingsvermogen. Maar wat denk je van deze, als we nu extra Swarovski-kristallen om de hals en de zoom laten naaien?'

De jurk in kwestie was een gedrocht, en glinsterende kristallen waren zo'n beetje het allerergste wat Didi zich kon voorstellen. Ze schudde haar hoofd. 'Nee, mam, ik ga echt niet in zo'n geval lopen, je kunt me niet dwingen. Ga lekker zelf trouwen als je zo graag een Disney-jurk wilt! Het enige waar ik nu nog zin in heb is een bord patat met een bal gehakt.'

'Dat is precies de reden waarom je de rits van die laatste jurk niet dicht kreeg.'

Natuurlijk gingen ze geen patat eten; dat was niet haar moeders stijl. Ze gingen naar een chique nieuwe bistro in Minchinhampton waar Maura een stuk of tien foto's maakte van haar voorgerecht, nog voordat ze ook maar een hap had genomen.

'Vertel. Hoe gaat het met iedereen? Alles goed in het hotel? Hoe gaat het met Aaron?'

Het was de eerste keer die dag dat ze hem noemde. Omdat Maura in Marbella woonde en Aaron in Londen hadden ze elkaar slechts twee keer ontmoet, maar ze hadden elkaar meteen gemogen. Didi zei: 'Met het hotel gaat het goed, en met Aaron ook. Hij heeft het druk op zijn werk, maar hij komt bijna ieder weekend.'

'Laat me eens wat foto's van hem zien, schat. En weet hij al wat hij op jullie trouwdag draagt?'

'Nog niet, maar dat komt vanzelf wel.' Aaron was gekker op kleren dan zij, en de inloopkast in zijn appartement in het Barbican hing stikvol designerspullen. Didi scrolde langs de foto's op haar telefoon en liet haar moeder de meest recente van zichzelf met Aaron zien.

'Jullie zijn echt een heel mooi stel. Ik vind zijn haar zo mooier, wat korter aan de zijkanten. De eerste keer dat ik hem zag, zat het een beetje... nou ja, je weet wel, een beetje bleh. Hij laat het voor de bruiloft toch ook wel knippen, hè?'

'Mam, hij is een volwassen man. Als hij wil, kan hij het oranje verven en in een hanenkam dragen.'

'Nou, als hij dat doet, dan wacht ik tot de trouwambtenaar vraagt of iemand bezwaar maakt tegen het voorgenomen bla bla bla, en dan sta ik op en zeg: "Ja, ik maak bezwaar. Zijn kapsel is belachelijk, en ik sta niet toe dat mijn dochter met zo'n oen trouwt."'

Didi lachte. 'Niemand zegt nog oen tegenwoordig.'

'En er is ook niemand meer die er nog mee wil trouwen.' Maura grinnikte en stootte haar dochter even aan. 'Rustig maar, ik zit je een beetje te plagen. Ik mag Aaron erg graag. En ik beloof je dat ik niet zo'n vreselijke schoonmoeder zal worden. Ik zal zelfs niet met jullie meegaan op huwelijksreis. Tenzij jullie dat willen natuurlijk!'

Ze bekeken nog een paar foto's van Aaron en hadden het toen over hotelpersoneel dat Maura kende. Daarna vertelde Didi haar moeder de laatste nieuwtjes, waaronder het vreugdevolle nieuws van Layla's ontluikende romance met Harry, de personal trainer. En toen het hoofdgerecht op tafel stond, zei ze terloops: 'O, je raadt nooit wie er terug is. Red Mason.'

'Echt?' Maura legde de vork neer die ze net had opgepakt.

'En Shay ook.' Didi vroeg zich af waarom ze het op deze manier had verteld. Het was alsof ze het nieuwtje door ermee te wachten juist belangrijker maakte, en dat was precies wat ze had willen voorkomen.

Haar moeder nam een slokje wijn en depte haar lippen met haar servet. 'Zijn ze allebei terug? Waarom?'

'Red heeft kanker. Hij heeft niet lang meer. Shay knapt het oude huis voor hem op. In de tussentijd woont Red bij Rosa.'

'En de jongen?'

Het was vreemd om hem zo te horen noemen. Didi zei: 'Shay zit in de Midnight Suite tot hij klaar is met de renovatie.'

'De Midnight Suite in het hotel? Maar dat is belachelijk, dat kan hij zich toch nooit veroorloven!' Haar moeder wierp haar een waarschuwende blik toe. 'Je laat hem daar toch niet gratis...'

'Nee, hij betaalt gewoon.'

'Nou, dan vraag ik me af wiens creditcard er precies wordt geplunderd.'

'Mama, je...'

'En je hebt hem al gezien? Ik bedoel, je hebt al met hem gepraat?'

'Ja.'

'En heb je Red ook al gesproken?'

'We hebben laatst samen wat gedronken in de Prince of Wales.'

'O, echt? Dus hij is niet zo ziek dat hij niet meer de kroeg in kan,' merkte Maura met opgetrokken wenkbrauwen op. 'Waarschijnlijk is hij niet eens echt ziek, het is gewoon weer een van zijn verhalen.'

'Geloof me, hij is echt ziek.'

'Nou, hou ze maar een beetje op afstand. Ik weet zeker dat ze weer voor problemen zullen zorgen. En waarom logeert Shay in godsnaam in het hotel? Waarom zou hij dat ook maar willen?'

'Omdat hij het kan betalen. Mam, hij is rijk.'

'Hm. Nou ja, dat kan natuurlijk. Die grote garnalen zien er overigens verrukkelijk uit.'

Ze zagen eruit als grote garnalen. Didi zei: 'Ik bedoel, hij is echt ontzettend rijk. Hij heeft Fait ontwikkeld, die datingapp, en hij heeft die net voor miljoenen of zo verkocht. Ik heb hem gevraagd of hij het hotel zou kunnen kopen als hij dat wilde, en toen zei hij dat geen enkel probleem voor hem zou zijn.'

Haar moeder moest dit nieuws zichtbaar verwerken. Na een tijdje vroeg ze: 'En is hij dat soms van plan?'

'Vast niet. Het is ons hotel, mam. Hij kan niet iets kopen wat niet te koop is.'

'Mooi zo. Nou, het was natuurlijk altijd al een slimme jongen.'

Didi schudde haar hoofd. 'Hij had niks te maken met wat er toen is gebeurd.'

'Heeft hij je dat gezegd? Nou ja, wat zou hij anders moeten zeggen?'

'Hij zou zoiets nooit hebben gedaan, dat weet je best.'

'En toch heeft hij vlak daarna zijn biezen gepakt.' Haar moeder haalde haar schouders op. 'En er is nooit iemand anders voor opgepakt. Hoe dan ook, dat was toen. Zoals ik al zei: hou ze maar een beetje op afstand. Ik weet dat je gek op Shay was toen het gebeurde, maar nu heb je Aaron, je hebt deze prachtige ring' – ze tikte even op Didi's verlovingsring – 'en over vijf maanden ben je een getrouwde vrouw!'

Na het eten pakte Maura haar creditcard en zei: 'Ik trakteer.' Ze liet haar blik even over de rekening glijden en keek toen op. 'Pardon?' Ze wenkte de serveerster. 'Sorry, maar dit klopt niet.'

Didi kon wel door de grond zakken; na jaren in de horeca te hebben gewerkt, vertoonde ze altijd een pavlovreactie als een klant zich beklaagde. En het was nog veel gênanter als je eigen moeder de klant was die klaagde.

Maura wees op de rekening en zei kordaat: 'Je hebt een fout gemaakt, je hebt drieëntwintig aangeslagen voor de wijn, terwijl hij tweeëndertig kost.'

'O, god, sorry, aardig dat u het zegt.'

'Je bent ook de asperges en de bospaddenstoelen vergeten, ik denk dat je het beter even overnieuw kan doen.'

Blozend en stamelend deed het meisje wat haar was opgedragen. Toen de aangepaste rekening was betaald, zei ze: 'Nogmaals bedankt. Er zijn niet veel mensen die dat zouden hebben gezegd.'

'Graag gedaan, schat. Ik zou niet willen dat je in de problemen was gekomen. We hebben heerlijk geluncht, en daar gaat het om. Mijn dochter en ik hebben een fantastische dag samen.' Ze kneep even in Didi's hand.

13

Rosa stond in het postkantoor in de rij te wachten om een pop die ze net af had naar Connecticut te sturen, toen een stem achter haar zei: 'Hallo, hoe gaat het met je knie? Hopelijk al wat beter?'

Het was Benny Colette, met wat pakjes in zijn handen. Rosa straalde. 'Veel beter, dank je. Ik heb een paar dagen pijn gehad, maar dat is nu helemaal over. Nog bedankt dat je me toen hebt geholpen.'

'Zoveel heb ik nou ook weer niet gedaan, maar ik ben blij dat je je beter voelt. Wat een groot pakket heb je daar! Is het niet te zwaar voor je? Zal ik het anders even voor je vasthouden onder het wachten?'

'Het is niet zo zwaar. Ik maak poppen,' legde ze uit, terwijl ze een lok haar van haar wang blies. 'Deze gaat naar Amerika.' Omdat ze nog steeds last had van de lok, bracht ze het pakket naar haar andere arm en gebruikte haar vrije hand om hem weg te vegen. Red, die een paar meter verderop op haar zat te wachten, bekeek het tafereel geamuseerd.

Benny zei: 'Nou, dat is ook toevallig.'

'Wat? Je gaat me toch niet vertellen dat je ook poppen maakt?' Ze lachte. 'Want daar trap ik heus niet in.'

'Nee, ik bedoelde je armband. Laat me nog eens kijken?'

Blozend hield ze haar arm voor hem op, zodat Benny de armband wat beter kon bestuderen.

'Muis... papegaai... Eiffeltoren... hondje... Ja, precies dezelfde bedeltjes, wat raar! Vorige week heeft onze tuinman exact dezelfde armband in onze achtertuin gevonden.'

'O.' Ze kreeg een droge mond, en ze wist dat ze een knalrode kop had, en haar hersens konden niet zo snel iets vinden om te zeggen. 'Nou, deze is... eh... van mij.'

'Sorry, het is gewoon stom van mij, natuurlijk zijn ze hetzelfde.' Benny schudde zijn hoofd. 'Ik dacht alleen dat die bedeltjes speciaal waren uitgekozen, maar die armbanden worden natuurlijk zo verkocht.'

De volmaakte oplossing! Opgelucht riep ze: 'Ja, zo is het, ze hebben allemaal dezelfde bedeltjes!'

'Hoe dan ook, het blijft een mooie armband.'

'Dank je.' Gelukkig, ze kon weer ademhalen.

'Tijd om het meiske op avontuur te sturen,' zei Benny.

Rosa was nog zo bezig met het idee dat ze zich bijna had verraden dat ze even dacht dat hij bedoelde dat het tijd was om weer over de tuinmuur te klauteren.

Benny wees echter naar het loket. 'Jij bent aan de beurt. De pop kan op avontuur.'

'Ja,' zei ze zwakjes. 'Dank je.'

Vijf minuten later, nadat ze haar zaakjes had afgehandeld en Benny gedag gezegd, liep ze met Red het postkantoor uit. Zodra ze buiten gehoorsafstand waren zei hij: 'Nou, dat was bijzonder leerzaam.'

'Hoe bedoel je?' vroeg ze met een somber voorgevoel.

'Je loog tegen hem.' Hij nam haar zijdelings op. 'En je hebt de kans laten lopen om je armband van tweehonderd pond terug te krijgen. Ik vraag me af waarom.'

Er zat niets anders op, ze zou het hem moeten vertellen. Ze haalde diep adem en zei toen: 'Wil je het echt weten? Nou, Joe's as is verstrooid onder zijn lievelingsboom in Benny's achtertuin. Als ik had geweten dat we het huis moesten verkopen, had ik dat natuurlijk nooit gedaan. Maar dat hoorde ik pas daarna en toen was het te laat.' Ze zweeg even, friemelend aan de riem van haar schoudertas. 'Ik heb de nieuwe eigenaars, Benny en Ingrid, een brief geschreven om te vragen of ik misschien af en toe... nou ja, naar de boom mocht, omdat ik Joe zo miste en omdat het de enige plek was waar ik het gevoel had dat hij nog dicht bij me was. Maar ik kreeg een brief terug van een advocaat waarin stond dat dat niet mogelijk was. Ik zal ook wel een beetje zielig hebben geklonken. Dus hoe dan ook... O, lach me niet uit.'

'Hé, ik sta aan jouw kant, hoor.' Zijn ogen glinsterden. 'Ik lach je niet uit, ik lach met je mee. Vertel, hoe ging het verder?'

Natuurlijk had hij dat zelf allang uitgevogeld, maar hij leek het zo leuk te vinden, dat Rosa verderging: 'Ongeveer eens per week, als ik echt de behoefte voel, trek ik donkere kleren aan en klim ik 's avonds over hun tuinmuur. Ik omhels de boom en ga dan in het gras zitten om met Joe te praten.'

'En je bent nog nooit gesnapt?'

'Nooit.' Dat leek haar wel duidelijk.

'Geen bewegingsmelders? Camera's?'

'Volgens mij zitten die dingen dichter bij het huis, maar niet in het stuk tuin waar ik kom.'

'Dat is dan dom van ze.'

'Je mag het ze niet vertellen, hoor,' zei Rosa.

Hij begon te grinniken. 'Natuurlijk niet. Maar ik moet zeggen dat ik er behoorlijk van onder de indruk ben dat je dat doet. Wie noemde zichzelf ook alweer een brave burger?'

'Ik voel me ook iedere keer weer schuldig.'

'Maar vind je het ook niet een heel klein beetje opwindend? Om iets te doen wat niet mag en daarmee weg te komen?'

'Misschien.' Ze perste er een klein lachje uit. 'Als ik eenmaal weer veilig thuis ben.'

'Dan was het vast lastig voor je dat je je knie hebt bezeerd.'

'Ik heb het daarna niet meer geprobeerd.' Ze boog haar knie even om te kijken of ze nog pijn had.

'Maar je bent weer beter. Dus wanneer ga je weer?' Hij gaf haar een samenzweerderig duwtje.

'Die afspraak van je in het gezondheidscentrum is om kwart over elf.' Rosa tikte op haar horloge. 'En het is al tien over.'

'En jij probeert van onderwerp te veranderen.'

'Nou, als je het per se wilt weten, ik zat erover te denken om vanavond te gaan.'

Red lachte. 'Heel goed.'

'Nou, niet zo goed als ik gesnapt word.'

'Zal ik op de uitkijk gaan staan?'

'Nee, dank je. Ik had eigenlijk willen wachten tot je naar bed was.'

'Je kunt niet van me verwachten dat ik een oog dichtdoe nu ik dit weet. Ik zou me alleen maar zorgen liggen maken.'

Ze waren inmiddels bij het gezondheidscentrum aangekomen. Rosa wees hem waar de ingang was. 'Tot straks. Bel me maar als je wilt dat ik met je mee terug loop.'

'Dat hoeft niet. Mijn lichaam mag dan versleten zijn, mijn hersens werken nog prima. Ik weet de weg,' zei hij.

Het was middernacht toen ze door Barley Lane liepen. Red, die van zes tot tien had geslapen, had erop gestaan om haar te vergezellen.

'Alleen het licht op de overloop brandt nog,' fluisterde Rosa toen ze Compton House bereikten. 'Dat betekent dat ze slapen.'

'Nou, klim er dan maar overheen. En pas een beetje op met die knie van je. Als je een uil hoort roepen, ben ik het om je te waarschuwen dat je je koest moet houden. Nou ja,' voegde hij eraan toe. 'Het kan natuurlijk ook echt een uil zijn.'

'Ik voel me net Bonnie en Clyde.'

Zijn tanden glinsterden in het donker. 'Je kunt niet allebei zijn.'

Rosa klauterde op de vertrouwde plek over de muur en liet zich zachtjes op de grond aan de andere kant vallen. Haar knie ving de sprong zonder enig probleem op.

O, wat was het fijn om terug te zijn. Natuurlijk kon ze met Joe praten wanneer ze maar wilde, maar alleen hier had ze het gevoel dat hij dichtbij was. Ze keek nog even of er niemand was en omhelsde toen eindelijk weer de boom. Terwijl ze de bast streelde, zei ze zacht in de warme lucht: 'Hallo, lieverd, ik ben er weer.' Daarna ging ze op de grond zitten en liet haar vingers over het korte gras glijden, zich voorstellend dat Joe tegenover haar zat, met op zijn geliefde gezicht een verwachtingsvolle glimlach, terwijl hij zich verheugde op wat ze hem zou vertellen.

En aangezien er deze keer veel te vertellen viel, stak ze meteen van wal. Wel een kwartier lang praatte ze zacht voor zich uit, in de wetenschap dat Joe genoot van haar verhalen. Ineens schoot haar echter te binnen dat die arme Red op haar stond te wachten, en ze fluisterde: 'Ik kan maar beter gaan. Ik hou zoveel van je, lieverd. En nu ik geen last meer heb van mijn knie, zal ik weer vaker komen.'

Een halve minuut later, net toen ze zich over de muur heen wilde hijsen, hoorde ze fietsbanden over de straat zoeven en zag ze iets vleermuisachtigs opdoemen uit de duisternis. De fietser kwam met piepende remmen midden op straat tot stilstand. Rosa's hart klopte haar in de keel, en ze liet zich gauw weer op de grond zakken.

'Mag ik ook weten wat hier aan de hand is?' De doordringende stem van Beryl Thomsett galmde over straat, en Rosa kneep van ellende haar ogen dicht, want Beryl was een bazige bemoeial die voor niets of niemand bang was.

'Helemaal niks. Ik...'

'O nee, jij bent het! Ik had al gehoord dat je terug was, Red Mason. Nou, dat beantwoordt meteen mijn vraag,' blafte Beryl. 'Een vos verliest zijn streken niet, hè? En denk maar niet dat ik niet gezien heb dat je maatje net de muur over probeerde te klimmen! Goed, dan bel ik nu de politie.'

'O nee, ssjjt, nee nee, niet doen... Het wasj gewoon een sjtom sjpelletje... Echt, ik doe die dingen niet meer...'

Rosa deed voorzichtig haar ogen open. Red klonk ineens stomdronken.

'Maak dat de kat wijs. Vergeet niet dat ik weet wie je bent. En jij daar, aan de andere kant van de muur!' Beryl ging wat harder praten om de insluiper aan te spreken. 'Kom onmiddellijk die muur over. Ik ben niet bang voor je, hoor, wie je dan ook bent. Ik heb de blauwe band in karate.'

'Oké oké, je hoeft niet sjo te schreeuwen,' zei Red slissend. 'Ik wilde gewoon de huisjsleutels naar Rosa gooien, voor de grap... Maar toen kwamen ze aan de andere kant van de muur terecht en zelf kan ik niet meer klimmen en toen moest zij – hik – dat doen. Rosa? Rosa, zeg eens tegen Beryl dat ze de politie niet moet bellen... sjorry dat ik die sleutels naar je gooide... Heb je ze al gevonden?'

Lang leve de snel denkende ex-criminelen. Rosa riep: 'Ja, ik heb ze net gevonden gelukkig! Wacht even...' Ze klauterde de muur over als een in het zwart gestoken ninja, sprong op de stoep en pakte de sleutels uit de zak van haar spijkerbroek. 'Kijk. En waag het niet dat nog een keer te doen!'

'Sjorry.' Red wankelde en zwaaide bijzonder overtuigend. 'Dat wasj niet de bedoeling. Ik dacht dat je sje wel sjou vangen.'

'Hallo, Beryl!' Vrolijk lachend wapperde Rosa even met de sleutelbos. 'We wilden echt niet inbreken, hoor. Red had gewoon een beetje te veel gedronken, en toen deed hij iets stoms. Ik neem hem nu meteen mee naar huis, dan kan hij zijn roes uitslapen.'

'Nou.' Beryl klonk teleurgesteld; ze had zich er zichtbaar op verheugd om de politie te bellen. 'Ik hoop dat je weet wat je doet, iemand als hij in je huis halen. Volgens mij is het vragen om problemen.'

'Sjorry.' Opnieuw wankelend zei Red: 'Ik sjal me netjes gedragen, dat beloof ik je.'

Beryl snoof nog even afkeurend, stapte toen weer op haar stevige fiets en reed weg, met haar zwarte regenjas als een vleermuis fladderend achter haar aan.

'Je kunt perfect een dronken man nadoen,' zei Rosa tegen hem.

'Dank je.' Niet langer wankelend maakte hij een kleine buiging.

'En jij bedankt dat je dit zo handig hebt opgelost. Als ze mij in mijn eentje had gesnapt, had ik echt niet zo snel een smoes kunnen bedenken.'

'Nog zo'n regel die je nooit mag vergeten: altijd een smoes paraat hebben. Je weet nooit wanneer je hem nodig hebt.'

Ze lachte. 'Het is bijzonder handig om jou te kennen. Ik leer steeds meer.'

'Je mag inderdaad van geluk spreken dat je mij kent. Ik ben zo goed als onmisbaar,' zei hij.

14

'Waar denk je aan?' vroeg Harry vanuit de deuropening van de slaapkamer.

Waar dacht ze aan? Layla was niet van plan haar kersverse vriend dat te vertellen. Hij zou er als een haas vandoor gaan – of misschien zelfs wel gewoon uit het raam springen, dwars door het glas heen – als ze hem vertelde dat ze dacht aan hoe ze haar nieuwe naam zou opschrijven zodra ze met hem was getrouwd.

Maar het was wel een perfecte naam, echt! Layla Gray! In gedachten had ze haar nieuwe handtekening al geoefend, en wat ze er vooral zo mooi aan vond was die sierlijke y waarmee ze zou eindigen. Natuurlijk waren er tegenwoordig veel vrouwen die liever hun eigen naam hielden na hun trouwen – en er was ook niks mis met Gallagher – maar een andere naam was voor de verandering ook wel eens leuk.

'Ik zat te denken dat het nog veel te vroeg is om op te staan.' Achteroverleunend tegen de kussens klopte ze verleidelijk op de lege plek naast haar. 'Je laat me toch niet alleen?'

'Ik wou ook wel dat we de hele dag in bed konden blijven liggen,' zei hij op spijtige toon. 'Maar ik moet werken.'

'Hoezo? Het is pas halfacht, en het is zaterdag.'

'En ik moet om kwart over acht bij een cliënte zijn. O, het water kookt.' Hij liep naar de keuken en kwam twee minuten later weer terug met een rood-wit gestreepte Arsenal-mok. 'Hier. Koffie.'

Hoewel Layla meer zin had in thee, zei ze: 'Lekker!' Ze nam een klein slokje, met voorovergebogen hoofd om hem niet te laten zien hoe vies ze de koffie vond, die hij alweer had gemaakt van goedkope oploskoffie met sojamelk.

'Is hij zo goed?'

'Heerlijk!' zei ze stralend, want niemand zat te wachten op een pietluttige vriendin. Hij kon er niets aan doen dat hij liever sojamelk dronk dan gewone.

Toen Harry onder de douche stond dacht Layla na over de afgelopen negen dagen, die in een waas van geluk voorbij waren gegaan. Hoewel het eerst haar bedoeling was geweest om hem twee weken te laten wachten, had ze dat plan alweer snel laten varen uit angst dat hij haar dan zou dumpen... en bovendien, zo erg was het toch niet om van gedachten te veranderen? Als de chemie juist was, op het niveau van champagnebubbels, dan had het toch geen zin om nee te blijven zeggen, alleen maar omdat ze in vrouwenbladen beweerden dat je partner dan minder snel genoeg van je zou krijgen? Soms gebeurden zulke dingen vroeg of laat toch, en het had hun relatie ook totaal geen kwaad gedaan.

Hoe dan ook, ze hadden een volmaakt weekend voor de boeg. Ze wierp het dekbed van zich af, liep zachtjes naar de keuken om de koffie door de gootsteen te spoelen en lag weer in bed met de lege mok toen de douchekraan werd dichtgedraaid.

Toen Harry in de deuropening verscheen, met alleen een hemelsblauwe handdoek om zijn heupen geslagen, zei ze: 'Ik heb zitten denken, zal ik hier op je wachten tot je klaar bent met je cliënte? Dat is toch makkelijker dan iets afspreken voor later?'

'Dat zou inderdaad makkelijker zijn.' Hij wierp haar een verontschuldigend lachje toe. 'Maar ik heb vanmiddag nog een cliënte, en daar ben ik toch zeker drie uur mee kwijt.' Terwijl hij de mok aanpakte, voegde hij eraan toe: 'Ze wil me graag voorstellen aan een vriendin van haar, want die denkt erover om me ook in te huren, dus ik weet niet hoe lang dat gaat duren. O schat, kijk niet zo droevig, ik zou veel liever bij jou blijven, maar het is op het moment belangrijk voor me om mijn klantenbestand uit te breiden.'

'Ik ben niet droevig,' zei Layla, wat gelogen was, maar ze wilde niet al te behoeftig overkomen. 'Het is eigenlijk beter zo, ik heb nog werk in te halen.'

'Doe dat, dan ga ik proberen een nieuwe klant binnen te hengelen, en dan zien we elkaar vanavond weer.'

Shit. Wat moest ze nou de hele dag doen? Hardop zei ze: 'Perfect,' zich ondertussen afvragend of hij haar net zo zou missen als zij hem.

'Je bent te gek. Kom.' Met een lome lach om zijn lippen zette hij de mok even op het nachtkastje en boog zich naar haar toe om haar te kussen. Wat het er alleen maar erger op maakte, want ze wilde er niet meer mee stoppen.

'Ik wil je iets vragen,' fluisterde hij tegen haar lippen. 'En ik wil dat je eerlijk antwoord geeft.'

'Oké.' O god, wat had dit te betekenen?

'Heb je je koffie weggespoeld?'

O. Teleurgesteld antwoordde ze: 'Ja.'

'Waarom?'

'Ik vind sojamelk smerig.' Ze kon het maar beter eerlijk vertellen. 'Ranzig.'

Hij begon te lachen. 'O, schat.'

'Hoe wist je dat ik hem had weggespoeld?' Hopelijk had hij

geen verborgen camera's geïnstalleerd.

'Je smaakt niet naar koffie.'

O, nou ja, dat was in elk geval een opluchting. Ze knikte. 'Je zou een fantastische detective zijn.'

'Een fantastische detective met fantastische buikspieren.' Hij spande zijn buik trots aan. 'Vergeet de buikspieren niet.'

'Ik denk niet dat iemand jouw buikspieren zou kunnen vergeten.'

'Oké, we moeten gaan.' Nadat hij zich met de snelheid van het licht had aangekleed, pakte hij haar slordige stapeltje kleren op dat op een stoel in de slaapkamer lag. Terwijl hij ze haar gaf, kuste hij haar nog een keer. 'Je bent zo'n lekker ding.'

Ze streek met haar hand over zijn gespierde torso onder het witte T-shirt. Hij gaf haar het gevoel alsof ze een godin was, en hoewel ze meestal niet zo zelfverzekerd was, zei ze luchtig: 'Dat weet ik.'

Nadat Harry buiten op zijn fiets was vertrokken, ging Layla op een bank aan de rivier zitten en pakte haar telefoon. Zichzelf voorhoudend dat ze gewoon eens iets anders wilde, belde ze Alan's Taxis, maar Alan was met een gezin op weg naar Gatwick en zijn broer lag uit te slapen en zou waarschijnlijk pas tegen de middag wakker worden.

Bij het derde en allerslechtste taxibedrijf in Elliscombe werd niet eens opgenomen.

Ze slaakte een zucht, stuurde een berichtje naar Will en kreeg onmiddellijk antwoord: Ik ben er over tien minuten.

Ze bleef op de bank zitten wachten. Hoewel Will na die eerste avond geen hatelijke opmerkingen meer had gemaakt, merkte ze aan alles dat hij het nog steeds niet eens was met haar keus. Nou, mocht hij weer iets sarcastisch zeggen, dan schold ze hem gewoon de huid vol.

Op de stoep achter haar hoorde ze het getiktak van twee paar hoge hakken. Een meisjesstem zei smalend: 'Moet je die daar zien. Net een kerstboom.'

Waar ze eigenlijk best gelijk in had, want de veelkleurige lovertjes op haar smaragdgroene zijden jasje schitterden in de zon.

'Goh, je zal maar zo naar huis moeten. Dan weet iedereen dat je gisteravond iemand aan de haak hebt geslagen,' zei het andere meisje met behoorlijk veel leedvermaak. 'Gênant toch?'

Layla probeerde zich voor te stellen hoe het zou zijn om zoveel zelfvertrouwen te hebben dat ze zich kon omdraaien en zeggen: 'Helemaal niet gênant. Het was te gek.'

Will zei niets toen ze even later bij hem in de taxi stapte. Pas toen ze een paar kilometer hadden gereden, zei hij tussen neus en lippen door: 'Het wordt een mooie dag.'

'Ja. Alleen moet ik de hele dag werken.'

Er verstreken een paar seconden. Toen vervolgde hij: 'Zo te merken gaat het dus goed. Met die nieuwe vriend van je.'

Daar had je het. Layla zette zich schrap. 'Ja, heel goed zelfs.'

Ze stopten voor een kruispunt. 'Heb je hem al aan je moeder voorgesteld?'

'Nee, want dit is geen aflevering van *Downton Abbey*.'

'Of denk je dat Rosa hem niet leuk zal vinden?'

Ze slaakte een geërgerde zucht. 'Ze zal hem vast wel aardig vinden.'

'Ja, natuurlijk. Sorry.' Will trok op. 'Ik vroeg me alleen af waarom je altijd naar hem toe gaat en waarom hij nooit bij jou komt.'

'Omdat ik dat fijner vind,' reageerde ze op scherpe toon. Wat ging hem dat aan!

'Oké.' Hij grinnikte, totaal niet geraakt door haar uitval. 'Ik doe er in elk geval goeie zaken mee.'

Toen ze in Elliscombe uit de taxi stapte, hoorde ze iemand aan de overkant van de straat fluiten. O nee, niet nog meer commentaar. Ze besloot het gefluit te negeren, maar toen ze haar zaak binnen wilde stappen, werd er ineens een hand op haar schouder gelegd. 'En waar ben je precies geweest, vuile nachtbraker?'

Ze draaide zich om. 'Dat kun je vast wel raden. Was jij dat, die daarnet stond te fluiten?'

'Ja, dat was ik. Ik zag de taxi stoppen. Je hebt dus weer bij hem geslapen? Ik heb vijf minuten,' zei Didi. 'Zet snel even koffie, dan kun je me bijpraten.'

In de flat boven haar kantoor zette Layla haar glanzende zwarte koffiezetapparaat aan en maakte twee echte koppen koffie met echte melk... verrukkelijk.

'Nou? Hoe gaat het?' Didi's ogen glinsterden.

'Te gek. Echt te gek.'

'En hoe vaak afgelopen nacht?'

'Twee keer, en vanochtend geen enkele keer omdat hij moest werken.'

'Oké, maar nog steeds goed?'

'Fantastisch. Alles is fantastisch,' vertelde Layla, 'op de sojamelk in de koffie na.'

'Gatverdamme. Je kunt hem toch zeggen dat hij echte melk moet kopen?'

'Heb ik al gezegd.' Ze veranderde van onderwerp. 'Zijn jij en Aaron er vanavond?'

'Aaron heeft dit weekend geen tijd.' Didi zat al op haar horloge te kijken en nam gehaast een slok van de nog veel te hete koffie. 'Iets met zijn werk. Bevalt het je moeder een beetje, met Red in huis?'

'Tot dusverre vindt ze het heerlijk. Ze geniet van zijn gezelschap. Ze is hooguit bang dat hij haar zal willen leren hoe je een Lamborghini jat, maar verder...'

'Hij is veranderd,' zei Didi. 'En je moeder is zo iemand die nooit iets zou doen wat niet mag.'

'Dat weet ik ook wel. Over Red gesproken, alles goed tussen jou en Shay?'

'Ja hoor, prima. Hij is een hotelgast, en ik ben de hotelmanager. We zien elkaar in het voorbijgaan, maken een praatje, meer niet.'

'Echt?' Layla trok een wenkbrauw op, terwijl Didi haar koffie opdronk. 'Dus je krijgt geen vlinders in je buik als je hem ziet, net als vroeger?'

'Nee.' Didi probeerde niet te gaan glimlachen.

'Nou, ik zou dat anders best logisch vinden, want hij is nog steeds een enorm stuk en...'

'Ik moet weer aan het werk.' Didi stond lachend op en liep naar de deur. 'Bovendien ben ik verloofd, weet je nog? Shay heeft genoeg te stellen met dat huis van zijn vader. En jij hebt het druk met dat nieuwe vriendje van je. Dus hou die rare praatjes maar voor je, oké?'

Nadat Didi de deur achter zich had dichtgetrokken, rende ze de trap af.

Layla keek om zich heen in haar kleine flatje waar ze zo trots op was, met de mooie gordijnen, de zachte tapijten, de comfortabele meubels en perfecte lampenkappen. De keuken mocht dan klein zijn, hij was uitgerust met de modernste apparatuur, en in de badkamer – die smetteloos was – had ze altijd een voorraadje chic wc-papier liggen. Ze had Harry verteld hoe haar huis eruitzag, had hem zelfs wat foto's op haar telefoon laten zien, dus hij wist hoe gezellig het er was.

Maar waarom wilde hij dan nooit naar Elliscombe komen en haalde hij haar altijd weer over om bij hem thuis af te spreken?

15

'Kom.' Shay stak uitnodigend zijn hand uit. 'Ik wil je boven iets laten zien.'

Als een andere man zoiets tegen haar had gezegd, had ze hem meteen van repliek gediend, maar Didi had zo'n droge mond dat ze geen woord kon uitbrengen. De blik in Shays grijsblauwe ogen, omrand met die mooie zwarte wimpers, had blijkbaar nog steeds die uitwerking op haar. Ze zag gewoon aan hem wat hij van plan was. Zodra ze in zijn oude slaapkamer waren, zou hij haar kussen, net als vroeger, en haar lichaam begon al te tintelen van voorpret, want ze wilde het zelf ook, het was zo lang geleden...

Maar waarom stonden er zoveel spullen op de trap? Didi greep Shays hand stevig beet, bang dat ze zou struikelen over de zakken met bouwafval.

'Het lukt je wel,' zei hij, als een man die alles onder controle had. 'Ik heb je vast.'

Maar toen ze eindelijk bij zijn oude slaapkamer waren, bleek het daar te sneeuwen, en ze zag overal pinguïns... Didi's ogen vlogen open.

'Oeps, sorry,' zei Sylvia,. 'Ik wist niet dat je lag te slapen. We hebben beneden een klein probleempje.'

Didi knipperde met haar ogen. Het drong tot haar door dat ze in haar eigen appartement op de bank voor de tv in slaap was gevallen. Op de salontafel stond een bord met daarop een boterham met kaas waar maar één hap uit was genomen. Ernaast stond een mok thee. Ze ging snel rechtop zitten en voelde de laatste restanten van Shays warme greep verdwijnen, terwijl de veelbelovende droom veranderde in dagelijkse sleur.

'Eén momentje.' Ze slurpte een slok thee naar binnen en trok een gezicht toen ze merkte dat hij ijskoud was. Nadat ze met haar hoofd had geschud om de sufheid te verdrijven vroeg ze: 'Wat is er gebeurd dan?'

'Schrik niet,' zei Sylvia. 'Het is behoorlijk ernstig.'

'Ernstig' was nog zacht uitgedrukt, en de droom die nog steeds door haar hoofd zeurde maakte het er niet gemakkelijker op. Nadat ze haar auto had geparkeerd op de overwoekerde berm voor Hillcrest, haalde ze een keer diep adem en stapte toen uit. Ze liep langs de bijna volle afvalcontainer op de oprit en ging door de openstaande deur het huis in, waar Shay rotte planken uit de vloer van de woonkamer stond te wrikken.

Nou ja, in elk geval was hij niet boven in de slaapkamer, omringd door dwarrelende sneeuwvlokken en dansende pinguïns.

'Hoi.' Hij ging op zijn hielen zitten. 'Ik hoorde wel een auto, maar ik had niet gedacht dat jij het was. Is er iets?'

Die stem, die hypnotiserende ogen en volle wimpers... en nu veegde hij zijn handen af aan de verschoten spijkerstof die zijn dijbeen omspande, zonder ook maar enig benul te hebben van wat voor uitwerking dat had op haar koortsige voorstellingsvermogen, alleen maar omdat hij haar nog geen twintig minuten geleden bij de hand had meegenomen naar boven om haar God mocht weten wat te laten zien...

'Ja, dat kun je wel zeggen.' Ze droeg zichzelf op om niet meer aan die droom te denken. 'Ik wil je een enorme gunst vragen.'

'Oké. Interessant.' Hij stond op. 'Moet ik meteen ja zeggen of kan ik beter wachten tot ik weet wat het is?'

'Er is net een stelletje aangekomen in het hotel. De vrouw is achtenhalve maand zwanger.'

'Ho eens even. Is het soms kerstavond? Zijn ze per ezel aangekomen?'

'Ze zijn precies een jaar geleden getrouwd in het Wickham, en vier maanden geleden heeft de man de Midnight Suite als verrassing voor haar geboekt.'

'Je bedoelt dat iemand in het hotel een dubbele reservering heeft gemaakt? Nogal dom.' Hij trok een wenkbrauw op. 'O jee, was jij dat?'

Het was een gunstig teken dat hij een grapje maakte, maar het was minder gunstig dat ze helemaal wegsmolt onder zijn blik. Op kalme toon antwoordde ze: 'Nee, dat was ik niet. Hij heeft het online gedaan via een reisbureau, zonder te beseffen dat dat oplichters waren. Het bureau heeft de suite bij ons geboekt en hem een bevestiging gestuurd, maar ze hebben het geld toen in hun eigen zak gestoken. Toen wij geen geld ontvingen, hebben we de reservering automatisch geannuleerd. En dat ontdekte die man dus een halfuur geleden toen hij met zijn vrouw bij de receptie verscheen. De verrassing viel dus anders uit dan bedoeld.'

'Oké...' Hij knikte langzaam.

'De vrouw begon te huilen.'

'Wat zielig.'

'En ze is...' Didi spreidde haar armen om hem te laten zien hoe groot de buik van de zwangere vrouw was.

'En nu vraag jij je af of ik mijn suite niet voor een nachtje aan hen wil afstaan, als een echte heer.'

'Ja.'

'Vooruit dan maar. Je hebt me het mes op de keel gezet.' Hij grijnsde. 'Ik verhuis zolang wel naar een andere kamer. Alles voor de romantiek.'

Ze haalde diep adem. Ze was nog niet klaar met haar mes. 'Dank je, dat is fantastisch. Maar het punt is dat we helemaal volgeboekt zijn, dus er is geen kamer waar je zolang naartoe kunt verhuizen.'

'Oké. Misschien willen ze de suite dan met me delen?' opperde hij. 'Als ik in het bad slaap?'

Ze begon te lachen. 'Heel aardig aangeboden, maar zo drastisch hoeft nu ook weer niet. Ik had bedacht dat je vannacht wel bij mij kon slapen en...'

'Echt? Weet Aaron dat?'

'Ik had gedacht dat je in mijn appartement kon slapen en dat ik dan een nachtje bij Layla ga logeren,' maakte Didi haar zin af.

Shay dacht even na. 'En Aaron dan? Heeft Layla wel genoeg plek voor jullie allebei?'

'Hij moest dit weekend in Londen blijven. Voor zijn werk.'

'Oké.' Hij knikte. Om zich heen gebarend vervolgde hij: 'Ik wilde hier nog een paar uur doorgaan, of je moet liever hebben dat ik nu terugga om mijn spullen te verhuizen?'

'Je vindt het echt niet erg?' vroeg ze nog een keer voor de zekerheid.

'Nee hoor.'

Oef, wat een opluchting. 'O, dank je! Echt te gek van je!' Terwijl ze haar telefoon pakte, zei ze: 'Als je liever nog even doorwerkt, regelen wij de boel verder wel. Ik zal meteen Sylvia even bellen.'

'Hoe zit het met jou? Moet je werken vanavond?'

'Nee.' Ze schudde haar hoofd. 'Hoezo?'

'Zou je verloofde het erg vinden als ik je mee uit eten vroeg?'

Er trok een scheut adrenaline door haar lichaam. Aaron zou het waarschijnlijk niet zo leuk vinden, maar hij ging vanavond zelf naar een of ander chic evenement in het Goring in Belgravia, en ze wist toevallig dat daar ook twee van zijn ex-vriendinnen, die voor hetzelfde bedrijf werkten, zouden zijn.

Dus had hij weinig recht van spreken, toch?

'Hallo?' zei Sylvia toen ze opnam. 'Nou?'

Didi slaakte een zucht. 'Shay vindt het prima. Wil jij dat aan dat stel zeggen en zijn spullen uit zijn kamer laten halen? Die kunnen naar mijn appartement.'

'O, godzijdank! Ik wist wel dat hij ons niet zou laten zitten.' Aan Sylvia's stem was te horen hoe opgelucht ze was. 'Ik zou hem wel kunnen kussen!'

'Dat hoeft nu ook weer niet.' Didi verbrak snel de verbinding voordat Shay nog meer ongepaste dingen zou horen. Ze keek hem aan en zei: 'Aaron is niet zo jaloers aangelegd. Hij zal het geen enkel probleem vinden.'

'Mooi. Was dat Sylvia? Wat zei ze verder nog?'

'Dat ze je wel zou kunnen kussen.'

'Wauw.' Er verscheen een lachje om zijn mond. 'Mijn geluk kan niet op vandaag.'

Rosa las de brief die ze had gekregen nog eens door en slaakte toen een diepe zucht. Ze legde hem op het aanrecht, maar door de tocht uit het raam dwarrelde hij op de grond.

'Ik pak hem wel even.' Red raapte de handgeschreven brief met de daaraan bevestigde foto op. 'Wat is het? Weer een bestelling?'

'Ja. Nou ja, zoiets.'

Hij keek haar vragend aan. 'Mag ik hem lezen?'

Ze aarzelde even, want ze wist nu al wat hij zou zeggen, maar toen zei ze schouderophalend: 'Ga je gang.'

Red bestudeerde de foto even en begon toen hardop te lezen:

Beste Rosa,

Dit is een foto van mijn geliefde kleindochter Maisie, van wie ik zielsveel hou. Ze is zes en wordt op school gepest door de andere kinderen omdat ze een bril draagt en een grote moedervlek in haar hals heeft. Het is gewoon hartverscheurend.

Maisie is een ontzettend lief meisje en ze moet iedere dag huilen omdat ze geen vriendinnetjes heeft en ze zegt dat ze de enige op de hele wereld is die er zo uitziet. Maar gisteravond zag ik op Facebook een filmpje van een klein jongetje dat een cadeautje van u uitpakt en dat was zo mooi. De tranen liepen me over de wangen toen ik zag hoe hij naar de pop keek die u voor hem hebt gemaakt. Het zou zo fijn zijn als Maisie ook een pop zou hebben die op haar lijkt. Ik heb er alles voor over om weer een lach op haar gezichtje te toveren, maar het probleem is dat ik geen geld heb om zo'n pop van u te kopen. Ik ben weduwe en heb alleen een klein pensioentje en daarom vroeg ik me af of u uit aardigheid ook wel eens gratis poppen maakt. Als u dat zou doen, dan zou ik u heel dankbaar zijn en u zou van mijn lieve Maisie het gelukkigste meisje van de wereld maken!

Bij voorbaat heel veel dank.

Hoogachtend,

Pamela Baker

Toen hij klaar was met lezen, was er alleen het geluid te horen van een hommel die tegen het raam vloog en niet leek te begrijpen waarom hij niet door glas kon vliegen.

'Nou,' zei Red droog. 'Ze gooit wel alles in de strijd, hè? Ze denkt natuurlijk dat je een watje bent. Wil je de brief zelf in de vuilnisemmer gooien of zal ik het doen?'

'Nee!'

'O, alsjeblieft. Die vrouw roept maar wat. Als het al een vrouw is.' Hij schudde zijn hoofd. 'Waarschijnlijk is het een of andere kerel die zijn geld liever uitgeeft aan bier en vrouwen in plaats van een verjaardagscadeautje voor zijn dochtertje te kopen.'

'Dat kun je niet weten.'

'Het is een bedelbrief. Iemand wil iets, maar wil er niet voor betalen. Ze proberen gewoon op je gemoed te werken in de hoop dat je erin trapt.'

'Dat kun je wel denken, maar wat als je ongelijk hebt?' Misschien was ze inderdaad wel een watje, maar volgens haar was dat beter dan zo achterdochtig en cynisch te zijn als Red. Omdat ze over een levendige fantasie beschikte, zag ze Maisie en haar lieve oma al helemaal voor zich. 'Misschien is die brief wel echt. En dat arme kind, gepest op school en iedere dag huilen...'

'Als ik gelijk heb,' zei Red, 'dan is de volgende stap dat ze je om geld gaan vragen. Geloof me, ik ken dat soort mensen. Ik heb ze genoeg meegemaakt.'

Diep vanbinnen wist Rosa dat hij waarschijnlijk gelijk had. 'Goed, ik zal die pop niet maken. Ik doe gewoon alsof ik die brief nooit heb gekregen. Hij is kwijtgeraakt in de post.'

'Dus dan mag ik hem weggooien?'

Ze slikte even. 'Doe maar,' zei ze toen met een knikje.

'Heel goed. Een tien met een griffel.' Red deed de vuilnisemmer open en wierp de tot een bal gepropte brief erin. 'Zo. Ik denk dat ik even in de tuin ga zitten.'

Rosa wachtte tot hij veilig buiten zat met zijn kop thee en de krant en pakte toen stiekem de prop papier uit de vuilnisemmer en veegde de vlekken van Reds theezakje eraf. Dat ze die pop niet ging maken wilde nog niet zeggen dat ze de brief moest weggooien.

16

Het was zeven uur 's avonds. De kamerruil had inmiddels plaatsgevonden. Het huwelijkspaar had zich genesteld in de Midnight Suite op de bovenste verdieping en Didi's slaapkamer was opgeruimd, het beddengoed was verschoond en Shays koffer lag open op haar geliefde kingsize bed. Ze had haar eigen rolkoffertje al naar Layla's flat in de hoofdstraat gebracht. En Layla, die zich klaarmaakte voor haar afspraak met haar nieuwe grote liefde, had haar de reservesleutel gegeven omdat ze – alweer – bij Harry zou blijven slapen.

Het waren meer kamerwissels dan Didi gewend was, maar alles om haar klanten tevreden te houden. En nu, nadat ze Shay had laten zien hoe haar grillige douchekraan werkte, had ze zich uit de voeten gemaakt voordat hij poedelnaakt de badkamer uit zou komen.

Maar stel je eens voor…

Naar alle waarschijnlijkheid zou hij dat niet doen, maar ze kon toch maar beter het zekere voor het onzekere nemen. Het was verstandiger om beneden op hem te wachten.

Nadat ze in de oranjerie in een gemakkelijke rotanstoel was gaan zitten, opende ze een berichtje van Aaron.

Er zijn toespraken. Daar heeft niemand me voor gewaarschuwd. En ze duren eeuwig…

Glimlachend stuurde ze een berichtje terug: Ocharme, niet niks wat je allemaal over moet hebben voor je carrière. Neem nog maar een glas champagne.

Een halve minuut later stuurde hij haar een selfie waarop hij er behoorlijk vrolijk uitzag, met een beslagen fles Laurent Perrier in zijn hand. De begeleidende tekst luidde: Ik overleef het wel. Ga jij nog iets leuks doen vanavond?

Na een korte aarzeling typte ze: Even bijpraten met Shay en dan naar Layla.

Wat op zich klopte en – zo hoopte ze – het gedeelte over Shay onschuldig liet klinken.

Ping. Aarons reactie kwam bijna onmiddellijk. Veel plezier. Maar niet al te veel! X

'Ah, daar ben je.' Shay kwam naar haar toe lopen, met zijn haar nog vochtig van het douchen. Hij droeg een donkerblauwe broek, een paarsblauw overhemd in de kleur van bosbessen en de aftershave die ze haar hele leven met hem zou blijven associëren.

'Hoi. Sorry. Ik had net Aaron een berichtje gestuurd over mijn plannen.' Ze liet hem het schermpje zien.

Hij knikte en ging zitten. 'Hij neemt het leven zoals het komt, zo te merken. Zoals je al zei: niet jaloers aangelegd.'

'Hij weet dat hij geen reden heeft om jaloers te zijn. Ik heb ooit een vriend gehad die wel jaloers was. Geen prettige eigenschap. En ook contraproductief, want het enige wat je dan gaat denken is dat je vast wel beter kunt krijgen.'

'Nou, dan kan ik denk ik wel raden wat er is gebeurd.'

'Ik heb het uitgemaakt.'

Hij lachte. 'Ja, logisch. Goed, waar gaan we eten? Heb je een voorkeur?'

'Gewoon hier, dacht ik. Dan kan niemand denken dat we stiekem een afspraakje hebben.'

'Een date, bedoel je? Nee, dat wil je niet hebben.' Hij grijnsde. 'Denk je dat we hier nog een tafel kunnen krijgen? Het ziet er aardig vol uit.'

'We krijgen wel een tafeltje,' zei ze. 'Ik ken de manager.'

Toen ze in het restaurant zaten en hun bestelling hadden geplaatst, vroeg Shay: 'Wanneer dook die jaloerse man in je leven op? Was hij een van je verloofden?'

Ze huiverde. 'O god, nee. We hebben maar een paar weken wat gehad. Ik had hem leren kennen op een hotelmanagementconferentie. Hij had meteen een oogje op me, en de eerste paar dates waren ook best leuk. Maar toen gingen we een keer lunchen in een Italiaans restaurant en toen ergerde hij zich rot aan de ober. Hij vond dat die te aardig tegen me deed. Dat was het eerste teken.'

'En daarna?'

'De keer daarna waren we op een feest, en toen beschuldigde hij me ervan dat ik met een van zijn vrienden flirtte. Dat was niet zo,' vertelde ze, 'ik was alleen maar aardig, maar hij hield er niet meer over op. Ik zei dat het me beter leek om er een punt achter te zetten, maar hij smeekte me om hem nog een kans te geven. Een paar dagen daarna spraken we af in een park. Daar was een man die een bal gooide voor zijn hond en die bal belandde voor mijn voeten, en toen plaagde ik die hond een beetje door die bal niet meteen af te geven, en toen beschuldigde die malloot mij ervan dat ik hem publiekelijk te schande maakte door met die man te flirten en daarbij die hond als smoes te gebruiken.'

'Aardig,' zei Shay.

'Nou, en toen heb ik het uitgemaakt, ben het park uit gelopen en heb een taxi naar huis genomen. En dat was dat, ik heb hem nooit meer gezien.'

'Goed zo. En die anderen, met wie je zelfs verloofd bent geweest?'

Ze wierp hem een brede grijns toe. 'Die vraag wil je vast al stellen sinds Sylvia je over ze heeft verteld.'

'Zou kunnen. Pure nieuwsgierigheid.' Hoewel hij zijn gezicht in de plooi wist te houden, verraadde de glans in zijn ogen hem.

Didi werd zich er ineens van bewust dat ze over de tafel heen naar hem toe leunde en dat Shay haar houding spiegelde. Ze ging gauw iets naar achteren zitten en nam een slok ijskoud water, bang dat anderen hun lichaamstaal hadden opgemerkt. Het was beter om te doen alsof ze een zakelijk etentje hadden, alles in het nette.

Maar het kon natuurlijk geen kwaad om hem over haar verloofden te vertellen. 'Nou, de eerste was niet eens de bedoeling. Hij heette Craig, en we kregen iets in ons laatste studiejaar. Het was gewoon heel vrijblijvend, dus ik was er eigenlijk van uitgegaan dat we elkaar na ons afstuderen niet meer zouden zien. Maar omdat ik het zielig vond om het echt uit te maken, sudderde het nog een tijdje door. Toen Craig op 23 december hiernaartoe kwam, had ik al besloten dat ik het na kerst echt zou uitmaken. Het heeft me nog handenvol geld gekost,' voegde ze er droog aan toe. 'Ik had als cadeau een heel duur leren jack voor hem gekocht, uit schuldgevoel.'

'Ga verder,' drong Shay aan, zichtbaar genietend van haar rampzalige datinggeschiedenis.

'Nou, mijn vader gaf die avond een heel groot feest hier in het hotel, dus er waren heel veel vrienden, mensen die we al jaren kenden.' Alleen bij de herinnering aan die avond kon ze wel door de grond zakken van schaamte. 'Craig en ik hadden elkaars cadeaus al uitgepakt, omdat hij de volgende ochtend naar zijn ouders in Perth zou gaan. Hij had me een heel maffe oranje gebreide jurk gegeven, waarin ik eruitzag als een knakworst, en ik moest hem wel aan, al had ik continu het gevoel dat mijn ingewanden gestoofd werden. Maar gelukkig had hij me iets gegeven dat lang niet zo duur was als dat leren jack, dus daar was ik allang blij om.'

Ze onderbraken het gesprek even toen hun eten op tafel werd gezet. Didi pakte haar mes en vork en vervolgde: 'Hoe dan ook, ineens stopte de muziek, en toen ging Craig naast de kerstboom staan en vroeg iedereen om stil te zijn omdat hij iets belangrijks wilde zeggen.'

'En toen wist je het.'

'Iedereen wist het.' Ze huiverde bij de herinnering aan dat moment. 'Ik was het liefst heel hard weggelopen. Ik kon niet geloven dat hij het echt ging doen. Maar dat gebeurde wel, en hij vroeg of ik bij hem kwam staan, en toen hield hij een hele toespraak over dat we van elkaar hielden en dat hij dankzij mij de gelukkigste man ter wereld was, en ik dacht dat ik zou flauwvallen van schaamte. Hij wist van geen ophouden. En toen ging hij op een knie zitten, haalde een ring tevoorschijn en vroeg me ten huwelijk.'

'En jij zei ja.'

'Ik kon niet anders! Met al die mensen om ons heen die als gekken stonden te juichen en klappen. Dan kun je toch geen nee zeggen? Nou ja, ik kon sowieso geen woord uitbrengen,' erkende ze. 'Ik knikte alleen maar, en hij schoof de ring om mijn vinger en kuste me, en de andere gasten raakten nog meer door het dolle heen. En toen was ik dus verloofd. Echt wat je noemt een fijne kerst.'

Hij nam haar geamuseerd op. 'Gênant. Was het een mooie ring?'

Diplomatiek zei ze: 'O, ik zou hem zelf waarschijnlijk niet hebben uitgekozen, maar heel veel meisjes zouden hem prachtig hebben gevonden. En hij was ook nog eens veel te groot, zodat ik de rest van de avond mijn hand moest samenballen, anders zou hij eraf zijn gegleden.'

'En hoelang heeft die verloving geduurd?'

'Negen dagen. Meteen na nieuwjaarsdag heb ik hem de ring teruggegeven en verteld dat ik er niet mee door kon gaan.'

'Was hij van streek?'

'Nogal! Maar ik kon niet anders. Ik heb het hem zo vriendelijk mogelijk uitgelegd en gezegd dat we altijd goede vrienden zouden blijven. Maar Craig wilde dat niet, dus dat was einde verhaal.' Ze stopte, zich ineens iets herinnerend. 'Ik heb op mijn laptop nog wel ergens een foto van dat aanzoek. Een van mijn vaders vrienden heeft me die gestuurd. Je kunt gewoon de paniek in mijn ogen zien.'

'Arme man.' Hij schudde zijn hoofd. 'Weet je of hij er ooit overheen is gekomen?' Met opgetrokken wenkbrauwen vervolgde hij: 'Of was hij voor zijn leven getekend?'

'Hij is er helemaal overheen gekomen. Niks aan overgehouden.' Ze glimlachte. 'Hij woont tegenwoordig in Cardiff en is getrouwd met een aantrekkelijke tandarts, Alesha. Ze hebben een tweeling... jongens... dinges en dinges... En een maltezer die Digby heet.' Dat had ze vorig jaar allemaal op Facebook gezien.

Ze gingen snel verder met eten, voordat het helemaal koud zou zijn. Restanten van haar eerdere droom zweefden nog door Didi's hoofd, speelse steekjes uitdelend, waardoor ze af en toe een scheut adrenaline door zich heen voelde trekken. Ze bleef er echter op letten om rechtop te blijven zitten en te blijven kijken alsof dit gewoon een aangenaam etentje met een oude vriend was, hoewel haar lichaam wel beter wist. Haar lichaam had meer belangstelling voor wat er in de droom zou zijn gebeurd als Sylvia haar niet wakker had gemaakt.

'Goed, dat was dus de eerste,' onderbrak Shay haar alle kanten uit springende gedachten. 'En de tweede?'

Oké, concentreer je.

'Wil je dat echt weten?'

'Natuurlijk wil ik het weten.'

Natuurlijk. 'Goed dan, maar je moet niet lachen. Hier kom ik er echt heel slecht van af.'

In het kaarslicht schitterden zijn ogen. 'Ik ben benieuwd.'

'Hij heette Pierre, hij woonde in Monte Carlo en hij verbleef hier een tijdje bij zijn grootmoeder in Stow-on-the-Wold, omdat ze de ziekte van Parkinson had en er iemand een oogje in het zeil moest houden. Hij kwam uit een rijke familie, en zijn ouders wilden zeker weten dat er geen misbruik van haar zou worden gemaakt, en omdat Pierre kunstenaar was, kon hij toch overal werken.'

'Was hij een goede kunstenaar?'

'Abstract.' Ze trok een vies gezicht. 'Dus wie zal het zeggen? Hoe dan ook, hij kwam hier met zijn grootmoeder eten, voor haar verjaardag. En zo hebben we elkaar leren kennen. De dag erna kwam hij terug zonder haar om me te vertellen dat ik de ware was. Het was voor hem blijkbaar een coup de foudre geweest, liefde op het eerste gezicht. Hij vroeg of ik single was. Of ik hetzelfde had gevoeld. Wanneer we elkaar weer konden zien.'

'En wanneer zagen jullie elkaar weer?'

'Diezelfde avond. Hij was Frans!' benadrukte ze gespeeld bedroefd. 'Hij zag eruit als een filmster en had een prachtig accent. Ik had al twee jaar niets anders gedaan dan werken zonder zelfs maar tijd te hebben om aan mannen te denken, en toen was hij er ineens! Bovendien was hij supercool en echt ontzettend aantrekkelijk.'

Shays blik gleed even van haar ogen naar haar mond en weer terug. 'En toen ben je ervoor gegaan.'

Waarom had hij naar haar mond gekeken? Zat er soms spinazie tussen haar tanden? En wist hij wel wat die blik met haar deed?

Ze haalde haar schouders op. 'Iedereen zei dat het ontzettend stom zou zijn om hem af te wijzen. En we hebben het ook echt heel leuk gehad. Het was echt zo'n stormachtige relatie, en ik dacht ook dat hij de ware was. Zijn grootmoeder was ook een schat. En na vier maanden deed hij me een huwelijksaanzoek.'

'Na vier maanden al?' Shay floot zacht. 'Hij liet er geen gras over groeien.'

'Nee, maar het voelde gewoon goed. En deze keer was het zonder publiek. Ik zei ja, en toen gaf hij me een antieke diamanten ring die al generaties in zijn familie was. Hij paste zelfs precies! Ik was vierentwintig en dacht dat het voor altijd zou zijn.'

'Wat gebeurde er?'

'O, hij kreeg er genoeg van, omdat ik zoveel werkte. En toen begon hij stiekem iets met een galeriehoudster in Oxford, en toen ik dat ontdekte – ze deden namelijk niet echt hun best om het geheim te houden – zei Pierre dat ik het aan mezelf te wijten had, omdat ik meer om mijn werk gaf dan om hem. Hij vroeg me wat hij anders met zijn tijd aan moest. Ik was er kapot van – ik bedoel, hij had echt mijn hart gebroken; ik kon gewoon niet geloven dat hij me dat had aangedaan – maar hij hield vol dat het mijn eigen schuld was.' Ze schudde haar hoofd en nam nog een slokje wijn. 'Uiteindelijk kwam hij met een deal op de proppen: hij zou zijn vriendin in Oxford opgeven als ik beloofde om niet meer dan veertig uur per week te werken.'

Hij trok een wenkbrauw op. 'Een erg aardige man, zo te horen.'

'Ik zei dat ik dat niet wilde, en toen zei hij dat dat jammer was, maar als ik er zo over dacht, mocht hij dan zijn ring terug?'

'Ik hoop dat je die ring op zijn minst in de rivier hebt gegooid,' zei Shay. 'Of hem in zijn reet hebt gestopt.'

'Dat kon ik niet maken, want het was niet zijn ring. Hij was van zijn grootmoeder.'

'Was je er echt zo kapot van?'

'O ja! Ik kon niet eten, niet slapen. De eerste paar weken leek ik net een zombie. Want ik kon gewoon niet geloven dat ik verliefd was geworden op iemand die me zoiets kon aandoen. Ik voelde me onnozel en stom en was kwaad op mezelf omdat ik erin was getrapt, maar tegelijkertijd miste ik hem echt.' Ze maakte een hulpeloos gebaar met haar vork. 'Gek, hè? Nee, dat was geen fijne tijd.'

Hij wierp haar weer zo'n alleswetende blik toe. 'Maar je bent eroverheen gekomen. Toch? Of droom je nog steeds stiekem over hem?'

Ze schudde haar hoofd. Ze wilde het niet over dromen hebben. 'Ach, de tijd heelt alle wonden. En het hielp toen ik hoorde dat hij het ook had uitgemaakt met die vrouw in Oxford. Een week daarna had hij alweer iemand anders, en toen weer iemand anders. En toen werd hij betrapt met een getrouwde tv-ster, en de man van die vrouw heeft zijn neus gebroken. Ik geloof dat ik toen pas begreep dat hij nooit genoeg zou hebben aan één vrouw en ik besloot me weer op mijn werk te concentreren.'

Shay scheurde een stuk focaccia af en wees ermee naar haar. 'Goed zo.'

'Dat ik jou dat verhaal heb verteld! Ongelofelijk. Mijn grootste vernedering.'

'Eerlijk gezegd vond ik het wel een leuk verhaal om te horen,' zei hij met een flauw lachje.

Ja, natuurlijk. Zij had hem in de steek gelaten op een moment dat hij haar het hardst nodig had gehad. Dat haar hart was gebroken door een Fransman was karma in optima forma.

'En hoe ging het verder?'

'Nou, ik richtte me totaal op mijn werk. Voor de zoveelste keer. Tot ik Aaron leerde kennen en...'

'Halsoverkop verliefd op hem werd?'

Was het halsoverkop geweest?

'Tot ik Aaron leerde kennen en tot de ontdekking kwam dat er ook aardige mannen bestaan, mannen die niet egoïstisch en onvolwassen zijn en je niet bedriegen.'

'Hoe kun je zoiets nou zeker weten?' vroeg hij.

'Ik vertrouw hem. Volkomen. Na Pierre dacht ik dat ik nooit meer iemand zou kunnen vertrouwen, maar door Aaron ben ik daar anders over gaan denken. Hij is precies goed. Het soort man met wie iedere vrouw zou willen trouwen. Er zit totaal geen kwaad in die man...'

Oké, nu moest ze ophouden, anders klonk het nog alsof ze zichzelf ergens van probeerde te overtuigen. Je kon ook te lovend zijn.

Hij nam haar even onderzoekend op. 'Nou, dat is fijn voor je,' zei hij, en het klonk alsof hij het meende. 'Ik ben blij dat je...'

'O mijn god, je bent het echt! Shay Mason! Niet te geloven gewoon! Hoi!'

17

Bazige Bella Carpenter had bij Shay in de klas gezeten, en ze had altijd al een luide stem gehad. Ze kwam naar hun tafel lopen als een schip met volle zeilen, nagestaard door de andere gasten, en Shay voelde zich genoodzaakt om op te staan en zich door haar te laten omhelzen.

'Wat een verrassing, eindelijk weer terug! Goh, wat zullen wij veel te bepraten hebben! En dat jullie hier nu samen zitten te eten! Waar is die mooie vriend van je, Didi? Maar Shay, wat leuk om je weer te zien. Je ziet er ontzettend goed uit!'

Sylvia, die op de herrie was afgekomen, verscheen in de entree van het restaurant en keek Didi vragend aan. Didi schoof haar stoel naar achteren. 'Sorry. Zo te zien hebben ze me nodig bij de receptie.' Met een hand op Bella's mollige bovenarm voegde ze er vrolijk aan toe: 'Ik zat Shay net over Aaron te vertellen, dus bedankt dat je hem een mooie man noemde!'

Het was maar goed dat ze hun eten ophadden. Didi was het restaurant nog niet uit of Bella Carpenter had al plaatsgenomen op haar lege stoel. Ze besloot de twee een minuut of tien samen te geven en babbelde in die tijd wat met Sylvia; ze kwamen tot de conclusie dat Bella zowel de luidruchtigste als de nieuwsgierigste inwoner van Elliscombe was. Zelfs vanuit de hal konden ze zien en horen dat ze zoals altijd weer overdreven aan het kakelen was.

'Ze drinkt jouw glas wijn leeg,' zei Sylvia vol afschuw.

'Van mij mag ze. Ik ben allang blij dat ik er niet bij hoef te zijn als ze weer gaat zitten blaaskaken over haar vakantieappartement in Cala d'Or.' Didi bedacht ineens dat ze beter iets te lezen kon meenemen als ze de rest van de avond alleen in Layla's flat was. 'Ach, laat ze ook maar. Ik ga even een boek halen, en dan loop ik meteen door naar Layla's huis. Ik zal Shay wel even een berichtje sturen.'

'O, ben je al in dat boek begonnen dat ik je vorige week heb geleend? Over die psychopathische oma die afgehakte hoofden in verjaardagstaarten bakt?' Sylvia was verslaafd aan thrillers, hoe gruwelijker hoe mooier.

De bloedspetters op het omslag waren voldoende geweest om Didi af te schrikken. 'Maar heb je nu meteen de clou verraden?'

'O, ja. Sorry! Maar het blijft een briljant verhaal.'

'Ik geloof niet dat ik het ga lezen. Ik snap niet dat je van dat soort dingen kunt genieten.'

Sylvia knipoogde. 'Je hebt geen recht van spreken zolang je het niet hebt gelezen.'

'Mij best, maar ik eet in elk geval nooit meer een taart die jij hebt gebakken.'

Boven liep Didi haar eigen appartement in. Ze pakte het boek dat Sylvia haar had geleend en las de tekst op de achterflap: *De inwoners van Upper Sisley raken hun hoofden kwijt. Maar wie neemt ze mee en waar worden ze verborgen? Het is aan Marjory Buttermaker om dat uit te zoeken!*

Nou, daar hoefde ze niet ineens aan te beginnen.

Terwijl ze in haar boekenkast keek, ging de half openstaande deur verder open, en kwam Shay de kamer in lopen.

'Je bent ontsnapt,' zei Didi.

'Op het nippertje. Het ene moment zitten we samen te eten, en het volgende duw je me voor de bus.'

'Sorry. Ik wilde niet dat Bella dacht dat ze ons betrapte op iets... nou ja, iets betekenisvols.'

'Ze heeft jouw glas wijn leeggedronken.'

'Dat weet ik, ik zag het. Hoe heb je aan haar weten te ontsnappen?'

'Ik zei dat ik een videovergadering had met een bedrijf in New York.' Na een korte stilte merkte hij op: 'Ik had niet verwacht jou hier nog aan te treffen.'

'Ik wilde snel even iets te lezen pakken.' Didi wapperde met het boek in haar hand. Ineens drong tot haar door dat de titel *De man die wist te ontsnappen* luidde.

'We kunnen beneden nog wel iets gaan drinken, als je zin hebt. Bella is weg, dus daar hoef je je niet druk om te maken.'

'Nee, beter van niet.' Ze schudde haar hoofd; zelfs voordat Bella was opgedoken, waren de steelse blikken van de andere gasten haar niet ontgaan. Wat geen enkel punt was als je helemaal niets te verbergen had, maar een beetje ongemakkelijk aanvoelde als je je juist in het openbaar vertoonde om je publiek ervan te overtuigen dat je inderdaad niets stiekems deed.

En eerlijk was eerlijk, ze had het gevoel dat ze wel wat te verbergen had.

Shay, die blijkbaar nog steeds moeiteloos haar gedachten kon lezen, zei: 'Ik snap het. Ik merkte het ook. Maar anders drinken we hier toch nog wat en dan ga je daarna naar Layla.'

Kon hij echt niet bedenken waarom dat geen goed idee was? Betekende dat dat ze de enige was die tegen haar gevoelens moest vechten? Nog steeds weifelend hoorde ze zichzelf zeggen: 'Oké, eentje dan.' Nou ja, ze moest nog steeds een boek uitzoeken. 'Er staat een fles Vouvray in de ijskast. Zal ik die openmaken?'

'Ik heb een voorstel,' zei hij. 'Ik zorg voor de wijn, en ondertussen ga jij die foto zoeken waarop je ten huwelijk werd gevraagd door de eerste van je drie verloofden.'

Hij liep haar kleine keuken in, en Didi ging achter haar computer zitten. Tegen de tijd dat hij terug was met twee glazen wijn, had ze de compromitterende foto gevonden.

'Ah, ik snap wat je bedoelde met die jurk.' Toen hij zich naar voren boog om wat beter te kunnen kijken, raakte zijn onderarm de hare, en ze voelde alle haartjes meteen overeind gaan staan.

'Echt precies een gebreide knakworst, hè?'

'En hoe je kijkt,' zei hij. 'God, wat had ik daar graag bij willen zijn.'

Ze wist even niet wat ze moest zeggen, want áls hij erbij was geweest, als ze samen waren gebleven en als Shay niet was weggegaan uit Elliscombe, dan zou ze überhaupt nooit wat met Craig hebben gekregen.

Ze riep zichzelf weer bij de les. 'Oké, dan zal ik je nu Pierre laten zien.' Met de snelheid van het licht scrolde ze langs de foto's uit haar manloze jaren. 'Dat is 'm.'

Shay trok een wenkbrauw op. 'Ziet eruit als een echte gladjanus.'

Dat was zo. Maar aan wijsheid achteraf had je niets. Verder scrollend kwam ze bij de foto's van Aaron en haar. Uit een gevoel van trots wilde ze Shay, hoewel hij Aaron al had ontmoet, de mooiste foto van haar vriend laten zien.

Na even te hebben gekeken, knikte Shay. 'Ik hoop dat hij je gelukkig maakt.'

'Ja, hij maakt me gelukkig.' Haar hart bonsde haar in de keel, want hoewel dat niet gelogen was, voelde het ineens wel zo.

'Heb je er nog meer?'

'Van Aaron? Heel veel!' Ze klikte de volgende aan, van Aaron in een van zijn Hollywood-poses, maar voordat Shay er iets over kon zeggen had ze de foto alweer weggeklikt.

'Ik bedoelde eigenlijk foto's van andere vriendjes.'

'Nee.' Was het eigenlijk gênant dat er niet meer vriendjes waren geweest? Haar datinggeschiedenis hing op zijn zachtst gezegd van de gaten aan elkaar.

'Zelfs niet van je eerste vriendje?' vroeg hij.

Ze keek hem aan. 'Van jou, bedoel je? We hadden toen nog geen mobieltjes.' Niet lang daarna waren ze pas betaalbaar geworden voor tieners. Ergens achter in een la stond een doos met wat foto's die met wegwerpcamera's op feestjes waren genomen, maar dat was het enige wat ze nog had uit die tijd.

'Helemaal geen foto's uit Venetië meer?'

Ze schudde haar hoofd. Hij had afdrukken gemaakt van die betoverende foto's van een nachtelijk Venetië in de sneeuw, en ze had die gekoesterd, veilig verstopt in een vakje van haar portemonnee zodat ze ze kon bekijken wanneer ze maar wilde... tot het uit was geraakt, en Shay ineens was vertrokken. Het was daarna te pijnlijk geweest om nog te denken aan de nacht op het San Marcoplein toen het allemaal was begonnen.

'Ah, ik weet het al. Je hebt ze in honderd stukjes verscheurd en weggegooid.' Met een klein lachje nam hij haar op. Hij kende haar veel te goed.

Ze glimlachte ook. 'Dat was ik wel van plan, maar Layla heeft me ervan weten te weerhouden. Dus die foto's bleven waar ze waren, in mijn portemonnee. Maar een paar weken nadat je weg was gegaan, was ik met Layla naar Cheltenham, om te shoppen. Ze zei dat dat me wel zou opvrolijken. En toen we in de rij voor de Burger King stonden, viel iemand die struikelde tegen me aan. Nou ja, ik dacht dat hij struikelde, maar toen we moesten betalen, bleek dat mijn portemonnee niet meer in mijn tas zat.'

'Vond je dat heel erg?'

'Ach, het viel wel mee. Layla betaalde mijn hamburger.'

Hij lachte. 'Gelukkig.'

Ze was altijd gek geweest op zijn lach, ze had het altijd heerlijk gevonden om hem aan het lachen te maken. Na een korte stilte zei ze: 'Maar natuurlijk vond ik het jammer van de foto's. Die hoorden bij wat we hadden gehad.'

Shay pakte zijn telefoon en hield het schermpje schuin voor haar op. En daar had je hem, de foto die de afgelopen dertien jaar alleen maar in haar hoofd had bestaan. Hij was een beetje vergeeld, de witte randjes leken beduimeld, en er zat een schuine vouw in de linkerbenedenhoek, maar verder was hij nog precies zoals ze zich hem herinnerde. Daar stonden ze, twee tieners met rode wangen en stralende ogen naast een sneeuwpop, naar elkaar lachend terwijl de oudere Italiaanse heer de foto nam, en de sneeuw als donsveertjes om hen heen dwarrelde.

Het was verrassend emotioneel om hem weer te zien. Didi moest vechten tegen de tranen in haar ogen. Toen ze het weer aandurfde om iets te zeggen begon ze aarzelend: 'Ik had nooit gedacht dat...'

'Dat ik ze zou bewaren? Dat had ik ook bijna niet gedaan,' gaf hij toe. 'Toen ik naar Australië ging, liet ik ze hier achter. En anderhalf jaar later, toen mijn vader uit de gevangenis kwam, heb ik hem gevraagd om me mijn aantekenboek te sturen en daar bleken ze in te zitten.'

Ze herinnerde zich het aantekenboek, dik en met een slotje, dat altijd naast zijn bed had gelegen. Hij had er kleine tekeningetjes in gemaakt, gedachten in opgeschreven, adressen en telefoonnummers, grappige verhaaltjes en toekomstplannen.

'Dus eigenlijk ben ik je naar Australië gevolgd.'

De lachrimpels om zijn ogen werden iets dieper. 'Inderdaad. En het was fijn om je weer te zien. En daarna heb ik je overal mee naartoe genomen.'

Die gedachte ontroerde haar. En nu, dankzij de moderne technologie, waren er digitale kopieën van de foto's die altijd zouden blijven bestaan. Ze drukte op een toets van haar computer en wees hem op haar e-mailadres. 'Kun je ze naar me toe sturen?'

Hij knikte, en een paar seconden later kwamen de foto's binnen in haar inbox.

Het was een fluitje van een cent, iets wat ze al jaren geleden hadden kunnen doen, toen ze ieder aan een andere kant van de wereld woonden, als ze tenminste contact hadden gehouden.

Didi slikte moeizaam. 'Haatte je me?'

'Nee.' Hij schudde langzaam zijn hoofd. 'Ik haatte je niet. Ik besefte alleen dat je me niet volledig vertrouwde, en dat was het ergste. Dat was echt een klap voor me. Ik kon dat niet aan.'

Het was vreselijk om hem dat te horen zeggen, maar ze kon zich niet eens verdedigen, want het was de waarheid. Hoewel hij met zijn vertrek haar hart had gebroken, kon ze hem niet kwalijk nemen dat hij was weggegaan.

Maar wie weet hoe hun leven was verlopen als datgene waardoor hij weg was gegaan nooit was gebeurd.

18

De anderen op het Venetië-uitstapje hadden er niet lang over gedaan om te ontdekken wat er aan de hand was. Blijkbaar waren ze minder discreet geweest dan ze dachten.

'Wat is er?' had Layla gevraagd toen ze naar boven renden om hun jassen en mutsen te halen voor een tochtje met een *vaporetto*. 'Je deed hartstikke raar tijdens het ontbijt en nou zie je er... tintelend uit.'

Nou, ze mocht er dan tintelend uitzien, ze voelde zich vanbinnen nog tintelender. 'Dat komt door de sneeuw, die is zo mooi! Daar gaat iedereen toch van tintelen?'

Layla was echter niet de enige die had gemerkt dat er iets aan de hand was. Didi probeerde zo normaal mogelijk te doen, maar het was net alsof ze was vergeten hoe dat moest. En blijkbaar vond Shay Mason het al net zo moeilijk. De rest van hun groep had hun steelse blikken en de daaropvolgende kleine lachjes algauw opgevangen, en tegen lunchtijd was iedereen op de hoogte, met onvermijdelijk geplaag als gevolg.

Er was dat weekend niets meer gebeurd, maar de anderen zagen de aantrekkingskracht die als onzichtbaar vuurwerk tussen hen heen en weer flitste.

Layla was zo trots als een pauw, alsof ze het eigenhandig zo had geregeld. 'Je bent nu vast wel blij dat ik hem heb uitgenodigd, hè? Ik zei toch dat hij leuk was!'

En toen ze op zondagmiddag naar huis vlogen, terwijl de sneeuw in Venetië aan het smelten was, raakte de situatie tussen Didi en Shay onmiskenbaar steeds verhitter.

Zo was het begonnen, en de maanden erna waren de mooiste van Didi's leven geweest, een duizelingwekkende wervelwind van de eerste grote liefde, huiswerk, fantastische seks, nog meer huiswerk, bijna continu samen zijn en medelijden met de rest van de wereld hebben omdat die natuurlijk nooit zo gelukkig kon zijn als zij.

Beter dan dat kon gewoon niet. Didi had nooit verwacht om haar grote liefde al op haar achttiende te ontmoeten, maar zo was het nu eenmaal gegaan, en ze kon er niets meer aan veranderen. Ze hield zielsveel van Shay Mason. En ze zouden altijd bij elkaar blijven.

In het begin waren haar ouders niet echt blij toen ze ontdekten dat hun enige dochter iets had met de zoon van Red Mason, maar toen ze Shay leerden kennen werden hun zorgen algauw weggenomen. Shay was hartelijk, charmant en betrouwbaar. Hij had leren leven met zijn vaders reputatie en kon er zelfs grapjes over maken, waardoor anderen zich minder opgelaten voelden.

Halverwege juni hadden ze eindexamen gedaan en was hun schooltijd voorbij. Shay had zulke goede cijfers gehaald dat iedere universiteit hem wel wilde hebben, maar in de tussentijd ging hij in het hotel werken; hij sprong in op plekken waar het nodig was, of het nu als portier was of achter de bar. Iedereen vond het fijn om met hem samen te werken, hij was opgewekt en efficiënt, bleef kalm in een crisis en had overal een oplossing voor. En daarom vroegen Didi's ouders hem dan ook om in te vallen voor Dominic, de assistent-manager, nadat die op zijn fiets was aangereden door een bestelbus en zes weken niet zou kunnen werken.

David en Maura Laing stelden wel één voorwaarde. Toen ze hem op kantoor ontboden, vertelden ze dat ze hem natuurlijk compleet vertrouwden, maar dat hij hun toch moest beloven om de sleutelbos van de assistent-manager geen seconde uit het oog te verliezen. Het was een ongemakkelijk moment geweest, maar ze moesten het zeggen en ze hoopten dat hij het begreep.

Shay begreep het, en hij beloofde hun dat hij de sleutelbos nooit onbewaakt ergens zou laten liggen.

In de tien dagen die volgden maakte hij zich onmisbaar, terwijl hij Dominics taken uitvoerde en ervoor zorgde dat het Wickham Hotel net zo soepeltjes draaide als altijd.

Tot de nacht dat een inbreker de kluis in het kantoor leeghaalde en ervandoor ging met stapels bankbiljetten, een paar paspoorten, en sieraden en horloges ter waarde van bijna vijftigduizend pond.

Dat was in de tijd dat er nog geen beveiligingscamera's waren geïnstalleerd. De politie wist aan de hand van vingerafdrukken het voltallige personeel te elimineren en kwam tot de weinig verrassende conclusie dat de inbreker handschoenen had gedragen. Het hotel was in rep in roer, een broeinest van roddels en beschuldigingen. Antonia, de bitse huishoudster, was de eerste die het hardop zei. 'Nou, dan zal ik maar zeggen wat iedereen denkt. Shay Mason heeft de sleutels nog niet in handen of er gebeurt dit. Ik bedoel, zo moeilijk is het niet.'

Toen Didi hoorde wat er was gezegd werd ze laaiend, maar de geruchten waren niet meer te stoppen. Daar kwam nog eens bij dat er ook een bijzonder sieraad van haar moeder was gestolen; David had haar de kerst ervoor een prachtige smaragden ketting gegeven. Maura was helemaal ontroerd geweest toen ze het cadeau had uitgepakt; het was een opvallend mooi sieraad, en verreweg het duurste cadeau dat ze ooit van hem had gekregen.

Ze was er kapot van dat de ketting weg was. Ze konden alleen maar hopen dat de gestolen spullen op een zeker moment boven water kwamen. Dat de ketting was verzekerd troostte haar niet;

de sentimentele waarde zou nooit vergoed kunnen worden.

Hoewel Didi het vervelend vond voor haar moeder, had ze belangrijkere dingen aan haar hoofd. Haar vader hield Shay nauwlettend in de gaten en niet op een fijne manier. Al mocht hij Shay, hij vond het tijdstip van de diefstal té toevallig. Net als de politie. Shay moest, samen met zijn vader, een paar keer op het bureau komen. Red Mason ontkende iedere betrokkenheid bij de inbraak. Zijn huis werd doorzocht, en vrienden van hem uit het criminele wereldje werden ook ondervraagd. Er werd niets gevonden, maar Didi kreeg een steeds ongemakkelijker gevoel, vooral ook omdat iedereen Shay als verdachte bleef beschouwen. En heel diep vanbinnen, zo diep dat ze het nauwelijks aan zichzelf wilde toegeven, begon ze zelf ook te denken dat Shay er niet helemaal eerlijk over was.

Het was geen verbeelding, dat was het punt nou net. Ze kende hem inmiddels zo goed dat het haar pijnlijk duidelijk was dat hij iets voor haar verzweeg. En hoewel ze er eerst niet over zou hebben gepeinsd om hem te verdenken, begon ze zich, hoe langer hij bleef volhouden dat hij niets voor haar achterhield, steeds meer zorgen te maken over wat het kon zijn.

Niet dat ze ook maar een seconde dacht dat hij er opzettelijk bij betrokken was, maar er moest iets zijn gebeurd wat zijn vreemde gedrag kon verklaren. Ze dacht eigenlijk dat hij, ondanks zijn tegenwerpingen, de sleutels van het hotel mee naar huis had genomen en ze daar had laten rondslingeren. En toen had iemand de sleutels laten bijmaken en er later mee ingebroken.

Als het inderdaad zo was gegaan, kon hij haar dat toch gewoon vertellen? Ze zou het tegen niemand zeggen en het hem ook niet kwalijk nemen, want hij had het niet opzettelijk gedaan. Maar tot haar grote frustratie bleef hij ontkennen, terwijl ze aan alles merkte dat hij iets voor haar verzweeg. Ze was ervan overtuigd dat hij wist wie er achter de inbraak zat, maar dat hij dat nooit tegen de politie zou zeggen. Uit een soort eergevoel onder inbrekers, hoewel hij zelf geen inbreker was.

Hun relatie kreeg er steeds meer onder te lijden.

Didi's vader vertelde Shay dat het hem speet, maar dat hij zich gezien de omstandigheden genoodzaakt voelde een vervanger voor hem aan te nemen, tot Dominic weer terug was.

Diezelfde avond kwam de politie Red arresteren in verband met een scheepslading gesmokkelde whisky. Omdat hij voorwaardelijk vrij was na zijn recente veroordeling wegens heling van een Lamborghini, draaide hij meteen de gevangenis in om de rest van zijn straf uit te zitten.

Toen Didi die avond klaar was met haar werk in het hotel, hoorde ze Antonia tegen haar moeder zeggen: 'Maak je maar geen zorgen om die jongen, die heeft zo weer ander werk. En we weten nu in elk geval dat de schuldige achter de tralies zit. Die kan voorlopig geen kant uit.'

'Misschien was het Red niet. Hij zegt dat hij er niets mee te maken heeft.' Maura klonk nog steeds bezorgd.

'Natuurlijk zegt hij dat. Die man liegt zijn halve leven al tegen de politie. Maar ik kan je wel vertellen wie het niet zo fijn zal vinden dat hij weer in de gevangenis zit,' vervolgde Antonia op een samenzweerderig en tegelijkertijd afkeurend toontje. 'Ik hoorde dat hij de afgelopen paar weken iets met Lena Barker had, terwijl haar man in Dundee zit om voor zijn zieke moeder te zorgen. Echt, die Red Mason heeft totaal geen moraal...'

'Mam? Ik ga.' Didi had genoeg gehoord; ze hield er niet van als Antonia, altijd even stijfjes en kritisch, over andere mensen roddelde.

'O, goed schat, tot straks. Slaap je vannacht thuis?'

'Nee, ik denk dat ik bij Shay blijf slapen.' De hoog opgetrokken wenkbrauwen en het snuiven van Antonia ontgingen haar niet.

'Goed, maar zorg dat je er morgen om zeven uur bent.' Maura kneep even zacht in haar hand. 'Het wordt een drukke dag.'

'Ik ben nog nooit te laat gekomen.'

Terwijl ze wegliep, hoorde ze Antonia nog fluisteren: 'Is dat wel verstandig, Maura, om haar te laten slapen in het huis van een crimineel?'

O, hou je mond, ouwe heks!

Toen ze bij Hillcrest aankwam, was Shay in de tuin aan het werk. Ze vertelde hem wat Antonia had gezegd en sloeg haar arm om zijn middel. 'Hoe gaat-ie? Ik heb het gehoord van je vader. Wat naar voor je.'

'Ach, ik ben er wel aan gewend.' Hij trok haar dicht tegen zich aan, en ze sloot haar ogen even, wensend dat ze de tijd een week terug kon draaien. Ze snoof de geur van zijn warme huid op en liet haar handen over zijn rug glijden.

'Ik hou van je,' zei ze.

'Ik ook van jou.'

Toen ze haar ogen opende, zag ze echter in de weerspiegeling van het raam van de huiskamer dat hij met een afwezige blik in de verte staarde, een blik die ze de afgelopen paar dagen veel te vaak bij hem had gezien.

Ze maakte zich van hem los en dwong hem haar aan te kijken. 'Waar denk je aan?'

'Nergens aan.' Hij schudde zijn hoofd.

Ze vond het verschrikkelijk dat hij tegen haar loog. 'Er is iets. En als je van me houdt, dan vertel je me wat het is.'

Hij gaf geen strobreed toe. 'Er is niets.'

'Dat lieg je,' zei ze. 'Je hoort geen geheimen voor me te hebben. Je weet iets, maar je vertrouwt me niet genoeg om het me te vertellen.' Uit frustratie ging ze steeds sneller ademhalen. 'Je vertrouwt me niet!'

'En jij gelooft me niet!' diende hij haar meteen van repliek. 'Je zegt van wel, maar dat is niet zo, niet helemaal. Je denkt nog steeds dat ik tegen je lieg.'

Ze keken elkaar strak aan, en dat was het moment waarop het gebeurde. In een fractie van een seconde veranderde alles. Hij had haar nog nooit zo aangekeken. Het drong tot haar door dat ze trilde, een mengeling van schrik en toenemende woede, omdat hij haar onterecht ergens van beschuldigde in plaats van gewoon toe te geven dat ze gelijk had.

'Dat denk ik niet, dat weet ik,' zei ze.

'Nou, als je dan toch zo slim bent, waarom vertel jij me dan niet wat er is gebeurd?'

'Wil je echt weten wat ik denk? Nou, ik denk dat je alles ontkent omdat je weet dat je de sleutels per ongeluk ergens thuis hebt laten rondslingeren en dat je vader ze heeft gepakt.'

'Mijn vader zegt dat hij er niets mee te maken heeft.'

'Luister, ik vind je vader heel aardig, maar hij is wel een dief.' De woorden schoten er als kogels uit. 'Natuurlijk zegt hij dat.'

'Maar deze keer is het waar. En ik heb de sleutels nergens laten rondslingeren. Hij was het niet, en ik was het ook niet. Maar dank je voor je duidelijkheid. Het is goed om te weten hoe je diep vanbinnen over me denkt.'

'Dat is niet eerlijk! Ik sta aan jouw kant!' Ze merkte dat ze haar zelfbeheersing verloor; de late zon brandde op haar nek, en er liepen zweetdruppeltjes over haar rug.

Hij schudde zijn hoofd. 'Misschien denk je dat, maar daar gaat het niet om. Je denkt nog steeds dat ik er op de een of andere manier mee te maken heb, en dat zegt mij genoeg over ons.' Hij draaide zich met een opgestoken hand van haar af. 'Voor mij hoeft het niet meer.'

Jemig, wat overdreven! 'Dat is belachelijk, je doet...'

'Nee, het is niet belachelijk. Ik heb net een goede les geleerd, en het is beter dat dat nu gebeurt dan over een paar jaar. Ga maar naar huis,' zei hij, 'terug naar je ouders. Het is voorbij. Het is gewoon... uit.'

Hij keek haar aan alsof ze een volslagen onbekende was. Didi kon niet geloven dat ze op dit punt waren aanbeland. Iets in haar wilde blijven en vechten – oké, niet echt vechten, maar ruziemaken tot ze hem tot rede had gebracht. Maar aan de andere kant was ze te trots om te blijven ruziën, terwijl hij degene was die onredelijk deed, en bovendien wist ze dat ze hem vanavond toch niet meer op andere gedachten zou kunnen brengen.

Hij was zijn baan kwijt en voelde zich in de hoek gedreven. Zijn reactie was weliswaar overdreven, maar ze snapte wel dat hij van streek was. Ze kon hem maar het beste alleen laten, zodat hij kon nadenken. Dan zou zijn woede vanzelf wel afnemen.

Maar omdat ze ook maar een mens was, kon ze het niet laten om nog even tegen hem te zeggen: 'Mij best, bel me maar als je me wilt vertellen wat er echt is gebeurd.'

Nu Didi dertien jaar later terugdacht aan dat noodlottige moment, zag ze alles weer tot in detail voor zich: de libellen die voor haar uit hadden gezwermd terwijl ze de kortste weg door de velden nam, het hoge, droge gras dat tegen haar blote benen sloeg, haar klamme T-shirt dat aan haar lijf had geplakt. Ze herinnerde zich ook alle bijzonderheden van het gesprek dat ze in haar hoofd met Shay had gevoerd. Tegen de tijd dat ze thuis was, had ze hem weten te overtuigen, en hij had zich uitgeput in verontschuldigingen en toegegeven dat hij verkeerd had gezeten. Hij had zijn denkbeeldige armen weer om haar heen geslagen, tegen haar gezegd dat hij zich gewonnen gaf en opgebiecht dat hij de sleutels had willen opbergen, maar op de bank in slaap was gevallen. En zij had gezegd dat dat allemaal niets uitmaakte, dat ze alleen maar blij was dat het nu was opgelost en dat ze nooit meer geheimen voor elkaar moesten hebben. Daarna hadden ze elkaar gekust en waren naar Shays slaapkamer gegaan om het eens en voor altijd goed te maken.

Alleen was het niet zo gegaan. Ze was met Layla in de tuin van Compton House gaan zitten, waar ze muziek hadden gedraaid, pizza gegeten, cider gedronken en zich beklaagd over jongens. Toen ze om middernacht naar de sterren hadden gekeken die als zilveren confetti over de hemel waren uitgestrooid, had Layla dromerig gezegd: 'Ik heb nog nooit in een tent geslapen. Volgens mij is dat hartstikke te gek. Dit weekend is er een festival in Bristol. Katie en Jo gaan er morgen naartoe. Heb je zin om mee te gaan? We kunnen met hen meerijden, ze hebben een zespersoonstent, dus... O, sorry, ik dacht niet na...'

Didi nam haar met een schuin hoofd op. 'Hoe bedoel je?'

'Ik zei het alleen maar omdat ik wist dat je een paar dagen vrij had, maar morgen hebben jij en Shay het natuurlijk allang weer goedgemaakt.' Layla gooide een snoepje in de lucht en probeerde het met haar mond op te vangen. 'Shit, mis.'

Didi zag dat ze nog een snoepje in de lucht gooide. Deze keer kwam het in haar oog, en Layla riep verontwaardigd: 'Au, dat doet pijn!' Alsof het snoepje het expres had gedaan.

Didi dacht aan vriendinnen die maar wat graag met je uitgingen zolang ze single waren, maar die je niet meer zagen staan zodra ze een vriendje hadden. Dat was egoïstisch en iets om woest van te worden, en ze had dan ook altijd geprobeerd om niet zo iemand te worden.

En daar ging ze nu ook niet mee beginnen. Layla was haar beste vriendin, ze hadden allebei het weekend vrij, en Shay was degene die onredelijk was. Elkaar een paar dagen niet zien was misschien wel goed voor hen. Didi pakte het snoepje dat via Layla's schouder op de glazen tafel was beland en stak het in haar mond. 'Laten we dat doen.'

'Echt?' Layla schoot overeind, en de snoepjes vlogen alle kanten op. 'Zeker weten?'

'Tuurlijk. Het wordt hartstikke leuk. Lekker lachen, een echt meidenweekend.'

'Yes!' Layla stak haar armen in de lucht.

'En help me onthouden dat ik een cassetterecorder meeneem.'

'Waarom?'

Didi grijnsde. 'Ik ga alles opnemen wat je in je slaap zegt.'

Het was een fantastisch, uitbundig, typisch meidenweekend geweest, met veel gelach en plezier en woest dansen. Het was mooi weer gebleven, een niet nader geïdentificeerd knaagdier was 's nachts hun tent in gekropen en had een gat in hun gedeelde luchtbed geknaagd, en om vier uur 's ochtends had Didi Layla's stem opgenomen die zei: 'O nee, ik ga echt niet met een wurgslang trouwen.' Wat betekende dat ze iedere keer als ze een leuke jongen zagen, mompelden: 'O hallo, meneer Wurgslang...'

Op zondagavond reden ze terug naar huis, vrolijk, verbrand en doodmoe. Didi had Shay enorm gemist, maar hopelijk had het hun goedgedaan om elkaar een paar dagen niet te zien. Ze verlangde enorm naar hem.

Alleen bleken het geen paar dagen te zijn. Toen ze thuis was gekomen, had ze terloops gevraagd of er nog iemand voor haar had gebeld. Omdat dat niet het geval bleek te zijn was ze, na een lange douche, vroeg naar bed gegaan. Op maandagavond, na haar werk, was ze naar Hillcrest gelopen, zichzelf vervloekend omdat zij degene was die de eerste stap zette. De voordeur zat op slot, en het huis voelde leeg aan.

De dag daarna vertelde een van haar schoolvrienden haar dat hij Shay zaterdagavond op het station had gezien, met een volle plunjezak aan zijn voeten. Hij was even een praatje gaan maken, en Shay had hem verteld dat hij wegging uit Elliscombe om werk te zoeken. Toen hun vriend hem naar Didi had gevraagd, had hij geantwoord dat ze hem vast niet zou missen, dat het uit was.

En terwijl de dagen en later de weken vergleden, drong langzaam tot haar door dat het geen bluf van hem was geweest.

Hij was echt weg.

19

En nu, dertien jaar later, kwamen alle gevoelens van toen – spijt, ontzetting, ongeloof – weer terug. Haar eerste liefde was geëindigd in een gebroken hart, en het was allemaal haar eigen schuld geweest.

'Het spijt me,' zei ze.

'Dat weet ik.' Hij knikte.

De diefstal was nooit opgehelderd; Red Mason was altijd blijven volhouden dat hij het niet had gedaan, maar de meeste mensen gingen er desondanks van uit dat hij achter de inbraak zat.

'En ik kan het je niet kwalijk nemen dat je zo kwaad op me was.' Ze was niet van plan weer te beginnen over haar diepe overtuiging dat hij haar iets niet had verteld. 'Ik had je moeten vertrouwen.'

Hij knikte weer. 'Ik heb overdreven gereageerd, dat besef ik inmiddels. Als kind hield ik zoveel van mijn moeder dat ik dacht dat ze er altijd voor mij zou zijn. Maar toen werd ze ziek, en ik weet dat het volkomen onlogisch is, maar toen ze stierf, voelde ik me... in de steek gelaten. En daarna was ik alleen met mijn vader. Ik hield van hem, maar ook hij liet me steeds in de steek. Ik bedoel, ik redde me wel, want iets anders zat er niet op. Ik raakte eraan gewend om me stoer voor te doen, maar ik geloof dat ik me diep vanbinnen toch iedere keer weer in de steek gelaten voelde.' Hij zweeg even en bestudeerde zijn handen. 'Maar het werd makkelijker naarmate ik ouder werd. En al die mensen die beweerden dat ik het niet zou redden, dat ik net zo zou eindigen als mijn vader... Nou, ik vond het gewoon leuk om ze te laten zien dat ze het bij het verkeerde eind hadden. Dus dat was goed. En hoe beter ik het deed op school, hoe gelukkiger ik was. En toen kreeg ik iets met jou, en dat was ook fijn.' Hij keek haar glimlachend aan. 'Oké, meer dan fijn. Door jou was mijn leven volmaakt.'

Volmaakt. Ze moest haar blik afwenden. Ze wilde niet gaan huilen, ze mocht beslist niet gaan huilen, maar de brok in haar keel werd steeds groter.

'En toen gebeurde dat,' vervolgde hij. 'Ineens was alles anders. De mensen die me uiteindelijk toch wel oké waren gaan vinden begonnen weer te twijfelen. Ze dachten dat ik ze om de tuin had geleid. En hoewel ze het niet hardop zeiden, wist ik wat ze dachten. Maar er waren ook mensen die wel zeiden wat ze dachten. Zoals je vader.' Hij haalde diep adem. 'Al met al was het een nachtmerrie voor me. Toch dacht ik dat ik het wel zou overleven, omdat ik jou had. Ik wist dat jij aan mijn kant stond.'

'O god.' Ze voelde diep medelijden met de achttienjarige jongen van wie ze had gehouden.

'Tot ik ontdekte dat jij ook zo je twijfels had, dat was echt het breekpunt. Ineens drong tot me door dat je me toch niet helemaal vertrouwde. En dat was de druppel. Eerst mijn moeder, toen mijn vader. En toen dat.'

Hij hoefde het niet hardop te zeggen. De stilte vertelde haar genoeg.

'En toen besloot je het met me uit te maken voordat ik het met jou zou uitmaken,' zei ze.

Hij knikte. 'Het idee om nog een keer in de steek gelaten te worden... Dat kon ik gewoon niet aan.'

'Het spijt me,' zei ze weer.

'Ach, het was een rommelige situatie. En we waren jong,' zei hij.

'En nu zijn we oud.' Nou ja, oudachtig.

'We zijn allebei veranderd. We zijn niet meer wie we toen waren. Jij bent verdergegaan met je leven en ik ook.'

Het was een vaststelling, geen vraag. Didi wierp een steelse blik op haar verlovingsring, die schitterde in het licht van de tafellamp. Aaron was nu haar toekomst. Shay mocht dan zijn teruggekomen in haar leven, hij hoorde bij haar verleden. Dat ze in haar gedachten en dromen werd afgeleid door zijn terugkeer wilde nog niet zeggen dat dat iets te betekenen had. Het was net zoiets als je de hele dag verheugen op een chic etentje en dan onderweg ernaartoe iemand een lekkere zak patat zien eten, waar je dan ineens veel meer zin in kreeg…

Maar wat zou je dan doen? Je ging dat etentje echt niet meer afzeggen om een zak patat te kunnen kopen. Zoiets deed je gewoon niet.

In de badkamer keek ze in de spiegel boven de wastafel. Ze plensde wat koud water in haar gezicht en depte het daarna droog. Ze moest iets verzinnen om haar gevoelens weer onder controle te krijgen; door over het verleden te praten waren ze allemaal weer naar boven gekomen, alsof ze door een modderige vijver waadde, zodat het eerst heldere water opeens troebel werd.

Toen ze weer in de kamer kwam zei ze: 'Eerlijk is eerlijk. Jij hebt mijn exen gezien, nu wil ik de jouwe zien.'

Haar truc werkte nog beter dan verwacht, want niet alleen werd haar aandacht afgeleid van hun traumatische breuk van dertien jaar geleden, ze werd door de foto's ook nog eens gedrukt op het kaliber van de vriendinnen waar Shay aan gewend was geraakt.

Het was een nogal ontnuchterende ervaring, want ze waren allemaal vreselijk mooi. Didi was altijd best tevreden geweest over haar uiterlijk: haar lichtbruine ogen, haar lange wimpers en haar neus waar niets mis mee was. Misschien was haar mond iets te breed, en er stonden ook een paar tanden scheef, maar dat gaf haar juist iets karakteristieks, toch? En haar lichaam kon er ook prima mee door: haar borsten waren iets aan de kleine kant, zoals die trut van een Estelle op de universiteit meer dan eens had opgemerkt, maar ze zaten tenminste niet in de weg, en ze kreeg er ook geen chronische rugpijn van. Andere minpuntjes waren misschien het slordige litteken op haar linkerkuit en een teen die een beetje gebogen was nadat ze hem had gebroken toen ze voor een weddenschap uit een raam was gesprongen.

Toch had ze nooit echt gewild dat ze langer, dunner en meer als de vrouwen op Instagram was. Kleren waren kleren, make-up was leuk maar niet essentieel, en haar haar kroesde als het vochtig weer was, maar dat probleem hadden de meeste mensen. In elk geval had ze lekker veel haar.

Shays vriendinnen daarentegen speelden in een geheel andere divisie, en je zag gewoon dat ze naturel waren, en niet Instagram-mooi door filters en zo.

'Dat is Cara.' Shay wees naar een elegante blondine in een afgeknipte spijkerbroek en een felblauw bikinitopje. Haar glanzende lange haar stroomde als een waterval over haar rug. 'We hebben een halfjaar iets gehad.'

'Wat is ze mooi. Wat doet ze?' Hopelijk iets waaruit bleek dat ze zo dom was als het achtereind van een varken.

'Ze is advocaat.'

'O.' Logisch. Didi knikte beleefd en wachtte tot hij de volgende foto tevoorschijn had getoverd. 'En zij?' vroeg ze met een blik op de vrouw die precies op Thandie Newton leek, alleen dan nog perfecter.

'Jess? Ze is orthopedisch chirurg.'

Shit.

'Hoe lang hebben jullie iets gehad?'

'Drie, vier maanden? Ze doet tegenwoordig vrijwilligerswerk in een ziekenhuis in Syrië.'

'Hebben jullie het daarom uitgemaakt?'

'Zoiets. Nou ja, niet echt. Het is gewoon zo gelopen.' Shay vloog langs de foto's. 'En dit was mijn laatste vriendin.'

'Rebecca,' zei ze zonder nadenken. Meteen had ze er spijt van.

'Wat heb je dat goed onthouden!'

'Het is mijn werk om namen te onthouden.' Ze bekeek de foto van de aantrekkelijke brunette, die misschien wel de allermooiste jukbeenderen ter wereld had. 'Je hebt haar bij een bank leren kennen, en toen stond ze buiten op je te wachten en vroeg je mee uit. En laat me eens raden... Ze is een wereldberoemde wetenschapper.'

'Schooljuf om precies te zijn.' Hij klonk geamuseerd. 'Leuke gok.'

'Ze houdt van spreadsheets. Wat ik nog steeds niet verkeerd vind.'

'Ze kunnen nuttig zijn.' Hij haalde zijn schouders op en voegde er droog aan toe: 'Maar een Excel-spreadsheet op kleur bijhouden van al je kledingstukken lijkt me een beetje overdreven.'

'Een heel klein beetje wel misschien,' gaf ze toe.

'Ze hield ook bij wat iedere onlinehoroscoop te melden had over haar toekomstige liefdesleven.'

Didi lachte. 'Oké, jij wint. Nou, hopelijk vind je op een goede dag een echt leuke vriendin. Ik bedoel, iemand die er beter uitziet dan dit stelletje losers.'

'Laten we het hopen.' Er verscheen weer zo'n raadselachtig lachje om zijn lippen, het lachje dat haar nog steeds vlinders in haar buik bezorgde. Door het open raam hoorden ze een groepje gasten op het terras luid en vals 'Happy Birthday to You' zingen. Terwijl ze ernaar luisterden – '*Happy birthday, dear Denzil!*' – keek Didi naar Shay en merkte dat ze zich hem naakt voorstelde. Vlak daarna ging zijn telefoon over, alsof iemand telepathisch haar gedachten had onderschept. Op het schermpje verscheen de naam van weer een andere vrouw.

Sophia.

Ze wees naar het toestel, dat nog steeds overging. 'Moet je niet opnemen?'

'Ik bel haar wel terug.'

Hij bedoelde als hij weer alleen was. Didi dronk haar glas leeg. 'Ik moet sowieso maar eens gaan.'

'Dat hoeft echt niet, hoor.'

O jawel. Je moest eens weten wat er allemaal in mijn hoofd gebeurt.

De telefoon stopte met rinkelen. Hardop zei ze: 'Nee, ik moet echt gaan. Dan kun jij doen wat je moet doen. Maar nogmaals bedankt dat je je suite hebt willen afstaan. Je hebt dat stel ontzettend gelukkig gemaakt.'

'Hopelijk heb ik jou er ook gelukkig mee gemaakt,' zei hij.

'O ja, beslist.' Didi was inmiddels op weg naar de deur. Haar benen leken wel van pap.

'Daar ben ik blij om. Bovendien, zo'n opgave is het niet.'

'Nee, want je kunt nu lekker in...' Ze stopte ineens. O mijn god, moet je mij nou horen.

'Lekker wat?'

'Ik weet niet meer wat ik wilde zeggen... Sorry, ik ben kapot, echt geen flauw idee...'

'O nee?' Zijn mondhoeken gingen iets omhoog. 'Ik dacht dat je wilde zeggen dat ik nu lekker in jouw bed kan slapen.'

Beschaamd schudde ze haar hoofd. Terwijl ze de deur opendeed, zei ze: 'O nee, zoiets zou ik echt nooit hebben gezegd.'

Aan de andere kant van de straat, in Layla's flat, trok ze haar stippeltjespyjama aan en stapte in bed.

'Hoi!' Aarons gezicht verscheen op het schermpje van haar telefoon. Hij sprak met harde stem om boven het geluid van Queens 'Don't Stop Me Now' uit te komen. 'Wacht, ik zal hem even zachter zetten. Ik stond net uien te snijden...'

Didi zag dat hij haar op het aanrecht zette en toen door de keuken liep om zijn handen af te vegen en de keurig gehakte en gesneden knoflook en uien in de koekenpan te laten glijden, om uiteindelijk ook de muziek wat zachter te zetten, die hij altijd zo luid mogelijk afspeelde onder het koken. Want hij kookte voor zichzelf, hoe laat hij ook thuiskwam van zijn werk of de sportschool. Andere mensen bestelden dan misschien wat of stopten iets in de magnetron, maar Aaron vond het leuk om een complete maaltijd voor zichzelf te bereiden. Hij kon ontzettend snel groente snijden. Hij droeg zelfs een echte koksschort over zijn T-shirt en korte broek. Voor Didi, die de voorkeur gaf aan eten boven koken, was het het zoveelste pluspunt van haar verloofde.

'Oké, klaar.' Hij was alweer terug en glimlachte naar haar, terwijl hij tegelijkertijd het vuur onder de kip wat lager draaide en boter door de fruitende uien en knoflook roerde. 'Hoe gaat het met je? Hoe was je dag?' Ineens vlogen zijn ogen wijd open. 'En in wiens bed lig je?'

'Ik ben blij dat je het is opgevallen.' Didi's eigen bed was altijd opgemaakt met mooi wit hotellinnen, maar nu lag ze tegen kussens in de kleuren felroze, paars en turquoiseblauw. 'Het is ingewikkeld. Er was een dubbele boeking voor de Midnight Suite. En Shay was zo aardig om in mijn kamer te willen, en daarom lig ik hier in Layla's bed, terwijl zij in Bourton bij Harry blijft slapen.'

'Dat klinkt inderdaad ingewikkeld. Rot voor je.' Aaron keerde handig de kippenborsten om, liep naar de andere kant van de keuken en maakte een weids gebaar – als een showmaster – naar de potten met kruiden op de vensterbank. 'Eens even zien of je wel hebt opgelet. Welke kruiden moet ik bij de saus doen?'

Oké, dit was een van zijn mindere eigenschappen. Hij vond het leuk om haar te testen op onderwerpen waar ze totaal geen belangstelling voor had.

'Die met die groene blaadjes?' opperde ze.

Grinnikend schudde hij met een vinger. 'Toe, ik heb het je vorige week nog verteld.'

'Weet ik veel. Verras me eens.'

'Dragon.' Hij pakte de tweede pot links. 'Deze. Prachtig.'

'Ik heb snel even wat gegeten in het hotel, met Shay,' zei ze, want als ze het hem zelf niet vertelde, zou iemand anders dat wel doen.

'Wat heb je gegeten?'

'Garnalen en paddenstoelenrisotto.'

'Lekker. Oké, de kip is klaar, en ik moet me nu op de saus concentreren. Zal ik je straks even terugbellen?'

Ze schudde haar hoofd. 'Nee, dat hoeft niet. Ik ben moe. Ik ga zo meteen slapen.'

'Dan bel ik je morgen. Slaap lekker. Ik hou van je.'

Hoewel hij haar een warme glimlach toewierp, merkte ze dat hij graag verder wilde met de saus. Zoals hij zelf altijd zei: koken draait om timing. Ze wuifde naar het scherm en zei: 'Ik ook van jou. Welterusten.'

Toch was het wel een beetje frustrerend. Ze had Aaron expres gefacetimed om hem te laten zien dat ze alleen in Layla's flat was, maar hij leek het niet eens te waarderen.

20

Een week later was Rosa onderweg naar huis van de hobbywinkel toen er ineens een dikke donkere wolk langs de hemel trok, die zijn hele inhoud op Elliscombe en op haar in het bijzonder leegde.

Bah. Binnen een halve minuut was ze doorweekt, haar dunne jurk plakte aan haar lijf. En ze had vanochtend nog wel haar haar geföhnd. In de plensbui liep ze haastig verder door Ravenwood Road. Toen ze twee minuten later bij de Esso-pomp was, hoorde ze iemand roepen. Het was Benny Colette, die net stond te tanken.

'Waar kwam dat ineens vandaan? Een paar minuten geleden scheen de zon nog.' Hij grinnikte, veilig onder de overkapping. Nadat hij klaar was met tanken, zei hij: 'Stap in, dan breng ik je naar huis.'

Sommige voorstellen kon je gewoon niet afslaan. Rosa ging vast in de auto zitten, terwijl Benny wegliep om af te rekenen.

Toen hij ook was ingestapt, zei ze: 'Ik maak de stoel helemaal nat. Sorry.'

'Ach, hij is van leer. Hij kan er wel tegen. Ik ben alleen maar blij dat dit niet gebeurde toen ik op de snelweg zat. Ik heb Ingrid naar Heathrow gebracht,' vertelde hij. 'Ze is voor zaken naar Stockholm. Ze komt volgend weekend weer terug, net op tijd voor haar verjaardag.'

'O, wat leuk. Ik ben dol op verjaardagen. Gaan jullie iets speciaals doen?'

'Gewoon uit eten bij Le Manoir.' Benny tuurde door de slagregen, terwijl hij voorzichtig de weg op reed. 'De maandag erna moet ze alweer naar New York. Je weet hoe het is.'

'Nou, niet echt. Want ik ben niet zo'n glamoureuze internationale zakenvrouw met klanten uit de hele jetset,' zei Rosa lachend. 'Maar voor jullie zal het wel heel normaal zijn. Heb je al een mooi cadeau voor haar gekocht?'

'Grappig dat je dat zegt. Ik zou dat eigenlijk vandaag doen. Birgitte, Ingrids dochter, zou met me meegaan, maar ze kon op het laatste moment niet. We zouden naar die nieuwe winkel in Stow gaan. Ik weet niet of ik het wel aandurf om daar alleen naartoe te gaan.'

'Waarom niet?' Rosa moest haar stem verheffen om boven het donderende kabaal van de regen op het autodak uit te komen.

Benny trok een gezicht, terwijl hij stapvoets verder reed. 'Nou, eerlijk gezegd heb ik niet zo'n goede smaak. Ik dacht altijd van wel, tot Ingrid zei dat dat niet zo was. Volgens haar is zij de enige met smaak. En daarom zou Birgitte met me meegaan. Het leek me leuk om Ingrid voor de verandering eens iets te geven wat ze echt mooi zou vinden.'

'Ze is heel stijlvol,' beaamde Rosa. 'Ik bedoel, zo goed ken ik haar natuurlijk niet, maar ze ziet er altijd prachtig uit.'

'Zou jij...' Hij wierp haar een zijdelingse blik toe en keek toen weer voor zich. 'Nee, laat maar.'

Rosa begon te lachen. 'Wilde je me soms vragen om met je mee te gaan, tot je een blik op me wierp en zag dat ik ook geen smaak heb?'

'Nee, absoluut niet. Ik wilde dat inderdaad vragen, maar bij nader inzien leek dat me een beetje brutaal. Bovendien, waarom zou je, terwijl je hier genoeg te doen hebt?'

Stow was maar een paar kilometer rijden. Hardop zei ze: 'Zo lang hoeft het toch niet te duren? Ik heb wel een uur of twee de tijd.'

'Echt? Dat zou fantastisch zijn. Ik heb gehoord dat de verkoopsters daar zich net zo lang in je vastbijten tot je hebt gekocht wat zij willen.' Benny huiverde. 'Ik kan heel slecht tegen opdringerig winkelpersoneel. Ik ben er eigenlijk doodsbang voor.'

Hij stopte voor Frog Cottage en wachtte in de auto, terwijl Rosa naar binnen vloog, haar kleren uittrok, haar haar droogde met een handdoek, en een droge spijkerbroek met een gestreept T-shirt aantrok. Red lag boven in zijn kamer zijn middagdutje te doen. Tegen de tijd dat ze weer buiten kwam was de zwarte wolk verder getrokken en was het al bijna opgehouden met regenen. Ze gooide haar paraplu op de achterbank en zei: 'Misschien dat we die straks nog nodig hebben.'

Maar toen ze in Stow aankwamen scheen de zon weer. Benny parkeerde de auto. De winkel, Ellery Dove, bleek niet moeilijk te vinden, hij zat in Sheep Street in een Georgian gebouw van Cotswold-steen en besloeg drie verdiepingen. Rosa had al gehoord van de zaak, die afgelopen december met veel bombarie was geopend. Je kon er oogverblindende spullen kopen, voor idioot veel geld, variërend van designerkleding tot sieraden en alles wat je maar voor je huis zou willen hebben, zolang je het je tenminste kon veroorloven. De verlichting was subtiel, de inrichting briljant, en de muren waren in een stuk of tien tinten glanzend blauw, groen en roze geschilderd.

De verkoopsters waren zoals te verwachten minstens zo elegant, maar omdat Rosa zich verantwoordelijk voelde voor Benny, kostte het haar geen enkele moeite om ze met een beleefd maar vastbesloten 'We kijken alleen even' van zich af te slaan. Samen liepen ze de smalle trap naar de bovenste verdieping op en begonnen de kledingrekken te inspecteren.

'Ze draagt vaak beige,' zei Benny. 'Alleen mag ik dat woord niet in mijn mond nemen. We moeten het taupe noemen.'

'Wat vind je hiervan?' Toen Rosa haar vingers over een ivoorkleurige kasjmieren top liet glijden, hoorde ze de verkoopster achter haar naar adem happen. Toen ze het prijskaartje omdraaide zag ze dat het achthonderd pond kostte. Jezus, geen wonder dat dat mens schrok.

'Ze heeft er al zo eentje. O, die vind ik mooi...' Benny liep naar een rek met jurken gemaakt van glibberige zilveren zijde met fijnmazig gaas erover, waarvan de hals en armsgaten waren afgezet met roze en citroengele leren biesjes.

'Nee.' Rosa schudde haar hoofd.

'Echt niet?'

'Ze kunnen wel duur zijn, ze zien er goedkoop uit.' Oeps, de verkoopster hapte alweer naar adem. 'Ik bedoel... eclectisch. Geloof me, Ingrid zou zoiets nooit dragen.'

Uiteindelijk viel hun keus op een lang honingkleurig jasje van heel zachte suède. Daarna begaven ze zich naar de beauty- en accessoiresafdeling. Rosa koos een oogschaduwsetje in een zilveren doosje uit, een paar potjes gezichtscrème en flesjes lotion die goddelijk roken. Toen Benny zich stond te vergapen aan een ketting met grote blauwe en paarse kristallen in een roségouden setting, leidde ze hem met zachte hand weg en koos in plaats daarvan een ijle hanger van maansteen aan een lange zilveren ketting uit.

'Is dat niet saai?' wilde Benny weten.

'Dat heet niet saai, dat heet chic. Ik weet zeker dat ze hem prachtig zal vinden.'

Op de benedenverdieping werd zijn blik meteen getrokken

door een muur waaraan een hertenkop van zwarte kunsthars hing, met op zijn gouden gewei allemaal kleine kristallen vogeltjes en vlinders.

'Dat is typisch iets wat jij mooi vindt,' zei ze geduldig. 'En ik vind het ook mooi, maar Ingrid zal het ordinair vinden.'

'Je bent een wrede vrouw.'

'Ja, maar ik heb gelijk, dat weet je best. Maar misschien is dat iets.' Ze wees naar een klein olieverfschilderij dat aan de muur ertegenover hing. 'Ik bedoel, ik weet niet van wat voor soort kunst ze houdt, maar dit ziet eruit alsof het wel eens iets voor haar...'

'Niet te geloven!' onderbrak Benny haar. 'Dat is van Ulrika Nilsson! En ik had het niet eens zien hangen!' Zijn ogen straalden helemaal. 'Ulrika Nilsson is een van Ingrids lievelingskunstenaars... maar ik dacht dat ze gestopt was met schilderen om voor haar zieke man te zorgen.'

'Hij is gestorven,' vertelde een andere even elegante verkoopster. 'En ze is weer gaan schilderen. We hebben dit gisteren net binnengekregen.'

Het schilderij, een bewolkt, kil aandoend zeegezicht in een lichtgrijze houten lijst, was totaal niet Rosa's smaak, maar blijkbaar had ze de goede keuze gemaakt. Benny rekende opgetogen alle aankopen af, en ze droegen alles naar de auto.

Vlak voordat ze bij Frog Cottage waren, zei hij: 'Echt ontzettend bedankt. Dankzij jou was het heel eenvoudig. Ik hoef er alleen nog maar een mooi papiertje omheen te doen, en dan ben ik klaar.'

'Kun je goed inpakken?' Rosa moest het vragen, ze kon er niets aan doen. Ze had veel van haar man gehouden, maar elk cadeau dat ze van hem had gekregen had eruitgezien als een zak aardappelen die panisch was vastgebonden met vijftig meter plakband.

'Ach, dat lukt me wel.' Hij klonk niet helemaal overtuigd. 'Ik bedoel, hoe moeilijk kan dat nou nog zijn? Verdomme, ik had waarschijnlijk in de winkel moeten vragen om alles in te pakken.'

'Kom even met mij mee,' zei Rosa. 'Ik kan nooit nee zeggen

tegen een rol mooi pakpapier. En al zeg ik het zelf: ik ben ontzettend goed in inpakken.'

In de huiskamer stelde ze Benny voor aan Red, die in zijn lievelingsstoel de puzzel uit de *Telegraph* zat te maken, met één oog op de paardenrennen op de tv.

'Hallo.' Red gaf Benny een vriendelijk knikje, terwijl hij Rosa een envelop overhandigde. 'De post. Weer zo'n bedelbrief.'

Hij had hem niet opengemaakt. Rosa, die het handschrift herkende, zei: 'Hoe kun je dat nou weten?'

'Wedden?'

'Krijg jij bedelbrieven?' vroeg Benny ongelovig.

Ze scheurde de envelop open en nam snel de brief door.

'Nou, lees maar voor,' zei Benny.

Rosa schraapte haar keel en begon voor te lezen:

Beste Rosa,

Hallo, daar ben ik weer, de oma van kleine Maisie. Omdat ik nog niets heb gehoord, schrijf ik u om te zeggen dat ik zuinig heb gedaan met de boodschappen en daarom heb ik nu zevenenhalve pond kunnen sparen. Ik weet dat dat niet genoeg is, maar ik dacht dat u dan misschien een kleinere pop zou kunnen maken. Dat zou Maisie ook heel mooi vinden. Alsjeblieft, ik smeek u, gooi mijn brief niet zomaar weg omdat ik een weduwe ben met een klein pensioentje en reuma en een slechte rug. Als ik rijk was, zou ik alle poppen ter wereld voor mijn Maisie kopen.

Hoogachtend,
Pamela Baker

Ze was net klaar met lezen toen de paardenrace op tv zijn hoogtepunt bereikte. De commentator schreeuwde hysterisch van opwinding: 'En de winnaar is Shady Lady!'

Benny zei: 'Allemachtig.'

'Zeg dat wel. Je had de vorige brief moeten zien.' Red schudde zijn hoofd. 'Ik heb meteen tegen Rosa gezegd dat het oplichters waren.'

'Nou, ze leggen het er in elk geval wel dik bovenop,' beaamde Benny. Hij keek Rosa aan. 'Gebeurt dat vaak?'

'Niet vaak. Nou ja, soms.'

'Het is emotionele chantage. Terwijl het je werk is. Je moet niet toegeven, hoor.'

'Dat weet ik.'

Red stond op en pakte de brief uit haar hand. 'Zal ik het dan maar doen?'

'Ja.' Ze knikte.

Hij scheurde de brief in kleine stukjes en gooide die in de vuilnisemmer in de keuken. 'Zo, klaar. Niet meer aan denken.'

'Je hebt gelijk.' Ze knikte. 'Dat zal ik niet doen.'

Boven controleerde ze eerst even of de eerste brief van Pamela Baker nog in haar truienlade lag. Daarna liep ze met de doos met pakpapier, plakband en linten terug naar de huiskamer. 'Zo. Kies maar iets uit wat je mooi vindt.'

Benny koos lila en zilverkleurig papier uit en keek toe terwijl ze het op maat knipte en de cadeaus een voor een vaardig inpakte. Ze bond ze vast met wit lint, waar ze met haar schaar krullen in maakte.

'Die daar.' Red wees naar de tv, waarop een paard naar buiten werd geleid voor de volgende race. 'Dat is de winnaar. Nummer zes, Paris Perfect.'

'Dat is toevallig,' mijmerde Benny hardop. 'Ik zat net te denken dat ik Ingrid voor haar verjaardag ergens mee naar toe zou moeten nemen en toen viel mijn blik op dat bedeltje van de Eiffeltoren.' Hij wees naar de armband aan Rosa's linkerpols. 'En dan komt Paris Perfect ineens op tv. Dat kan geen toeval zijn toch? Opgelost!'

Rosa glimlachte, want het was duidelijk dat Benny Ingrid aanbad, en ze vond het hartverwarmend om te zien dat hij iets romantisch wilde doen met haar. Vrolijk zei ze: 'O, dat zal ze te gek vinden! Joe en ik zijn met Layla naar Parijs geweest toen ze acht was, twee dagen in Disneyland, en het was zo leuk! Daarom heeft ze ook dit bedeltje... Ik bedoel, toen ze de armband in de winkel zag, viel het haar op dat er een bedeltje van de Eiffeltoren aan hing en... Oeps!' In haar paniek om haar fout te verdoezelen had ze de schaar laten vallen en bijna haar voet doorboord.

'Twaalf tegen één,' zei Red. 'Dat is mooi. Ik zet een virtueel bod van tien pond op Paris Perfect.'

Rosa bond het lint om het laatste cadeau, terwijl ze keken naar de race op tv. Paris Perfect eindigde als vierde.

'Daarom wed ik dus nooit in het echt,' zei Red.

'Ze zien er prachtig uit,' zei Benny tegen Rosa. 'Dank je wel. Voor alles.'

Nadat hij was weggereden, zei Red: 'Aardige man.'

'Ja.' Rosa knikte. Ze was bezig de linten weer op te rollen en terug te stoppen in de doos.

'Heb je hem soms geholpen omdat je hoopt dat hij dan niet kan weigeren als je hem nog een keer wilt vragen of je zijn tuin in mag?'

'Nee! Want dat ga ik hem echt nooit meer vragen.' Rosa schudde verwoed haar hoofd. 'Ik zal het er niet eens over hebben. Na die akelige brief van hun advocaat peins ik er niet over. Hoe gaat het met je?'

Red knikte, maar hij had zijn ogen dicht, en zijn gezicht was vertrokken van de pijn. Hij ademde langzaam in en uit, met gebalde vuisten op de leuningen van zijn stoel. Na ongeveer een minuut deed hij zijn ogen weer open en zei droog: 'Ik heb me nog nooit zo goed gevoeld.' Hij was nog steeds lijkbleek.

'Kan ik iets voor je doen?'

'Een glas water zou lekker zijn. Ik denk dat ik maar weer eens naar bed ga, kijken of ik door de pijn heen kan slapen tot ik de volgende portie pijnstillers mag nemen.'

Ze vond het vreselijk om hem zo mee te maken, maar ze wist dat hij niet wilde dat ze zich ermee bemoeide. 'Nou, als je verder nog iets wilt, roep je maar.'

Na nog een knikje stond hij langzaam op. Ze liep naar de keuken om een glas water voor hem te pakken en bracht het naar boven.

'Dank je.' Ineenkrimpend van de pijn liet hij zich op het bed zakken. 'God, je kunt tegenwoordig een hoop lol met me beleven, hè? Sorry, ik probeer vrolijk te blijven, maar soms is het gewoon... shit.'

Op meelevende toon zei ze: 'Je hoeft je nergens voor te verontschuldigen. Het is ook shit. Maar de pijn komt en gaat, en vanavond zul je je vast beter voelen.' Hopelijk.

Hij keek haar aan en aaide toen even haar hand. 'Dank je. En wees niet bang. Ik ben niet van plan om meteen dood te gaan.'

Toen zijn oogleden opnieuw dichtvielen, verliet Rosa zijn kamer en liep over de overloop naar haar eigen kamer. Ze trok de truienlade open en pakte de brief van Pamela Baker met de foto van haar kleindochter eruit.

Ja, ze wist dat ze een watje was, en de kans was groot dat Red en Benny gelijk hadden, maar wat als het een oprechte smeekbede was van een liefdevolle oma die haar ongelukkige kleindochter wilde opvrolijken?

Dan moest ze toch wel helpen?

21

Twee dagen eerder, terwijl Red boven lag te slapen, was Rosa begonnen aan de pop die ze zo'n beetje gesommeerd was te maken. Nadat ze de foto van Maisie goed had bestudeerd, had ze een papieren patroon uitgeknipt voor het crèmekleurige katoen waar ze het hoofdje en het lijfje van zou maken. Daarna had ze het gezichtje met watervaste viltstiften getekend, de ogen extra helder en het mondje lachend. Vervolgens had ze tot in detail de wijnvlek op Maisies hals en borst gekopieerd. Tegen de tijd dat Red die avond naar beneden was gekomen, had de pop veilig onder een dikke laag vulling in een van haar werkdozen gelegen.

De volgende ochtend was Red, die zich gelukkig al een stuk beter voelde, door Shay opgehaald om te kijken naar de werkzaamheden die in de cottage waren verricht. Rosa ging verder met de pop, ze naaide de onderdelen aan elkaar, stopte het vulsel erin en naaide toen zorgvuldig het haar op het hoofdje. Nadat ze het haar had gevlochten bond ze de uiteinden van de twee vlechtjes vast met blauwe lintjes, net als die van Maisie.

Voor de kleertjes had ze op maandagmiddag de stad in gemoeten om rode T-shirtstof te kopen en blauw katoen voor de korte broek. Ook had ze in een goedkope winkel een leesbrilletje gekocht, waar ze later klittenband aan had bevestigd zodat het op en af kon worden gezet.

De kerkklokken begonnen te luiden. Het was al middernacht. Rosa strekte zich uit om haar pijnlijke rug wat te ontlasten en keek tevreden naar de pop. Na er elf uur hard aan te hebben gewerkt, was hij eindelijk af. Op een label schreef ze: *Hallo, ik ben Maisies pop!* Ze bevestigde het label met een lint aan de pols van de pop. Al zei ze het zelf, de pop was bijzonder goed geslaagd.

Ze pakte een vel papier om een begeleidend briefje te schrijven:

Beste Pamela,
Hierbij de pop die ik voor Maisie heb gemaakt – ik hoop zo dat ze hem mooi vindt. U hoeft niets te betalen. U hebt een prachtige kleindochter, die blij mag zijn dat ze u als oma heeft.

Met vriendelijke groet,
Rosa

Nadat ze had opgeruimd, verstopte ze de pop en de brief boven. Morgen zou ze alles inpakken en op de bus doen.

Het liefst had ze iemand verteld van haar geheime actie, iemand die niet zijn hoofd zou schudden en zeggen dat ze een watje was.

Maar zo iemand was er...

'Want zelfs als Pamela een oplichtster is, dan bestaat Maisie nog steeds, toch? En als dat kind echt zo ongelukkig is, zal de pop haar opvrolijken. Ik ben achteraf erg blij dat ik haar heb gemaakt. Je vindt het toch niet gek dat ik dat heb gedaan? Nee, natuurlijk niet, want jij was al net zo'n watje als ik.' Rosa streelde het gras waarvan ze graag dacht dat het wezen van Joe erin zat. 'Weet je nog die keer dat ik thuiskwam en dat je zes theedoeken had gekocht van zo'n colporteur, omdat die man zei dat zijn hond geopereerd moest worden? Je hebt toen negentig pond voor die theedoeken betaald, en later ontdekte je dat hij de buren een heel ander verhaal op de mouw...'

De woorden bleven in haar keel steken toen ze de tuindeuren hoorde opengaan. Oké, geen paniek. Dit was wel eerder voorgekomen. Ze moest zich gewoon niet verroeren.

Het was al halfeen, verdorie. Waarom lag wie het ook was niet in bed?

Er klonk geen geklik van hoge hakken zoals de laatste keer. Rosa draaide zich niet om. Ze luisterde en wachtte en hield haar adem in, terwijl de voetstappen over het gras steeds dichterbij leken te komen.

Ineens zei een zachte stem achter haar: 'Wat doe je daar?'

Shit. Nou zullen we het krijgen. Ze draaide zich om. 'Sorry.'

'Je bent het echt.' Benny begon te lachen. 'Dat dacht ik al. Wat is er aan de hand? Heeft het iets met de egels te maken?'

'Hebben jullie egels?'

'Volgens Ingrid wel. Of anders dassen.'

'O. Nou, ik denk dat ik dat was.'

'Wil je soms zeggen dat je hier vaker komt?'

'Eh, ja. Redelijk vaak. Sorry.'

Hij kwam iets dichterbij staan. 'Als je hier niet voor de egels bent, waarom dan?'

Hij was een intelligente man; waarom moest hij dat nog vragen? Ze zei: 'Om tegen Joe te praten.'

In het donker kon ze nog net zien dat hij fronste. 'Bij ons in de tuin?'

'Vroeger was het onze tuin.'

'Sorry, ik wil je niet beledigen, maar kun je niet in je eigen tuin met hem praten?' Hij klonk eerder verbijsterd dan boos.

'Maar hij ligt hier. Dat weet je toch?'

'Hè?'

'Zijn as. Die hebben we hier verstrooid, onder zijn lievelingsboom. Ik weet dat het stom klinkt, maar hier voel ik me het dichtst bij hem. Als ik had geweten dat ik het huis moest verkopen had ik het nooit gedaan, dan had ik de as bewaard... maar toen ik daarachter kwam... w-was het t-te laat...' O god, nu moest ze nog bijna huilen ook. Wat verschrikkelijk. Ze veegde snel haar ogen droog met de mouw van haar zwarte vest.

'Zullen we even naar binnen gaan?'

'Liever niet.'

'Oké.' Benny ging ook op het gras zitten. 'Hoe lang doe je dit al?'

'Ongeveer anderhalf jaar. Niet meteen vanaf het begin. Maar toen ik er eenmaal mee was begonnen, kon ik er niet meer mee ophouden. Het is een beetje verslavend.'

Hij trok een wenkbrauw op. 'En het is nooit bij je opgekomen om gewoon te vragen of je niet af en toe de tuin in mocht?'

'Natuurlijk wel! Ik heb het gevraagd!' riep ze verontwaardigd. Na een keer beverig te hebben geademd zei ze: 'Maar jij zei nee.'

'Echt? Wanneer dan?'

'Oké, het was jullie advocaat. Ik heb jullie een brief gestuurd, en hij schreef terug. En het was geen beleefde afwijzing.' Ze snufte en veegde weer over haar wangen. 'Het was een besliste, harde afwijzing.' Ze wierp hem een beschuldigende blik toe. 'Jullie zullen toch wel een kopie van die brief hebben gekregen?'

Hij schudde zijn hoofd. 'Ik heb hem niet gezien. En jouw brief ook niet. Wie was die advocaat?'

'Berry and Bayliss uit Londen.'

Ze hoorde hem langzaam uitademen. In de verte riep een uil.

'Oké. Nu is het mijn beurt om sorry te zeggen. Misschien was ik er toen niet, maar in elk geval moet Ingrid het hebben afgehandeld. Ze is nogal van de regeltjes. Helaas. Waarschijnlijk heeft ze een advocaat om raad gevraagd, en is haar toen verteld dat het geen goed idee zou zijn, omdat... Nou ja, we kenden je niet. Het had wel eens een vervelende situatie kunnen worden.'

'Ja... Ik bedoel, dat zou het niet zijn geworden, maar dat konden jullie niet weten. Het spijt me.'

'Hou op daarmee. Ik ben degene die zich moet verontschuldigen. Ik vind het verschrikkelijk.'

'Wist je het echt niet?'

Hij schudde zijn hoofd. 'Nee, ik zweer het je. Ik zal het er met Ingrid over hebben. Wat mij betreft ben je hier altijd welkom.'

Rosa klaarde helemaal op. 'Echt waar? Maar wat als ze nee zegt?'

'Dat kan ze niet. Het huis staat op mijn naam.'

O, dat was nieuw voor haar. 'Maar... hoe kon ze die brief dan laten sturen?'

Op droge toon zei hij: 'O, daar heeft ze zo haar methoden voor. Maar ik zal het met haar regelen. Van nu af aan ben je hier altijd welkom. O god, ga je nu weer huilen?'

'Op een goede manier.' Ze veegde haar tranen van opluchting weg voordat ze op haar kin konden druppelen. 'Je moest eens weten hoeveel dit voor me betekent. Joe is inmiddels drie jaar dood, en hoewel ik me al die tijd op de been heb weten te houden, lijkt het er gewoon niet gemakkelijker op te worden. Soms word ik 's nachts wakker en dan denk ik: heb ik nog niet lang genoeg geleden? Ik wil hem gewoon terug. Nu. En ik heb ze echt nog wel op een rijtje, hoor, ik weet dat hij niet terug kan komen, maar ik wil gewoon alles doen om mezelf een goed gevoel te geven, en hier komen is het allerbeste. Ik vrolijk er altijd weer van op.'

'Je kunt komen wanneer je maar wilt,' zei hij nog een keer. 'Maar hoe kom je de tuin eigenlijk binnen?'

'Nou, niet per parachute,' zei ze met een klein lachje. 'Over de muur.'

'Met die knie van jou? Dat is vragen om moeilijkheden.' Ineens ging hem een licht op. 'Heb jij soms een keer een pot Gold Blend-oploskoffie in het gras laten liggen?'

Ze knikte. 'Ja. Sorry, dat was...'

'Was Gold Blend soms Joe's lievelingskoffie?'

Ze barstte in lachen uit. 'Joe dronk liever thee. Die pot heb ik hier per ongeluk laten liggen. Ik zocht de bedelarmband die ik hier de avond ervoor had verloren.'

'Ah, de bedelarmband – waar toevallig een bedeltje van de Eiffeltoren aan hing.' De lachrimpeltjes om zijn vrolijke blauwe ogen verdiepten zich. 'Leuk, om een puzzel op te kunnen lossen.'

'Ik had hem van Layla gekregen op mijn verjaardag, maar de volgende ochtend was ik hem alweer kwijt. Daarom wilde ik hem zo graag terugvinden.' Ze kon hem nu net zo goed het hele verhaal vertellen. 'Die keer dat ik me verstapte toen ik de bus uit kwam, dat was toen ik naar Cheltenham was geweest om net zo'n armbandje te kopen.'

'Sorry, maar ik heb geen idee wat er met jouw armband is gebeurd,' zei hij. 'Ingrid zal hem wel in de zak voor de kringloop hebben gedaan.'

'Het was mijn eigen schuld. Had ik maar niet stiekem de tuin in moeten gaan. Het is niet mijn gewoonte om dingen te doen die niet mogen.'

'Alleen hier dus.'

Ze knikte berouwvol. 'Ja. Maar hoe wist jij dat ik hier was?'

'Ik keek toevallig uit het raam op de overloop. Je ging grotendeels schuil achter de boom, maar ik zag je hand het gras strelen. Nou ja, een hand,' verbeterde hij zichzelf. 'Ik had geen idee wat er gaande was. Maar nu dus wel.'

'Ik ben blij dat ik me niet meer schuldig hoef te voelen.' Ze stond op, want ze wilde niet nog langer misbruik maken van zijn gastvrijheid. 'Ik kan maar beter gaan.'

'Er staat een ladder in de schuur. Is dat niet handiger om de muur over te komen?'

'Dat hoeft niet, ik ben het gewend.' Ze veegde wat grassprietjes van haar broek. 'Er zitten hele goede steunpunten in die muur. Maar toch bedankt.'

'Graag gedaan,' zei hij, terwijl ze wegliep over het gazon. 'Maar ik meende het, je bent hier altijd welkom.'

22

Vijf dagen later duwde Benny vol zelfvertrouwen en in zijn nopjes met zichzelf de slaapkamerdeur open met zijn voet en liep met het volle dienblad de kamer in. '*Happy birthday to you, happy birthday, happy birthday…*'

'Dank je.' Ingrid stak haar hand op. 'Je hoeft dat liedje niet voor me te zingen. Ik ben geen zes meer.'

'Maar ik zing het altijd voor je,' protesteerde hij.

'Dat weet ik. Ik had het je eerder moeten zeggen.' Ze schonk hem een van haar vastbesloten blikken. 'Ik zeg het je nu echter. Maar het ontbijt ziet er heerlijk uit. Dank je.'

'En ik heb ook cadeaus.' Hij zette het dienblad op het nachtkastje, gaf haar het glas jus d'orange en pakte de pakjes uit zijn kledingkast.

'Goh, wat mooi.' Ingrid was zichtbaar onder de indruk. 'Wie heeft die ingepakt?'

'Ik natuurlijk.' Nou ja, een klein leugentje was niet erg.

Hij ging op de rand van het bed zitten en gaf haar het eerste pakje. Hij vond het heerlijk om mensen blij te maken, en naar iemand kijken die een cadeautje openmaakte was altijd heel speciaal. Terwijl Ingrid de lintjes lostrok en het turquoise met zilveren papier losmaakte bewonderde hij haar asblonde haar, haar slanke schouders en de geur van parfum die al zolang hij haar kende om haar heen hing. In de eerste weken van hun relatie had hij daar niet zo goed tegen gekund, maar inmiddels was hij eraan gewend.

'Mijn god, ongelofelijk! Wat mooi!' Ingrid, die het pakje met oogschaduw en de crèmepjes al had geopend, hield nu het zachte suède jasje op. 'Zoiets heb je me nog nooit gegeven!'

Daarna kwam de hanger van maansteen. 'Benny, het lijkt wel alsof je ineens gedachten kunt lezen!' riep ze uit. 'Dit is echt typisch iets voor mij!'

Benny trok een gepast bescheiden gezicht. Hij was niet gewend aan zoveel lof, meestal was Ingrid teleurgesteld in hem. Hij gaf haar het volgende cadeau en zag dat ze grote ogen opzette nadat ze het had uitgepakt.

'Is dat een nieuwe Ulrika Nilsson? O, je bent echt geniaal. Ongelofelijk dat je dit schilderij hebt gevonden.' Ze wierp haar armen om hem heen. 'Mijn lievelingsschilder! En wat een prachtig schilderij.' Ze lachte. 'Wel wat beter dan dat verschrikkelijke beeldje dat ik vorig jaar van je kreeg, weet je nog? En die foeilelijke kandelaars!'

Hij had al geraden dat ze het beeldje niet mooi had gevonden, want het was vrijwel meteen op mysterieuze wijze uit huis verdwenen. En hij bedacht ineens dat hij de marmeren kandelaars ook nooit meer had gezien. Nadat hij haar de envelop met de laatste verrassing had gegeven keek hij toe terwijl ze hem openscheurde.

'O schat, dat had je niet moeten doen,' zei ze.

Misschien geïnspireerd door het verhaal achter het Eiffeltorenbedeltje aan Rosa's armband had hij voor de volgende dag een nachtje in het George v in Parijs geregeld. Ze zouden dan maandagochtend weer terugvliegen.

'Doe niet zo raar, je bent het waard. *Happy birthday...*' Zich bedenkend, stopte hij snel weer met zingen.

'Ik bedoel dat je het echt niet had moeten doen,' zei Ingrid. 'Niet zonder me eerst te vragen of ik wel kan.' Ze gebaarde naar de e-tickets op het dekbed. 'Ik heb al een afspraak met Hedda. Die kan ik echt niet afzeggen.'

Hedda was een Nederlandse vriendin van haar die in Oxford woonde. 'Maar dat zal ze toch niet erg vinden? Voor zoiets speciaals?'

'Benny, dat zou heel onaardig zijn. Hedda voelt zich de laatste tijd een beetje depri, en ze verheugt zich erop dat ik kom. Ik laat mijn vriendinnen niet vallen omdat er toevallig net iets beters voorbijkomt. Dat zou vreselijk zijn.'

Ze had gelijk. Benny schudde zijn hoofd. 'Sorry, ik wist niet dat je al plannen had.'

'Nee, omdat je dat niet hebt gevraagd.'

'Het was als verrassing bedoeld.'

'Nou, het was leuk bedacht, dat is waar. Maar ik ben nu jarig, en we gaan er een fijne dag van maken, en dan ga ik morgen naar Hedda. Ik blijf een nachtje bij haar slapen, en dan vlieg ik dinsdag naar New York.'

Haar werk was haar lust en haar leven, daar had hij alle begrip voor. 'Goed, ik annuleer de vlucht en het hotel wel.'

'Om hoe laat hebben we een tafel in het Manoir gereserveerd voor vanavond?'

'Om halfacht.'

'Dan trek ik dit prachtige jasje aan.' Liefdevol streek ze met haar vingers over de boterzachte suède.

Benny zei: 'Ik heb gelogen toen ik zei dat ik ze had ingepakt.'

Ze nam hem geamuseerd op. 'Goh, wat een verrassing.'

'En ik heb de cadeaus ook niet zelf uitgezocht. Een vriendin heeft me geholpen.'

'En alweer is dat geen echte verrassing voor me.' Leunend tegen het kussen begon ze haar kom yoghurt met muesli leeg te lepelen, haar lievelingsontbijt. 'Wie was het? Was ze erg mooi?'

'Rosa Gallagher.'

'Ha, echt? Die vrouw die stiekem onze tuin in is geslopen en ook nog eens uit de bus is gevallen? Nou, dan hoef ik me geen zorgen te maken.' Ingrid gooide haar haar naar achteren. 'Maar ik ben haar erg dankbaar. Ik had niet gedacht dat ze zo'n goede smaak zou hebben. Ze heeft echt heel mooie cadeaus uitgezocht.'

'Ze heeft ze ook ingepakt.'

'Wil je soms zeggen dat ze dat allemaal voor je heeft gedaan om in ruil daarvoor 's nachts in onze tuin te mogen zitten om met haar gestorven man te praten? Het stikt echt van de rare mensen in deze stad.'

'Ik vind het helemaal niet raar,' zei hij.

'O, je verdedigt haar,' zei ze plagend, terwijl ze met de achterkant van haar lepel op zijn hand tikte. 'Misschien moet ik dan toch jaloers worden.'

'Het punt is,' zei Aaron twee weken later aan de telefoon, 'dat Jasper dan jarig is, en hij maakt er een weekend van. Op zaterdag naar Ascot, 's avonds een groot feest, en dan zondagmiddag picknicken in het park en spelletjes doen.'

De moed was Didi al in de schoenen gezonken toen ze de naam Jasper hoorde, en de moed zonk steeds dieper terwijl Aaron de plannen voor het weekend uit de doeken deed. Jasper was een van Aarons bazen; hij was luidruchtig en onbehouwen en dronk als een ketter.

'Ik weet ook niet waarom hij me heeft uitgenodigd. Ik heb hem maar drie keer gesproken.' En dat was meer dan genoeg geweest.

'Zijn vrouw heeft tegen hem gezegd dat hij dit keer stelletjes moest uitnodigen. Ik denk dat ze daarmee wil voorkomen dat ze weer in een striptent eindigen, zoals vorig jaar. Kom op, het wordt vast leuk.'

Het zou helemaal niet leuk worden. Jasper zou naar haar tieten staren en flauwe grappen over seks maken. 'Hij is een neanderthaler,' zei ze met een diepe zucht.

'Dat weet ik, maar hij is ook mijn baas. En er zijn andere vrouwen met wie je kunt praten.'

'Komt Tanya ook?' Tanya was de vriendin van een van Aarons andere collega's.

'Ze kan niet.'

Typisch. Tanya was de enige die Didi mocht.

Na een paar seconden zei Aaron: 'Je hebt geen zin om hiernaartoe te komen, hè?'

Ze voelde zich gemeen, maar hij had wel gelijk. Ze wilde best af en toe een weekend naar Aaron toe, maar zijn mannelijke collega's waren allemaal onbeschaamde blaaskaken, en hun vrouwen en vriendinnen hadden het meestal over fillers en Botox, terwijl ze door Instagram scrolden en venijnig commentaar leverden op degenen die er nog niet voor waren gezwicht.

'Vind je het heel erg als ik een keertje oversla? We hebben het hier ontzettend druk, en dan voelt het niet goed om de anderen aan hun lot over te laten.' Het was niet gelogen. Het was halverwege augustus, midden in de zomervakantie; Elliscombe barstte uit zijn voegen vanwege de vele toeristen, en zowel het hotel als het restaurant was voor de komende weken volgeboekt.

'Je werkt te hard,' zei hij berispend. 'Ieder mens moet af en toe even pauzeren. Maar oké, ik weet dat je geen enkel plezier zou beleven aan een weekend met Jasper. Ik vertel hem wel dat je niet kunt, goed?'

Opgelucht zei ze: 'Dank je. Dat is voor jou ook leuker, dan hoef je je niet continu af te vragen of ik me wel vermaak.'

'Ik zal je missen, maar ik snap wat je bedoelt. Hoe gaat het met Layla en die nieuwe vriend van haar?'

'Voor zover ik weet goed. Ik heb hem nog niet ontmoet, maar ze is gelukkig. Hoezo?'

'Nou, ik bedacht laatst dat ze vertelde dat ze altijd bij hem slaapt en dat hij nooit bij haar wil komen,' zei hij luchtig. 'Op de een of andere manier klinkt dat me bekend in de oren...'

'Dat is niet eerlijk.' Ze lachte. 'Jij vindt het leuk om weg te kunnen uit Londen. En als het niet Jaspers verjaardag was, was ik echt wel naar je toe gekomen. Als jij tegen hem zegt dat je niet naar Ascot en het feest en de picknick kunt, spring ik meteen op de trein.' Terwijl ze dat zei, vroeg ze zich af of ze dat überhaupt zou overwegen.

'Ja, dat zou leuk zijn. Maar het gaat echt niet. We hebben het wel over Jasper. Hij is de baas en hij pikt geen nee.'

'Dan zien we elkaar het weekend daarna. En als je dat echt graag wilt, kom ik dan naar jou toe,' beloofde ze, want dat was wel zo eerlijk.

'Misschien hou ik je daar wel aan. Oké, ik moet hangen. Ik hou van je.'

'Ik ook van jou.'

'Ik bel je morgen,' zei hij.

'Als ik jou niet eerder bel.' Het was de manier waarop ze hun telefoontjes altijd beëindigden.

'Dag, mooie.'

'Dag.' Nadat ze had opgehangen ademde ze langzaam uit. Missie geslaagd. Jaspers gevreesde verjaardag had ze weten te ontwijken, ze bleef lekker in Elliscombe, en het allermooiste was nog wel dat ze het hele weekend voor zichzelf had.

Heerlijk.

23

Op vrijdagavond moest ze toch nog tot middernacht werken omdat een van de serveersters vastzat op Menorca vanwege een geannuleerde vlucht. En op zaterdag bleef ze in de buurt van het hotel om waar nodig te kunnen inspringen bij een feest ter ere van een zilveren bruiloft. Oké, het was werk, maar honderd keer leuker dan urenlang in het gezelschap van Jasper en zijn trawanten te moeten verkeren.

Tegen vijf uur 's middags was ze echter zo verhit en vermoeid dat ze toe was aan een verandering van omgeving. Na een snelle douche trok ze een kakikleurig topje en een zwarte korte broek aan. Toen ze een borstel door haar haar haalde wierp ze een blik uit het raam en zag dat Shay het hotel verliet via het hek bij het terras. Hij had een Nike-tas bij zich. Waarschijnlijk ging hij naar het sportcentrum aan de rand van Elliscombe.

Oké, daar kon ze dus niet naartoe. Anders zou hij nog denken dat ze hem stalkte. Ze keek even in de spiegel. Opmaken of niet? Nee, vanavond niet. Onverwacht kwam er een herinnering aan vroeger bij haar boven, en ze wist plotseling waar ze zin in had.

Ja, ja. Perfect.

Hestacombe was vijftien kilometer rijden door het groene Cotswold-landschap. Toen Didi het dorp naderde, dat gelegen was in een vallei tussen hoge heuvels, ving ze tussen de bomen door af en toe een betoverende blik op van Hestacombe Lake, dat schitterde in het zonlicht.

Maar toen ze het parkeerterrein bij het strand van het meer op reed, voelde ze een steek in haar maag. Er stond een auto die ze hier beslist niet had verwacht.

Shit. Shit.

Tegelijkertijd, als ze heel eerlijk was… O!

Er zat niemand in de blauwe Audi. Didi keek in de richting van het meer, maar daar zag ze alleen maar wat gezinnen in het ondiepe water spartelen. Als ze keerde en terugreed over de smalle, bochtige weg, zou hij nooit hoeven weten dat ze hier was geweest. Het zou het verstandigste zijn wat ze kon doen.

Nog geen seconde later dook Shays hoofd op uit het water, en ze zag dat hij haar had opgemerkt. O god, wat nu?

Na wat een eeuwigheid leek brak er een lach door op zijn gebruinde gezicht, en ze werd overspoeld door opluchting. Natuurlijk zou ze niet wegrijden; alweer werden ze door hun gezamenlijke verleden naar elkaar toe gedreven. Ze zette de motor uit, stapte uit de auto en liep naar de oever.

'Goh.' Shay had zijn blonde natte haar naar achteren gestreken. 'Wat een toeval.'

Ze stak haar hand op. 'Oké, voordat je denkt dat ik je heb gevolgd, dat is niet zo. Ik heb de hele dag gewerkt en wilde even een frisse duik nemen.' Ze schudde haar hoofd. 'Ik had geen flauw idee dat jij hier zou zijn.'

'Ik geloof je.' Hij grijnsde. 'Maar het blijft toevallig.'

'Ik zag je vertrekken met je sporttas. Ik dacht dat je op weg was naar het sportcentrum.' Was dat wel helemaal waar? Had ze zich onbewust toch niet afgevraagd of hij misschien niet naar het meer ging? Ze wist het echt niet.

'Ach, we hadden gewoon allebei een goed idee. Kom je nog het water in?'

'Ik weet het niet. Misschien beter van niet.'

'Het zou zonde zijn om het niet te doen nu je hier helemaal naartoe bent gereden.'

Ze aarzelde, niet goed wetend wat ze moest doen.

Na een paar seconden zei Shay: 'Denk er maar rustig even over na.' Meteen na die woorden draaide hij zich om en zwom in de richting van de andere kant van het meer.

O, moest je die brede, gebruinde schouders eens zien, die

krachtige armen. Ze keek naar hem terwijl hij moeiteloos het water doorkliefde. Boven het meer schoten libellen heen en weer, en overal om haar heen hoorde ze vogels fluiten. De schittering van de zon op het water was bijna letterlijk oogverblindend. Didi wierp een blik op het lage muurtje links van haar, en haar hart maakte een sprongetje toen ze zag dat Shay zijn sleutels in een spleet tussen twee stenen had gelegd. Vroeger hadden ze daar ook altijd hun waardevolle spullen verstopt. Ze legde haar eigen autosleutels erbij, trok haar T-shirt en korte broek uit, vouwde ze op en legde ze op het zand naast zijn Nike-tas.

Hij was inmiddels in het midden van het meer aangekomen. Ze nam een duik en zwom naar hem toe.

'Net als vroeger,' zei hij toen ze op een paar meter afstand van hem was.

'Nou, niet helemaal.' In die lange, warme zomer dertien jaar geleden waren ze op de fiets gegaan en hadden ze eten meegenomen om hele dagen aan het meer door te brengen wanneer hun werktijden dat toestonden. Er was muziek geweest en dansen en zwemmen en elkaar natspetteren, begeleid door veel gelach en gekus.

Heel veel gekus.

Om maar te zwijgen van de rest.

O god, had ze soms haar verstand verloren? Waarom deed ze dit, terwijl ze voelde wat ze voelde?

Aan de andere kant, ze was gewoon hiernaartoe gekomen om even te zwemmen. Zij kon er niets aan doen dat Shay hier ook was.

'Geen Aaron dit weekend?'

'Zijn baas is jarig. Hij moet in Londen blijven. Er moet heel veel gefeest worden.'

'Vind je dat niet erg?'

'Hij heeft me niet laten zitten, als je dat bedoelt. Ik was ook uitgenodigd.'

'Maar je bent niet gegaan.'

'Het zou het hele weekend duren, en ik kan zijn baas niet uitstaan.'

Zijn ogen glansden. 'Goed gedaan.'

'Bovendien is het druk in het hotel,' voegde ze eraan toe.

'Dat heb ik gemerkt.'

'Jij hebt het ook druk, hè? Hoe gaat het met de renovatie?'

'We zitten op schema, nog net. Ik had vandaag mijn vader meegenomen, zodat hij een oogje in het zeil kon houden. Hij viel in slaap op de ligstoel in de tuin. Maar toen ik even naar binnen ging om mijn waterflesje bij te vullen, was hij er als de kippen bij om me te vertellen dat ik een lui varken was,' vertelde Shay grijnzend.

'Dan kun je maar beter ophouden met dat rondlummelen,' zei ze. 'Zo komt dat huis nooit af.'

Hij sloeg met zijn hand over het water en spetterde haar nat.

'Dat had je nou niet moeten doen.' Ze sloeg water terug en begon toen als een gek te crawlen in de richting van de overkant van het meer, waar de gebogen takken van de wilgen het water kusten.

Het halve uur daarna waren ze bezig elkaar nat te spetteren en wedstrijdjes te houden, tot ze uiteindelijk het water uit gingen, hun handdoeken uitspreidden op het smalle zandstrandje en zich naast elkaar lieten opdrogen in de laatste zonnestralen. Net zoals ze al die jaren geleden hadden gedaan.

'We hebben nooit ontdekt wie er in dat huis woonde.' Op één elleboog steunend draaide Didi zich om en wees naar het indrukwekkende victoriaanse huis achter hen dat midden in een prachtig park lag en een onbelemmerd uitzicht over het meer had. Het enige wat ze wisten was dat het Hestacombe House heette, en toen ze jong waren hadden ze er af en toe een man achter een van de ramen op de bovenverdieping zien staan. Nu stonden er een schommel en een glijbaan in de tuin, en aan de bovenste takken van een grote slangenden bungelde een paar gele rubberen kinderlaarsjes.

Zou de oorspronkelijke eigenaar zijn overleden, of had hij het huis verkocht om ergens anders te gaan wonen, in het buitenland misschien? Wie zou het zeggen? Hoe dan ook, het uitzicht en het meer mochten dan onveranderd zijn, het leven was onverbiddelijk doorgegaan. Net als zij allemaal.

Toch?

'Ik kan je wel vertellen wie er nog steeds wonen,' zei Shay.

Ze hadden nooit iemand gekend die daar woonde. Met opgetrokken wenkbrauwen keek ze hem aan. 'Wie dan?'

Hij wees naar rechts, en ze volgde zijn blik. Uit de bocht van het meer, waar de laaghangende takken en het volle riet hun uitzicht hadden belemmerd, kwamen twee zwanen aanzwemmen.

'O wauw.' Ze ging rechtop zitten om ze beter te kunnen bekijken. 'Maar dat kunnen toch niet dezelfde zijn, of wel?'

Ze zagen er precies hetzelfde uit, maar zou dat echt kunnen? Dertien jaar geleden was hier ook een zwanenpaar geweest, altijd samen, altijd gelijk op zwemmend. Didi en Shay hadden hele verhalen verzonnen over hun leven, hun ingewikkelde familie en de ruzies die ze hadden, terwijl ze voor de bezoekers aan het meer de schone schijn ophielden.

'Betty en Neville.' Shay hield een hand boven zijn ogen tegen de zon. 'Ze lijken er verdomd veel op.'

Het paar kwam steeds dichterbij, elegant en synchroon bewegend als schoonzwemmers, en ineens zag Didi de plek op Nevilles hals, het overblijfsel van een oude wond. 'Ze zijn het echt! Zie je dat litteken? Ze zijn nog steeds samen.' Gek genoeg kreeg ze een brok in haar keel, want het was zo romantisch. 'Na al die jaren.'

'Je gaat toch niet huilen?'

'Hou je mond. Nee, natuurlijk niet.'

Hij vertrok zijn mondhoeken. 'Gelukkig maar. Want dat zou heel raar zijn.'

Hij was een man, hij begreep zulke dingen niet.

Ze keken naar Betty en Neville die langs hen heen zwommen, hen compleet negerend; ze hadden genoeg aan elkaar. Didi, die nog steeds op een elleboog steunde, sloot haar ogen en voelde de zon op haar oogleden. Hoe zou Shay het vinden dat ze hier samen waren? Hij droeg een fletse rode surfbroek, en zij had haar oude zwarte badpak aan; zijn blote benen lagen vlak naast de hare. Moest hij er ook aan denken dat ze hier ooit verstrengeld hadden gelegen? Zou hij ooit terugdenken aan hun kussen? Kon hij zich haar mond nog net zo goed herinneren als zij zich de zijne herinnerde? Wat dacht hij nu... of was het stom om zich dat af te vragen, gezien wat er nu allemaal door haar heen ging?

Want als Shay zich nu naar haar toe zou draaien, haar arm zou aanraken, haar haren van haar wang strijken... zou ze dan in staat zijn hem tegen te houden? Zou ze dat zelfs maar willen?

Toen haar bloed sneller begon te stromen, wist ze dat het antwoord op die vraag nee was.

In een boom achter hen hoorde ze een merel zingen. Ze opende haar ogen en keek naar de onbewolkte lucht, zich herinnerend dat het Red was geweest die haar had geleerd om het geluid van vogels in de tuin van de cottage te herkennen. Ze draaide haar hoofd om naar Shay, om het te vertellen...

Wat?

Nee toch?

Terwijl zij naast hem had gelegen, bestormd door gelukkige herinneringen en verkeerde gedachten, was hij in slaap gevallen?

Met een klap stond ze weer met beide benen op de grond, en ze slaakte een diepe zucht. Ze wist niet goed of ze boos, beledigd of opgelucht moest zijn dat haar gevoelens blijkbaar dieper gingen dan de zijne.

Dat kwam behoorlijk hard aan. Nou ja, misschien maar beter ook.

Maar wel behoorlijk irritant dat ze voor hem blijkbaar niet

meer was dan een oude vriendin, terwijl zij stiekem over hem had liggen fantaseren.

Voorzichtig ging ze op haar linkerzij liggen om zijn gezicht te bestuderen. Zijn donkere wimpers bewogen niet; hij had lange dagen gemaakt en was zo te merken uitgeput. Zijn blonde haar droogde langzaam op in de zon. Op zijn linkerslaap zat een klein litteken dat ze vaak had aangeraakt met haar wijsvinger... Ze zag de vertrouwde hoge jukbeenderen... zijn neus... zijn kaaklijn. En daar had je dat kuiltje in zijn bovenlip, dat haar altijd had betoverd. Hoe noemden ze dat ook alweer, dat kuiltje tussen...

Shays ogen vlogen open, en ze deinsde gegeneerd naar achteren.

'Hoi.' Een heel klein lachje om de mond die ze had zitten bestuderen.

'Ik dacht dat je sliep.'

'Ik was alleen aan het uitrusten. Wat dacht je nog meer toen je dacht dat ik sliep?'

'Ik kon niet op dat woord komen voor dat daar, heel irritant.' Ze raakte het kuiltje boven haar eigen bovenlip aan. 'Mijn hoofd is gewoon blanco. Maar het begint met een t.'

'Dat heet filtrum,' zei hij.

'Dat bedoel ik!'

'Het begint niet met een t.'

'Maar er zit wel een t in. Doe niet zo pendant.'

Hij grijnsde. 'Zeg je dat nog steeds?'

'Dat blijf ik doen. Ik vind het altijd zo leuk om te zien hoe mensen kijken als ze me proberen te verbeteren.'

Shay schudde zijn hoofd, haar gezicht aandachtig opnemend. Hoewel ze niet kon zien wat hij dacht, deed zijn blik behoorlijk veel met haar lichaam. Ze hoopte maar dat hij niet zag dat haar hart sneller ging kloppen. Ze slikte moeizaam en zei toen luchtig: 'Ik hoop dat je mijn filtrum aan het bewonderen bent.'

'Je bedoelt je filtrum met een t.'

Ze merkte dat ze haar blik niet meer van zijn filtrum-met-een-t af kon nemen, ze kon alleen maar denken dat ze hem daar wilde kussen. O god, dit was een ramp, dat soort dingen moest ze echt niet denken, laat staan willen. Maar dit was niet zomaar een aantrekkelijke man, het was Shay, en ze had zich nooit zo verbonden gevoeld met een ander mens als met hem, zelfs niet met Aaron, hoewel Aaron het niet verdiende om verloofd te zijn met iemand die dit soort gevoelens koesterde voor...

Trinnnnngggg! Haar telefoon verbrak de ban, als een poppenkastpop die op een totaal ongepast moment met een kwaadaardige lach opdook.

Didi pakte het toestel van haar handdoek. Als het Aaron was, dan was het een teken dat ze zichzelf een schop onder de kont moest geven.

Maar het was iemand uit het hotel. Toen ze opnam, hoorde ze Sylvia zeggen: 'Hoi, luister. We zijn op zoek naar Shay, maar hij is niet op zijn kamer en hij neemt zijn telefoon niet op. Er is al iemand naar zijn huis gereden, maar daar is hij ook niet. Heb jij soms een idee waar hij kan zijn?'

'Hij is hier.' Een fractie van een seconde had ze overwogen om te doen alsof ze van niets wist, maar het was blijkbaar urgent, en dat kon maar één ding betekenen. 'Ik geef je hem even.'

Het was een kort gesprekje. Shay was al opgestaan voordat het was afgelopen. Terwijl hij zijn overhemd uit zijn Nike-tas pakte en aantrok, zei hij: 'Mijn vader kreeg geen adem meer, en toen heeft Rosa een ambulance gebeld. Ze is bij hem in het ziekenhuis, en hij is er slecht aan toe. Shit, ik vond al dat hij vanmiddag meer hoestte dan normaal... Dat dit nu moet gebeuren...'

'Kan ik iets doen?' Didi trok zo gehaast haar korte broek aan dat ze bijna haar evenwicht verloor. 'Zal ik je brengen? Dan laat je je auto hier staan.'

'Nee, ik ga met mijn eigen auto. Fuck!' Hij was lijkbleek geworden. 'Ik had mijn toestel in mijn auto laten liggen. Ze proberen me al een halfuur te pakken te krijgen.'

'Dat kon je niet weten. Het is niet jouw schuld.'

Hij schudde zijn hoofd, pakte zijn tas en liep het smalle paadje naar het parkeerterrein op. 'Terwijl wij lagen te zonnebaden, lag hij naar lucht te happen. Hij dacht waarschijnlijk dat hij dood zou gaan. Goed, mocht er nog iemand bellen, zeg dan maar dat ik onderweg ben.'

De Audi stoof in een stofwolk de weg op. Didi pakte de handdoeken en liep naar haar eigen auto. Ze voelde zich bijna net zo schuldig als hij.

O god, laat Red alsjeblieft niet doodgaan!

Niet nu, nog niet.

24

Shay had de nacht doorgebracht in de wachtkamer van het ziekenhuis, af en toe induttend op de harde plastic stoel. Het was inmiddels ochtend, en hij hoorde de ontbijtkarretjes door de gangen ratelen; het ziekenhuis ontwaakte.

Eindelijk mocht hij bij zijn vader. Het verplegend personeel verzekerde hem dat zijn vader het gezien de omstandigheden goed maakte, maar Shay vond Red er vreselijk uitzien. Hij was asgrauw, en de rimpels om zijn mond leken dieper dan ooit. Verder ging bijna zijn hele gezicht schuil achter een zuurstofmasker. Zijn armen lagen naast zijn lichaam, en Shay zag dat de ring met diamantjes aan zijn linkerhand hem veel te ruim zat.

Hij pakte een stoel en ging naast het bed zitten, kijkend naar zijn vaders borstkas die op- en neerging. Het was te horen dat ademhalen hem zwaar viel. In zijn linkerarm zat een infuus, en aan zijn wijsvinger zat een saturatiemeter. Zijn huid leek wasachtig.

Maar hij leefde nog. Toen in de kamer ernaast een apparaat begon te piepen, deed Red zijn ogen open. Er verscheen een klein lachje om zijn mond toen hij Shay zag. Hij tilde het zuurstofmasker op en zei: 'Ben je hier nou nog steeds? Heb je wel geslapen?'

'Met mij is alles oké. Wil je iets hebben?'

'Een dubbele whisky. Kan dat?'

Shay wist dat zijn vader dat zei om hem gerust te stellen, maar dat was onmogelijk. Hij had zijn toestel in zijn auto laten liggen en had met Didi in Hestacombe Lake gezwommen, terwijl er steeds bezorgdere berichtjes waren ingesproken door Rosa, en hij kon zich maar al te goed voorstellen dat ze in paniek was geraakt door zijn vaders toestand. Terwijl zij om een ambulance had gebeld, had hij op het kleine strandje gelegen zonder ook maar een seconde aan Red te denken. Hij was volkomen in beslag genomen door Didi; hij had met haar gepraat, had haar willen kussen, had zijn vingers door haar lange donkere haar willen laten glijden, over haar zongebruinde wang, had haar in zijn armen willen trekken...

Red begon hulpeloos te hoesten, en Shay stopte meteen met aan Didi denken. Toen de hoestbui voorbij was schudde hij het kussen op, hielp Red met het drinken van een paar slokjes water en zorgde ervoor dat hij weer lekker kon gaan liggen. Hij moest gewoon niet meer aan haar denken! Zijn vader hoorde op de eerste plaats te komen. Bovendien was dat met Didi toch een onmogelijke situatie.

'Ga maar naar huis.' Reds woorden klonken gedempt achter het zuurstofmasker. 'Ik kan niet slapen als jij me hier in de gaten zit te houden. Dat is irritant.'

'Ik blijf liever hier.'

'Ik ben de patiënt, dus ik mag zeggen hoe ik het wil hebben. En jij moet nodig verder met het huis.' Wijzend naar de deur vervolgde hij met schorre stem: 'Wegwezen. Ik zie je later. En zeg maar tegen Rosa dat het me spijt dat ik haar zo heb laten schrikken.'

'Oké.' Shay kneep even in zijn arm. 'Ik kom vanmiddag weer even bij je kijken. Geen stoute dingen doen.'

'Waar was je trouwens toen Rosa je niet te pakken kon krijgen?'

Daar had je de vraag waar hij al op had zitten wachten.

'Ik was bij Hestacombe Lake, met Didi. Ik had mijn telefoon in de auto laten liggen.'

Red knikte. 'Ik dacht al dat het iets met haar te maken had.'

'Je hoeft me niet zo aan te kijken. Er gebeurt echt niks, hoor.'

Boven het zuurstofmasker knipoogde zijn vader even. 'Zeker weten?'

Het mocht niet. Het kon niet. En hij liet zich door Red niet op andere gedachten brengen.

'Behoorlijk zeker,' zei hij.

Didi herinnerde zich het stel nog goed; ze had hun in maart een rondleiding door het hotel gegeven en was toen geraakt door hun verhaal. Beth en Phil waren in de veertig en hadden allebei al heel wat voor hun kiezen gehad. Phils vrouw was vier jaar daarvoor overleden, en hij was achtergebleven met hun drie kleine dochtertjes. Rond diezelfde tijd had Beths man haar zo mishandeld dat ze met inwendig letsel in het ziekenhuis was beland, waar ze te horen had gekregen dat ze waarschijnlijk nooit kinderen zou kunnen krijgen. Na de ziekenhuisopname was ze van Norfolk naar Oxfordshire verhuisd om een nieuw leven te beginnen. Ze had werk gevonden als onderwijsassistent en had twee jaar later Phil leren kennen, wiens kinderen bij haar op school zaten. Er had zich langzaam een verlegen romance ontwikkeld. Ze waren inmiddels onbeschrijflijk gelukkig met elkaar en hadden zich voorgenomen om in de zomer van het jaar daarop te gaan trouwen, en voor zowel de plechtigheid als het feest hadden ze het Wickham Hotel gereserveerd.

Alleen had zich een probleem voorgedaan.

'Het gaat om mijn moeder,' vertelde Beth. 'Ze is erg ziek. En toen ik haar dokter vroeg of ze er volgend jaar nog zou zijn, zei hij dat dat... onwaarschijnlijk was. Sorry.' Ze veegde een traan weg. 'Het was toch een schok, hoewel ik het had kunnen weten. Want ze heeft een hersentumor. Maar ik hou zoveel van haar, en ze is er altijd voor mij geweest, en ze verheugde zich zo op de bruiloft...'

Didi's hart ging naar hen uit: ze hadden al zoveel meegemaakt, en nu dit.

'We vroegen ons af of we het niet dit jaar nog konden doen, maar het moet wel op een zaterdag zijn, want veel van onze gasten zitten in het onderwijs... Ik weet dat het lastig is, maar als je een datum zou kunnen vinden voor de kerst...'

'O Beth, het spijt me...' Didi scrolde door de kalender op haar scherm, voor het geval er nog een lastminute annulering was geweest die ze op de een of andere manier over het hoofd had gezien. Maar helaas... Het Wickham was een van de oudste hotels in Engeland en had zo'n goede reputatie dat het het hele jaar door een populaire plek was om bruiloften te houden. Ze waren al voor anderhalf jaar volgeboekt.

'Het geeft niet, we hadden niet anders verwacht. Iedereen wil hier trouwen.' Beth knikte naar Phil en pakte zijn hand beet. 'We zouden het heel leuk hebben gevonden om hier te trouwen, maar mijn moeder gaat voor.'

'We gaan wel gewoon op het gemeentehuis trouwen,' zei Phil tegen haar. 'Het zal nog steeds een prachtige dag worden. Je moeder is er dan nog bij, en de kinderen kunnen ook gewoon onze bruidsmeisjes zijn.' Hij kuste Beths hand. 'We zijn toch gelukkig? We hebben elkaar, daar gaat het om.'

Beth kreeg weer tranen in haar ogen.

Om haar eigen tranen te onderdrukken, probeerde Didi snel aan lelijke politici te denken die naakt in de modder worstelden. Meestal werkte dat wel.

Phil keek haar aan. 'Sorry dat we zo lastig zijn. Ik weet dat we onze aanbetaling kwijt zijn maar dat geeft niet, we kunnen...'

'Nee zeg! Dat ik dat nu pas zie!' Met grote ogen tikte Didi tegen het scherm, dat zij niet konden zien. 'Er is wel een zaterdag vrij in december! Niet te geloven dat ik dat nu pas zie!'

'Echt?' Beths gezicht klaarde helemaal op. Ze slaakte een gilletje van opwinding. 'In december? Een kerstbruiloft! Dat zou helemaal perfect zijn!'

'Het is 7 december,' zei Didi, en toen Beth en Phil elkaar verrukt vastgrepen was er geen ontkomen aan de brok in haar keel.

'We doen het, we doen het!' riep Beth uit. 'Dank je wel! O, niet te geloven dat we toch nog hier kunnen trouwen. Het wordt de mooiste bruiloft ooit.'

Toen ze waren vertrokken ademde Didi langzaam uit, zich afvragend wat haar onderbewustzijn haar had laten doen. Was het verkeerd? Ze had geen flauw idee. Het was in elk geval een gedenkwaardige beslissing. Maar het voelde goed. En voor Beth en Phil was het dé oplossing van hun probleem.

Ze hoefde nu alleen nog maar te bedenken hoe ze dit aan Aaron moest uitleggen.

25

Op vrijdagmiddag reed Didi naar Moreton-in-Marsh om daar de trein naar Londen te pakken. Toen ze langs Hillcrest kwam zag ze een paar bestelbussen staan, en ze zag ook dat er aan het dak werd gewerkt, maar Shay was in geen velden of wegen te bekennen. Zijn auto stond er ook niet, wat waarschijnlijk betekende dat hij in het ziekenhuis was, waar hij het grootste deel van zijn tijd doorbracht. Ze hadden elkaar niet meer gesproken na die keer aan het meer, en als hij haar expres ontliep, snapte ze dat heel goed.

Ze nam het hem niet kwalijk. Ze wist ook dat Red herstellende was van de longinfectie die zo'n vernietigende uitwerking op zijn lichaam had gehad.

Onderweg naar Londen regende het de hele tijd. Didi zat tegenover een meisje dat met haar vriendin aan het bellen was en haar vertelde dat hij echt te gek was en dat hij haar op alle mogelijke manieren aanmoedigde om af te vallen zodat ze van die strakke jurkjes kon dragen zonder er meteen als een worstenbroodje uit te zien. Na twintig minuten had Didi zin om het meisje te vertellen dat haar vriendje een manipulatieve etterbak was die haar probeerde te vervreemden van haar eigen familie. Maar de trein stopte, en het meisje was al weg voordat ze iets kon zeggen. Haar plaats werd ingenomen door een man van middelbare leeftijd die een broodje tonijn at en slurpend een blikje bier dronk.

Na bijna twee uur reed de trein eindelijk Paddington Station binnen. Nu hoefde ze alleen nog maar de metro te nemen; Aaron moest overwerken, maar hij zou proberen zo snel mogelijk naar huis te komen.

Hij stond echter aan het eind van het perron op haar te wachten, gekleed in zijn donkerblauwe kantoorpak. Hij zag er jongensachtig aantrekkelijk uit, als een tv-reclame voor de volmaakte vriend. Hij begroette haar met een enorme grijns en een bos gele rozen in zijn hand.

Heel voorspelbaar wierpen vrouwen van alle leeftijden bewonderende blikken zijn kant uit.

'Verrassing!' Hij spreidde zijn armen. 'Ik hoefde helemaal niet over te werken! Kom!'

O help, iedereen keek naar hen. Ze moest zich wel door hem laten omhelzen. Hij kuste haar op de mond en zei: 'Je hebt die hele reis voor me gemaakt, dan kon ik toch niet anders dan je afhalen? Wacht, ik neem je koffer wel... Wauw, wat is hij licht!'

Hij was licht omdat er praktisch niets in zat. En ze had die hele reis gemaakt omdat het onvergeeflijk zou zijn als ze dat niet had gedaan. Ze kon hem toch onmogelijk naar Elliscombe laten komen om hem dan te vertellen wat ze hem wilde vertellen? Het was een stilzwijgende regel dat degene met het slechte nieuws de reis maakte. Ze was van plan het zo vriendelijk mogelijk uit te maken, dan de paar spullen van haar die in zijn appartement lagen, te gaan halen en de laatste trein naar huis te nemen. Zo. Klaar.

Maar het moest onder vier ogen gebeuren en niet midden in Paddington Station, omringd door vrouwen die ongetwijfeld meteen zijn kant zouden kiezen. En Aaron, die niet zo van de metro hield, was al op weg naar de taxistandplaatsen.

Goh, wat was het lastig om het juiste moment te vinden. Om gewoon van wal te steken en het gesprek te beginnen dat gevoerd moest worden. In de taxi bleken ze opgezadeld te zitten met een praatgrage chauffeur die dolgraag kwijt wilde dat zijn zoon die ochtend zijn rijbewijs had gehaald. En toen de taxi voor Aarons flat stopte knorde Didi's maag, zodat Aaron haar meteen meenam naar zijn lievelingsrestaurant aan de overkant.

'Ik wilde eigenlijk zelf koken, maar dat duurt te lang. We hebben allebei trek. Kom, dan gaan we een hapje eten.' En toen ze het restaurant binnenkwamen, werden ze gewenkt door een groep vrienden uit hetzelfde appartementencomplex en moesten ze noodgedwongen bij hen aan tafel plaatsnemen.

Ze voelde zich een soort spion, die moest doen alsof ze onderdeel was van een ontzettend gelukkig stel terwijl ze wist wat er zou gebeuren zodra ze alleen waren. Het was misschien niet erg beleefd om het via een berichtje uit te maken, maar dit was wel heel erg. Ze voelde zich een enorme bedrieger terwijl ze beleefd zat te doen tegen Aarons buren.

De kanker was natuurlijk niet verdwenen, maar de longinfectie was onder controle. De antibiotica hadden gelukkig hun werk gedaan, en de volgende dag zou Red worden ontslagen uit het ziekenhuis.

Na hun gelijktijdige bezoek aan Red bracht Shay Rosa naar huis en reed terug naar het hotel. Hij had Didi al de hele week niet gezien, maar hij wilde haar graag het goede nieuws vertellen. Toen hij haar niet in het restaurant zag en ook niet op het volle terras vroeg hij Sylvia, die net op weg was naar de receptie, waar ze was.

'O, Didi is er niet, ze is naar Londen. Naar Aaron.' Sylvia, die dol was op Aaron, keek er hemels bij. 'Om het goed te maken dat ze hem vorig weekend niet heeft gezien.' Ze gaf Shay een speels duwtje. 'Je snapt wel wat ik bedoel.'

Hij snapte inderdaad wat ze bedoelde, hij had het alleen liever niet geweten. Met een knikje en een klein lachje wilde hij doorlopen, maar Sylvia hield hem tegen en zei enthousiast: 'O, heb je al gehoord wie hier ook is?'

Shay wist dat het hotel vol zat. 'Nou, heel veel mensen.'

'Er is vorige week een reservering gemaakt onder een valse naam, dus we hadden geen idee. Een echte beroemdheid. Ik bedoel, normaal gesproken zou ik het je niet vertellen, maar ze zit in de Midsummer Suite, recht tegenover je, dus dan kun je het maar beter weten. Dan snap je in elk geval waarom er misschien mensen de trap op proberen te komen in de hoop een glimp van haar op te vangen.'

'Wie is het?'

'Caz Holloway.' Sylvia's wenkbrauwen maakten een dansje van opwinding. 'Die actrice die ook zingt? Je weet toch wel wie dat is,' sprak ze hem bestraffend toe. 'Ze had de hoofdrol in *Call Me, Darling*. En het jaar daarna was ze bijna met haar tegenspeler getrouwd, die man met die snor die Terry speelde in *Our Favourite House*. Ach, je weet toch wel wie ik bedoel? Ze staat continu in de bladen!'

Waarschijnlijk las hij andere bladen dan Sylvia. Voornamelijk uit beleefdheid zei hij: 'Haar naam zegt me vaag iets.'

Sylvia had haar toestel echter al gepakt om hem een lesje in beroemdheden te geven. 'Kijk, dit is ze. Nu herken je haar toch wel? Deze foto is van toen ze in West End speelde, als Eponine in *Les Mis*. Daar heb ik haar nog in gezien! Wat een stem. Ze is me er eentje. O, deze moet ik je ook nog even laten zien. Wat vind je ervan?'

In plaats van Caz Holloway was op het schermpje een foto te zien van een smaragdgroene fluwelen hoed met een brede rand en een explosie van linten en veren aan één kant. Sylvia keek hem verwachtingsvol aan.

'Heel... theatraal,' zei hij.

'Ja hè!'

'Is die van jou?'

'Natuurlijk!'

'Voor een speciale gelegenheid?'

'Nee, ik wilde hem opzetten bij het dweilen van de keukenvloer, nou goed?' Haar ogen dansten. 'Ja, hij is voor een speciale gelegenheid. Hij is voor Didi en Aarons bruiloft! Vind je het ook niet de mooiste hoed die je ooit hebt gezien?'

Het was als een messteek tussen zijn ribben, goedbedoeld maar pijnlijk. Didi zou met Aaron trouwen, en dat mocht hij niet vergeten. In de hoop daarna te kunnen ontsnappen zei hij met een goedkeurend knikje: 'Hij is heel mooi.'

Sylvia keek verliefd naar de hoed. 'Soms zie je iets, en dan weet je meteen dat je het moet hebben, dat heb jij toch ook wel eens?'

Shay zat lang genoeg in het hotel om gewend te zijn aan het gekraak van de eikenhouten trap die naar de bovenverdieping leidde. Na een tijdje merkte je het nauwelijks meer. Maar toen hij over het tapijt van de overloop liep, was al snel duidelijk dat de nieuwe gast hem had horen aankomen. De deur van de Midsummer Suite ging een paar centimeter open en een vrouwenstem vroeg: 'Ben jij van roomservice?'

'Nee,' antwoordde hij. 'Sorry.'

Hij hoorde een zucht. Er verscheen een half gezicht in de kier en een zwaar opgemaakt oog keek hem aan. 'Jemig, waar blijven ze nou? Ik heb al tijden geleden een fles wijn besteld!'

'Ze hebben het behoorlijk druk beneden.'

'En ik heb hierboven behoorlijk veel dorst.' Nadat Caz Holloway hem even had bestudeerd, trok ze de deur verder open. 'Hoi. Zeker weten dat je niet van roomservice bent?'

'Zeker weten.' Hij wees naar zijn eigen deur, aan de andere kant van de overloop. 'Ik zit in die kamer. Maar als je wilt, kan ik beneden wel even een fles wijn voor je gaan halen.'

Ze aarzelde even, terwijl ze de ceintuur van haar witte badjas wat strakker trok. Toen schudde ze haar hoofd. 'Nee, laat maar. Als ik ja zeg, ga je iedereen nog vertellen dat ik me als een echte diva gedraag.'

Toch hoorde het niet dat ze zo lang op haar wijn moest wachten, vond hij. Hij vroeg: 'Hoe lang geleden heb je die wijn besteld?'

'Drie minuten geleden.'

Hij knikte ernstig. 'Aha.'

'Ik weet het, ik weet het, maar ik hou niet van wachten.' Er verscheen een grijns op haar gezicht. 'Zie je nu wat ik bedoel? Een echte diva.'

Hij hield zijn kamersleutel op. 'Ik heb nog wel wat wijn in mijn ijskast liggen. Zou dat helpen?'

'Je bent een echte mensenredder.'

'Momentje.'

Hij kwam terug met de halfvolle fles Picpoul de Pinet, en ze pakte die van hem aan. 'Is er nog iemand in jouw kamer?'

'Niet dat ik weet. Maar ik heb nog niet onder het bed gekeken.'

'Ben je getrouwd?'

'Nee.'

'Heb je een vriendin?'

'Nee.'

'Vriend?'

'Ook niet.'

'Heb je plannen voor vanavond?'

'Nee.'

Ze keek hem met een schuin hoofd aan. 'Denk je dat je dan misschien zin hebt om een glas wijn met mij te drinken?'

Hij aarzelde. Hij kende haar werk weliswaar niet, maar hij herkende haar gezicht wel. Hij was haar foto wel eens online tegengekomen en had ook een keer een interview met haar op tv gezien. Ze was iemand die het hart op de tong droeg en precies zei wat ze wilde, al was het soms misschien verstandiger om dat niet te doen. Haar liefdesleven en de daaruit voortvloeiende rampspoed maakte haar geliefd bij haar publiek, dat haar beschouwde als een soort impulsieve, grillige zus of dochter.

Kortom, Caz Holloway was nogal een lastpak.

Wat hij op dit moment niet kon gebruiken.

'Heel aardig aangeboden,' zei hij, 'maar ik heb een lange dag achter de rug. Ik ben behoorlijk moe.'

Ze keek hem stomverbaasd aan. 'Je wijst me af?'

'Ik wijs je niet af. Ik zeg nee, vanavond niet.'

'Nou, ik ben er kapot van.' Met een spijtig lachje liep ze haar kamer weer in. 'Maar nog bedankt voor de wijn. Welterusten.'

Een paar minuten later hoorde Shay het vertrouwde gekraak van de trap toen roomservice de gevraagde bestelling kwam brengen bij de Midsummer Suite.

Hij nam een douche, trok een schone spijkerbroek aan en begon te zappen, terwijl hij steeds Didi voor zich zag. Waar was ze nu? Wat was ze aan het doen? Waren Aaron en zij uit met vrienden, hadden ze een feest? Of waren ze met zijn tweetjes bij Aaron thuis, genietend van de eerste avond van hun weekendje samen, en deden ze de dingen waar hij maar liever niet aan wilde denken?

Hou op. Niet aan Didi denken. Ga tv-kijken of download een film en richt je daarop.

Er werd op de deur geklopt.

26

Shay keek naar de deur; nee, natuurlijk was het Didi niet. Ze was heus niet ineens van gedachten veranderd over haar weekendje Londen, om hem nu te komen vertellen dat ze...

'Hallo, ik ben het, je buurvrouw. Je slaapt toch zeker nog niet?'

Toen hij de deur opendeed werd hem een lege wijnfles in de handen geduwd. 'Allereerst dank je voor de wijn. Aangezien ik erg beleefd ben, kom ik je je fles teruggeven.'

'Dank je.' Hij zag dat ze nu een dunne katoenen top en een legging droeg.

'Ten tweede hou ik er niet van als iemand nee zegt als ik hem uitnodig voor een drankje.'

'Sorry. Vat het maar niet persoonlijk op.'

'Maar dat doe ik dus wel.' Ze telde af op haar vingers. 'En ten derde ben ik hiernaartoe gekomen om me te kunnen ontspannen, om alleen te zijn en alles op een rijtje te zetten, maar ik had niet verwacht dat het nieuwtje er zo gauw van af zou zijn, en nu is het pas halfnegen op dag één, en ik verveel me echt dood. Blijkbaar kan ik er niet tegen om alleen te zijn.'

'Ik zou maar niet echt doodgaan,' zei hij.

'Wil je me niet even gezelschap komen houden? Als ik het heel lief vraag?'

'Dan...'

'En als ik smeek?' flapte ze eruit. 'Gewoon schaamteloos smeek?'

In elk geval slaagde ze erin om zijn gedachten van Didi af te leiden. 'Dan trek ik even een T-shirt aan,' zei hij.

Hun suites leken precies op elkaar – dik tapijt, zachte groene fluwelen bank, een stenen muur achter het kingsize bed, antieke meubels en een prachtige kroonluchter aan het hoge plafond. Door de glas-in-loodramen kon je de hoofdstraat zien. Het enige verschil tussen hun kamers was dat die van hem redelijk opgeruimd was en die van haar eruitzag alsof er een storm had gewoed in een dure boetiek en alle spullen daar had neergekwakt.

'Hier.' Ze gaf hem een tot de rand toe gevuld glas Cloudy Bay en tikte er met het hare tegen. 'Dank je dat je toch bent gekomen. Ik beloof je dat je niet heel lang hoeft te blijven.'

'Doe niet zo raar. Bedankt voor de uitnodiging. Ik heet trouwens Shay.'

'Dat weet ik.'

'O?'

'Ik zag dat er op de bovenste verdieping maar twee suites waren, en toen de assistent-manager me hier rondleidde, vertelde ze hoe je heette en dat ik geen last van je zou hebben. Ze zei ook dat je hier al een paar maanden zit.'

'Dat klopt.' Shay knikte. 'En jij bent...'

'Caz.'

Hij grijnsde. 'Heel goed.'

Ze ging in kleermakerszit op het bed zitten en stopte een handvol gezouten amandelen in haar mond, waarvan er een paar op de grond vielen, en nam toen een slok wijn. 'Oké, dan beginnen we. Eerst jij. Ik wil alles van je weten.'

Tot zijn eigen verbazing begon Shay haar van alles over zichzelf te vertellen. Nou ja, niet alles, maar wel het verhaal over zijn vader die hier weer wilde komen wonen, en dat hij daarom Hillcrest aan het renoveren was. Tegen zijn verwachting in bleek ze goed te kunnen luisteren; ze was geïnteresseerd en stelde veel vragen. Na een tijdje zei hij: 'Genoeg over mij. Nu jij.'

Ze trok een gezicht. 'O god, wat wil je weten? De pr-versie of het echte verhaal?'

'We hoeven het er niet over te hebben als je niet wilt.'

'Zie, daarom heb ik nou zin om je alles te vertellen.' Grijnzend schonk ze nog wat wijn in haar glas. 'Mijn vriend en ik hebben het een paar weken geleden uitgemaakt. Dat was zo'n beetje onze specialiteit – we zijn het afgelopen jaar zo vaak uit elkaar gegaan dat het gewoon belachelijk is – maar deze keer is het echt uit. Hij heeft wat met zijn manager en die is tien jaar ouder dan ik. En ze is niet eens echt mooi.'

'Vind je het heel erg?'

'O, ik kan op commando huilen als dat moet. Maar eerlijk gezegd waren we allang op elkaar uitgekeken. Volgens mijn oma waren we een goedkope versie van Richard Burton en Elizabeth Taylor. Te veel drank, continu ruzie, het bijna iedere week uitmaken en weer goedmaken. Er was geen reet aan, het was dodelijk vermoeiend en diep vanbinnen wist ik dat hij alleen maar bij me was om mijn geld en vanwege de publiciteit die het hem opleverde. Zo gaat dat al mijn hele leven,' eindigde ze op droge toon. 'Nou ja, niet mijn hele leven natuurlijk, maar wel de afgelopen tien jaar. Vanaf het moment waarop ik beroemd werd.'

'Klinkt niet fijn.'

'Vertel mij wat. Ik val op foute mannen, dat is mijn zwakte. Het wordt tijd om daar eens mee op te houden.' Ze haalde haar schouders op. 'Daarom ben ik hier, om alles op een rijtje te zetten, weg van de chaos.'

Hij wierp een blik op de kleren en schoenen op de grond, de rommelige verzameling make-up op de ladekast, de glossy's en zakken snoep die uit een van de dure koffers onder het raam staken.

Caz volgde zijn blik. 'Ik weet het, maar dit is fysieke chaos, en in mijn kamer mag ik net zoveel rommel maken als ik wil. Ik heb trouwens honger,' verkondigde ze. 'Heb jij honger? Maar ik heb geen zin om naar beneden te gaan. Zullen we heel veel eten bestellen? Ah, zeg nou niet dat je geen zin hebt.' Toen ze hem zag aarzelen gooide ze een amandel naar hem toe. 'Ik kan er niet tegen om te worden afgewezen – je bent een diva of niet! Zeg alsjeblieft ja!'

Het was een van die eindeloze avonden geweest, zo'n avond als uit een nachtmerrie, waar geen ontsnappen aan was. De vrienden uit Aarons appartementengebouw waren spraakzaam en grappig, en onder andere omstandigheden zou Didi van hun gezelschap hebben genoten. Toen ze eindelijk aanstalten maakten om het restaurant te verlaten, liepen er twee mensen langs die ineens bleven staan en hard op het raam klopten om hun aandacht te trekken.

'Hé, daar heb je Raj en Kev!' riep Aaron opgetogen uit. 'Ze zijn terug van Ibiza!'

En dat was dat. Raj en Kev waren het restaurant in gestormd, en Aaron had gezegd: 'Kom, dan gaan we naar mijn flat. Dan kunnen jullie ons alles over jullie vakantie vertellen.'

O nee, alsjeblieft niet, dacht Didi. Ze probeerde Raj en Kev in gedachten de boodschap over te seinen dat dat een heel slecht idee zou zijn.

'Yes!' Raj gaf Aaron een high five. 'Heb je genoeg drank in huis?'

'Zat,' zei Aaron.

'Maar dan missen we waarschijnlijk de laatste metro. Kunnen we bij jou blijven slapen?'

'Tuurlijk.'

Didi slaakte een zucht. Telepathie was ook niet meer wat het geweest was.

'Fantastisch,' jubelde Raj. 'Waar wachten we nog op? Kom, dan gaan we!'

Het was één uur 's nachts. Caz zong dromerig mee met het nieuwe album van Lewis Capaldi. Ze had een ontzettend mooie stem, warm, omfloerst en heel expressief. Onder het zingen ving ze Shays blik, en ze glimlachte. 'Wees eens zo lief om me die tacochips en avocadodip aan te geven.' Voor Shay was het op meer dan één manier een interessante avond. Hij was niet van plan geweest om zo lang te blijven, maar toch zat hij nog steeds in haar kamer. Caz had een verbazingwekkend leven en kon er fantastisch over vertellen, waarbij ze vrolijk haar tekortkomingen erkende. Normaal gesproken wist Shay wanneer hij een nieuwe vrouw leerde kennen binnen twee uur een reden te verzinnen waarom hij teleurgesteld was in een of ander onderdeel van haar persoonlijkheid. Het was belachelijk, dat wist hij best, het was een irritante eigenschap van hem, maar zo ging het nu eenmaal, en in de loop der jaren was hij eraan gewend geraakt.

Vanavond was dat echter niet gebeurd. Caz Holloway had gek genoeg al zijn verwachtingen overtroffen. Ze was nuchter en durfde zichzelf uit te lachen, en hij genoot van haar gezelschap. Zij leek ook van het zijne te genieten.

'Waar denk je aan?' vroeg ze.

'Ik zat te denken dat je bijna alle avocadodip hebt opgegeten.'

'Dat komt omdat mijn manager er niet is om me aan mijn hoofd te zeuren over hoeveel calorieën erin zitten.' Ze haalde haar wijsvinger langs de binnenkant van de pot en likte hem schoon. 'Als je wilt, kunnen we roomservice wel bellen.'

'Ik ben oké.'

'Dat was me al opgevallen.'

Hij wees uit het raam. 'Moet je die sterren eens zien.'

'Waarom?'

'Het zijn er zoveel. Het is een prachtige nacht.'

'Ik bedoelde: waarom verander je ineens van onderwerp omdat ik zei dat je oké bent?' Ze trok een wenkbrauw op. 'Ben je soms verlegen?'

'Nee hoor.'

'Nou, dat was mijn eerste verleidingspoging. Een beetje flirten, kijken of je hapt.'

Daar gaan we. Het kwam niet als een verrassing voor hem.

'Je bent gewoon zo vreselijk aantrekkelijk, en ik heb het gevoel dat je mij ook wel mag.' Ze nam hem onderzoekend op. 'Of vergis ik me daarin? En ik zit hier in mijn eentje, op dat enorme bed, terwijl jij daar in die stoel zit. Je lijkt gewoon erg ver weg, meer niet.'

Hij haalde zijn schouders op. Hoewel de avond anders was verlopen dan hij had verwacht, ging dat soms zo, en misschien gebeurde dit allemaal wel met reden. De afgelopen weken had hij het niet gemakkelijk gehad. Op dit moment zat Didi in Londen, bij Aaron. Ze zouden al wel in bed liggen zelfs. En in december ging ze met hem trouwen, en dat was dan dat. Als hij had geweten wat het hem deed om haar na al die jaren weer te zien, was hij misschien wel eerder teruggekomen, het liefst voordat Aaron in haar leven was verschenen.

Maar hij had niet eerder terug gewild, zijn trots had hem daarvan weerhouden, en tot hun weerzien was het hem altijd gelukt om zijn gevoelens onder controle te houden. Hij was echter te laat, Didi had al iemand anders.

'Weet je wat er gebeurt als je doet alsof je ongeïnteresseerd bent?' Toen Caz zich van het bed liet glijden viel haar top met wijde hals van één gebruinde schouder.

'Wat dan?'

'Dan wordt de ander steeds vasthoudender.' Ze liep naar hem toe. 'Het is een gevaarlijk spelletje dat je speelt, maar het werkt deze keer wel. De ander wil je kussen.' Bij zijn stoel aangekomen pakte ze zijn handen. 'Ik wil je echt heel graag kussen, en ik hoop dat je mij ook wilt kussen.'

Hij keek haar aan. Het was een aanbod dat niet veel mannen zouden afslaan. Hij had nog steeds het beeld van Didi in zijn hoofd, maar eigenlijk had het totaal geen zin om nog aan haar te denken.

'Oké, ik tel tot drie en als je me dan nog niet hebt gekust, moet je weggaan,' zei Caz. 'Want dan heb ik mezelf behoorlijk voor schut gezet.'

Shay stond op en trok haar naar zich toe tot hun monden elkaar bijna raakten. Met een loom lachje zei hij: 'Je hoeft niet te tellen. Ik ga nergens heen.'

'Oef.' Ze lachte van opluchting. 'Godzijdank.'

27

Als de timing niet zo vreselijk slecht was geweest, zou het gewoon grappig zijn. Didi lag wakker aan haar kant van het bed naar het plafond te staren en te luisteren naar Aarons zachte gesnurk naast haar.

Aarons gesnurk was het probleem niet. De reden dat ze niet kon slapen was de Boeing 707-achtige herrie die uit de huiskamer opsteeg, dwars door de dunne muur heen die hen scheidde van hun logés.

Ze drukte het kussen tegen haar oren, maar dat mocht niet baten; Raj en Kev waren wat je noemde een slecht op elkaar afgestemd duo. Soms snurkten ze gelijktijdig, maar meestal liepen ze niet in de pas. Bovendien ging hun gesnurk vergezeld van allerlei gegrom en gesnuif.

Geen wonder dat ze geen van beiden een vriendin hadden.

Ze besloot op te staan, de aanvechting onderdrukkend om de huiskamer in te sluipen en ze allebei een kussen op het gezicht te drukken. In plaats daarvan liep ze naar het raam en bewonderde het uitzicht over de rivier. Er stonden veel sterren aan de hemel, en boven de hoekige skyline hing een wassende maan. Zelfs zo diep in de nacht was er nog veel verkeer op straat.

Het leek allemaal in niets op Elliscombe. Met haar ellebogen op de vensterbank leunend zag ze de hoofdstraat voor het hotel voor zich, verlicht door de ouderwetse straatlampen die plassen van goudkleurig licht over de stoep wierpen. Meteen daarna – ze kon er niets aan doen – ging ze in haar verbeelding van straatniveau naar de bovenste verdieping van het hotel, waar ze voor de ramen van de Midnight Suite bleef zweven. Achter het raam zou Shay liggen slapen, en anders dan bij Raj en Kev, zou zijn ademhaling regelmatig, rustig en totaal niet irritant zijn. Toen ze in haar verbeelding wat dichter naar het raam toe ging, zag ze dat het op een kier stond. Als ze hem wilde zien, hoefde ze het alleen maar iets verder open te duwen en naar binnen te...

Weer terug in haar niet-fantasie klonk een luide bonk op uit de huiskamer, gevolgd door een onderdrukte schreeuw. 'Fuck... au... rot op.'

Kev moest van de bank zijn gevallen. Didi hoorde hem opstaan en vervolgens weer vloeken toen hij tegen de glazen salontafel botste. Daarna liep hij naar de badkamer aan de andere kant van het appartement, waar hij zo luidruchtig zijn blaas leegde dat je zou denken dat hij het via een megafoon deed.

Toen hij weer op de bank gaan was liggen en verder snurkte, ging ze zelf ook weer naar bed. Het gaf niet. Morgenvroeg zouden Kev en Raj wakker worden met enorme katers, zich uitvoerig verontschuldigen en naar huis gaan.

En zodra ze weg waren, kon zij doen waarvoor ze was gekomen: het uitmaken met Aaron.

Eindelijk.

Toen Shay de volgende ochtend zijn ogen opende, lag Caz op haar zij naast hem cirkeltjes op zijn borstkas te tekenen.

'Ik lig al tijden te wachten tot je wakker zou worden,' fluisterde ze met een ondeugend lachje.

'Tijden. Dat wil zeggen twee of drie minuten?'

'Eerder anderhalf.'

'En nou ben ik wakker. Wat gebeurt er nu?'

'Weer hetzelfde als wat we afgelopen nacht hebben gedaan, hoop ik.' Ze schoof wat dichter naar hem toe. 'Kunnen we het nog een keertje doen? Ik vond het heel erg fijn.'

Een uur later ging Shay naar zijn eigen kamer om een douche te nemen en zich aan te kleden. Daarna keerde hij terug naar de Midsummer Suite.

Caz zat rechtop in bed met smaak te eten van het ontbijt dat inmiddels was bezorgd.

'Neem ook een worstje,' zei ze, met haar vork naar hem wapperend.

'Nee, dank je.' Hij pakte een stukje toast van het dienblad. 'Oké, ik ga mijn vader maar eens ophalen uit het ziekenhuis.'

'En zie ik je daarna nog? Of was je van plan niets meer van je te laten horen nu je hebt gekregen wat je wilde?'

'Ik kom weer terug.' Hij had niet dat moedeloze gevoel dat hij zo vaak had na een eerste nacht met een vrouw.

Ze stak hem haar mond toe voor een kus. 'Meer hoef ik niet te weten. Zorg goed voor je vader, ik wacht wel. Hij is nu het belangrijkste.'

Terwijl hij de deur achter zich sloot, bedacht hij dat dat een heel aardige, on-diva-achtige opmerking van haar was geweest.

In het ziekenhuis moesten ze even wachten op de arts die Red nog kort zou onderzoeken, maar nadat die zijn toestemming had gegeven konden ze weg.

'Wel zo veel mogelijk rusten,' waarschuwde de arts hen. 'Niet aan de boemel gaan.'

'Mijn boemeldagen zijn voorbij,' zei Red. 'Mag ik nog wel drinken?'

'Met mate.'

Shay schudde zijn hoofd. 'Waarom vraag je dat überhaupt? Je weet dat je het toch niet kunt laten.'

Zijn vader knipoogde. 'Het is vaak leuker om dingen te doen die verboden zijn.'

In de auto, onderweg naar Elliscombe, zei Red: 'Zal ik je eens vertellen wat zo mooi is aan heel erg ziek zijn? Alles ziet er veel beter uit.' Hij wees door de voorruit. 'De velden, die heuvels, de vogels in de bomen. Allemaal even wonderbaarlijk.'

Een duif die over de auto heen vloog maakte van de gelegenheid gebruik om een witte klodder op de voorruit te laten vallen. 'Dat ook?' vroeg Shay.

'Zelfs dat.' Red grinnikte en begon meteen te hoesten. 'Jij ziet dat misschien niet, maar zelfs duivenpoep is op zich een wonder.'

'Hoor eens, weet je zeker dat je bij Rosa wilt blijven wonen? Het is comfortabeler als je je in mijn suite installeert.'

Red schudde zijn hoofd. 'Nee, dank je. Ik vind het fijn bij Rosa. Kunnen we even bij het huis gaan kijken om te zien hoe ver ze zijn?'

Nadat Shay de auto tot stilstand had gebracht voor Hillcrest gaf hij zijn vader een korte rondleiding. Het dak was hersteld, en in de keuken en huiskamer kon je de opdrogende pleister op de muren gewoon ruiken. Red knikte goedkeurend. 'Het schiet behoorlijk op.'

Bij Frog Cottage kwam Rosa naar buiten snellen om hen te begroeten. Shay droeg zijn vaders koffer naar binnen en legde de medicijnen op een dienblad in de keuken, samen met een lijst vol instructies over hoeveel en wanneer. In de oven lag een kip te braden en op het aanrecht stond een cake af te koelen.

'Zie je nou wat ik bedoel?' zei Red vrolijk. 'Waarom zou ik in een of ander chic hotel gaan zitten als ik dit hier heb?'

'Heb je trek?' Rosa keek Shay enthousiast aan. 'Je kunt gerust mee-eten, hoor. Ik heb zoveel gemaakt voor de lunch.'

Voordat Shay iets kon zeggen schudde Red zijn hoofd al. 'Hij hoeft niet te blijven. Hij heeft de hele week al naast mijn bed gezeten. Ga maar lekker je eigen ding doen, jongen.' Hij gebaarde naar de deur. 'Wij redden ons wel met ons tweetjes.'

'Zeker weten?' vroeg Shay.

'Helemaal zeker. Na een week op die afdeling ben ik wel toe aan een beetje rust.'

Red kon onmogelijk iets weten van de nacht die Shay net met Caz Holloway had doorgebracht, maar als je zag hoe hij naar hem keek, zou je bijna nog denken van wel.

Toen Shay om één uur het hotel in liep kwam hij Marcus tegen, de zenuwachtige ober. Hard fluisterend, alsof hij een spion in een lachfilm was, vroeg Marcus: 'Hebben ze je al verteld wie er in de Midsummer Suite zit?'

'Ja.' Shay knikte. 'Caz Holloway.'

'Als je haar ziet, moet je haar niet om een selfie vragen, hoor,' vertelde Marcus hem op ernstige toon. 'Dat mag niet van Sylvia.'

'Ik beloof je dat ik dat niet zal doen.'

Toen Shay even later de trap op liep, wendde hij expres zijn blik af toen hij langs Didi's kamers kwam. Ze was in Londen bij Aaron; het was tijd dat hij dat accepteerde en haar uit zijn systeem zette.

Nou ja, daar was hij al mee begonnen.

Op de bovenste verdieping klopte hij aan bij de Midsummer Suite.

'Wie is daar?'

'Roomservice,' zei hij.

Een paar seconden later ging de deur open, en daar stond ze, slechts gekleed in een badhanddoek en met een ondeugend lachje om haar lippen. 'Hallo, roomservice. Ik hoop dat je iets speciaals voor me hebt.'

Hij haalde een zakje met rode en zwarte fruitsnoepjes uit zijn zak. 'Deze heb ik in het ziekenhuiswinkeltje gekocht. Is dat goed genoeg?'

'Eerlijk gezegd hoopte ik op iets specialers dan dat.' Ze sloeg haar blote armen om zijn nek en duwde zich tegen hem aan. De witte handdoek viel op de grond.

Shay duwde haar verder de suite in. 'In dat geval kunnen we beter de deur op slot doen.'

'Spelbreker,' zei ze.

Toegegeven, ze had al eerder het gevoel gehad dat de schikgodinnen die haar lot bepaalden zich tegen haar hadden gekeerd, maar nu, om drie uur 's middags, begon ze te vermoeden dat ze dubbel lagen van het lachen, terwijl ze stiekem naar haar wezen.

Raj en Kev hadden liggen slapen en snurken tot aan het begin van de middag en hadden zich toen beklaagd over hun katers. Toen Aaron thee voor hen had gezet en aanbood om een taxi te bellen had Kev kotsgeluiden gemaakt en gezegd dat hij zich te beroerd voelde om in welk rijdend voertuig dan ook plaats te nemen.

Na een hele tijd waren ze eindelijk voldoende opgeknapt om weg te kunnen. Ze hadden nog iets gezegd over vrienden bellen om iets af te spreken in een pub in Notting Hill voor een glaasje tegen de kater, en Didi had hen uitgewuifd en bij zichzelf een dankgebedje opgezegd, omdat ze hen nooit meer zou hoeven zien.

Aaron en zij hadden nog voor het raam gestaan toen er een andere taxi was voorgereden, waar een vrouw in een roze jas uit was gestapt. Aaron had vrolijk gezegd: 'Daar heb je haar al. Ze is vroeg.'

'Wie is vroeg?'

'Mijn moeder. Ze wilde je verrassen.'

28

Wat? Nee, alsjeblieft, schikgodinnen. Doe me een lol.

Didi had zich al helemaal voorbereid op Het Gesprek. En nu dit. 'Wat komt ze hier doen?'

Aaron gaf een geruststellend kneepje in haar schouder. 'Hé, kijk niet zo benauwd. Het is aardig bedoeld!'

Aarons moeder Kay woonde in Swindon en werkte als apothekersassistente. Twee jaar geleden had ze haar man verloren, én haar zelfvertrouwen, en vandaag – logisch – had ze voor het eerst de moed bijeen weten te rapen om in haar eentje naar Londen te reizen. Ze was een schat van een vrouw, maar de trein nemen was een beproeving voor haar.

'Maar ik heb mezelf eens streng toegesproken en gezegd dat het tijd werd om me te vermannen,' zei ze tegen Didi. 'Reizen hoeft helemaal niet eng te zijn, ik moet het gewoon als een avontuur beschouwen. En natuurlijk wilde ik jou ook graag zien. Heeft Aaron je al verteld wat we gaan doen? Ik heb zelf gereserveerd, ik wilde ons drieën op iets leuks trakteren!' Met stralende ogen liet ze erop volgen: 'En we moeten heel veel foto's maken, want ik zit tegenwoordig op Instagram!'

Didi moest wel mee, ze was geen monster. Kay had kaartjes gereserveerd voor een boottochtje over de Theems. Onderweg kregen ze kip met friet en een karaf sangria, en een kale man en een dikke vrouw in een paarse kaftan speelden treurige muziek op een harp en vertelden om de beurt grappen waar geen eind aan leek te komen.

En dat duurde al met al drie extreem lange uren.

Omdat Kay had gezegd dat ze ook altijd nog een keer met zo'n dubbeldekker zonder dak mee wilde die langs alle bezienswaardigheden in Londen reed, kocht Aaron daar kaartjes voor, en bewonderden ze gehoorzaam Buckingham Palace, de winkels in Oxford Street ('Kijk, daar heb je nóg een Marks and Spencer!') en het drukke verkeer rond Hyde Park Corner. Tegen de tijd dat ze uitstapten had Kay meer dan tweehonderd foto's gemaakt en naar haar Instagram-account geüpload voor haar zes volgers.

Om halfnegen 's avonds reed de taxi voor om haar naar het station te brengen. Ze omhelsde Didi. 'Dag, lieverd. Het was leuk je weer te zien. Het duurt nu niet lang meer tot de bruiloft!'

Het was vreselijk. Didi gaf haar een knuffel en zei: 'Het was ook leuk om jou weer te zien.'

'Nu de reiskoorts me te pakken heeft, zullen we elkaar vast wel vaker zien!'

'Ja.' Didi voelde zich net een politicus die dingen beloofde waarvan hij al wist dat hij zich er niet aan zou houden. 'Dat denk ik ook.'

'En vergeet me niet te volgen, hè?'

Een fractie van een seconde lang dacht Didi dat ze bedoelde dat ze haar naar het station moest volgen, wat ze feitelijk ook van plan was, zodra ze het had uitgemaakt met Aaron.

'Op Instagram.' Kay gaf haar een bemoedigend knikje. 'Dan kun je alle foto's zien die ik post. Ik hoop dat ik viraal ga!'

Eindelijk was ze weg, en waren ze met zijn tweetjes in Aarons supermoderne appartement.

'Ligt er nog wat te drinken in de ijskast?' vroeg Didi. Als Raj en Kev alles hadden opgedronken, zou ze zich genoodzaakt zien een huurmoordenaar in de arm te nemen.

'Er is nog wel een glaasje wit over.'

Een glaasje? Ze had een volle fles nodig. 'Nou, dat moet dan maar.'

'Mijn moeder is gek op je,' zei Aaron. 'Ik ben blij dat jullie het zo goed met elkaar kunnen vinden.'

'Oké, ik moet je iets vertellen.' Ze had geen tijd om het voorzichtig in te leiden. Ze pakte het glas aan dat hij haar toestak en nam een gigantische slok. 'We moeten praten.'

Hij grijnsde. 'Dat klinkt onheilspellend.'

'Nou, het is ook een beetje... onheilspellend. Sorry.'

'Gaat het om mijn moeder?'

'Nee, nee!'

'Om de bruiloft?'

Ze haalde diep adem. 'Ja, het gaat om de bruiloft.' God, wat was dit moeilijk.

Na een seconde zei hij: 'Als je het liever gewoon met zijn tweetjes doet, vind ik dat best. Dan gooien we al onze plannen toch om? Wil je soms liever in Las Vegas trouwen? Geen probleem.'

Oké, dit schoot niet op. Vooruit met de geit. 'Het gaat om het trouwen in het algemeen,' flapte ze eruit. 'Het spijt me, je bent echt fantastisch en je hebt ook niks verkeerd gedaan, maar ik hou gewoon niet genoeg van je om met je te trouwen.'

Aaron glimlachte niet meer. Ze zag de verwarring op zijn gezicht veranderen in ijzig ongeloof. 'Maak je een grapje?'

'Over zoiets zou ik echt geen grapjes maken. Het is gewoon een gevoel dat steeds sterker lijkt te worden... Het drong tot me door dat ik opgewondener zou moeten zijn over het vooruitzicht om de rest van mijn leven met jou door te brengen.' Hulpeloos spreidde ze haar handen. 'Maar dat ben ik gewoon niet.'

'Omdat ik niet opwindend genoeg ben? Vind je me soms saai?'

'Nee, helemaal niet! Dit heeft niets met jou te maken, het heeft met mezelf te maken!'

'Allemachtig zeg...'

'Sorry. Ik kan er niks aan doen dat ik dat zo voel.'

'En je hebt net bedacht om me dat maar eens te vertellen.'

'Nou nee...'

Hij dacht even na. 'Aha, je bent alleen maar hiernaartoe gekomen om me dat te vertellen. En sinds gisteravond al zit je te wachten op een gelegenheid om het me te kunnen zeggen. Jezus.'

'Ik kon toch niet weten dat we continu bezoek zouden hebben?' Ze kreeg pijn in haar buik van ellende; ze haatte het om iemand verdriet te moeten doen.

Aaron keek haar aan alsof ze een volslagen vreemde was. 'Maar is het nu alleen de bruiloft die wordt afgeblazen, of maak je het uit?'

Ze slikte. 'Ja. Ik bedoel het tweede. Nee, allebei.'

'Niet te geloven.'

'Sorry.'

'Hou op met steeds sorry zeggen! Waarom zou je dat doen als dit is wat je wilt?' Met samengeknepen ogen nam hij haar op. 'O, ik snap het al. Er is iemand anders. Je hebt al een vervanger gevonden, een of andere kerel die beter is dan ik, opwindender!' Met strakke kaken voegde hij er kil aan toe: 'Goh, wie zou dat nou kunnen zijn?'

Haar hart bonkte als de hoeven van een op hol geslagen paard.

Ze schudde haar hoofd. 'Er is niemand anders.'

'O nee? Waarom vind ik dat nou zo moeilijk te geloven? Het is al een tijdje aan de gang zeker? Het vriendje van vroeger dat terugkomt, veel aantrekkelijker en veel rijker dan toen. En ik, stomme idioot, vertrouwde je volkomen, omdat ik dacht dat je net zoveel van mij hield als ik van jou. Nou, vertel, hoe lang doen jullie het al met elkaar?'

'Er is helemaal niets gebeurd, ik ben niet met hem naar bed geweest. Of met wie dan ook, want zoiets zou ik nooit doen. Dat is de waarheid, of je me nou gelooft of niet.'

'Nou, ik geloof je niet.' Hij deed een stap naar achteren en stak zijn handen op. 'Ik ben niet jaloers aangelegd. Heb je me ooit iets horen zeggen waaruit zou blijken dat ik me zorgen maakte? Nee? Nou, dat is omdat ik me geen zorgen maakte.'

'Het komt niet door jou. Het komt niet door hem. Het komt door mij.' Ze trok de diamanten ring van haar vinger en wilde die aan hem geven. Toen hij zich niet verroerde, legde ze hem op de glazen salontafel. Bedroefd en plotseling doodmoe zei ze nog een keer: 'Sorry, het spijt me echt. Je verdient beter dan mij.'

'Dat mag je verdomme wel zeggen,' beet hij haar toe.

Ze had het alleen uit beleefdheid gezegd, maar eerlijk is eerlijk. In een situatie als deze deed het er niet toe wie de dader of het slachtoffer was. Het was allebei niet fijn.

Ze was al snel klaar met het inpakken van de paar spullen die ze hier had liggen. Terwijl ze de toilettas die het afgelopen jaar in het kastje onder de wastafel had doorgebracht in haar koffer stopte, zei hij smalend: 'Dus daarom kwam je met die lege koffer aanzetten.'

Toen het tijd was om afscheid te nemen, zei ze: 'Het spijt me. Dag.'

'Als het je echt speet, zou je niet weggaan.' Na een korte stilte vroeg hij: 'Ben je echt niet met hem naar bed geweest?'

'Nee, echt niet.'

'Doe dat dan.'

'Wat?'

Er vertrok een spiertje in zijn slaap. 'Heb net zo vaak seks met die vent als je wilt... een week, twee weken, drie... Tot het nieuwtje eraf is en je weer bij zinnen bent. Is dat geen mooi aanbod van me? Want je kunt het blijven ontkennen tot je een ons weegt, maar ik weet dat het om Shay Mason gaat. Hij zit hierachter. Dus doe maar,' vervolgde hij. 'Van mij mag je. Neem het ervan. Zorg dat je hem uit je systeem krijgt.'

Ze had hem zoveel willen zeggen, maar uiteindelijk lieten de woorden haar in de steek. Het zou verkeerd zijn om alles te ontkennen, want in wezen had hij gelijk. Ze keek hem aan en zei: 'Ik ga nu maar.'

Hij hield de voordeur voor haar open, en ze liep met haar koffer langs hem heen. Terwijl ze naar de trap liep, hoorde ze hem naar binnen gaan en weer naar buiten komen. Toen ze beneden was, keek ze omhoog het trapgat in.

'Neem dit mee,' zei hij.

'Wat?' Ze zag dat hij iets kleins naar beneden gooide en hoorde daarna een metalige tik op een paar meter bij haar vandaan.

'Ik wil hem niet,' riep ze.

'Nou, als je hem daar laat liggen, wordt hij gestolen.' Hij liep naar binnen en sloeg de deur met een klap achter zich dicht.

Daar had hij gelijk in. Vermoeid raapte ze de ring op, pakte haar blauwe leren portemonnee uit haar tas en stopte hem er veilig in. Wanneer Aaron niet meer zo kwaad was zou ze de ring naar hem terugsturen.

In de metro naar Paddington was het vol en warm. Eindelijk op het perron aangekomen zag ze tot haar ergernis dat haar trein vertraging had.

Een uur later was er nog steeds geen trein vanwege problemen met de seinen. Iedereen die de borden in de gaten hield raakte steeds gefrustreerder. Om elf uur 's avonds waren alle banken bezet, en Didi begon te voelen dat ze de afgelopen nacht nauwelijks een oog had dichtgedaan. Nadat ze een keer zo hard had gegaapt dat ze er pijn van in haar kaken kreeg, gaf ze het op en liep het station uit, haar koffer achter zich aan slepend.

29

'Met Red gaat het goed,' zei Rosa. 'Nou ja, zo goed als je kunt verwachten. De longinfectie is verdwenen, maar ze hebben zijn Oramorph verhoogd. Ik had vanavond risotto gemaakt – die met garnalen die jij zo lekker vindt – maar hij heeft er maar heel weinig van gegeten.' Ze haalde haar hand door haar haar om wat lucht langs haar nek te laten stromen. 'O, en met Layla en die vriend van haar is het nog steeds aan. Harry, die fitnessinstructeur, dat had ik je toch verteld? Ze ziet hem twee of drie keer per week. Ik heb hem nog niet ontmoet, maar dat zal vast niet lang meer duren. Ik hou je op de hoogte en...'

'God, heb je het over dit soort dingen met hem?'

Rosa schrok zich een ongeluk. Meestal droeg Ingrid hoge hakken, maar nu was ze blootsvoets. 'Sorry, ik hoorde je niet aankomen.'

'Toen Benny me vertelde dat je hier met je man kwam praten, dacht ik dat dat interessantere gesprekken zouden zijn dat dit.' Ze lachte even. 'Ik denk dat hij zou doodgaan van verveling als hij nog had geleefd.'

Hoe zou het voelen om zoveel zelfvertrouwen te hebben dat je gewoon botweg zei wat je dacht? Rosa vroeg zich af hoe Ingrid zou reageren als ze zou zeggen: 'Hoe durf je zo fucking lomp tegen me te zijn?'

Hardop zei ze: 'Het hangt af van wat er zoal gebeurt. Ik wil hem gewoon op de hoogte houden. Ook van de kleine dingen.'

'Oké. Maar mag ik misschien vragen hoe lang je hier nog bezig denkt te zijn?' Ingrid wees naar de telefoon in haar hand. 'Ik wilde namelijk even bellen, en het is vrij onhandig om een eeuwigheid te moeten wachten op iemand die zit te praten met iemand die er niet eens is.'

'Sorry, dat wist ik niet.' Rosa stond moeizaam op; een van haar benen was in slaap gevallen en tintelde als een gek.

'Ik bedoel, het is wel onze tuin. Het zou fijn zijn als ik daar enige privacy had.'

Zonder nog afscheid te kunnen nemen van Joe liep Rosa haastig het gazon over en klom over de muur. Toen ze aan de andere kant op de grond sprong, hoorde ze Ingrid nog grinnikend zeggen: 'Hopelijk luistert die dode man van je me niet af. Ik denk dat hij zoveel opwinding niet zou kunnen verdragen.'

De airco in de trein had niet gewerkt, wat niet meeviel op wat de warmste dag van het jaar leek te gaan worden. Maar Didi, die de nacht had doorgebracht in een nogal luguber hotel in de buurt van Paddington Station, was al blij dat de trein überhaupt reed. Toen ze in Moreton-in-Marsh aankwamen trok ze haar plakkerige witte T-shirt los van haar rug, deed alle autoraampjes open en reed het parkeerterrein af.

Ze had in elk geval gedaan wat ze van plan was geweest. Wie weet hoe het nu verder zou gaan. Oeps, een politieauto... Hopelijk hield de toekomst geen verkeersboete wegens te snel rijden voor haar in petto. Maar nee, zelfs de politie stond vandaag aan haar kant.

Op weg naar Elliscombe voelde ze zich steeds vrolijker worden. Ze ademde gretig de schone plattelandslucht in, en toen ze een andere radiozender opzette klonk haar favoriete nummer van The Killers op uit de boxen. Het was pure magie. Ze zong keihard mee om maar niet te hoeven denken aan wat er misschien zou gebeuren, maar toen ze de laatste bocht nam kon ze er niet meer onderuit, want het eerste wat ze zag was Shays Audi die op de oprit van Hillcrest stond. Het was zondagmiddag, en blijkbaar was hij gewoon aan het werk.

Haar bloed ging sneller stromen, terwijl ze alle opties doornam. Enerzijds was ze bezweet en zag haar shirt eruit als een oude vaatdoek, maar anderzijds... Zou hem dat echt wat kunnen schelen? Dat zijn auto daar stond gaf haar het perfecte excuus om even binnen te wippen en te vragen hoe het met Red ging, toch? En daarna kon hij haar laten zien hoe ver hij al was met het huis. En mocht hij haar toevallig vragen waarom ze zo vroeg alweer thuis was, kon ze hem tussen neus en lippen door vertellen dat het uit was met Aaron. En dan kon ze aan zijn ogen zien wat hij daarvan vond en dan zou zich misschien een stilzwijgend gesprek ontwikkelen. En wie weet wat daaruit zou voortkomen.

Ze remde af. Ze was nu bijna bij het huis, en de vele mogelijkheden flitsten door haar hoofd... tot ze vanuit haar ooghoeken iets rozes zag opdoemen en er zich een geheel nieuwe mogelijkheid aandiende.

Een seconde later was ze ver genoeg doorgereden om de tuin rechts van het huis te kunnen zien. Het roze bleek een bikinitopje te zijn dat werd gedragen door een vrouw met een witte zonnehoed en een donkere zonnebril op. Verder droeg ze nog een kakikleurige korte broek. Ze was gebruind en lachte, maar het allerergste was nog wel dat ze Shays borst streelde op een manier die geen enkele twijfel liet bestaan over de aard van hun relatie. Het was in elk geval niet de manier waarop je de postbode of de man die de elektriciteitsmeter kwam opnemen begroette.

Wie was ze? Didi werd misselijk. Waar kwam deze lachende, speelse vrouw ineens vandaan? Wat gebeurde hier? Nou ja, het antwoord op die laatste vraag was wel duidelijk, want Shay leek er geen enkel bezwaar tegen te hebben om door haar te worden betast. O god, en nu ging ze hem ook nog kussen...

Didi huiverde. Ze dankte de hemel op haar blote knieën dat

ze niet was gestopt. Geen van beiden had de auto zien afremmen toen ze langs was gereden. Eenmaal echt voorbij het huis zag ze in haar achteruitkijkspiegel dat ze elkaar stonden te kussen.

Als de kat van huis is...

Het allerfrustrerendst was nog dat ze niet had geweten dat ze de kat was.

'Daar ben je!' riep Sylvia uit toen Didi met haar koffer de trap op kwam. 'Heb je het leuk gehad?' Zonder op een antwoord te wachten, vervolgde ze: 'O, ik heb een leuke roddel. Raad eens wie er in de Midsummer Suite zit?'

'Nou, hij was geboekt onder de naam Marcus Williams.'

'Hij heeft voor iemand anders gereserveerd. Het is Caz Holloway! Opwindend, hè?' Sylvia straalde helemaal, omdat zij degene was die een nieuwtje had. 'En dat is niet het enige...'

Meer hoefde ze niet te zeggen. Didi wist het meteen. Het was alsof ze een harde stomp in haar maag kreeg. De vrouw met het roze bikinitopje had weliswaar een zonnebril opgehad en haar haar was schuilgegaan onder haar hoed, maar achteraf gezien wist Didi dat zij het was. Op zo neutraal mogelijke toon vroeg ze: 'Wat is er nog meer dan?'

'Caz en Shay! Echt waar! Onafscheidelijk! Ik weet bijna zeker dat hij de afgelopen twee nachten bij haar heeft geslapen. Fantastisch, hè?'

'Wauw, ja, te gek.' Wat moest ze anders zeggen? Didi wapperde verwoed met haar hand voor haar gezicht. 'Het was zo warm in de trein dat ik bang was dat ik zou smelten. Ik ga gauw even een douche nemen. Is er verder nog iets gebeurd?'

'Nee, niets speciaals. Alles onder controle,' zei Sylvia. 'Perfect in orde allemaal.'

Alleen was dat dus niet zo.

Boven in haar appartement nam Didi een douche, föhnde haar haar en deed meer make-up op dan normaal. Toen keek ze in de spiegel – tja, al deed ze nog zo haar best… Ze verwijderde de make-up meteen weer, want het had geen zin om de concurrentie aan te gaan met een bekende actrice die kon zingen en dansen en zo geliefd was dat je haar wel een nationaal icoon kon noemen.

Een uur later reed de blauwe Audi het parkeerterrein van het hotel op. Didi's maag werd samengeknepen van jaloezie toen ze uit haar raam naar Caz en Shay keek die via de zijdeur naar het terras liepen. Iedereen die er zat keek ook, op die discrete Britse manier, tot een van de gasten iets tegen Caz zei en haar telefoon ophield, blijkbaar om een selfie vragend. Caz bleef staan, poseerde braaf en zei toen nog iets waar iedereen om moest lachen. Daarna verdween ze met Shay weer naar binnen, maar niet voordat Didi de glimlach die ze uitwisselden had gezien.

Ze pasten zo goed bij elkaar, ze leken zo op elkaar afgestemd. Echt een volmaakt stel.

Didi nam een besluit. Ze liep naar het nachtkastje en pakte de ring die ze daarin had gelegd nadat ze haar koffer had uitgepakt. Ze schoof hem weer om haar vinger. Ze kon hem voorlopig maar beter blijven dragen, dat zou alles er een stuk eenvoudiger op maken.

'Je bent een engel!' riep Caz de volgende ochtend enthousiast. 'Echt, je hebt mijn leven gered! Dank je wel!'

Ze had in paniek de receptie gebeld, en Didi was meteen naar boven gegaan. 'Nou, het is maar een telefoonoplader, hoor, geen nier,' zei ze glimlachend. 'Maar ik snap wat je bedoelt.'

'We kunnen niet meer zonder onze telefoons, hè? Mijn agent wordt altijd woest als hij me niet kan bereiken.' Gekleed in een korte broek en een dun topje zat Caz op de rand van het bed haar teennagels knaloranje te lakken, zich er zo te zien niet van bewust dat ze het flesje gevaarlijk schuin hield. Toen ze uitgleed met het kwastje zei ze: 'Shit.'

'Als je wilt, kunnen we wel een nagelstylist naar het hotel laten komen,' bood Didi aan.

'Nee, daar ben ik veel te ongeduldig voor. Dat duurt uren, en het kietelt altijd zo. Het is makkelijker om het zelf te doen. Oeps!' Er viel een druppel nagellak op haar enkel. 'Maak je maar geen zorgen om de lakens, als ik knoei betaal ik wel nieuwe. Mijn moeder noemt me Mr. Bean!'

'Ik maak me geen zorgen,' loog Didi, 'maar zal ik anders het flesje even voor je vasthouden? Is dat niet handiger?'

'Ik zei toch dat je een engel was! Ga zitten.' Caz klopte op het bed en gaf haar het flesje. 'Kun je zien wat voor rommeltje ik van mijn nagels maak! Echt lachen! Jij bent toch Didi?'

'Ja.' Didi vroeg zich af hoeveel Shay haar had verteld. 'Ik hoop dat je verblijf hier je tot dusverre bevalt.'

'Ben je gek! Ik vind alles hier even leuk! Het koude zweet breekt me gewoon uit als ik eraan denk dat ik bijna een weekje Barcelona had geboekt in plaats van dit. Je hebt een fantastisch hotel.'

'Dank je.'

'En fantastische gasten.' Caz giechelde. 'Nou ja, één gast in het bijzonder dan. Je weet vast wel wie ik bedoel.'

Didi knikte, zich vastklampend aan haar hotelmanagermodus. 'Ja, ik had al zoiets gehoord.'

'O god, maar vind je hem ook niet te gek? Echt zo'n schatje.' Ze legde haar vrije hand op haar borst. 'Ik bedoel, waar heb ik dit aan verdiend? We zijn bijna continu samen geweest sinds vrijdagavond... Ik vind mezelf zo'n bofkont. Hij moest vanochtend werken, maar ik mis hem nu al. Moet je je voorstellen dat ik naar Barcelona was gegaan... Dan hadden we elkaar nooit leren kennen!'

'Misschien had je in Barcelona wel een nog leukere man leren kennen,' zei Didi zo luchtig mogelijk.

'Dat kan niet. Shay is het helemaal. Echt, het is een wervelstorm. Ik word al duizelig als ik alleen maar aan hem denk.' Caz' gezicht gloeide helemaal, haar opwinding was aan haar af te lezen. 'Na al die jaren van klotevriendjes die me gebruiken en achter mijn rug om verhalen aan de roddelpers verkopen heb ik eindelijk een goede man getroffen. En dat werd verdomme tijd ook. Eindelijk heb ik ook eens geluk!'

Didi kreeg pijn in haar kaken van het glimlachen. Het was gewoon pijnlijk om te horen hoe gelukkig Caz was. Ze had er duidelijk geen idee van dat zij en Shay ooit een stel waren geweest; hij had het haar niet verteld. Maar waarom zou hij ook? Het was blijkbaar niet relevant.

'En de seks is ook hemels,' vervolgde Caz opgewekt.

Nou, dank je wel.

'Sorry, moet ik mijn mond houden? Ik kan er niks aan doen, ik ben gewoon zo gelukkig. Dat is het mooiste gevoel ter wereld, vind je ook niet? Nou ja, je weet hoe het is, je hebt zelf ook iemand.' Ze wees met het druipende kwastje naar de ring aan Didi's linkerhand. 'Hoe is die van jou?'

'Fantastisch! Ik kan me niet beter wensen.' Didi stond versteld van haar eigen acteerkwaliteiten. 'We passen goed bij elkaar. Ik heb veel geluk gehad.'

'Zo klaar. Nu alleen nog even wachten tot ze droog zijn.' Caz bewonderde haar glanzende nagels. 'En dan ga ik naar het huis dat Shay aan het opknappen is voor zijn vader. Ik weet dat het belachelijk is, maar ik wil gewoon continu bij hem zijn. Alsof ik zijn groupie ben! Als ik je een geheimpje vertel, beloof je dan dat je me niet zult uitlachen?'

'Dat beloof ik.' O, alsjeblieft niet nog meer sekspraatjes.

'Ik weet dat ik hem pas drie dagen ken, maar ik heb dit nog nooit eerder gevoeld. Toen hij vanochtend was vertrokken, heb ik mijn moeder gebeld om haar te vertellen dat ik de ware heb gevonden.'

Nadat ze zich van het bed had laten glijden waggelde ze, met haar tenen gespreid, als een eend naar de kaptafel om haar haar te borstelen. 'Ik heb mijn hele leven op iemand als Shay gewacht.'

30

'Wat is dit allemaal?' Will was op maandagavond net uit de taxi gestapt en wierp een blik op de tas vol cadeautjes op de stoep voor Layla's flat. 'Bijbaantje als zomerkerstman?'

'Voorzichtig, er zitten breekbare bij.'

Hij tilde de grote tas op en zette hem in de kofferbak. 'Is er iemand jarig? Wat een bofkont.'

Aangezien hij wist waar hij haar naartoe moest brengen, zou hij ook wel weten wie er jarig was. Layla had nog steeds het gevoel dat Will haar vriend maar niets vond, maar vanavond kon haar dat niets schelen, daar was ze veel te opgewonden voor. 'Harry is jarig... Nou ja, eigenlijk morgen, maar hij gaat morgen naar Sheffield, naar zijn ouders, en daarom vieren we het vanavond. Ik vind het leuk om cadeautjes voor mensen te kopen.'

'Dat zie ik.' Will sloot de kofferbak en hield het portier voor haar open.

'Hij is het waard,' zei Layla stralend.

'Ik vond het altijd leuk om mijn moeder cadeautjes te geven. Maar dan begon ze steevast te mopperen.'

'Waarom?'

'Ze zei dat ik er veel te veel geld aan uitgaf.' Bij de herinnering eraan verscheen er een glimlach om zijn mond. 'Voor haar was een kaart en eventueel een bosje bloemen genoeg, dat zei ze iedere keer weer. Maar ik vond het juist fijn om haar te verwennen, zelfs al was ze te ziek om naar buiten te gaan in haar mooie nieuwe kleren. Het is eigenlijk raar om iemand te laten zien dat je van haar houdt door zijden peignoirs en flessen parfum te kopen.' Met een spijtig lachje liet hij erop volgen: 'Die ze vervolgens weigerde aan te trekken en op te doen.'

'Maar ze wist best dat je van haar hield. Je zult haar wel vreselijk missen,' zei Layla.

Hij haalde zijn schouders op. 'Ja, natuurlijk. Maar ik mag van geluk spreken dat ik haar zo lang heb gehad. Ze had ook kunnen doodgaan toen ik nog klein was, zoals de moeder van Shay Mason. Dat zou veel erger zijn geweest.'

'O mijn god.' Harry's ogen vlogen wijd open toen hij de voordeur opendeed. 'Wat is dat allemaal? Dit is niet normaal. Kom, dan help ik je even...'

Eenmaal boven zette hij de tas op de bank en trok Layla in zijn armen. '*Happy birthday to me, happy birthday to me...*'

Nadat hij zich weer van haar had losgemaakt, zei hij op ernstige toon: 'Jij fantastisch lekker ding van me... jij bent al cadeau genoeg voor me.'

'Nou, jammer dan,' zei ze plagend, terwijl hij zijn handen over haar lichaam liet glijden, 'want je zult ze toch echt moeten uitpakken.'

'Dat doe ik straks wel.' Met glanzende ogen trok hij haar mee de slaapkamer in. 'Eerst jij.'

Na afloop pakte hij zijn cadeaus uit, de manier waarop alles was ingepakt luidkeels bewonderend. Het duurde niet lang of het hele bed was bezaaid met goudkleurig papier en lichtbruine satijnen linten.

'Een koffiezetapparaat.' Hij keek met gepaste verbazing naar het laatste cadeau dat hij uitpakte.

'Ja, deze heeft de beste reviews. En die koffiepads horen erbij. Ik heb er tweehonderd gekocht, dus voorlopig hoef je je geen zorgen te maken dat je zonder koffie komt te zitten!' Ze klopte op de dozen café au lait-pads. 'Of zonder melk!'

'Te gek,' zei hij. 'Hoewel ik mijn koffie altijd gewoon zwart drink als de melk op is.'

Dat hoefde hij haar niet te vertellen. Layla keek toe terwijl hij het beddengoed dat ze voor hem had gekocht bestudeerde, een setje van zachtgroene kussenslopen, een onderlaken en een dekbedovertrek.

'Katoen met een dichtheid van achthonderd draden.' Ze streelde de prachtige stof, waar ze zoveel lekkerder op zouden slapen dan op zijn oude paarse laken van polyester vol pillen.

Hij keek haar aan. 'Moeten we ze soms tellen?'

'Alleen als je dat per se wilt.' Ze sloeg haar armen om hem heen. 'Vind je het mooi allemaal?'

'Het is veel te veel.'

'Ik vind het leuk om cadeaus te geven.' Oké, misschien was het inderdaad wat overdreven, maar het waren allemaal spullen die hij goed kon gebruiken, dingen die het leven er een stuk prettiger op maakten. Bestek dat bij elkaar paste! Een prachtige kasjmieren trui en een heerlijke aftershave die niet naar wc-reiniger rook! Heerlijke nieuwe kussens van eendendons!

'Je bent echt te gek. Dank je wel.' Hij liet zijn vinger over haar mond glijden. 'Ik hou van je.'

Er trok een rilling van blijdschap door haar heen; eindelijk had hij het gezegd.

'Of is het te vroeg om dat al te zeggen? Maar ik kon het niet laten.' Hij keek haar hoofdschuddend aan. 'Want het is zo.'

Haar hart zwol op als een marshmallow in een magnetron. 'Het is niet te vroeg. Ik hou ook van jou.'

Later die avond, nadat ze pizza hadden gegeten, pakte Harry zijn telefoon. 'Dit wilde ik je nog laten zien. Hoe vind je hem?'

Tot haar verrassing bleek ze naar een foto van een motor te kijken, een zwart met zilveren Yamaha volgens de tekst eronder.

'500 cc, vier jaar oud, tienduizend kilometer gereden. Drieduizend pond.'

'Ik heb totaal geen verstand van motoren. Wil je hem kopen dan?'

'Ik weet niet goed of ik me dat wel kan veroorloven. Maar ik heb er echt eentje nodig. Ik bedoel, op een fiets kom je ook wel overal, maar ik ben meer tijd kwijt aan naar mijn cliënten fietsen dan aan het trainen zelf. Het is gewoon logischer om ergens wat sneller te kunnen zijn.' Hij vertrok zijn mond. 'Maar financieel weet ik het niet zo goed.'

'Je kunt toch een lening aanvragen,' zei ze.

'Maar ik ben eigen baas. Dan is het hondsmoeilijk om een persoonlijke lening te krijgen. En ik stap echt niet naar zo'n louche bedrijf dat flitskredieten verstrekt.'

Ze was op de hoogte van de problemen van zijn ouders; door de praktijken van zo'n instelling waren ze bijna failliet geweest. Harry had al zijn spaargeld moeten aanspreken om dat te voorkomen.

'Ga je morgen daarom naar ze toe? Denk je dat ze je al wat geld kunnen terugbetalen?'

Hij schudde zijn hoofd. 'Nee, en dat wil ik ook niet. Ze hebben zelf niet om al die problemen gevraagd. Ik ga naar ze toe omdat ik van ze hou, niet om om geld te bedelen. Van mijn moeder krijg ik vast een zelfgebreide trui en van mijn vader een cadeaubon van tien pond voor Top Man. En meer zou ik ook niet van ze willen hebben.'

Hij vocht tegen zijn tranen; Layla wist hoeveel hij van zijn ouders hield. Ze gaf hem een kus. 'Ze zullen het heel fijn vinden dat je komt.'

Hij knikte. 'Ja.'

'Zo te horen heb je leuke ouders.' Hopelijk zou hij haar gauw een keer aan hen voorstellen.

'Ze zijn fantastisch.' Hij wierp nog een laatste blik op de motor op zijn schermpje en zette toen zijn telefoon uit.

Een uur later zei hij: 'Ik wil je iets vragen. Eigenlijk liever niet, maar... nou ja, het is nogal persoonlijk.'

Ze kreeg een heel naar gevoel in haar buik. 'Wat dan?'

'Nee, laat maar. Doet er niet toe.'

Na een paar seconden zei ze: 'Vraag maar.'

'Misschien vind je het niet leuk.'

'Zeg het nou maar.'

'Oké, maar je mag altijd nee zeggen.'

Daar had je het. Layla zette zich schrap. Als hij haar wilde vragen of hij drieduizend pond van haar kon lenen voor de motor, dan zou ze nee moeten zeggen. Het was te veel, te snel... O alsjeblieft, als hij dat maar niet vraagt.

'Oké, niet boos worden.' Hij keek haar bezorgd aan met zijn mooie donkere ogen en hij streelde met zijn duim de rug van haar hand. 'Heb je die bon van dat koffiezetapparaat nog?'

O, gelukkig. Er ontsnapte haar een lachje van opluchting. 'Hallo? Ik ben accountant. Natuurlijk heb ik die bon nog.'

'Ik vind het heel vervelend om te vragen, maar zou je het erg vinden als ik het apparaat terugbreng? Want ik denk niet dat ik het vaak zal gebruiken, en ik probeer geld bij elkaar te krijgen voor een motor. Dus alle beetjes helpen.'

Layla raakte vervuld van schaamte. Ze had geweten dat hij dat apparaat niet zou gebruiken; ze had het eigenlijk voornamelijk voor zichzelf gekocht. Het was net zoiets als iemand een hondenmand geven als hij geen hond had. 'Nee, dat vind ik echt niet erg.'

'Zeker weten?'

Ze gaf hem een geruststellend knikje en streek met haar blote voet langs zijn scheenbeen. 'Ik ben blij dat je het hebt gezegd.'

Hij keek haar hoopvol aan. 'Echt?'

'Ja!'

'Want voor mij is het nu het belangrijkste om een goed vervoermiddel te hebben.' Hij tikte op het pillerige paarse onderlaken dat haar zo vreselijk irriteerde. 'En ik heb al een laken. Dus als je het echt meent, kunnen we dan ook al die spullen voor het bed terugbrengen naar de winkel?'

31

'Ik weet het, schat. Ik zie je morgen. Ik hou van je.'

Benny was in de keuken, en Ingrid zat zich buiten in de schaduw achter haar laptop voor te bereiden op het overleg van morgen in Kopenhagen. De ramen stonden wijd open, en hij was ervan uitgegaan dat ze haar dochter aan de lijn had, tot hem ineens inviel dat Birgitte gisteren uit Johannesburg had gebeld.

Hij zette zo'n piepklein kopje espresso dat ze altijd dronk en bracht het naar buiten. 'Wie was dat?'

'Hm?' Ze gooide haar asblonde haar naar achteren en tikte een paar woorden in het document op het scherm. 'O, dat was Birgitte.'

'Echt? Vlak voordat je ophing hoorde ik je vragen in welk hotel jullie morgen zaten.'

Ze wierp hem een spottende blik toe. 'Benedict! Speel je soms voor luistervink?'

'De ramen staan open. Dan kan ik het niet niet horen. En ik weet zeker dat je iemand anders aan de lijn had.'

'Betrapt! Een pluim voor monsieur Poirot.' Geamuseerd nam ze hem op. 'Ik denk dat je wel kunt raden wie het was.'

Het gevoel dat Benny bekroop had iets van een deur die in de verte dichtging. Niet met een klap, maar wel stevig en met beleid. Boven hem floten vogels, en terwijl hij naar haar keek hoorde hij ergens een hond blaffen, een auto toeteren in de hoofdstraat, en kleine kinderen vrolijk naar elkaar roepen op weg naar school.

'Sven.'

'Helemaal goed.' Ze nam een delicaat slokje van haar espresso. 'Tweede pluim al.'

'Je zei dat het uit was.'

'Toen ik dat zei was het ook uit. Ach toe, je bent niet achterlijk. Je hebt het altijd geweten.'

Was dat zo? Hij had het wel vermoed. Hij had er af en toe voor gekozen om geen vragen te stellen. Omdat hij niet bekend wilde staan als jaloers en achterdochtig en te saai voor woorden. 'Bekrompen', had ze hem genoemd toen hij had ontdekt dat ze met Sven naar bed was geweest. 'Burgerlijk' was nog zo'n woord van haar.

Goh, wat ben ik een stomkop geweest. Benny stelde zich een ander leven voor, een simpel, gelukkig leven zonder afstandelijkheid, bedrog en een partner die weinig om anderen gaf, zolang ze zelf maar kon doen waar ze zin in had.

Soms leek het hem wel fijn om een bekrompen en burgerlijk leven te kunnen leiden.

'Nou, veel plezier met Sven in Kopenhagen.' Na een kort stilzwijgen liet hij erop volgen: 'En als je terug bent, kun je bij hem intrekken.'

Ingrid slaakte een geïrriteerde zucht. 'Dat zou ik meteen doen als hij bij die lelijke huilebalk van een vrouw van hem zou weggaan.'

Het beste aan dutjes waren de dromen, had Red ontdekt. Tegenwoordig herinnerde hij ze zich bijna altijd na het ontwaken. En dat Mel er vaak in voorkwam was echt een bonus.

Hij deed zijn ogen open, met zijn geliefde vrouw nog vers in het geheugen. In zijn dromen waren ze allebei jong en gezond – nog zo'n bonus – en was hun band net zo sterk als vroeger. Verscheen ze tegenwoordig vaker in zijn dromen omdat hij vaker aan haar dacht? Of was het haar manier om hem te laten merken dat ze op hem wachtte en dat ze weer samen zouden zijn wanneer het zover was?

De telefoon die naast hem zoemde bracht hem in herinnering dat Shay zo zou komen en dat hij iemand bij zich zou hebben. Nou, dan kon hij maar beter naar beneden gaan. Rosa was naar Layla, en daarom zou hij zelf moeten opendoen.

Een paar minuten later werd er al aangeklopt. En op de stoep, met Shay achter haar, stond de nieuwe vriendin, die van tv.

'Hallo, ik ben Caz! Ik was dodelijk nieuwsgierig naar u!' Ze omhelsde hem en slaakte toen een kreetje van afschuw. 'O god, hoor mij nou. Ik ben ook zo'n kluns. Sorry, maar het komt gewoon omdat ik hartstikke verliefd ben op uw zoon en daar ben ik zo van in de war dat ik niet meer kan nadenken. Maar u ziet er best goed uit. Ik bedoel, ik weet wat u allemaal hebt moeten doorstaan, maar uw ogen hebben nog steeds zo'n twinkeling. Shay heeft me al zoveel over u verteld! Mijn oom Eddie zat ook continu in de gevangenis – hij was net zo'n boef als u! Ik ben zo benieuwd naar uw verhalen!'

Toen ze een uur later vertrokken was Red uitgeput. Caz kon praten, dat moest hij haar nageven. En ze was duidelijk helemaal weg van Shay.

Hij slonk zichzelf een glaasje valpolicella in en zette de tv aan om wat gezelschap te hebben, hoewel hij het nieuws van de dag grotendeels langs zich heen liet glijden. Een van de betere dingen aan doodgaan was dat je je geen zorgen hoefde te maken over dingen die in de toekomst zouden plaatsvinden.

Het nare aan doodgaan was dat je niet wist wat er met je familie en vrienden gebeurde als je er niet meer was. Hij zou niet meemaken dat Shay – hopelijk – een gezin stichtte. Hij had het idee gehad dat hij het lot wel een handje kon helpen, maar tot dusverre leek het er niet op dat het de kant op ging die hij wilde. Hij moest toegeven dat het ook behoorlijk kansloos had geleken. Maar toch had hij stiekem al voor zich gezien hoe hij die twee zou vertellen dat hij het vanaf het begin al zo had gepland.

Tja, een mens kon wel zoveel willen.

Maar Caz leek in elk geval een aardige meid. Een beetje luidruchtig en overdreven, maar met een goed hart. En misschien zou ze wel de ware blijken te zijn voor Shay. Misschien zouden ze prachtige blonde kindertjes krijgen en samen net zo gelukkig worden als Mel en hij waren geweest.

Red leunde achterover en sloot zijn ogen, fantaserend over een toekomst die nog moest komen. Als Shay in Elliscombe bleef wonen en kinderen kreeg, en als Didi en die vriend van haar hetzelfde deden, dan zouden hun kinderen misschien wel naar dezelfde school gaan. En dan zou Shay af en toe een blik in Didi's richting werpen, en zij in de zijne... en dan zouden ze zich allebei afvragen of het ook anders had kunnen lopen.

En misschien zouden ze, over een jaar of twintig, wanneer hun kinderen volwassen waren en hun huwelijken in elkaar waren gestort, eindelijk begrijpen waar het mis was gegaan en daar dan wat aan doen.

Beter laat dan nooit, zeiden ze toch?

Hij slaakte een zucht. Alleen zou hij er dan niet meer zijn en kon hij hun niet vertellen dat hij het altijd al had geweten.

32

Een week later liep Rosa Benny Colette tegen het lijf toen ze de Co-op uit kwam met drie tassen vol boodschappen.

'Hé!' Hij keek haar stralend aan. 'Hoe gaat het met je? Ik heb je al een tijdje niet in de tuin gezien. Niet dat ik dat in de gaten hield... God, sorry, ik klink nu echt als een ouwe bemoeial. Dat was niet de bedoeling.'

'Je hoeft je heus niet te verontschuldigen.' Rosa moest lachen om zijn beschaamde blik. 'Ik ben al een tijdje niet geweest.' Ze aarzelde even, zich afvragend of ze hem zou vertellen over haar vernederende ontmoeting met Ingrid. Beter van niet misschien. 'Alles goed met je?'

'Heel goed. Nou ja, Ingrid gaat bij me weg, maar dat is prima.'

'Wat? Wanneer is dat gebeurd? Wat is er misgegaan?'

Hij haalde zijn schouders op. 'Wie zegt dat het mis is gegaan? Misschien is het juist wel goed gegaan.' Na een korte stilte vroeg hij: 'Heb je soms zin om een kop koffie met me te drinken? Heb je daar tijd voor?'

'Tijd zat.' Red was met Shay en Caz op Hillcrest. 'Zullen we die nieuwe tent op het plein proberen?'

'Oké, hoewel ik het leuker zou vinden om naar mijn huis te gaan.' Hij wilde de winkel al uit lopen.

'Moest je geen boodschappen doen?'

Hij schudde zijn hoofd. Op droge toon zei hij: 'Ik ben je alleen maar naar binnen gevolgd zodat we elkaar toevallig tegen het lijf zouden lopen.'

Ze liet niet merken dat ze moest lachen; ze had zoiets al gedacht.

In Compton House deden ze, alsof ze het zo hadden afgesproken, geen enkele poging om het koffiezetapparaat aan de praat te krijgen. Toen ze aan de keukentafel zaten met hun mokken goudmerk, vroeg Benny: 'Voelt het raar om hier te zijn?'

'Wel een beetje. Hoewel het er heel anders uitziet. Het voelt ook anders.' De walnoothouten keuken was vervangen door een ultramoderne lichtgrijze. 'Is Ingrid echt niet thuis?'

'Ze is naar een cliënt in Madrid. Ze komt morgenavond terug. En vertrekt dan voorgoed de volgende ochtend. Ik kan haast niet wachten.'

'Misschien verander je nog van gedachten.'

'O nee,' zei hij op besliste toon.

'Wat is er gebeurd?'

'Ze heeft iemand anders.'

'O, wat erg.'

'Die dingen gebeuren. Het is niet de eerste keer. En ook niet de tweede of derde. Sven is een ex van haar. Ze hebben al jaren af en aan iets met elkaar, maar hij is getrouwd. Achteraf denk ik dat

Ingrid alleen wat met mij is begonnen om hem jaloers te maken. In de hoop dat hij dan van zijn vrouw zou scheiden. Maar dat is dus niet gebeurd. Het was stom van me, dat snap ik nu ook wel. Ik dacht dat ze hem gewoon eerst uit haar systeem moest krijgen.' Op droge toon voegde hij eraan toe: 'Onnozel, hè? Maar de laatste paar jaren waren niet echt leuk. En dat is nog zacht uitgedrukt.'

'Wat een droevig verhaal.' Hoewel ze Ingrid nooit had gemogen, leefde ze met hem mee.

'In zekere zin wel,' gaf hij toe. 'Maar aan de andere kant heb ik zo ook de tijd gehad om aan het idee te wennen dat we vroeg of laat wel uit elkaar zouden gaan. En eerlijk gezegd is het een opluchting voor me.'

'Nou, in dat geval moet het gevierd worden. Als ik een fles champagne bij me had, zou ik hem openmaken.' Ze hield een denkbeeldig glas op en zei: 'Proost! Op het begin van een fantastisch nieuw leven!'

'Er ligt een fles champagne in de ijskast.' Benny liet zich van zijn kruk glijden. 'Zal ik die openmaken?'

'O god, ik wilde eigenlijk nog wat doen vanmiddag. Ik moet een pop afmaken.'

Zijn ogen glinsterden ondeugend. 'Eén glas kan toch geen kwaad?'

'Vooruit dan maar. Je hebt een slechte invloed op me.'

Hij pakte de fles en twee niet-denkbeeldige glazen. 'Voor wie is de pop?'

'Voor een jongetje van drie in Singapore. Het arme kind is zonder armpjes geboren.'

'Heb je eigenlijk nog wel eens wat van die vrouw gehoord? Die met die kleindochter?'

'Hé, weg jij!' Blozend sloeg Rosa naar een wesp die op de tafel was geland. Nadat ze de pop naar Pamela Baker had gestuurd had ze eigenlijk wel een bedankbriefje verwacht, maar dat was uitgebleven. Nou ja.

'Ik weet wat we toen tegen je hebben gezegd, maar achteraf had ik daar een beetje een naar gevoel bij.' Met een spijtig lachje om zijn mond trok hij de folie van de fles en verwijderde het ijzerdraad. 'Jammer dat je die brieven hebt weggegooid, want stel dat ze toch geen oplichtster was. Als je het adres nog had gehad, zou ik je geld hebben gegeven om die pop te maken en naar haar op te sturen.'

Plop deed de kurk; ze schrokken allebei toen hij tegen het plafond knalde, en Rosa klapte verrukt in haar handen.

'Als Ingrid hier was, zou ze haar hoofd schudden,' zei Benny. 'De kurk de lucht in laten schieten is iets voor het plebs, zegt ze.'

'Ik vind het het mooiste geluid van de wereld.' Rosa keek hem stralend aan. 'Prachtig gewoon. En als Ingrid hier was geweest, zou ik hier helemaal niet zijn.' Nadat hij de champagne had ingeschonken zei ze: 'Op betere tijden.'

'Proost.' Benny kreeg lachrimpeltjes om zijn ogen.

'Ik ben zo blij dat je dat zei over die pop. Echt aardig van je om me daar geld voor te willen geven.'

'Waarom kijk je me zo aan? Heb je haar adres soms nog?'

Ze knikte. 'Ja.'

'Yes!' Benny was door het dolle heen. 'Dan geef ik je het geld. Laten we het gewoon doen.'

Hij was echt een hartverwarmende man. Nadat Rosa een slokje Veuve Clicquot had genomen, biechtte ze op: 'Ik heb het al gedaan.'

Hij begon te lachen. 'Heb je die pop al gestuurd? Ik had het kunnen weten. Die oma zal wel blij zijn geweest!'

Ze haalde haar schouders op en zei zonder ook maar een spoortje van spijt in haar stem: 'Laten we het hopen. Ik heb niks meer van haar gehoord.'

Hij keek haar ontzet aan. 'Meen je niet.'

'Tja. Zeg dat maar niet tegen Red, want dan blijft hij me dat inwrijven.'

'En vertel hem ook maar niet wat ik heb gezegd.' Om te vieren dat ze een pact hadden gesloten tikte hij met zijn glas tegen het hare. 'Want dan zal hij me vast een watje vinden.'

Het was de tweede dag van september en hun tijd samen zat erop. Voorlopig dan.

'Je auto staat buiten te wachten.' Shay probeerde zich van Caz los te maken, die zich als een koala aan hem had vastgeklemd.

'Ik wil niet weg. Dwing me nou niet om weg te gaan!'

Ze wist echter best dat ze wel moest. Overmorgen zouden ze gaan draaien in Toronto, en de regisseur zou het beslist niet fijn vinden als zijn hoofdrolspeelster niet kwam opdagen.

'Vooruit.' Hij liep met haar mee de eeuwenoude eikenhouten trap af. 'Als je er eenmaal bent, zul je het vast leuk vinden.'

'Nee! Ik wil bij jou blijven!'

'Ik ben voorlopig nog zestien uur per dag aan het werk.'

'Maar zul je me wel missen?'

Zijn mondhoeken vertrokken even. 'Natuurlijk ga ik je missen.'

Ze kuste hem op de trap en daarna nog een keer op de stoep voor het hotel. De chauffeur opende het portier, en nadat Caz Shay nog een laatste wanhopige kus had gegeven stapte ze in, zich luidkeels beklagend over het leven dat oneerlijk was, en dat ze zo ongelukkig was dat ze het liefst haar mond wilde dichtplakken zodat ze niet eens zou kunnen acteren.

'Hebt u uw paspoort?' vroeg de chauffeur.

'Nee.' Caz keek hem onschuldig aan. 'Dat ben ik kwijt. O jee, nou kan ik niet weg.'

De chauffeur, die blijkbaar vaker met dit bijltje had gehakt, leek niet te schrikken. Hij keek even in haar handtas en zei: 'Het zit hierin.'

'Ik haat je. Oké, laten we dan maar gaan.' Ze greep Shays hand beet door het openstaande raampje. 'En niet stout zijn als ik weg ben, hè! En al helemaal niet naar bed gaan met de volgende gast in de Midsummer Suite.'

'Ik zal het proberen,' zei hij.

De auto reed soepel de hoofdstraat uit. Toen Shay hem niet meer kon zien, draaide hij zich om en zag dat Didi achter de receptie stond.

Ze keek op. 'Dat gaat vast niet gebeuren.'

'Sorry?'

De diamant aan haar vinger schitterde toen ze een verdwaalde lok haar achter haar oor streek. 'Over een paar uur zal een grote, forsgebouwde Amerikaan die Myron heet de Midsummer Suite weer betrekken.'

Myron, de eigenaar van de luidruchtige tandenborstel.

'Ach, je kunt nooit weten,' zei hij met een klein lachje.

Zijn telefoon ging over en hij nam op. Het was Red. 'Gaan we nog naar het huis? Ik dacht dat je me om tien uur zou oppikken.'

'Caz is iets later vertrokken dan de bedoeling was.' Ze had de chauffeur twintig minuten laten wachten. 'Ik kom er nu aan.'

'Dan doe ik in de tussentijd nog even een paar honderd jumping jacks,' zei Red.

Vijf seconden nadat Shay had opgehangen ging zijn telefoon opnieuw.

'Mis je me al?' vroeg Caz. 'Want ik mis jou wel.'

Hoe ver weg kon ze nu zijn? Hooguit een paar kilometer toch? 'Ik wilde net naar het huis gaan.'

'Ja, maar mis je me?'

Hij wierp een blik op Didi, die fronsend naar haar computerscherm keek, maar ongetwijfeld meeluisterde. 'Dat zal heus wel gebeuren, zodra ik daar de kans voor krijg.'

'Hou je van me?'

'Ja.'

'Zeg het dan!'

'Ik moet ophangen, ik zit in de auto.'

'Ik hoef niet te gaan,' bracht Caz hem in herinnering. 'Ik kan zo weer terugkomen, hoor. Tenzij je het zegt.'

In haar wereldje betekenden die woorden zo goed als niets, wist hij. Op het podium, op tv en op de sociale media vertelde ze haar fans keer op keer dat ze ontzettend veel van hen hield.

Hij fluisterde: 'Ik hou van je.'

Caz begon te juichen. 'Zie je nou wel? Ik wist wel dat je het kon!'

Tegen de tijd dat hij weer had opgehangen was Didi verdwenen. Hij vroeg zich af of ze had gehoord wat hij had gezegd.

Maar wat dan nog? Zij en Aaron zouden het vast ook de hele tijd tegen elkaar zeggen.

33

'Alles goed?' vroeg Benny ter begroeting aan Rosa toen ze in de week daarop de keuken van Compton House binnenkwam.

'Ja, fantastisch!' Ze ging op een kruk aan het marmeren kookeiland zitten en pakte twee koekjes uit de geruite trommel. 'Het voelt raar om daar nu in alle openheid tegen hem te praten. Raar maar fijn,' vervolgde ze. 'Fijn dat ik niet meer stiekem hoef te doen.'

'Als ik het had geweten, had je het helemaal nooit stiekem hoeven doen.'

'Tja. Trouwens... Dat had ik je nog niet verteld, maar een paar weken geleden was er nog een akkefietje met Ingrid.'

'Echt?' Benny keek haar verschrikt aan. 'Wat zei ze?'

Ze gaf hem een korte samenvatting van hun gesprek in de tuin. 'Ze vond het maar niks dat ik van jou de tuin in mocht. En ze zei dat mijn gesprekken met Joe saai waren.'

'O, wat erg. Vroeger hield ik mezelf altijd voor dat ze gewoon heel eerlijk was. Maar dat was meer omdat ik mezelf ervan probeerde te overtuigen dat ze diep vanbinnen een fatsoenlijk mens was. Terwijl ze in werkelijkheid gewoon een bitch is die het leuk vindt om mensen te kleineren.' Hij haalde zijn vingers door zijn warrige bruine haar. 'Ik weet niet waarom we het nog zo lang met elkaar hebben uitgehouden. Het is mijn eigen stomme schuld.'

'Natuurlijk is het niet jouw schuld. Zo mag je echt niet denken!'

'Ik bedoelde dat ik überhaupt iets ben begonnen met iemand van wie ik wist dat ze niet de makkelijkste was. Ik lijk gewoon altijd op de verkeerde vrouwen te vallen.' Hij slaakte een diepe zucht. 'Ik heb nog nooit een ontspannen relatie gehad, snap je? Een relatie waarin je niet steeds bang hoeft te zijn voor problemen. Terwijl ik alleen maar verlang naar een simpel, fijn leven zonder ruzie en zonder drama.'

'Ik snap wat je bedoelt.' Rosa knikte. 'Ik heb wat dat betreft erg veel geluk gehad met Joe. Hij was altijd vrolijk; ik hoefde me nooit af te vragen in wat voor stemming hij zou zijn als hij thuiskwam. We vonden het gewoon fijn om een stel te zijn, om elkaar te helpen en samen lol te maken. Als we bijvoorbeeld aan het koken waren en er werd ineens een goed nummer op de radio gespeeld, dan begonnen we meteen te dansen. Dat was zo leuk.'

'Hier?'

'Eerst in onze kleine flat in Londen en daarna ook hier.' Ze glimlachte bij de herinnering. 'Toen Layla nog klein was begon ze altijd in haar handen te klappen en wilde ze meedoen. Maar toen ze eenmaal een puber was hield dat natuurlijk op. Joe en ik bleven het echter doen, en dan rolde ze met haar ogen en zei dingen als: "Brr, smerig gewoon, oude mensen die sexy proberen te doen." Joe zei altijd dat we nog steeds met elkaar zouden dansen als we negentig waren.'

'Wat mooi,' zei Benny.

'Ja, dat was het ook. En we mogen de negentig dan niet samen hebben gehaald, maar het was fijn zolang het duurde. Ik mag mijn handen dichtknijpen dat ik hem nog zoveel jaar in mijn leven heb gehad.' Ze gebaarde naar haar gezicht. 'En moet je me nu zien! De tijd heelt echt alle wonden. Zelfs vorig jaar nog kon ik zomaar in huilen uitbarsten als ik het over hem had. Maar we hebben het nu over hem, en er valt geen traan te bekennen. Het is nu nog alleen maar een mooie herinnering.'

'Dat is fijn om te horen. Konden jullie goed dansen?'

Ze sloeg bijna dubbel van het lachen. 'O nee, totaal niet, we waren verschrikkelijk! Maar dat gaf niet, we deden het puur voor de lol.'

Toen Rosa drie uur later weer thuiskwam lag Red languit in een comfortabele ligstoel in de schaduw van de wilg. Met ingehouden adem bestudeerde ze hem een paar seconden, maar tot haar opluchting ging zijn borstkas rustig op en neer.

Ineens gingen zijn ogen open. 'Waarom kijk je zo naar me?'

'Ik dacht dat je sliep.'

'Of controleerde je soms of ik nog wel leefde?'

'Zeg niet zulke rare dingen.'

Hij grinnikte. 'Het is toch zo? Waar ben je trouwens geweest?'

'Compton House.'

Hij keek naar de stand van de zon. 'Drie uur?'

'Sorry. Het was niet mijn bedoeling om zo lang weg te blijven.'

'Maakt mij niet uit. Shay heeft me pas een uur geleden hier afgezet. Heb je gedronken?'

'Wat is dit voor kruisverhoor? Nee, ik heb niet gedronken. Waarom vraag je dat in vredesnaam?'

'Omdat je de vorige keer vertelde dat jullie champagne hadden gedronken.'

'Nou, vandaag niet. Klink ik soms alsof ik heb gedronken?'

'Nee, maar je kijkt zo... vrolijk.' Hij nam haar geïnteresseerd op. 'Je lijkt helemaal te stralen.'

'We hebben buiten in de zon gezeten,' zei ze. 'Waarschijnlijk zijn het zweetdruppeltjes.'

'Dat zal het zijn.' Hij klonk geamuseerd. 'Maar je hebt het dus wel leuk gehad.'

'Ja, we hebben gezellig zitten kletsen. Ik had helemaal niet door dat het al zo laat was. Trouwens, heb je al plannen voor morgen?'

'Niet echt, ik denk dat ik weer naar het huis ga. Hoezo?'

'Benny gaat morgen naar het Westonbirt Arboretum. Hij vroeg of ik het leuk zou vinden om mee te gaan, en we dachten dat het misschien ook iets voor jou zou zijn.' Omdat ze wist dat meer dan honderd meter lopen te veel voor hem was, voegde ze er snel aan toe: 'We hebben al op hun website gekeken, en het is er rolstoelvriendelijk. Je zult het daar prachtig vinden.'

'Bomen. Nee, dank je.'

'Maar je houdt van bomen!'

'Van sommige bomen wel. Maar als er te veel zijn, gaan ze allemaal op elkaar lijken.'

'Onzin,' protesteerde ze, maar hij schudde zijn hoofd al.

'Niet mijn ding. Gaan jullie maar. Zeg maar tegen Benny dat het aardig aangeboden is, maar dat ik liever bij mijn zoon blijf.'

Het probleem van je ontbijt overslaan was dat je maag dan dacht dat hij bij de lunch wel een beloning mocht hebben voor het lange wachten. Normaal gesproken haalde Layla altijd snel een broodje of een pastasalade bij de bakker een eindje verderop, maar haar maag dwong haar naar het Franse café in Comer Street te lopen.

Soms nam je maag namelijk alleen genoegen met een kaassoufflé en friet, en wie kon die beter maken dan Bettine?

Door het raam zag ze dat het druk was in de zaak. Ze zag ook Will aan een van de tafeltjes druk op zijn iPad tikken. Tussendoor nam hij een hap soep en brood met boter. Ze had hem al heel vaak gevraagd wat hij toch uitspookte op die iPad, maar hij zei altijd dat het niets bijzonders was.

Tegen de tijd dat ze bij de toonbank haar bestelling had geplaatst waren alle tafels bezet. Terwijl ze aarzelend om zich heen keek, greep een peuter de zoom van haar gele stippeltjesjurk beet, en door die plotselinge flits van kleur en beweging keek Will even op.

'Hoi.' Omdat hij merkte dat ze een plek zocht zei hij: 'Je mag hier wel komen zitten, als je wilt.'

De iPad werd snel uitgezet en aan de kant geschoven. Layla ging tegenover hem zitten.

'Neem maar wat friet.' Will duwde het bord naar haar toe. 'Die is zalig.'

Ze pakte er eentje. 'Ik weet het. Dat is een van de twee redenen dat ik hier zo graag kom.'

'En de andere reden? O, heb je de kaassoufflé wel eens geprobeerd? Echt verrukkelijk.'

'Dat is nou precies wat ik heb besteld.' Layla merkte dat ze zich begon te ontspannen. 'Blijkbaar zijn we een soufflétweeling.'

'Met een bijzonder goede smaak.' Na een korte stilte voegde hij eraan toe: 'Waarom kijk je me zo aan?'

'Vind jij het ook niet een beetje een raar gevoel?' Ze wees naar hem en toen naar zichzelf. 'We hebben al honderden keren bij elkaar gezeten, maar altijd naast elkaar. We hebben nog nooit tegenover elkaar gezeten. Je ziet er... anders uit!'

'Wil je soms zeggen dat het een beproeving voor je is om mijn hele gezicht te zien?' Hij trok verontwaardigd een wenkbrauw op. 'Heb je me liever en profil?' Hij draaide zijn hoofd eerst naar links en toen naar rechts. 'Zo?'

'Ik wen er vast wel aan. En laat je door mij niet storen.' Ze gebaarde naar de iPad. 'Ga gewoon door met wat je aan het doen was. Ik hou mijn mond wel.'

'Dat hoeft niet, ik was toch net klaar.' Net zoals anders was hij blijkbaar niet van plan haar te laten zien waar hij mee bezig was.

'Schrijf je soms gedichten?' vroeg ze. 'Of ben je een spion? O, ik weet het al, je bent zo'n anonieme restaurantrecensent en dat moet geheim blijven!'

'Betrapt.' Hij grijnsde, volkomen op zijn gemak. 'Daar heb je je eten al.'

Onder het eten vertelde hij over zijn werk en de gekke ontmoetingen die hij soms had, zoals vanochtend nog, toen een groepje buitenlandse toeristen kwaad op hem was geworden omdat hij ze vanmiddag niet een sightseeingtour door Schotland kon geven. Nee, zelfs niet even een korte.

'Dan bof je met mij, ik ben in elk geval niet raar.' Ze wiebelde met haar hoofd en haar grote flamingo-oorhangers begonnen te rinkelen. 'Op mijn outfits na dan.'

'Ik zou jou nooit raar noemen. Jij bent een van mijn beste klanten.'

'Beste als in favoriete? Of omdat ik je zoveel geld oplever?'

'Allebei natuurlijk.' Hij aarzelde. 'Mag ik je iets persoonlijks vragen? Waarom rijd je eigenlijk zelf geen auto?'

Dat had hij haar nog nooit gevraagd. Layla voelde de vertrouwde steek in haar buik. 'Ik vind het niet leuk. Ik wil het niet. Dit is trouwens echt de beste kaassoufflé van de hele wereld.' Ze sneed met de zijkant van haar vork door de knapperige goudbruine korst en snoof de stoom van de gesmolten Zwitserse kaas op.

'Maar waarom wil je het niet?' Hij keek haar kalm aan. 'Oké, je hoeft het me ook niet te vertellen. Laten we het ergens anders over hebben.'

'Nee, goed, ik zal het je vertellen.' Ze legde haar vork neer. Jarenlang was ze op de loop gegaan voor de herinnering, als een eekhoorn in paniek. Het was een ervaring die ze het liefst uit haar geest zou wissen. 'Ik heb ooit bijna iemand doodgereden. Ik voelde me zo schuldig dat ik na die dag nooit meer heb gereden.'

Zijn blik verzachtte. 'Sorry. Ik vroeg me al af of het niet zoiets was geweest.'

'Ja, nou, het is geen geheim.' Ze haalde haar schouders op. De adrenaline schoot weer door haar heen bij de onvermijdelijke flashback die ze kreeg nu ze het hardop had gezegd. 'Sommige mensen kunnen maar beter niet achter een stuur gaan zitten, en ik ben er één van.'

'Maar je zei bijna doodgereden, dus die man of vrouw leeft nog.'

'Ja.'

'Was het een automobilist?'

'Nee, een voetganger.' Ze blies langzaam haar adem uit, zichzelf dwingend om de aloude angst af te wenden.

'Maar je deed het toch niet expres? Je bent niet de weg op gegaan met de bedoeling iemand aan te rijden. Het was een ongeluk, een fout die iedereen kan maken.'

'Nee, dat was het niet.'

Hij keek haar geschokt aan. 'Hoe bedoel je?'

'Ik bedoel niet dat ik het expres heb gedaan. Alleen maar dat het niet mijn fout was.'

'O. Maar waarom...'

'Ik was twintig. Ik had al drie jaar mijn rijbewijs. En ik was stapelverliefd op mijn vriend. We waren in mijn auto op weg naar zijn ouders, aan wie hij me zou voorstellen. En toen stak er ineens een oudere vrouw over zonder te kijken of er verkeer aan kwam.' Ze slikte; het geluid van een lichaam dat tegen de zijkant van de auto plofte zou haar eeuwig bijblijven. 'Ik reed niet echt snel, maar ik kon toch niet op tijd stoppen. Het was het allerergste wat ik ooit had meegemaakt. Maar daarna werd het nog erger.' Haar stem brak van emotie. Ze probeerde zich te vermannen en vervolgde: 'Want het was de oma van mijn vriend.'

'O god.'

'Ze lag op de grond en had verschrikkelijk veel pijn. Haar bekken was gebroken, en ze had ook drie gebroken ribben. Ze had niet opgelet omdat ze liep te bellen met een vriendin, ze was haar aan het vertellen dat ze op weg was naar haar zoon, waar ze de nieuwe vriendin van haar kleinzoon voor het eerst zou ontmoeten.'

Will schudde meelevend zijn hoofd. 'En toen...'

'Ambulance. Politie. Ik moest een ademtest doen, hoewel ik al dagen niets had gedronken. Mijn vriend belde zijn ouders, die meteen kwamen en tegen me begonnen te schreeuwen. En toen begon hij ook te schreeuwen, en er stonden allemaal mensen om ons heen die alles volgden alsof het iets op tv was. Hoe dan ook, de familie gaf mij de schuld. Gelukkig waren er genoeg getuigen die zeiden dat het niet mijn schuld was, maar toch voelde ik me schuldig. Want als ik niet op dat moment over die weg had gereden, zou het nooit zijn gebeurd. En dat was het einde van mijn vriend, en ook het einde van mijn autorijden. Ik wilde voorkomen dat ik dat gevoel ooit nog een keer zou krijgen. En dat zal ook niet gebeuren, want nu heb ik jou.' Oké, dat klonk een beetje raar; snel vervolgde ze: 'Ik bedoel jou en de andere taxichauffeurs die me rondrijden.'

'Nu begrijp ik het,' zei hij. 'Wat vreselijk om dat te moeten meemaken. Logisch dat je getraumatiseerd bent.'

Ze knikte, opgelucht dat ze het hem had verteld, blij dat hij het had gevraagd. 'Heb jij wel eens een ongeluk gehad?'

'Nee. Is die oma er weer bovenop gekomen?'

'Ja, gelukkig wel.'

'Heeft de familie ooit haar excuses aangeboden vanwege die onterechte beschuldigingen?'

'Nee.'

'Dat moet ook vreselijk zijn geweest. Sorry dat ik het zeg, maar die vriend van je was ook een waardeloze vent.'

Het was leuk om hier met iemand te zitten praten die aan haar kant stond. Op spijtige toon zei ze: 'Ach, hij was een van de velen. In de loop der jaren heb ik heel wat waardeloze vrienden versleten.'

Zijn wenkbrauwen vlogen omhoog. 'Bedoel je dat...'

'Tot Harry natuurlijk.' Ze voelde dat er een lach op haar gezicht doorbrak. 'Hij heeft de ban verbroken. En dat werd tijd ook.' Hij deed weer zo raar met die wenkbrauwen van hem. 'Waarom doe je dat steeds?'

'Wat?'

'Alsof je eraan twijfelt. Hij maakt me gelukkig. Ik heb eindelijk eens een lieve vriend. Dat is toch fijn!'

'Oké.'

'En je doet het nog steeds. Weet je soms iets wat ik niet weet? Heb je hem met iemand anders gezien?' Ze flapte de vraag eruit, half uitdagend, half bang.

'Nee, ik heb hem niet...'

Layla's telefoon ging over. Terwijl ze het toestel uit haar tas pakte, zei ze tegen Will: 'Nou, ik ben blij dat te horen.' Tegen degene die belde vervolgde ze: 'Hoi, we hadden het net over je! Hoe laat zie ik je vanavond? O, oké, nee, dat is geen probleem. Ik heb nog heel veel werk in te halen, morgen is veel beter. Ja! Ik ook van jou!'

Over slechte timing gesproken. Ze stopte haar telefoon weg, stiekem de veeleisende cliënt vervloekend die Harry op het allerlaatste moment nog had geboekt voor vanavond, want Will zou daar vast de verkeerde conclusie uit trekken. Opgewekt legde ze uit: 'Hij probeert een cliëntenbestand op te bouwen. Dit jaar de Cotswolds, volgend jaar de rest van de wereld! Heb jij tijd om me morgenavond om zeven uur naar Bourton te rijden?'

Hij knikte. 'Geen probleem.'

'Je zou eens een datingapp moeten proberen. Die zijn fantastisch. Echt, probeer Fait eens. Wie weet leer je een leuke vrouw kennen!'

Nu was het Wills telefoon die begon te rinkelen. Hij wierp een blik op het schermpje, dronk zijn glas water leeg en stond op. 'Er staat een klant op me te wachten. Ik moet gaan. Dan zie ik je morgen.'

'Ja, dag.' Er lag nog een frietje op zijn bord. Layla, die wist dat hij het expres had laten liggen, pakte het snel en stopte het in haar mond. Wat maakte het nu uit of je zelf een bord vol friet voor je had staan? Van friet kon je nooit te veel hebben.

Een beetje lauw inmiddels, maar nog steeds lekker.

Hij grinnikte. 'Ik wist dat je dat zou doen.'

Toen hij naar de deur wilde lopen werd hem de weg versperd door een oma die met een tweelingbuggy probeerde te keren tussen de tafels. Ineens hoorde Layla zichzelf zeggen: 'Je vertrouwt Harry niet, hè?'

Will, die net zo overvallen was door de vraag als Layla zelf, zei aarzelend: 'Ik ken hem natuurlijk niet.'

Had ze onbewust soms willen begrijpen waarom hij iets tegen haar vriend leek te hebben? 'Weet je zeker dat je hem nooit met een andere vrouw hebt gezien?' Het zou natuurlijk kunnen, vooral gezien Harry's werk; misschien had Will iets gezien en daar de verkeerde conclusie uit getrokken. Als dat zo was kon ze het hem uitleggen, en dan hoefde hij zich nergens meer druk over te maken.

'Nee.' Hij schudde zijn hoofd.

Godzijdank.

'Sorry sorry dat ik in de weg sta. Ze zouden eigenlijk rijles moeten geven voor die dingen.' De oma had haar buggy klem weten te zetten tussen twee tafels. Ze deed een stap naar achteren en gebaarde Will dat hij er wel langs kon. 'Ga maar gauw, anders kom je hier nooit meer weg!'

'Tot morgen,' zei hij nog een keer tegen Layla. 'Ik ben om zeven uur bij je.'

Dat wist ze. Hij was altijd op tijd.

'Is dat je vriend?' vroeg de oma, die inmiddels een van de twee baby's uit de buggy had getild. 'Hij heeft echt een heel lieve lach.'

Layla nam een hap soufflé. 'Hij is mijn vriend niet.'

'O nee? Sorry, maar toen ik je dat laatste frietje van hem zag pakken, dacht ik dat jullie een stelletje waren. Nou ja.' Ze keek Layla goedkeurend aan. 'Hij heeft toch een prachtige lach.'

34

Benny's hart klopte hem in de keel toen hij zijn huis uit liep. De laatste keer dat hij zo'n adrenalinestoot had gehad was toen hij het prijsje op een horloge dat Ingrids dochter wilde hebben verkeerd had gelezen; in plaats van vierhonderd euro bleek dat het vierduizend kostte. En natuurlijk had ze het een week later verloren op een strand in Saint-Tropez.

Oké, rustig blijven. Concentreer je. Het telefoongesprek van gisteravond met zijn nicht Mary had hem tot actie aangezet. Zelf had ze haar man al leren kennen toen ze zestien was, op de toneelclub van school. En nu, vijfenveertig jaar, een emigratie naar Amerika, zeven kinderen en acht kleinkinderen later, waren ze nog steeds idioot gelukkig met elkaar.

Hij had haar helemaal niet in vertrouwen willen nemen over Rosa, maar Mary bezat nu eenmaal het talent om je allerlei privédingen te ontfutselen. Het kwam vast door haar gezellige stem. Afijn, hij had haar dus alles verteld, en Mary, die dol was op romantische films, was opgetogen geweest. Ze had Ingrid slechts één keer kort ontmoet, tijdens een familiebezoek aan Groot-Brittannië, en ze hadden elkaar totaal niet gemogen.

'Wat fantastisch!' had ze gisteravond uitgeroepen. 'Je moet haar vertellen wat je voor haar voelt!'

Pats-boem. Alsof dat zo gemakkelijk was. Van schrik terugkrabbelend had hij gezegd: 'Ingrid is pas twee weken weg. Het is veel te snel.'

'Welnee,' zei ze. 'Je hebt me zelf verteld dat je blij bent dat ze weg is.'

'Maar dat komt toch raar over als ik zo snel alweer verderga met mijn leven?'

'Benny, luister. Je bent nu een paar keer met die Rosa uit geweest. Jullie hebben het ontzettend leuk gehad in het arboretum en in dat landhuis waar je met haar bent gaan lunchen. Als je weet dat iets goed voelt, moet je in actie komen.'

'Maar...'

'Zal ik je eens vertellen wat raar zou zijn?' zei ze, over zijn bezwaren heen walsend. 'Dat je de rest van je leven ongelukkig zou zijn omdat je die vrouw niet snel genoeg hebt verteld wat je voelt, omdat je je verscholen hebt achter "Het is te snel het is te snel," en dat er dan een andere kerel met haar vandoor gaat. Dat zou toch irritant zijn? Wat zul je dan een spijt hebben! Als ze echt zo leuk is als je zegt, dan is de kans groot dat een andere man dat ook vindt. Het zou zoiets zijn als wanneer je op eBay op het allerlaatste moment wordt afgetroefd door iemand met een hoger bod!'

Hij had nog geprobeerd om te zeggen dat het niks met een veiling te maken had, maar Mary was al begonnen aan een lang verhaal over een negentiende-eeuwse quilt die ze ontzettend graag had willen hebben, maar die haar in de laatste seconde door de neus was geboord door een etterbak die net iets meer had geboden. Voordat ze ophing, zei ze nog: 'Verzin gewoon iets romantisch, Benny. Probeer haar voor je te winnen voordat iemand anders haar kaapt. Je wilt toch geen watje zijn?'

Hij vroeg zich af hoe een oma uit Wisconsin in vredesnaam aan het woord 'watje' kwam. Hij gaf de schuld aan Netflix.

Hij had haar woorden echter niet uit zijn hoofd kunnen krijgen. Voor zover hij wist was er geen andere man die een oogje op Rosa had. Toen hij dat echter tegen Mary had gezegd, had ze meteen gevraagd: 'En die huurder van haar dan?'

'Die is doodziek.'

'Dat was onze dominee ook. Maar de gebeden van de mensen in de stad werkten, en hij is op wonderbaarlijke wijze hersteld. En voordat we het wisten verliet hij zijn vrouw, met wie hij al dertig jaar getrouwd was, en ging hij ervandoor met de schooldirectrice. Mensen kunnen altijd beter worden, en het is maar de vraag wat ze dan gaan doen. Ze worden er in elk geval roekeloos van. Ziet die man er goed uit?'

'Nou ja, hij is behoorlijk ziek. Maar ik denk wel dat... Ja.'

'Nou, daar heb je het al. Wees nu niet zo afwachtend, er is geen enkele garantie dat hij ook echt doodgaat.'

Hoe gek het ook klonk, door die laatste waarschuwing was hij in actie gekomen. Want mensen herstelden soms van de ergste ziektes, en als er iemand was die zoiets verrassends zou kunnen doen was het Red Mason wel, met zijn snelle geest, zijn gevoel voor humor en die guitige lach in zijn ogen.

Benny liep verder. Omdat Rosa hem dat had verteld wist hij in elk geval zeker dat Red vandaag op Hillcrest zou zijn, om een oogje in het zeil te houden terwijl de nieuwe keuken werd geïnstalleerd.

Voor Frog Cottage bleef hij even staan om op adem te komen. De keukenramen stonden open, in de bomen floten vogels, en hij hoorde Rosa vrolijk meezingen met Robbie Williams, onder begeleiding van kletterend vaatwerk in de gootsteen.

Oké, daar gaan we dan.

Omdat er niets mocht misgaan, zette hij zijn toestel uit. Het laatste wat hij kon gebruiken was gebeld worden door Ingrid die een afspraak wilde maken over wanneer ze haar laatste spullen kon komen ophalen.

Nu kon hij alleen nog maar hopen dat de radio-dj iets fatsoenlijks zou draaien.

Terwijl Rosa haar glazen ovenschaal stond te boenen, meedeinend met Robbie Williams, werd er op de deur geklopt. Met haar armen vol sop liep ze naar de voordeur.

Haar hart maakte een sprongetje toen ze zag dat het Benny was. 'Hallo? Wat brengt jou hier?'

'Ik was toevallig in de buurt.'

Ze lachte, want dat was wat ze steeds tegen elkaar zeiden.

'Kom verder, ik ben bijna klaar met de afwas. Er staat bier in de ijskast, als je zin hebt. We kunnen zo wel in de tuin gaan zitten.'

Benny liep achter haar aan de keuken in, waar Robbie Williams net klaar was, en de presentator mompelend reclame maakte voor een of ander zwembroekenmerk. 'Ik heb wel zin in een biertje. Lekker.'

Terwijl ze verderging met de afwas, besloot ze dat het moment was aangebroken om hem te zeggen wat ze op haar hart had. 'Ik vertelde Layla nog over het arboretum, over hoe mooi het daar was.' Toen ze even over haar schouder keek, zag ze hem iets ineenkrimpen. Om boven het geluid van de laatste release van 50 Cent uit te komen, vroeg ze: 'Of vond jij het soms saai?'

'Nee, nee.' Hij schudde snel zijn hoofd. 'Het was hartstikke leuk. Ik wilde je toevallig net vragen of je soms zin hebt om zondag naar een *country fair* in Frampton on Severn te gaan. Met mij, bedoel ik. Niet in je eentje.'

'Fantastisch!' Ze bloosde van plezier. 'Dank je.' Och hemel, ze begon steeds verliefder op Benny te worden. Ze genoot van zijn gezelschap en had de indruk dat hij het ook fijn vond om bij haar te zijn, maar het idee dat ze zichzelf misschien voor schut zou zetten, dat ze alleen maar dacht dat hij ook wat voor haar voelde, was angstaanjagend. Ze wist helemaal niet meer hoe je dat deed, een nieuwe relatie beginnen. En Benny had zelf nog geen enkele stap gezet. Misschien beschouwde hij haar slechts als een goede vriendin.

Ze hadden het nog even over de country fair. Toen ze klaar was met de afwas openden ze twee flesjes bier en leunden tegen het aanrecht. Op de radio maakte 50 Cent plaats voor het nieuws en het weer, en daarna zette de dj een oud nummer op van de Sex Pistols.

Rosa hoorde Benny een geërgerde zucht slaken. 'Is er iets?' vroeg ze. Ze had het idee dat hij op iets wachtte wat maar niet kwam.

Ineens wist ze het. Terwijl Benny naar buiten staarde, en Johnny Rotten krijste en schreeuwde, begreep ze plotseling wat Benny dwarszat, en de opluchting die ze voelde was overweldigend. Het liefst was ze in lachen uitgebarsten, maar ze hoorde zichzelf zeggen: 'Als je de muziek niet mooi vindt, mag je hem wel op een andere zender zetten.'

Hij keek haar aan, blijkbaar niet goed wetend of ze dat zei omdat ze het wist.

Ze gaf hem een bemoedigend knikje.

Benny liep naar de radio op de vensterbank. Toen hij op knoppen begon te drukken, zag ze dat zijn hand trilde.

Opeens klonk er harde taptoemuziek, waar ze allebei van schrokken.

'Ik denk het niet,' zei Rosa.

Hij drukte nog een knop in en kwam uit bij Classic FM, waar *Nimrod* van Elgar werd gedraaid. Rosa had dat voor het laatst op de begrafenis van haar vader gehoord.

'Nee, ook niet.' Ze schudde haar hoofd.

Benny waagde een volgende poging.

Hopelijk was het drie keer scheepsrecht, dacht ze. Elgar maakte plaats voor…

Een medisch programma waar luisteraars naartoe konden bellen. Heel fijn. Een man zei op ernstige toon: 'Dokter, het punt is dat ik erg graag sandalen draag, maar die schimmel is gewoon zo…'

'Dat willen we niet weten,' flapte ze eruit, terwijl Benny snel de knop indrukte.

'Dit loopt helemaal anders dan ik hoopte.' Er verscheen een glimlach om zijn mond. 'Typisch iets voor mij. Iedere keer als ik iets probeer, kun je er donder op zeggen dat het verkeerd uitpakt.'

'En nu,' zei de dj, die eindelijk medelijden met hen kreeg, 'een van de lievelingsnummers van mijn moeder: "The Winner Takes It All"!'

De bekende begintonen vulden de keuken, en Benny's zucht van verlichting deed niet onder voor die van haar. Hij zei: 'Ik dacht dat hij nooit iets fatsoenlijks zou draaien.'

Rosa ontspande zich weer. 'Godzijdank is er altijd nog ABBA.'

Hij spreidde zijn armen. 'Wil je met me dansen?'

Ook over haar gezicht verspreidde zich nu een lach. 'Ik dacht dat je het nooit zou vragen.'

Benny pakte haar hand, en de drie minuten daarna dansten ze samen in de keuken. Zijn handen lagen om haar middel, de hare op zijn schouders, en misschien waren ze dan niet de allerbeste dansers van de wereld, ze hadden wel de tijd van hun leven, en dat was het belangrijkst.

Toen het nummer was afgelopen, zei Benny zacht: 'Ik weet dat ik jouw Joe niet ben, maar ik ben altijd in voor een dansje met jou in de keuken.'

Rosa's hart ging tekeer op een manier waarvan ze had gedacht dat het nooit meer zou gebeuren. Hij was een schat van een man, aantrekkelijk, maar niet zo dat het je weer begon tegen te staan, met warrig haar, een vrolijke lach en een heel klein buikje. Aangezien haar eigen buik ook aan de ronde kant was, was ze daar blij om. Ze waren dan misschien geen modellen, ze waren gewoon normale mensen van middelbare leeftijd.

En normaal zijn was prima.

'Het hoeft niet per se in de keuken,' zei ze. 'Er is ook nog zoiets als in de tuin dansen.'

'Ik heb echt van de afgelopen weken genoten, ik vond het fijn om je steeds beter te leren kennen.' Hij nam haar onderzoekend op, alsof hij bang was dat hij te ver was gegaan.

'Voor mij geldt hetzelfde.' Om hem te laten zien dat hij beslist niet te ver was gegaan, ging ze glimlachend heel iets dichter bij hem staan. Het ging gebeuren; hij zou haar zo kussen, en ze durfde eindelijk toe te geven dat dat iets was waar ze al een hele tijd naar had verlangd.

En nu kwam hij ook iets dichter bij haar staan, heel langzaam, en elk moment zouden hun monden elkaar kunnen vinden... O, ze kon haast niet wachten...

Trrrinnnggg deed de deurbel, en ze bevroren allebei in hun bewegingen.

'Wie is dat?' vroeg Benny.

'Ik weet het niet. Ik verwacht niemand.'

Hij deed een stap naar achteren. 'O god, als het maar niet Ingrid is.'

'Hoezo? Heb je haar dan verteld dat je naar mij toe ging?'

'Nee. Maar ze wilde wel weten of er iemand anders was, en het beviel haar helemaal niet dat jij van mij onze tuin in mocht. Ach, maar ze kan hier helemaal niet zijn.' Ineens herinnerde hij zich het weer. 'Ze zit in Wenen.'

Trrrinnnggg!

35

Rosa zei: 'Oké, niemand weet dat je hier bent. Ik ga even kijken wie het is en dan wimpel ik ze wel af.'

'Maar stel dat ze toch binnenkomen. Waar moet ik dan naartoe?'

Ze dacht snel na. 'Naar boven. Ga maar naar Reds kamer. En maak je niet druk, ik zal echt niemand binnenlaten. Ze zijn binnen twee minuten weer weg.'

Er begon iemand op de voordeur te bonken. Een vaag bekende stem riep: 'Hallo, is daar iemand? Kun je alsjeblieft opendoen? Hallooooo!'

Ben wist niet hoe snel hij boven moest komen, terwijl Rosa ging kijken wie al die herrie maakte. In elk geval was het niet Ingrids stem.

Toen Benny zich veilig had verstopt in Reds slaapkamer deed ze de deur open en kreeg de schrik van haar leven.

'Ja, ze is wel thuis! Oef, ik raakte al even in paniek! Rosa Gallagher? Jij bent toch Rosa? Hallo, en niet gaan vloeken nu, maar je bent live op *Every Morning*!'

De onverwachte bezoeker was blond en weelderig en hysterisch vrolijk. Ze had ook een microfoon in haar hand en werd geflankeerd door twee mannen met tv-camera's. Rosa had vaak genoeg naar *Every Morning* gekeken om haar te herkennen van het dagelijkse programma, waarvoor ze vaak op pad ging om gewone mensen thuis te verrassen.

Terwijl Rosa nog stond te verwerken wat er gebeurde had de vrouw, die Carol heette en epische ladingen parfum ophad, zich al langs haar heen gewurmd, schreeuwend: 'Mogen we binnenkomen, Rosa? Is dit je huiskamer? O, kijk die muurschildering eens, fantastisch zeg! En kijk nu even naar de camera zodat de kijkers jou ook kunnen zien. We zijn hier omdat we een grote verrassing voor je hebben!'

Ze waren zomaar haar huis binnengevallen, en nu werden er ook nog eens twee camera's op haar gericht. Carol schreeuwde zo hard dat Benny het boven vast allemaal kon horen. Verbaasd zei Rosa: 'Ik denk dat je je vergist. Ik heb nergens aan meegedaan, dus ik kan niets hebben gewonnen.'

'Ach, lieve schat! Misschien heb je nergens aan meegedaan, maar je hebt wel gewonnen! Je bent genomineerd voor de Schat van een Mens-prijs en je bent de winnaar van deze week! Nou, wat zeg je daarvan, schat?'

Rosa knipperde met haar ogen. 'Eh... nou, zo schattig ben ik niet.'

Carol krijste van het lachen. 'O, wat ben jij grappig! Maar ik zal je even helpen herinneren... Gooi eens, Bob!'

Er dook ook nog een assistent op achter een van de cameramannen. Hij gooide iets door de lucht wat op de grond viel en haastig werd opgeraapt door Carol. 'Oeps, niet zo handig! Wat is dit, Rosa?'

Het werd met de minuut surrealistischer. 'Dat is... eh... een pop.'

'En die mooie pop heb jij gemaakt, toch? Omdat iemand die Pamela heet je een brief geschreven had met de vraag of je een pop zou willen maken die op haar geliefde kleindochter leek!'

Rosa merkte dat haar gedachten afdwaalden, terwijl Carol de kijkers thuis uitlegde wat er was gebeurd. Ze hield een foto van Pamela en de kleine Maisie op, maar haar andere arm bleef om Rosa's schouders liggen. Terwijl de vrouw doorpraatte hoorde Rosa de voordeur verder opengaan. Vlak daarna maakte Red zijn opwachting in de steeds vollere huiskamer. Hij keek Rosa aan en vroeg zacht: 'Wat is dit allemaal?'

'Hallo, hallo, kom verder, hoe meer zielen, hoe meer vreugd!' Carol stoof op hem af om hem een hand te geven, ondertussen schreeuwend: 'Jij moet Rosa's man zijn! Ik ben Carol van *Every Morning*! En we zijn hier om je vrouw de Schat van een Mensprijs te geven!'

De camera's zoomden in op Red die zei: 'Ik ben haar man niet.'

Dat was voldoende om Carol gillend te laten uitroepen: 'Nou, in dat geval zou ik graag je telefoonnummer hebben! Echt, schat, ik zie zo dat je vroeger een stuk moet zijn geweest... en nu nog eigenlijk! Hoe heet je?'

In Derby stond een vrouw, Christine, te stofzuigen met de tv aan. Toen ze Red, voor wie ze altijd een zwak had gehouden, herkende, viel haar mond open van verbazing. 'Maar dat is Red!'

In het oude centrum van Marbella liet Didi's moeder Maura bijna haar glas jus d'orange vallen. Lachend riep ze: 'Dit is absurd, moet je zijn gezicht zien! Maar wat is hij mager geworden...'

In een flatje vlak bij de oude haven van Gloucester wendde een gevangenisbewaarster die Maeve heette zich tot haar zus en zei: 'Allemachtig, dat is Red Mason, weet je nog? Hij had kort iets met Paula toen hij net op borg was vrijgelaten! God, wat ziet hij er ziek uit.'

En in bed, in zijn caravan met uitzicht op het strand van Perranporth, in Noord-Cornwall, liet Big Gav bijna zijn blikje bier vallen toen hij zijn oude maat Red zag. Jezus, wat zag die eruit: mager, afgetrokken, een wandelend lijk. Niet dat dat die krijsende teef op tv er trouwens van weerhield om met hem te flirten. Maar ja, zo ging dat met Red. Er zwermden al zijn hele leven vrouwen om hem heen, dus waarom zou dat nog veranderen?

In het hele land – en in sommige gevallen daarbuiten – werd Red Mason herkend, om verschillende redenen. Hij was zo iemand die je niet snel vergat.

In de huiskamer van Frog Cottage probeerde Red zich inmiddels los te maken uit Carols overenthousiaste greep. Beleefd zei hij: 'Sorry, maar ik ben naar huis gekomen omdat ik aan een dutje toe ben.' Hij verliet de kamer en liep voorzichtig de smalle trap op.

Boven in Reds slaapkamer had Benny het gedoe beneden gevolgd op een kleine tv die op de ladekast stond. Toen hij Red de trap op hoorde komen, overwoog hij even om zich onder het bed te verstoppen.

Maar nee, dat zou hij niet doen. Het mocht dan een bizarre situatie zijn, de eerste horde was genomen.

De slaapkamerdeur ging open. Red keek Benny aan en sloot de deur toen kalm achter zich. 'Over een verrassing gesproken. Ben je soms gekomen om me te verleiden?'

Benny lachte even. Ineens totaal niet meer bang zei hij: 'Ik ben hiernaartoe gekomen omdat ik Rosa wilde verleiden. Maar we werden min of meer gestoord.' Hij gebaarde naar de tv, waar het programma even werd onderbroken door de reclame. 'Toen er werd aangebeld wisten we niet wie het zou zijn.'

'Wat hebben ze precies onderbroken?'

'We waren aan het dansen in de keuken. Ik wilde haar net kussen.'

'O, dat is lang niet zo erg als halverwege het neuken gestoord te worden.' Hij gebaarde dat Benny moest opschuiven, zodat hij ook op het bed kon zitten. 'Ze is te gek. Ik snapte niet dat ze nog alleen was.'

'Het heeft lang geduurd voordat ze over Joe heen was.'

'Maar nu is ze er dus aan toe om verder te gaan. Je bent een bofkont.'

In een aanval van eerlijkheid zei Benny: 'Ik was bang dat jij er met haar vandoor zou gaan.'

'Ik?' Red lachte, hoestte en greep zijn borst beet tot hij weer kon praten. 'Zoals ik eraan toe ben? Ik mag al blij zijn als ik de kerst haal, hoewel dat meer zou zijn dan de gemiddelde kalkoen kan zeggen. Mijn leven zit er bijna op, of ik dat nou wil of niet.' Droog voegde hij eraan toe: 'Anders zou ik misschien inderdaad wel eens een concurrent van je kunnen zijn geweest, maar zoals het er nu voor staat... nee. Maar wat is er beneden nou eigenlijk aan de hand?'

Precies op dat moment was de reclame afgelopen, en zei de opgewekte presentator in de studio: 'Welkom terug, we gaan meteen weer over naar Carol en Rosa, de ontvanger van de Schat van een Mens-prijs van deze week!'

'De vrouw die geen geld had voor de pop voor haar kleindochter,' legde Benny uit. 'Van wie wij zeiden dat het een oplichtster was. Dat bleek dus niet zo te zijn.'

Benny keek uit het slaapkamerraam. 'Ze komen met nog iemand aanzetten.'

Op de tv ging de bel, en Carol deed open. Met een kleine vrouw in een flodderig roze vest en een bloemetjesjurk kwam ze even later de huiskamer in. 'En daar is ze dan, Pamela, ze komt je persoonlijk bedanken!'

Benny kromp ineen toen Pamela Rosa onhandig omhelsde en

eruit flapte: 'Ik zal je aardigheid nooit vergeten, je bent een engel!', om vervolgens in huilen uit te barsten.

'Ja, emotioneel, hè? Hier, heb je een knuffel van de pop van je kleindochter, en dan vertel ik Rosa wat we voor haar hebben!'

'God, wat gênant,' zei Benny.

'Goed, allereerst krijg je een mooie bos bloemen van ons.' Carol pakte de bos aan van een assistent en overhandigde hem aan Rosa. 'En een grote fles champagne van mijn lievelingsmerk! En de klapper is een weekend voor twee in Parijs!'

'Goh,' zei Rosa stomverbaasd.

'Je kunt misschien met die aantrekkelijke vent gaan die je boven hebt verstopt!' Carol begon te krijsen als een papegaai.

Red keek Benny aan. 'Ze moest eens weten dat Rosa hier twee kerels heeft verstopt.'

'En dat was dan de uitreiking van de Schat van een Mens-prijs van deze week,' schreeuwde Carol, 'terug naar de studio!' Ze pakte Rosa's hand en dwong haar om naar de camera te zwaaien. 'Dag dag!'

Nog geen vijf minuten later was de tv-ploeg alweer weg en was het alsof ze er nooit waren geweest, op het opzichtige boeket, de champagne en de vele telefoontjes van Rosa's vrienden na die haar wilden zeggen dat ze haar op tv hadden gezien.

'Sorry.' Rosa zette haar toestel uit en keek naar Benny en Red die de trap af kwamen. Ze had rode wangen. Ze zag er prachtig uit.

Benny zei: 'Het geeft niet. We hebben het boven gezien op Reds tv.'

'Ik had kunnen weten dat je die pop toch zou maken,' zei Red.

Ze grijnsde. 'Tja, wat zal ik zeggen? Als mensen sentimenteel gaan doen, kan ik geen nee zeggen.'

'Nou, het heeft gewerkt. Je bent nu officieel een schat van een mens. Alleen wisten wij dat al.' Hij hoestte, greep naar zijn borst en ging op de bank zitten.

'Je kunt beter wat gaan rusten,' zei Rosa tegen hem. 'Kan ik iets voor je doen? Heb je zin in een kop thee? Een glas whisky?'

'Nee, dank je, ik hoef niets. Ik denk dat ik maar eens een dutje ga doen. Gaan jullie maar gewoon door met waar jullie gebleven waren.'

Benny verbeet een lach, want Red was aan het plagen, en Rosa bloosde. Hij stak haar zijn hand toe. 'Ik heb hem verteld dat we aan het dansen waren in de keuken. Volgens mij kunnen we hem beter even met rust laten en verder dansen bij mij thuis.'

'O.' Rosa keek opgelucht.

'En met een beetje geluk zullen we daar niet gestoord worden.' Hij nam haar zachte hand tussen zijn vingers, zich verbazend over hoe heerlijk het voelde, alsof hun handen voor elkaar waren gemaakt. 'Zullen we dan maar gaan?'

'Naar jouw huis?' vroeg Rosa met een blik op hun verstrengelde vingers. 'Maar wat als mensen ons zien?'

Red barstte in lachen uit. 'Jij bent single. Hij is single. Wat maakt het nou uit of ze jullie zien? Bovendien,' voegde hij eraan toe, 'als je hem mee naar Parijs neemt, zullen nog veel meer mensen dat zien.'

36

Hillcrest was af. De laatste week had Shay zo'n beetje dag en nacht gewerkt om de puntjes op de i te zetten. En nu was hij klaar.

Didi, die vanuit de deuropening toekeek, beet op de binnenkant van haar wang en concentreerde zich op de pijn. Niet huilen, niet huilen.

'Prachtig.' Red was klaar met het bewonderen van de keuken, die was uitgevoerd in kobaltblauw en crème, kleuren die hij zelf had uitgekozen. Met de voor hem kenmerkende eerlijkheid zei hij: 'Ik was bang dat ik het loodje zou leggen voordat het af was, maar dat is niet gebeurd. Ik ben hier, precies waar ik wilde zijn. En mijn zoon heeft fantastisch werk geleverd. Zoals verwacht.'

'Dank je, pap. Maar je had echt geen hele speech hoeven houden, hoor,' zei Shay droogjes.

'Dat weet ik ook wel. Maar ik wilde het. Jij was helemaal niet van plan om terug te gaan naar Elliscombe, dat weet ik best. En dat je je de hele zomer het schompes zou moeten werken, had je beslist ook niet verwacht. Maar je wist dat ik dit huis wilde, en daarom heb je het toch gedaan. Je bent de beste zoon die een vader zich kan wensen, en dan nog wel zo'n ouwe onverlaat als ik. Je zult nooit begrijpen hoeveel dit voor me betekent.' Hij onderdrukte een kuchje en wapperde verontschuldigend met zijn hand. 'Hoe dan ook, je snapt zo ongeveer wat ik bedoel. Het was heerlijk bij Rosa, en we hebben het samen heel gezellig gehad, maar dit is nu mijn huis. Voor de rest van mijn leven.'

Het was niet zo gepland, maar de ongeveer twintig mensen in de keuken begonnen te klappen. Terwijl Didi haar best deed om niet in tranen uit te barsten, maakte iemand vlak achter haar het geluid van een gakkende gans.

'O god.' Caz greep haar arm beet. 'Ik heb niet eens zakdoekjes bij me en ik hou het nou al niet meer.'

Didi diepte een pakje Kleenex op uit haar schoudertas en gaf het haar. 'Ik wist niet dat jij er ook was.'

'Ik ben net aangekomen, een vlucht uit Toronto, mijn chauffeur heeft me hier afgezet. Het is me gelukt om een paar dagen eerder vrij te krijgen. Hoe gaat het met jou?' Ze knikte naar de glinsterende diamant aan Didi's linkerhand. 'Alles goed?'

Het was toch niet verkeerd om te liegen als je het om de goede reden deed? 'Fantastisch. Weet Shay dat je terug bent?'

'Nee! Maar toen ik hoorde dat het vandaag zou gebeuren wilde ik hem zo graag verrassen. Alleen had ik niet verwacht dat het zo emotioneel zou zijn, en nu lijk ik vast op een gesmolten clown.'

'Ik help je wel even.' Didi pakte een schoon zakdoekje en veegde voorzichtig de non-waterproof mascara van Caz' wangen. 'Zo, klaar.'

'Zeker weten? Kan ik er zo mee door?'

'Je ziet er prachtig uit.'

'Dank je, schat. Ik zou niet weten wat ik zonder jou moest beginnen.' Caz deed een soort showbizzdansje en maakte toen haar opwachting in de keuken. 'Nou, het is beslist de moeite waard geweest om hiervoor terug te komen – en zo te merken ben ik precies op tijd!'

Hoofden draaiden zich naar haar om. Iedereen was blijkbaar erg blij haar te zien. Ook Shay, stelde Didi met een steek van jaloezie vast. Red riep: 'Cazzy!', en met een gilletje van plezier stortte Caz zich in zijn armen.

Natuurlijk deed iedereen van *ah* en werden er foto's gemaakt van het gelukkige weerzien, terwijl Caz Red voorzichtig maar liefdevol knuffelde.

'We hadden je helemaal niet verwacht,' zei hij.

'O schat, maar dit is je grote dag! Daar moet ik toch bij zijn? Moet je nou kijken, jij in je eigen droomhuis! Dat zou ik voor geen goud hebben willen missen.' Ze streelde zijn magere gezicht. 'Hoe gaat het met je?'

'Ik ben gelukkiger dan ik zou moeten zijn. Maar het gaat niet slecht, het gaat helemaal niet slecht.' Ze wisten allemaal dat hij loog. 'Hoewel ik nu beter even kan gaan zitten.'

Caz liep naar Shay toe. Terwijl Didi naar hen keek voelde ze een golf van ellende over zich heen spoelen. Caz hield Shay stevig vast en kuste hem vol op de mond, waarop de metselaars, schilders en loodgieters met wie Shay had samengewerkt zachtjes begonnen te fluiten. Toen een van de elektriciens riep: 'Neem een hotelkamer,' wierp Caz hem een ondeugende grijns toe en zei: 'Dat is al geregeld.'

De volgende dag zat Didi in haar kantoor te werken toen de deur een stukje openging en Caz' gezicht in de opening verscheen.

'Hoi, heb je het druk?'

'Dat valt wel mee. Wat is er dan?'

'Heb je vijf minuten voor me?'

'Natuurlijk.' Didi sloeg haar laptop dicht en gebaarde Caz een stoel te pakken. Ze probeerde er niet aan te denken hoe vaak Caz en Shay afgelopen nacht seks hadden gehad. Maar aan de andere kant... Misschien was het wel nul keer en was hun relatie op de klippen gelopen. Nee, niet aan denken. 'Alles in orde?' vroeg ze hardop.

'Kijk niet zo bezorgd, het gaat hartstikke goed tussen Shay en mij!' zei Caz vrolijk. 'Hij is echt te gek.'

Oké, te veel informatie. 'Wat is dan het probleem?'

Caz sloeg haar benen over elkaar en stroopte de mouwen van haar blauw-witte shirt op. 'Nou, mijn agent heeft net gebeld over een rol in een film die in Nieuw-Zeeland wordt gedraaid. Blijkbaar wil de regisseur me erg graag hebben. En normaal gesproken zou ik me bijzonder gevleid voelen, maar het betekent wel dat ik daar dan drie maanden vastzit, en ze willen meteen een antwoord van me.' Ze had een gekwelde blik in haar ogen. 'Hoe moet dat dan met mij en Shay? Om elkaar zo lang niet te zien, dat is nogal wat. En als zijn vader er nog is als het draaien na kerst begint, dan wil hij hem vast niet alleen laten...' Ze maakte een hulpeloos gebaar terwijl de woorden wegstierven.

'Waarom vraag je dat aan mij?' vroeg Didi. 'Je moet met Shay gaan praten, horen hoe hij erover denkt.'

'Maar jij kent hem beter dan ik. Misschien voelt hij zich wel verplicht om het juiste antwoord te geven. God, het is zo lastig. Ik ben echt heel erg slecht in snappen wat mannen denken. Alle mannen die ik hiervoor heb gehad waren klootzakken.'

'Shay is geen klootzak.'

'Dat weet ik, en daarom wil ik ook zo graag dat het echt iets wordt met ons. Nou ja, en hij is natuurlijk woest aantrekkelijk, dat helpt ook.' Ze wierp Didi een grijns toe en vervolgde: 'Maar zeg eens eerlijk, hoe zie jij ons? Kan ik hem vertrouwen als ik in Nieuw-Zeeland zit en hij hier? Moet ik hem vragen om mee te gaan? En als hij dat niet wil, moet ik die rol dan afwijzen? Misschien heeft hij wel liever dat ik hier blijf. Wat denk jij?'

O god, dit was echt een marteling. 'Je moet dat nog steeds aan hem vragen,' zei Didi, 'maar volgens mij vindt hij je echt leuk. En je bent ook een leuke vrouw, dus waarom zou hij je niet leuk vinden? Het hangt allemaal af van wat er met Red gebeurt. Als hij dan nog leeft, en Shay blijft hier, dan kan ik je wel vertellen dat je hem voor honderd procent kunt vertrouwen. Maar als zijn vader... nou ja, misschien wil hij dan wel met jou mee naar Nieuw-Zeeland. En het zou ook wel eens goed voor hem kunnen zijn om een tijdje ergens anders te zijn.'

'Echt?'

'Echt.' Het was niet wat ze wilde zeggen, maar het was wel de waarheid. Ze moest eerlijk zijn.

'Dank je.' Caz knikte. 'Jij bent ook een leuke vrouw. En ik vind het heel fijn te weten dat je aan mijn kant staat. Dat je niet... jaloers bent.'

Jaloers? Didi kreeg een droge mond. 'Waarom zou ik jaloers zijn?'

'O, kijk niet zo naar me! Ik beweer niet dat je hem terug wilt hebben of zo! Maar gisteravond liet de assistent-manager zich iets ontvallen... Ik wist helemaal niet dat jij en Shay vroeger een stel waren. Hij heeft het daar nooit over gehad, en jij ook niet. Ik was verbaasd, meer niet. En ze zei ook niets vervelends of zo,' voegde Caz er snel aan toe. 'Ze had het over die keer dat jullie samen in Venetië midden in de nacht een sneeuwpop hadden gemaakt, en toen ik ernaar vroeg, zei ze dat dat het begin was van jullie relatie. Het is echt zo'n schattig verhaal!'

'We hebben maar een paar maanden iets gehad. En het is al

heel lang geleden.' Didi voelde dat ze rood werd. 'We zaten nog op school.'

'Dat weet ik. Shay vertelde dat. Ik heb hem er gisteravond naar gevraagd.'

'Het is niet dat we dat geheim wilden houden voor je. Maar... we denken er nooit meer aan.' Wat kon ze anders zeggen? 'We zijn allebei verdergegaan met ons leven.'

'Dat weet ik toch! En jij hebt nu Aaron. Jullie gaan gauw trouwen! Maar eerlijk gezegd...' zei Caz op ernstige toon, 'als jij nog single was, zou ik er moeite mee hebben om hem hier achter te laten. Want zo gaan die dingen toch? En dan zou ik degene zijn die jaloers was. Ik zou me echt grote zorgen maken over wat er hier misschien allemaal gebeurde.' Ze leunde naar achteren, haalde haar vingers door haar haar en keek Didi bedremmeld aan. 'Sorry, dat had ik misschien niet moeten zeggen. Ik kan er niks aan doen, ik flap altijd alles eruit. Maar het punt is dat ik me geen zorgen hoef te maken, want jij hebt Aaron. Je bent gelukkig met hem én je staat aan mijn kant. Dus dat is fantastisch!' Ze straalde van opluchting. 'Wanneer gaan jullie precies trouwen?'

'Eh... op 7 december.' Didi probeerde te kijken als een gelukkige bruid in spe. En dat terwijl ze net had bedacht dat het misschien tijd werd om die ring eens af te doen en mensen te vertellen dat het uit was. Zo te merken zou ze de schijn nog een tijdje moeten ophouden.

'Te gek! Als ik dan kan, zijn Shay en ik dan allebei uitgenodigd?'

'Natuurlijk.' Wat had ze anders moeten zeggen? Bovendien was het waarschijnlijk een van die loze opmerkingen die mensen nu eenmaal maakten.

Caz' armbanden rinkelden toen ze als een opgewonden kind in haar handen klapte. 'Yes! En als Shay en ik gaan trouwen, zijn Aaron en jij natuurlijk ook uitgenodigd!'

37

Maura was van plan geweest om eerst bij haar dochter langs te gaan, maar in een opwelling instrueerde ze de taxichauffeur om door te rijden naar Hillcrest.

Ze kon het maar beter achter de rug hebben.

Red zat inmiddels al meer dan een week in zijn opgeknapte huis. Vanbuiten zag het er goed uit, moest ze toegeven. Ze belde aan en wachtte. Zou het lang duren voordat hij bij de deur was?

Blijkbaar niet. Maura hoorde voetstappen en zette zich geestelijk schrap.

Maar toen de deur openging, bleek ze oog in oog te staan met Shay Mason, en niet met zijn vader. Enigszins overvallen zei ze: 'O, hallo!'

'Maura.' Hij wierp een blik op de kleine koffer aan haar voeten. 'Wat een verrassing. Kom je hier soms logeren?'

'Nee, natuurlijk niet. Hoe gaat het met je, Shay? Ik wilde eigenlijk je vader spreken. Als hij thuis is tenminste.'

'Hij is thuis.' Shay zweeg, wat haar op de zenuwen werkte.

'Ik zag hem vorige week toevallig op tv. En Didi heeft me natuurlijk ook op de hoogte gehouden, dus ik weet dat hij er slecht aan toe is. Het leek me gewoon een leuk idee om hem nog een keer te zien voordat... nou ja.'

'Je bent niet de enige,' zei hij droog.

'Vind je het goed?'

'Ik ga even kijken of hij bezoek aankan. Ik ben zo terug.'

Hij bedoelde natuurlijk dat hij ging vragen of Red haar wel wilde zien. Ze wachtte op de stoep tot Shay terugkwam en haar gebaarde binnen te komen.

'Mijn vader is in de huiskamer. Loop maar door.' Hij had zijn autosleutels in zijn hand. 'Ik zal jullie even alleen laten. Ik ben over een uur weer terug. Mochten er problemen zijn, dan staat mijn nummer op het notitieblokje naast de vaste telefoon.'

De voordeur ging achter hem dicht, en Maura haalde een keer diep adem voordat ze de kamer in liep. Er werd wel beweerd dat je je eerste grote liefde nooit helemaal vergat. Goed, Red was dan misschien niet haar eerste geweest, maar wel haar derde. Die je blijkbaar ook niet vergat.

Hij lag op een bed voor de tuindeuren die uitkeken op de achtertuin. Zijn haar was nog donker, met hier en daar wat grijs, en zijn huid was gebruind, hoewel er een ziekelijke bleekheid doorheen schemerde. Hij had wallen onder zijn ogen, maar hij keek haar nog net zo helder en onderzoekend aan als vroeger. Wel was hij mager, erg mager zelfs.

'O, Red.' Haar kin begon te trillen.

'Het geeft niet, ik weet dat ik er vreselijk uitzie. Hoe gaat het met jou?'

Ze boog zich over hem heen en hij begroette haar met een droge kus; zijn stoppeltjes schampten langs haar mondhoek.

'Prima.' Ze snoof zijn geur op, een combinatie van amandelzeep en iets muntachtigs. 'Ik moest gewoon komen. Je weet vast wel waarom.'

'Ik denk dat ik het wel kan raden. Maar ga zitten. Als je iets wilt drinken, zul je dat zelf moeten pakken.'

Ze ging zitten. Natuurlijk wist hij waar ze mee zat; hij was niet achterlijk. Ze zei: 'Ik heb er jarenlang niet aan proberen te denken. Maar toen dacht ik, als je doodgaat, zal ik het nooit meer te weten komen.'

'Dat zou nog eens irritant zijn.' Red leek het wel vermakelijk te vinden.

'Dus vertel. Wat is ermee gebeurd?'

'Niks. Hij is nog steeds hier.'

'In de tuin?'

Hij knikte en wees naar buiten. 'Ik heb hem daar begraven, onder de moerbeiboom. Ik bedoel, het zou kunnen dat iemand anders hem inmiddels heeft opgegraven, maar aangezien niemand wist dat hij er lag, zal dat wel niet gebeurd zijn.'

'Dus je weet niet zeker of hij er nog ligt?'

Hij wierp haar een ondeugend lachje toe. 'Grappig idee, toch?'

Was hij wel goed bij zijn hoofd? 'Nou, niet echt. Ik dacht dat je hem allang zou hebben verpatst.'

Hij schudde zijn hoofd. 'En het geld dan hebben gehouden? Dat zou me medeplichtig maken.'

Ze veranderde van onderwerp. 'Ik zag je laatst op tv.'

'En toen je zag hoe ik eraan toe was, dacht je dat je maar beter snel langs kon komen.'

'Niet alleen vanwege die andere reden. Ik wilde je gewoon nog zien voordat...' Ze kreeg een brok in haar keel; per slot van rekening had ze van hem gehouden. Al was het dan een onbeantwoorde liefde gebleken.

Hij leek haar gedachten te kunnen lezen, want hij pakte haar hand. 'Ik weet het. Klote, hè? Zal ik je eens iets vertellen?'

'Zeg het maar.'

'Weet je nog dat ik zei dat ik niet verliefd op je was? Nou, dat was gelogen.'

Ze keek naar zijn magere hand om de hare en toen weer naar zijn gezicht. 'Wat?'

Er gleed een lachje over zijn gezicht. 'Ik was wel verliefd op je. Maar dat kon ik niet zeggen. Want ik mocht het niet laten gebeuren.'

Er bestond vast wel een ingewikkeld Duits woord voor het gevoel dat je het wel kon uitsnikken van opluchting, terwijl je tegelijkertijd moordneigingen kreeg. Hoewel ze het antwoord al kende, vroeg ze toch: 'Waarom niet?'

Misschien zou het voldoende zijn om hem het hardop te horen zeggen.

'Ik was single, jij was getrouwd. Jij leidde een chic leventje, ik een wat minder chic.' Hij zweeg even en vervolgde toen op kalme toon: 'En we moesten aan onze kinderen denken.'

Dus dat was het.

Maura wist dat ze een egoïstische vrouw was, die altijd de neiging had gehad om haar eigen belangen voor te laten gaan op die van anderen. Al die jaren geleden waren Red en zij zich zeer bewust geweest van elkaars bestaan. Er was niets gebeurd, maar ze had altijd gevoeld dat dat op enig moment zomaar zou kunnen komen. Ze had genoten van het vooruitzicht en zich verheugd op de juiste gelegenheid.

En toen hadden Didi en Shay iets gekregen, na dat uitstapje naar Venetië, en daarmee was haar vrolijke plannetje in de kiem gesmoord. Red had zich teruggetrokken, wat er, frustrerend genoeg, alleen maar toe had geleid dat ze hem nog meer wilde.

Ze had het er natuurlijk niet bij laten zitten. Ze had ervoor gezorgd hem zo vaak mogelijk 'per ongeluk' tegen het lijf te lopen. Er was een bijna tastbare chemie tussen hen geweest, waarvan ze wist dat die niet alleen in haar verbeelding bestond.

De aantrekkingskracht die ze voelde was krachtig, allesomvattend, en werd met de dag groter.

Red had echter afstand proberen te houden. 'Het kan niet. Het zou verkeerd zijn. Niet nu Shay en Didi iets hebben.'

Ze had het een zinloze redenering gevonden. Wat dan nog dat hun kinderen iets met elkaar hadden? Het waren tieners; het was zeer onwaarschijnlijk dat hun relatie zou standhouden. Red had echter volgehouden dat dat best mogelijk was, wat inhield dat hij niets met haar had willen beginnen.

Maar het was nog erger geworden. Nadat Didi en Shay het, na de inbraak in het hotel, hadden uitgemaakt, had zij gedacht dat de weg eindelijk vrij was voor haar en Red, maar toen was Red gearresteerd en in de gevangenis beland.

Het was een sprookje zonder 'ze leefden nog lang en gelukkig'. Er was altijd wel een of ander obstakel geweest – hun kinderen, de wet, haar eigen ongelukkige huwelijk. En nu zou het nooit meer gebeuren. Ze zou nooit weten hoe het had kunnen zijn.

'Ik denk dat ik toch maar iets te drinken pak, iets alcoholisch,' zei ze. 'Wil jij ook?'

'Nee, dank je.' Met een scheef lachje voegde hij eraan toe: 'Zie je nou wel dat ik echt ziek ben?'

In de grote Amerikaanse ijskast in de keuken vond ze een nog ongeopende fles Cloudy Bay. Nadat ze de dop eraf had gedraaid pakte ze een kristallen glas uit het keukenkastje en schonk het vol. Ze nam een paar grote slokken en vulde haar glas weer bij. Wat een verschrikkelijke puinhoop; wat een les had ze geleerd van die ene impulsieve fout. En wat had ze er nu een spijt van.

Er trok een rilling van spijt door haar heen. Haar egoïsme buiten beschouwing gelaten had ze zichzelf altijd als een fatsoenlijk mens gezien... nou ja, in elk geval als een eerlijk mens. Het was eigenlijk Davids schuld geweest. Hij had haar een verjaardagscadeau gegeven waarvan hij had moeten weten dat ze het niet mooi zou vinden, en dan had hij het ook nog eens in het buitenland gekocht zodat ze het niet kon ruilen. Hoewel ze toen al twintig jaar getrouwd waren, en hij heel goed wist wat haar smaak was, was hij erin geslaagd om haar een idioot opzichtige smaragden ketting te geven, met stenen gevat in knalgeel goud. Het was echt het tegenovergestelde van wat haar smaak was, en ze had de ketting gehaat – ze had hem slechts één keer gedragen, met grote tegenzin – en toen weer in het leren met fluweel gevoerde doosje gestopt, dat ze achter in een lade had verstopt.

Toen er een halfjaar later bij hen was ingebroken was ze ineens op een idee gekomen, een idee dat volslagen indruiste tegen wie ze was. De smaragden ketting mocht dan foeilelijk zijn, hij was wel veel waard. En verzekerd.

Dus waarom niet?

Ze hoorde zichzelf tegen de politie zeggen dat er ook een ketting in de kluis had gelegen, half en half verwachtend dat God haar meteen zou straffen. Maar er gebeurde niets. Iedereen geloofde haar. Ze had hun een foto laten zien van die ene keer dat ze de ketting had gedragen.

En ze had natuurlijk ook een veiliger plek gezocht dan de lade van haar nachtkastje.

Na een poosje had de verzekering uitbetaald, maar haar schuldgevoel had toen allang de overhand genomen. Ze had van het geld een prachtige diamanten armband gekocht, waar ze nooit echt blij mee had kunnen zijn. Iedere keer dat ze hem aan haar pols zag schitteren moest ze denken aan wat ze had gedaan. Maar het was te laat: ze had op de harde manier geleerd dat misdaad niet loonde; je voelde je alleen maar afschuwelijk schuldig.

Misschien dat Red zoiets had gekund, misschien zou hij het zelfs wel grappig hebben gevonden, maar zij was beslist niet in de wieg gelegd voor zo'n soort leven.

En toen, drie jaar na de inbraak, was haar huwelijk voorgoed voorbij. Er was een stadium bereikt waarin ze allebei moesten toegeven dat er geen liefde meer was. David was in Elliscombe gebleven om Didi, die uiteindelijk het hotel zou overnemen, te leren hoe ze het moest runnen, en Maura had een mooi appartement gekocht in de oude binnenstad van Marbella en had het expatleven omarmd. Voor haar vertrek was ze nog wel even langsgegaan bij Red.

Weer terug in het heden liep ze met haar volle glas de huiskamer in. Ze bleef even staan om Reds profiel te bewonderen: de scherpe jukbeenderen, de lange wimpers, de ronding van die schrandere mond die ze nog altijd wilde kussen.

Nadat ze naast hem was gaan zitten, zei ze: 'We zullen wel nooit te weten komen wie het heeft gedaan.' Red had namelijk altijd volgehouden dat hij het niet was geweest, en ze had hem geloofd.

'O, dat kan ik je wel vertellen als je wilt.'

Ze keek hem aan, zag de glimlach om zijn mond. 'Was jij het wel?'

Hij begon tegelijkertijd te lachen en hoesten. 'Nee. Maar als je het echt wilt weten, moet je me wel beloven dat je het aan niemand vertelt.'

Ze knikte; ze had in de loop der jaren genoeg verhoudingen gehad om te weten hoe ze haar mond moest houden. 'Ik zal het aan niemand vertellen,' zei ze met nadruk.

'Het was Big Gav.'

'Wat? Die vriend van jou?'

'Ja.'

'Maar... hoe kwam hij dan aan de sleutel voor de kluis?'

'Herinner je je Antonia nog?'

Ze fronste. 'Antonia Webb?' Antonia had vijf jaar als huishoudster in het hotel gewerkt. Ze was Schots, stug, afkeurend en dol op tweed. 'Wat is daarmee?'

'Big Gav had wat met haar.'

'Dat meen je niet!'

'Ik weet wat je bedoelt, maar toch is het zo. Zij heeft hem die sleutel gegeven.'

'Nee, dat kan niet.' Ze schudde haar hoofd. Was er dan niemand te vertrouwen? 'Heeft Gav je dat verteld?'

'Nee, maar zijn vrouw heeft het me verteld nadat ze foto's op zijn telefoon had gevonden.'

Met grote ogen keek ze hem aan. 'Wat voor foto's?'

'Sm-foto's. Ze heeft ze laten afdrukken en kwam ze me hier laten zien.' Zijn mondhoeken vertrokken. 'Geen al te prettige aanblik, Antonia in een keurslijfje met kousen eronder en Big Gav met...'

'Hou op!' Er klotste wijn over de rand van haar glas toen Maura haar hand opstak. 'Jemig, waarom zou ze jou die überhaupt willen laten zien?'

'Omdat ze woest was. Heb jij de vrouw van Big Gav wel eens ontmoet?'

'Ik geloof van niet.'

'Een ontzettende dragonder. Gav was doodsbang voor haar. Toen ze had ontdekt wat hij uitspookte, liet hij Antonia meteen vallen als een baksteen. Hij wist niet hoe snel hij van haar af moest komen. Daarom heeft ze toen ook ontslag genomen.'

Maura herinnerde zich inderdaad dat Antonia halsoverkop was vertrokken, maar dat kwam vaker voor in het hotel. 'Tegen ons zei ze dat ze een veel betere baan in Londen kon krijgen, in een vijfsterrenhotel.'

'Ze wilde weg zijn voordat de vrouw van Big Gav haar alle hoeken van de kamer zou laten zien.'

'Wauw.' Ze schudde verbijsterd haar hoofd.

'Hij woont nu in Cornwall, maar hij kwam vorige week even langs,' vertelde Red. 'Hij had me ook op tv gezien, net als jij. Het was fantastisch om hem weer te zien.'

'Maar hij gaf jou de schuld van iets wat hij had gedaan!'

'Ach, die dingen gebeuren. Niks aan te doen. Hij was onbetrouwbaar, maar dat was ik ook. Maar hij was een echte kameraad. En ik ben toen alleen maar in de gevangenis beland omdat ik nog in mijn proeftijd zat. Daar kon hij niks aan doen.'

Tja, boeven die elkaar de hand boven het hoofd hielden... Maura nam nog een slok wijn. 'Is hij nog steeds bij zijn vrouw?'

'Ja, en ik durf te wedden dat hij ook nog steeds bang is voor haar.'

'En met die foto's is nooit iets gedaan?'

'Hij wist dat ze afdrukken had, en ze had gezegd dat ze de foto's op internet zou zetten als hij ooit nog eens een keer zoiets uithaalde. Dat zal afdoende zijn geweest, neem ik aan.'

'Weet jij waar die foto's zijn?'

'Vanzelfsprekend.' Hij wierp haar een ondeugende lach toe. 'Ze zitten in dezelfde luchtdichte doos als jouw ketting.'

'Heb je gehuild?' Didi nam haar moeder onderzoekend op; onder de net aangebrachte eyeliner zag ze rode vlekken.

'Nee. Nou ja, een beetje.'

'Waarom? O mijn god, je bent toch niet ziek?'

'Nee. Ik ben eerst even bij Red langsgegaan, meer niet. Het voelt raar om afscheid te nemen als je allebei weet dat je elkaar nooit meer zult zien.'

Didi knikte. 'Ja.' Hoewel Red geen heilige was, koesterden veel mensen warme gevoelens voor hem. 'Ben je daarom soms hier? Om afscheid van Red te nemen?'

'Het is niet de enige reden. Ik ben ook voor jou gekomen. Steeds als ik je aan de telefoon vraag hoe het met de bruiloft zit, zeg je dat alles onder controle is.' Maura keek haar dochter recht in de ogen. 'Maar zelf begin je er nooit over. Het is net alsof het je niets kan schelen dat je gaat trouwen. De meeste aanstaande bruiden kunnen nergens anders meer over praten. Ik bedoel, ik weet dat jullie het klein willen houden, maar...' Ze liet een veelbetekenende stilte vallen en wachtte af.

Nou ja, ze waren tenminste in haar eigen appartementje. Niemand kon horen wat ze zei. 'De bruiloft gaat niet door,' vertelde ze. 'Dat wil zeggen, er is wel een andere bruiloft die dag, maar Aaron en ik hebben het uitgemaakt.'

Een langzaam knikje. 'Maar je draagt nog steeds je verlovingsring.'

'Ja. Het ligt ingewikkeld.'

'Wiens idee was het om het af te blazen?'

'Het mijne.'

'Nou, dat is al wat. Mag ik ook weten waarom?'

'Het voelde niet goed. Niet dat hij iets verkeerds heeft gedaan, maar ik hou gewoon niet genoeg van hem.'

'Aha. Hou je soms van iemand anders?'

'Nee.' Ze had het echter iets te snel gezegd.

'Wie is het?'

'Niemand.' Sommige dochters vertelden hun moeders alles, maar Didi had dat nooit gekund, niet sinds die desastreuze inbraak en haar moeders reactie op Shay.

'Nou, dan zal hij wel getrouwd zijn. Ik had gedacht dat je wel beter zou weten.' Maura trok een teleurgestelde – en ietwat hypocriete – wenkbrauw op.

'Hij is niet getrouwd.'

'Maar ook niet single.'

Didi haalde haar schouders op; haar moeder mocht denken wat ze wilde. 'Ach, nu hoef je tenminste niet helemaal hiernaartoe te komen voor de bruiloft.'

'Had je eigenlijk al een trouwjurk gekocht?'

'Nee.'

'Ik wist het. O schat, pas toch op. Je kunt jezelf wel als carrièrevrouw beschouwen en denken dat het hotel alles is, maar er zijn meer dingen in het leven dan alleen werken. Liefde is ook belangrijk.'

'Ik red me wel. Het komt wel goed.' Dat was gelogen; de enige man van wie ze hield kon ze niet krijgen. Shay had iets met Caz Holloway, en ze had het akelige voorgevoel dat hun relatie wel eens een blijvertje kon zijn. Caz was gek op Shay, en waarom zou hij het willen uitmaken met zo'n ontzettend leuke vrouw?

'Ik heb niet de indruk dat je je wel redt.' Haar moeder nam haar weer onderzoekend op. 'Je bent afgevallen.'

Vorig jaar rond dezelfde tijd had Maura haar nog verteld dat ze een te dikke kont had. 'Dat is toch goed?' zei Didi.

'Niet als het je niet staat. Niemand houdt van graatmagere vrouwen.'

Haar moeder was altijd eerlijk geweest op het botte af. Om het haar betaald te zetten wees Didi naar de gewoonlijk perfect gemanicuurde nagels van Maura. 'En er houdt ook niemand van vieze nagels. Wat heb je gedaan, mam? Je bent op je oude dag toch niet gaan tuinieren?'

'Ik heb Red geholpen met een potplant.' Maura verborg haar niet zo volmaakte nagels snel achter haar rug. Toen vervolgde ze op nogal scherpe toon: 'En ik heb liever niet dat je me oud noemt.'

38

'O, hoi!' Harry keek verbaasd toen hij de deur opende en Layla op de stoep zag staan. 'Ik had je niet verwacht.'

'Ik had een afspraak met een klant in Cheltenham en ik dacht, ik ga op de terugweg even langs.' Ze hupte van haar ene voet op de andere. 'Ik had je wel willen bellen, maar mijn batterij is leeg. En ik moet echt heel nodig plassen... Mag ik binnenkomen?'

Een fractie van een seconde vroeg ze zich af of er soms een ander meisje bij hem was. Toen brak er een glimlach door op zijn gezicht. 'En ik dacht nog wel dat je me kwam verleiden. Natuurlijk kun je binnenkomen.'

Hij deed een stap opzij, en Layla rende de trap op. Op de overloop kon ze het toch niet laten om even een blik in zijn slaapkamer te werpen. Nee, natuurlijk lag er geen naakte vrouw in zijn bed; er stond alleen een metalen kistje op het verkreukelde dekbed, met daarnaast een opengeslagen notitieboek met... Wacht eens even, was dat haar naam? Ze aarzelde, maar Harry liep vlak achter haar en privacy was voor hem nogal een ding, en bovendien stond haar blaas op knappen. En als haar blaas eenmaal wist dat hij zich elk moment kon legen, was er echt geen houden meer aan.

Toen ze twee minuten later de badkamer uit kwam, waren het metalen kistje en het notitieboek verdwenen.

'Zat je soms in je dagboek te schrijven?' vroeg ze plagend. Misschien had hij wel heel lieve dingen over haar geschreven.

'O, je bedoelt dat blauwe notitieboek?' Hij haalde zijn schouders op. 'Daarin hou ik de trainingsschema's van mijn klanten bij.'

Maar later die nacht, terwijl ze naast hem in bed lag, merkte Layla dat ze de slaap niet kon vatten. Gisterochtend had ze even een kop koffie met Didi gedronken en die had toen gevraagd of ze een foto van Harry had. Nadat ze zijn foto op Layla's telefoon had bekeken had ze enigszins triomfantelijk gezegd: 'Ja, dat is 'm. Ik wist het! Ik zag hem zaterdagavond in een rode Mercedes. Dus hij komt heus wel eens in Elliscombe.'

Layla was stomverbaasd geweest. 'Zat hij achter het stuur?'

'Nee, er reed iemand anders. Ik kon niet zien wie.'

'Maar je weet zeker dat hij het was?'

'Ja, nou ja, voor negenennegentig procent.'

Maar toen Layla het aan Harry had gevraagd, had hij lachend gezegd: 'Nou, dan heb ik vast een dubbelganger, want dat was ik niet. Ik had je toch verteld dat ik naar Sheffield was?'

En toen hij dat had gezegd, had ze hem voor negenennegentig procent geloofd. Omdat hij heel geloofwaardig was. Maar diep vanbinnen had de twijfel toegeslagen, en ze had metaforisch gezien een stapje teruggedaan om zich wat beter te kunnen concentreren op alle kleine inconsistenties die haar in de afgelopen weken waren opgevallen. Misschien moest ze eindelijk maar eens toegeven dat die geen hersenspinsels van haar waren.

In zijn slaap maakte Harry zich van haar los en draaide zich om. Toen zijn ademhaling weer rustig was glipte Layla uit bed en doorzocht stilletjes de kamer. Er waren maar weinig plekken waar je een kistje zoals ze op het bed had zien staan kon verstoppen, en ze vond het dan ook al snel, onder in de kledingkast achter een oude sporttas. Er hing een stevig hangslot aan. Toen ze aan het kistje schudde voelde ze het notitieboek over de bodem glijden.

Ze zette het kistje terug in de kast. Het zou een stuk lastiger zijn om de sleutel van dat hangslot te vinden.

Ze sloop naar de keuken, waar ze zonder geluid te maken de rommella opentrok en een huissleutel zag liggen, tussen een bolletje touw, wat potloden, allerlei soorten batterijen en een zakmes. Toen ze laatst een uur op Harry had staan wachten omdat ze te vroeg was, had ze gehoopt dat hij haar een reservesleutel zou geven. Maar dat had hij niet gedaan.

Ze schoof de la weer zachtjes dicht en liet de sleutel in haar schoudertas vallen. Een paar seconden later hoorde ze Harry roepen: 'Waar ben je?'

'Ik heb even een glas water gepakt. Ik had zo'n dorst.' Ze draaide snel de kraan open en hield er een glas onder. 'Wil jij ook?'

Hij klonk slaperig. 'Nee, ik miste je, dat is alles. Kom weer in bed.'

De volgende ochtend verlieten ze om tien voor acht samen de flat. Harry, die voor zijn nieuwe motor blijkbaar geld had geleend van een vriend, reed erop weg en Layla stak de straat over naar waar Will stond te wachten in zijn taxi.

'Goedemorgen.' Hij glimlachte naar haar en stopte zijn iPad in het handschoenenvak.

'Hoi.' Ze controleerde of de motor echt uit zicht was. Harry was op weg naar een klant in Chipping Camden. 'Ik ben iets vergeten. Ik ren gauw even terug.'

'Ik wacht wel,' zei Will onverstoorbaar.

Haar hand trilde toen ze de gestolen sleutel in het slot stak. Nee, niet gestolen, geleend! De trap op, de slaapkamer in, het metalen kistje pakken. Omdat het niet in haar schoudertas paste, zou ze het in een plastic tas moeten meenemen. Gelukkig bewaarde ze de plastic tassen altijd wanneer ze boodschappen meebracht.

Ze pakte een tas uit het kastje onder het aanrecht, stopte het kistje erin en ging weer naar buiten, waar Will als een medeplichtige met draaiende motor op haar stond te wachten.

Net toen ze bezig was in te stappen, scheurde de plastic tas. Het metalen kistje met zijn scherpe randen viel op de stoep.

'Oeps!' Een vrouw van in de zestig kwam aansnellen, raapte het kistje op en gaf het aan Layla. 'Die plastic tassen zijn gewoon niet te vertrouwen. Alsjeblieft.'

'Dank u.' Met een knalrood hoofd vroeg Layla zich af of de vrouw in Bourton woonde. Misschien kende ze Harry wel en zou ze het hem in al haar onschuld vertellen...

'Je kunt beter zo'n canvas tas kopen. Die zijn veel steviger!'

'Dat zal ik doen.'

Ze reden weg. Toen ze het dorp achter zich hadden gelaten, vroeg Will vriendelijk: 'Alles in orde?'

Hij had haar bleke gezicht gezien, haar trillende handen. 'Ja hoor. Prima.'

'Dus hij heeft je een sleutel gegeven,' stelde hij op luchtige toon vast.

Layla keek naar hem toen hij optrok bij het stoplicht. 'Nee.'

Het had geen zin het te ontkennen. Will wist het. Natuurlijk wist hij het.

God, wat zou zij een slechte spionne zijn.

'Wil je me ook vertellen wat er aan de hand is?' Na een korte stilte voegde hij eraan toe: 'Ik zal het echt niet doorvertellen. Ik kan heel goed geheimen bewaren.'

'Ik vertrouw Harry eigenlijk niet meer.' Haar huid tintelde van schaamte; het was niet iets wat ze gemakkelijk toegaf. Ze voelde zich een mislukkeling.

'Wat zit er in dat kistje?'

'Dat weet ik niet, maar ik denk dat het iets met mij te maken heeft. Hij houdt het goed verstopt, wat betekent dat hij echt niet wil dat ik het zie.'

Will knikte. 'Des te meer reden om te willen weten wat het is dus.'

Aangezien ze hem nu net zo goed het hele verhaal kon vertellen, zei ze: 'Didi denkt dat ze hem zaterdagavond in Elliscombe in een auto heeft zien zitten, terwijl Harry me had verteld dat hij het hele weekend in Sheffield zou zitten.'

'Oké.' Er kuierde een egel over de weg, en Will reed er voorzichtig omheen. Toen ze er veilig langs waren zei hij: 'In het café toen vroeg je me of ik hem met iemand anders had gezien, en toen zei ik nee. Maar ik weet bijna zeker dat ik hem achter het raam van een flat aan het marktplein heb zien staan.'

'Echt?' De moed zonk haar in de schoenen. De bezwarende details hoopten zich in sneltreinvaart op.

'Sorry.'

'Hoe zeker ben je ervan?'

'Hij was het. Maar het kan natuurlijk zijn dat hij bij een klant was.'

'Zag het eruit alsof hij bij een klant was?'

'Dat weet ik niet. Maar hij had een ontbloot bovenlichaam.'

'En zijn onderlichaam?'

'Dat kon ik niet zien.'

'O shit. Welke flat?'

'Die boven de kapperszaak.'

Layla pakte haar telefoon. 'Mam,' zei ze toen Rosa opnam. 'Waar ben je?'

'Ik ben in Hillcrest, bij Red. Ik had je toch verteld dat ik vanochtend naar hem toe zou gaan.'

'Hoe gaat het met hem?'

'Redelijk. Beter dan gisteren.'

'Zou hij me met iets lichtelijk illegaals kunnen helpen als ik nu langskom?'

'Dat zal ik hem even moeten vragen.' Er volgde gemompel, en toen kwam Rosa weer aan de telefoon. 'Hij zegt dat het wel kan als hij het zittend kan doen. Hij is niet van plan ergens in te breken.'

'Te gek. Je ziet me over twee minuten verschijnen.'

Red zat op de bank door een oud fotoalbum te bladeren en thee te drinken. Zijn blik schoot meteen naar het metalen kistje dat ze als een baby op haar arm droeg.

'Sorry, ik wist niet aan wie ik het anders moest vragen. En er is nogal haast bij.' Ze zette het kistje op de salontafel. 'Denk je dat je het open kunt krijgen?'

'Geen probleem.'

'Echt niet? Het is een behoorlijk stevig hangslot.'

'Hangsloten zien er altijd steviger uit dan ze zijn,' zei hij met glanzende ogen. 'Als je weet hoe het moet, heb je die zo open.'

'Oké, ik moet je eerst iets bekennen.' Rosa keek hem aan. 'Ik heb die lopers van je weggegooid. Ik dacht dat je die toch niet meer nodig zou hebben.'

'Ik heb ze ook niet nodig. Die zijn voor de wat lastiger klussen.' Hij gaf het kistje een liefdevol klopje en vervolgde: 'Dit hier is heel simpel. Aan een paperclip heb ik genoeg.'

Nadat Rosa een paperclip voor hem had gevonden boog Red hem in de noodzakelijke vorm; hij mocht dan niet veel kracht meer hebben, hij was nog steeds in staat om een paperclip te buigen.

Na nog geen anderhalve minuut ging het slot met een klikje open.

'Goh, dat wil ik ook leren.' Layla probeerde haar toenemende bezorgdheid te verbergen achter spot.

Red gaf haar het kistje en ze sloeg het deksel open. Daar had je het blauwe notitieboek dat ze op het bed had zien liggen. Al na een paar bladzijden werd haar duidelijk wat het was.

'O schat.' Rosa wreef haar troostend over haar rug.

'Zo diep ben zelfs ik niet gezonken,' zei Red.

Harry was grondig, dat moest ze hem nageven. Iedere vrouw die hij had benaderd werd tot in detail beschreven. Hoe en waar ze elkaar hadden leren kennen, de trucs die hij aanwendde om ze het gevoel te geven dat ze speciaal waren, de verhalen die hij ze over zijn leven had verteld. Er stonden bedragen vermeld die ze hem hadden geleend of gegeven, en een inschatting van wat hij ze nog meer zou kunnen aftroggelen. Er stonden bijzonderheden vermeld over de leeftijd, het vermogen en de inkomsten van elke vrouw.

Layla stopte even toen ze op haar eigen bladzijde was aanbeland. Daar stond haar naam, in zijn handschrift, samen met de voor hem relevante details. Eenendertig jaar, single, geen auto, driekamerflat in het centrum van Elliscombe. Accountant, eigen bedrijf, gênante kleren, mooi maar gretig. Bijdrage aan motor – nul. Bed: een zeven. Snel sloeg ze de bladzijde om, voordat haar moeder of Red dat kon lezen. Een zeven? Dat was pas gênant! Ze kreeg een kleur van schaamte. Hoe durfde hij? Het ergste was nog wel dat ze zichzelf al die tijd had voorgehouden dat hij fantastisch was, maar dat was niet eens zo. Hij mocht er dan ontzettend goed uitzien, in bed was hij erg gemiddeld. Eerder een vijf dan een zeven. De klootzak!

Nou ja, dat was nu voorbij. Ze concentreerde zich op de volgende naam in het boek. Molly Kendrick was eenenveertig en woonde in een vrijstaand huis met vijf slaapkamers in Shipton-under-Wychwood dat, volgens Harry, megaveel geld waard was. Ze was drie jaar gescheiden, had tweelingzonen van zeventien en bezat een spiksplinternieuwe rode Mercedes met open dak. Wat fijn voor Molly.

De rest van de bijzonderheden over Molly expres negerend voor het geval ze een tien in bed had gekregen, ging Layla verder naar de volgende bladzijde.

Angel Black, achtentwintig, zilverkleurige BMW, eenkamer(huur)flat, haarstyliste, nieuw in Elliscombe, prachtig lichaam, designerkleren, rijke grootmoeder gestorven in februari. Tot nu toe tweeduizend pond geschonken. Had beloofd vijftigduizend te geven zodra ze het geld van de erfenis had. Vijftigduizend?

Oké, dit was niet grappig meer. In nog geen minuut tijd drong het tot Layla door dat ze meer medelijden had met het meisje dat Angel heette dan met zichzelf.

'Och, lieverd, dit heb je echt niet verdiend.' Rosa had over haar schouder meegelezen.

'Nee, en die andere vrouwen ook niet.' Layla bladerde terug

en vond nog een stuk of tien vrouwen uit een ander deel van het land, blijkbaar van voor Harry's verhuizing naar het zuiden. Tegen Red zei ze: 'Fijn dat je dat kistje open hebt weten te krijgen. Als er niets aan de hand was geweest, had ik alles weer teruggelegd. Maar ik denk dat ik dat nu niet meer doe.'

'Heel goed van je.' Red knikte goedkeurend terwijl ze opstond.

Rosa leek bezorgd. 'Waar ga je naartoe? Wat ga je doen?'

'Ik denk dat er wel meer mensen zijn die dit graag willen lezen.' Layla stopte het notitieboek in haar schoudertas.

'Zal ik met je meegaan?'

'Nee, ik red me wel.'

Will stond buiten op haar te wachten. 'Waarnaartoe?' Hij legde zijn iPad weg en startte de motor. 'Die flat waar ik...'

'Ja.'

39

Er werkten drie mensen in de kapperszaak: een vrouw van middelbare leeftijd in een vest en een gebloemde rok, een man met smalle heupen in een witte spijkerbroek en een gescheurd Freddie Mercury-T-shirt, en Angel, klein en heel mooi, met piekerig witblond haar en een echt microscopisch klein roze jurkje.

Layla bleef even buiten wachten tot de styliste klaar was met het föhnen van het haar van haar klant. Toen liep ze naar binnen en vroeg of ze haar even kon spreken.

'O, sorry,' zei Angel. 'Ik zit de hele dag vol, maar als je echt wanhopig bent, kan Matt je er misschien nog wel tussen proppen.'

'Angel weet het altijd zo leuk te brengen,' zei Matt vriendelijk. 'Je hoeft ook weer niet echt heel wanhopig te zijn.'

'Ik kom niet voor mijn haar,' zei Layla. 'Ken je iemand die Harry heet?'

Angel begon te stralen. 'Dat is mijn vriend!'

Matt keek Layla echter recht aan. Aan zijn vertrokken mond zag ze dat hij wel enigszins begreep wat er ging komen. 'Kom, schat, laten we even naar de achterkamer gaan. Dan kan ze het ons daar vertellen.'

Twee minuten later slaakte Angel een gil van woede. Ze smeet het notitieboek door de achterkamer. 'Die vieze vuile klootzak! Hij zat alleen maar achter het geld van mijn oma aan.'

'Och, schatje toch,' zei Matt.

'Hij zei dat hij van me hield!' Ze keek Layla aan. 'Zei hij dat ook tegen jou?'

Layla knikte.

'Hij heeft het er maar druk mee,' merkte Matt op. 'Als ik die lijst zo zie, ben ik geloof ik de enige tegen wie hij dat nog niet heeft gezegd.'

'Jij zei steeds al dat hij iets dubieus had.' Angel slaakte een gefrustreerde zucht.

'Hij wilde nooit ergens met je naartoe. Hij kwam alleen maar naar jou toe, en dan sloten jullie je op in huis en hadden non-stop seks. O sorry.' Hij maakte een verontschuldigend gebaar naar Layla. 'Maar zo was het wel.'

'En niet eens goeie seks,' zei Angel met iets opstandigs in haar stem.

'Wat! En tegen ons zei je dat hij fantastisch was!'

'Ja, wat moet je anders zeggen over je vriend,' diende ze hem meteen van repliek.

'Och schatje. Nou ja, in elk geval heb je het ontdekt voordat je hem nog meer geld hebt gegeven.'

Angel keek op haar horloge. 'Dit is zo irritant. Het liefst wil ik meteen naar hem toe om hem te zeggen wat ik van hem vind, maar ik zit hier tot zes uur vast. Ik kan mijn klanten niet in de steek laten.'

'Zullen we anders afspreken voor vanavond? Dan kunnen we een plan bedenken,' opperde Layla.

Op weg naar Shipton-under-Wychwood bestudeerde ze de rest van de notities over Molly Kendrick. Molly's bijdrage aan het Harry Fonds was in het begin vijfhonderd pond geweest, maar vorige week had ze hem nog eens drieduizend pond gegeven.

'Misschien is ze niet eens thuis,' zei Layla toen ze het dorp binnenreden.

'Dat maakt niet uit,' zei Will op geruststellende toon. 'We kunnen altijd later nog een keer terugkomen.'

Wat was hij toch een aardige man. Ze moest bijna huilen, omdat hij zo kalm bleef en vooral ook omdat hij niet had gezegd: 'Ik had je nog gewaarschuwd.'

'Moet ik dit eigenlijk wel doen? Eigenlijk gaat het me niks aan. Misschien moet ik hem maar gewoon zijn gang laten gaan. '

'O nee, waag het niet,' zei Will. 'Mijn moeder is na de dood van mijn vader ook door zo'n type opgelicht. Ze was er kapot van en is er nooit meer echt overheen gekomen.'

En toen had ze ook nog lichamelijke klachten gekregen en was ze jarenlang aan bed gekluisterd geweest. Geschrokken zei Layla: 'O Will, dat wist ik niet. Wat erg.'

'Zo te zien is Molly thuis.' Hij remde af bij het adres uit Harry's notitieboek, een vrijstaande villa die helemaal schuilging achter blauweregen. Op de oprit van grind stond de rode Mercedes, scheef geparkeerd.

'Nou, daar gaan we dan. Wens me maar geluk.'

'Je kunt het,' zei Will, toen ze uitstapte. 'Hij is eigenlijk degene die nu wel een beetje geluk zou kunnen gebruiken.'

Molly Kendrick had haar gazon staan maaien; ze was een rondborstige brunette, met kunstnagels die met kristalletjes waren bezet en een warme lach die meteen wegstierf toen Layla Harry's naam noemde.

'Kom verder. Wat kan ik voor je doen? O god, is dit iets ergs?

Als je zijn vrouw bent, dan zweer ik je dat ik dat niet wist. Hij zei tegen mij dat hij single was.'

'Ik ben beslist niet zijn vrouw. Maar ik dacht wel dat ik zijn enige vriendin was.' Layla gaf haar het notitieboek. 'Zo te zien heeft hij ons allemaal leugens op de mouw gespeld.'

In haar keurige achtertuin vol prachtige bloembedden en een half gemaaid gazon las Molly Kendrick in stilte de pagina's die over haar gingen. Na een tijdje keek ze op en zei: 'Net als je denkt dat je eindelijk een fatsoenlijke man bent tegengekomen.'

'Ik weet precies hoe je je voelt.'

'Als we naar de politie stappen, zegt hij gewoon dat we hem het geld hebben gegeven. Hij heeft het niet gestolen.'

Layla knikte; dat had ze zelf ook al bedacht.

'Hij heeft me drieënhalfduizend gekost. En een nieuwe iPhone. De klootzak.'

Dat verklaarde het flitsende nieuwe toestel dat hij naar eigen zeggen bij een onlinewedstrijd had gewonnen. 'Ik wist niet zeker of je het wel wilde weten,' zei Layla. 'Maar ik kon niet anders.'

'Ik wou alleen maar dat het niet zo vroeg was, anders zou ik een gin-tonic nemen. Die klote-Harry, ik kan hem wel vermoorden.' Molly's oorhangers rinkelden toen ze haar hoofd schudde. 'Maar dat doe ik niet, want in een vrouwengevangenis zal ik echt nooit een leuke man vinden.'

'Wat is het mooi hier,' zei Angel. 'Raar dat ik hier nog nooit ben geweest. Het is zo prachtig!' Ze waren in Bourton-on-the-Water, en de kerkklok had net zes uur geluid. Harry kon elk moment thuiskomen. De drie vrouwen zaten op de bank aan de waterkant, tegenover zijn huis.

'Hij heeft ons handig bij elkaar weg weten te houden,' zei Molly. 'Tegen mij zei hij dat hij bij zijn oma woonde en dat die altijd thuis was; daarom kwam hij altijd naar mij toe.'

'Tegen mij heeft hij hetzelfde gezegd.' Angel knikte.

'En daarom wilde hij ook nooit naar mij toe komen,' merkte Layla op. 'Want hij had al iets met jou, en ik woon maar een paar honderd meter verderop. Daarom moest ik altijd naar hem toe komen.'

'Heeft hij een leuk huis?' vroeg Angel nieuwsgierig.

'Nee! Verschrikkelijke badhanddoeken.' Layla rilde bij de herinnering aan de handdoeken en het foeilelijke beddengoed. 'En hij had ook nooit melk in huis.'

'Mag ik iets zeggen?' Molly raakte de mouw van Layla's paarse satijnen blouse aan. 'Ik vind jouw kleren helemaal niet gênant. Ik vind dat je er fantastisch uitziet.'

'We zien er allemaal fantastisch uit. We zijn ook fantastisch,' verklaarde Layla. Ze had al besloten dat Harry's gemene commentaar haar er niet van zou weerhouden om de kleren te blijven dragen die ze mooi vond.

'Daar gaan we.' Angel ging rechtop zitten toen ze een motor hoorden naderen. 'Ik verheug me er echt op.'

Layla ook. Ze werden op dit moment nog aan het zicht onttrokken door de grote treurwilg die aan de oever van de rivier stond. Door het laaghangende gebladerte heen zagen ze dat Harry zijn motor – zijn grote trots – parkeerde, afstapte en zijn helm afzette. Toen hij zich omdraaide om naar zijn voordeur te lopen stond Layla snel op en rende over de grasstrook die hen scheidde naar hem toe.

'Verrassing!'

Als door een wesp gestoken draaide hij zich om. 'Hoi! Alweer een verrassing? Je moet me bellen voordat je hiernaartoe komt.'

'Waarom?'

'Waarom denk je? Misschien ben ik wel niet thuis.'

Achter hem maakten Molly en Angel zich op voor hun gezamenlijke opmars.

Layla zei vrolijk: 'O, ik dacht dat je bedoelde dat je wel eens een afspraakje kon hebben met iemand anders.'

Hij keek haar verbaasd aan. 'Hoe bedoel je?'

'Hé!' zong Angel terwijl ze links van hem opdook.

Harry's glimlach verdween van zijn gezicht.

'Hallo, schat!' Molly verscheen rechts van hem.

'O, fuck man,' zei Harry, toen tot hem doordrong dat hij in de val zat.

'Zeg dat wel.' Molly keek hem stralend aan.

Zijn ogen flitsten van de een naar de ander; hij leek net een in het nauw gedreven dier.

'O Harry, wat ben je ook een zielig geval,' zei Molly.

'Ik ben een zielig geval? Moet je jullie eens zien!' beet hij hun spottend toe.

Er was niets meer over van zijn charmante, charismatische persoonlijkheid. Behalve dat die natuurlijk nooit had bestaan, niet echt. Het was allemaal toneelspel geweest, hield Layla zichzelf voor.

'Hoe zijn jullie er trouwens achter gekomen?' wilde hij weten.

'Een vrouw uit Sheffield nam contact met me op,' vertelde Layla. Dat was niet zo, maar het was de moeite van het proberen waard.

'Wie dan? Was het Estelle? Dat is een gore trut.'

Estelle was een gore trut die drie jaar geleden haar man had verloren en door Harry was overgehaald om hem vierduizend pond te lenen, die hij niet van plan was ooit terug te betalen. Deed hij dit soms al jaren en trok hij verder als hij werd gesnapt? Wat een leven, dacht Layla.

'Nou, om je de waarheid te zeggen heb ik dit hier gevonden.' Ze pakte het notitieboek uit haar oversized schoudertas met lovertjes.

Harry's gezicht betrok. 'Hoe kom je daaraan? Dat is van mij. Je kunt niet zomaar spullen pakken die van anderen zijn.'

Molly gierde het uit.

'Ik heb het gewoon eventjes geleend,' zei Layla op onschuldige toon.

'Net zoals jij die drieënhalfduizend pond van mij hebt geleend, weet je nog?' Molly gaf hem een bemoedigend knikje. 'Helaas ben je nog steeds niet begonnen met me terugbetalen.'

'Doe me een lol, zeg. Je bent een rijke stinkerd!' Hij keek haar kwaad aan.

'En jij bent een bedrieger en een leugenaar. Maar dat geeft niks, ik heb mijn advocaat al...'

'Jezus christus!' Harry slaakte een woedende brul toen hij ineens Will zag staan, die op een paar meter afstand de hele ontmoeting filmde met zijn telefoon. 'Waar ben jij mee bezig, man! Rot op! Jullie allemaal, laat me met rust.'

'Waarom doe je nou zo?' vroeg Molly poeslief. 'Je zei dat je van me hield!'

'Dat heb je ook tegen mij gezegd,' deed Angel een duit in het zakje.

'En tegen mij.' Layla haalde haar schouders op toen Harry zich omdraaide en naar zijn voordeur rende. 'Nou ja, dag dag!'

De voordeur stuiterde bijna uit zijn hengsels toen hij met een klap achter Harry dichtviel.

'Verdomme, wat irritant,' zei Molly. 'Nou ben ik nog vergeten hem te zeggen dat hij een vier is.'

Angel schudde haar hoofd. 'Je bent veel te aardig voor hem.'

'Staat alles erop?' vroeg Layla aan Will.

Grijnzend stopte hij met filmen. 'O ja. Alles staat erop.'

'Ik zal hem nog even een berichtje sturen voordat ik hem blokkeer,' zei Molly op tevreden toon. 'Om hem te zeggen dat we de video op YouTube zetten en de link naar alle sportscholen in Groot-Brittannië sturen als we merken dat hij ooit nog eens zoiets flikt.'

40

Shay zat naast zijn vaders bed in de huiskamer en luisterde naar de ademhaling van de slapende Red. Hoeveel tijd zouden ze nog hebben?

Niet veel meer.

Het was de derde week van oktober. Veertien dagen geleden was de zomer abrupt geëindigd en de herfst op volle kracht begonnen. De bomen waren oranje en geel geworden toen de temperatuur daalde, een zware storm had de eerste bladeren van de takken gezwiept, en eekhoorns hadden over het gazon heen en weer gerend om de gevallen noten te verzamelen en te begraven.

Maar niet op dit tijdstip. Buiten hoorde hij een uil roepen, en in de verte blafte een vos.

Red opende zijn ogen. 'Wat doe jij hier?'

'Niks. Gewoon zitten.'

'Hoe laat is het?'

Shay keek op zijn horloge. 'Tien over vier.'

'Aha, dan weet ik ook wat je aan het doen bent.'

'Wat dan?'

'Je hebt ook gehoord wat ze laatst op de radio zeiden, over dat zieken vaak 's nachts rond deze tijd sterven.'

Zoals meestal had hij gelijk. 'Kun je soms gedachten lezen?' vroeg Shay.

'Ja. En ik ga vannacht niet dood, dus je kunt weer gaan slapen.'

'Nog net zo bazig als altijd.'

'Ik voel me dan ook behoorlijk goed.'

Hij klonk in elk geval helderder dan de afgelopen dagen. Hij had meer geslapen, maar de pijn was onder controle. Toen de hospiceverpleegster in het weekend langs was gekomen en had gevraagd of hij niet liever naar het hospice wilde, had Red uitgelegd dat hij het liefst thuis wilde sterven.

'Kan ik iets voor je doen?' vroeg Shay.

Zijn vader knikte. 'Ik heb wel zin in een glas Drambuie.'

'Nu? Weet je het zeker?'

'Hé, ik ben vannacht niet doodgegaan, dat kunnen we net zo goed even vieren.'

Hij had gelijk. Shay schonk twee glazen in en nam ze mee naar het bed voor de tuindeuren. Een van de bewakingslampen was aangesprongen; over de patio scharrelde een egel.

'Proost,' zei Shay. Ze klonken even.

'Gezondheid,' zei Red met een klein lachje. 'Dat is een grapje.'

'Dat zal dan wel.'

'Wat gaat er gebeuren als ik er niet meer ben?'

'Ik heb geen idee.'

'Blijf je hier wonen?'

'Dat weet ik niet.'

'En Caz?'

'Hoezo Caz?'

'Ik wil weten wat ik allemaal misloop. Denk je dat zij de ware is?'

Shay schudde zijn hoofd. 'Pap, je stelt me vragen waar ik geen antwoord op heb.'

'Oké. Vertel me dan wat je zou willen dat er gebeurt. Gewoon wat je het allerliefst zou willen.'

Op dit moment zou hij het gewoon niet weten. De vraag ontwijkend zei hij: 'Het is nog te vroeg voor Caz en mij om al plannen te maken.'

'Toen ik je moeder leerde kennen, wist ik meteen dat zij de ware was. Aan het eind van onze eerste avond was dat een voldongen feit. Ik vertelde aan iedereen dat ik het meisje had gevonden met wie ik zou trouwen.' Red hield zijn hand voor zijn mond om te hoesten en vervolgde toen: 'Vraag jij je wel eens af hoe ze er nu zou hebben uitgezien? Ik wel. God, was ze er nog maar.' Hij keek uit het raam naar de nachtelijke sterrenhemel.

'Misschien is ze er nog wel. Misschien wacht ze op me, zal ze me het laatste zetje geven.'

'Je hebt geluk gehad met haar,' zei Shay.

'Als je het weet, dan weet je het.'

'Zo simpel is het niet altijd.' Dat had hij tot zijn eigen schade ondervonden.

'Weet je waarom ik hier weer wilde gaan wonen?' vroeg Red. 'Omdat ik dacht dat het jou zou helpen om weer hier te zijn.'

'Hoezo helpen?'

'Je bent eenendertig. Ik heb in de loop der jaren heel wat vriendinnen van je leren kennen, ik heb gezien hoe je met ze omgaat. En het waren op hun manier allemaal leuke meiden.' Red hoestte weer en nam nog een slok Drambuie. 'Maar met geen van hen ben je zo gelukkig geweest als je met Didi was.'

Vertel mij wat.

Het hart bonkte Shay in de keel. 'We waren hartstikke jong.'

'Dat weet ik. Ik was ook heel jong toen ik je moeder leerde kennen.'

Shay ging iets naar voren zitten. 'Beweer je nu echt dat je me hiernaartoe hebt gelokt en me hebt gedwongen om de hele zomer zeventig uur per week te werken, alleen maar omdat je hoopte dat Didi en ik weer bij elkaar zouden komen? Over emotionele chantage gesproken.'

'Nou ja, dat was het plan. Maar het heeft helemaal niet gewerkt, verdomme.'

'Ze gaat bijna trouwen.'

'Je had kunnen proberen om haar op andere gedachten te brengen.'

'Daar is het te laat voor.'

'Het is nooit ergens te laat voor.' Red kreeg wat meer moeite met ademen.

'Dingen gebeuren heus niet alleen maar omdat jij dat wilt,' zei Shay. 'Het was misschien anders gelopen als ze Aaron niet had gehad. Maar ze zijn verloofd, en ik ga daar echt niet in lopen stoken, want dat zou wel erg lullig zijn. Bovendien is het niet aan mij om die beslissing te nemen. Didi is degene die besluit of ze wel of niet gaat trouwen.'

'Jij altijd met je fatsoen. Ik weet niet van wie je dat hebt.' Red wist met moeite een glimlachje tevoorschijn te toveren. 'Maar hoe dan ook, het spijt me dat ik het voor jullie heb verpest.'

'Jij kon er niks aan doen,' zei Shay. 'Jij hebt toen die kluis niet leeggehaald.'

'Nee, maar ik had al zoveel dingen op mijn kerfstok dat iedereen meteen dacht dat ik het wel zou zijn geweest. Als ik een nette baan had gehad en een fatsoenlijk leven had geleid, zouden Didi's ouders nooit hebben gedacht dat ik erachter zat.'

'Het maakt niet uit.' Tijd om van onderwerp te veranderen. 'Mag ik je iets vragen?'

Zijn vader grinnikte en kuchte. 'Voordat ik doodga, bedoel je?'

'Om een antwoord op mijn vraag te krijgen, zou het helpen als je er nog was, ja.' Hun glazen waren leeg; Shay pakte de fles en schonk bij.

'Nou, vraag maar raak dan.'

'Is er ooit iets gebeurd tussen jou en Maura Laing?'

Red trok een wenkbrauw op. 'Hoezo?'

'Dat heb ik me altijd afgevraagd.'

'Nee, er is nooit iets gebeurd.'

'Echt niet?'

'Je hoeft niet zo verbaasd te klinken.'

'Ik had verwacht dat je ja zou zeggen. Per slot van rekening heb je heel wat avontuurtjes gehad.'

'Dat is waar.' Red knikte en ging iets verliggen. 'Maar niet met Maura.'

'Oké.'

'En weet je waarom niet?'

'Ik heb geen idee.'

'Zij wilde wel. Nou ja, we wilden het allebei wel. Maar ik heb nee gezegd. Omdat ik niet wilde dat er iets zou gebeuren wat het voor jou en Didi lastig zou maken.'

Shay keek naar zijn vader, een silhouet in het zwakke licht van de lamp. 'Echt?'

'Ja. Het is een van de weinig eerbare dingen die ik in mijn leven heb gedaan.'

'Pap.' Ontroerd zei Shay: 'Goh, dat je dat hebt gedaan. Ik ben ervan onder de indruk.'

'Terecht. Maar het is allemaal voor niets geweest. Jullie hebben het uiteindelijk toch uitgemaakt.'

Dat betekende dat dit allemaal vóór die inbraak was gebeurd – of om precies te zijn niet was gebeurd. Denkend aan de dagen vlak daarna, herinnerde hij zich Maura's eigenaardige reactie erop, haar ongemak en opgelatenheid, en ook het gevoel dat hem was bekropen dat ze iets achterhield, of in elk geval meer wist dan ze wilde toegeven.

Nou ja, als je je vader vlak voor zijn dood geen lastige vragen kon stellen, wanneer dan wel? Langzaam zei hij: 'Denk je dat Maura op de een of andere manier betrokken was bij die inbraak? Ik bedoel, ik zeg niet dat ze het zelf heeft gedaan. Maar zou iemand haar soms hebben overgehaald om hem de sleutel te geven?'

Klonk dat belachelijk? Misschien, maar het was een vraag die al jaren door zijn hoofd speelde.

'Shay, ze had er niets mee te maken. Dat kan ik met honderd procent zekerheid zeggen. Maura had geen flauw idee wie er achter de inbraak zat.'

Oké. Shay slaakte een diepe zucht. Zijn opluchting was groter dan hij had verwacht. Het was alsof er een zware last van zijn schouders viel. 'Oké. Dat is fijn om te horen.'

'Ik weet wie het wel was.' Red keek hem met een schuin hoofd aan. 'Zal ik het je vertellen?'

'Was het iemand die ik...'

'Niet iemand uit onze familie. En ook niet uit die van Didi.'

Shay dacht even na. 'Dan hoef ik het niet te weten.' Soms was dat gemakkelijker.

'Mocht je het ooit toch willen weten, dan kun je het aan Maura vragen. Ik heb het haar verteld toen ze laatst hier was.' Red gaapte; zijn oogleden vielen steeds dicht. Hij hield het glas scheef in zijn hand.

Terwijl Shay het glas voorzichtig pakte voordat hij zou knoeien, zei hij zacht: 'Niemand kan beweren dat je geen interessant leven hebt geleid.'

De mondhoeken van zijn vader gingen iets omhoog. 'Het was mooi. En nu ben jij aan de beurt om het voort te zetten.'

'Als je het niet erg vindt, zal ik proberen om niet de gevangenis in te draaien.'

'Doe dat.' Reds ogen gingen even open, en hij legde zijn hand op Shays kruin. 'Heb ik je al verteld dat ik van je hou?'

'Al wel een paar honderd keer.' Het was Shays beurt om te glimlachen. 'Ik hou ook van jou, pap.'

'Zorg dat je gelukkig wordt,' mompelde Red.

Shay slikte moeizaam. 'Dat zal ik doen.'

Toen Shay twee weken later thuiskwam van het uitvaartcentrum stond er, schuilend onder een blauwe golfparaplu, een vrouw in een smaragdgroene jas op hem te wachten. Red had te kennen gegeven dat hij begraven wilde worden in een zwart pak en een wit overhemd met rode das, omdat hij er ook zo had uitgezien op zijn trouwdag.

Nadat Shay de kleren had afgegeven had hij even overwogen om te gaan lunchen in de pub, maar het was maar goed dat hij dat niet had gedaan, want het regende hard, en de wachtende vrouw maakte een doorweekte indruk. Hij reed de oprit op en stapte uit.

'Hèhè,' riep Maura Laing uit. 'Ik sta hier al tijden te wachten.'

Hij deed de deur van slot en ging haar voor naar binnen. Zodra Maura haar zeiknatte jas had uitgetrokken wierp ze haar armen om hem heen. 'Gecondoleerd met je vader, schat. Ik vind het zo erg. Hij was zo'n bijzondere man.'

'Zeg dat wel. Dank je.' Maura was een vrouw die altijd tegen iedereen 'schat' zei, maar het voelde toch raar om zo aangesproken te worden door iemand die je ooit had ontslagen.

'Toen Didi me vertelde dat hij was gestorven, wist ik dat ik hiernaartoe moest.'

'Dat is heel aardig.'

'Zo'n schat van een man.' Ze aarzelde. 'Maar het punt is, het andere punt, bedoel ik, is dat ik je hulp nodig heb.'

Daar hadden we het. 'Hoe dan?'

'Red heeft hier iets van me, en dat heb ik nodig. Vandaag eigenlijk nog.'

Shay knikte; Reds exacte woorden waren geweest: 'Als Maura langskomt omdat ze iets wil hebben, geef het haar dan maar.'

Wat dat 'iets' dan ook mocht zijn.

'Dan zul je me moeten zeggen waar het ligt,' zei hij. 'En dan pak ik het even voor je.'

Ze draaide zich om en wees naar buiten. 'Het ligt daar.'

Het was nog harder gaan regenen. Shay fronste. 'Ik heb wel een preciezere aanwijzing nodig.'

'In de tuin. Onder de grond,' legde ze uit. 'Onder de moerbeiboom.'

Wat was dit nu weer?

'En je wilt het echt nu meteen hebben?'

'Ja. Alsjeblieft.'

Als je was opgegroeid met een vader als Red, had je wel geleerd om onverwachte dingen het hoofd te bieden. Gelukkig stond de boom op een plek waar passerend verkeer hem niet kon zien. Maura had hem aangewezen waar hij precies moest graven en stond nu naast hem als een flamingo, met de grote paraplu meer boven haar eigen hoofd dan het zijne.

Nadat hij een tijdje had gegraven zonder iets te vinden, vroeg hij: 'Weet je zeker dat dit de goede plek is?'

'Red zei dat het hier lag. Hij heeft het me aangewezen. Ik heb het toen zelf proberen op te graven, maar de grond was veel te hard. Je had mijn nagels eens moeten zien. Echt verschrikkelijk. Nee, tuinieren is niets voor mij.'

Een paar minuten later stuitte hij op iets hards, en daarna duurde het niet lang meer voordat hij de in stevig plastic gewikkelde koektrommel uit de grond had gehaald. Het deksel van de trommel was dichtgetapet met sterk plakband.

In de keuken spoelde Shay, die droop van de modder en het regenwater, de trommel af en droogde hem met een handdoek. Toen hij de trommel aan Maura gaf, vroeg hij: 'Krijg ik nog te zien wat erin zit?'

'Nee. Sorry.'

'Ben je bang dat het iets is waardoor ik slecht over mijn vader ga denken?'

Ze schudde haar hoofd. 'Helemaal niet.'

'Nou, dat is fijn om te horen. Maar even voor alle duidelijkheid: ik zou toch nooit slechter over hem gaan denken.'

'Ik wil niet dat je het ziet omdat ik bang ben dat je slecht over mij zult gaan denken.' Aan haar stem te horen speet het Maura oprecht. 'Ik doe mijn best om een goed mens te zijn, Shay, maar soms mislukt dat. Kunnen we het daarbij laten? Jouw vader heeft me geholpen door dit in zijn tuin te begraven.' Er verschenen tranen in haar ogen toen ze de trommel onder haar arm stopte. 'Hij was er in elk geval eerlijk over dat hij oneerlijk was. In vele opzichten was hij een beter mens dan ik.'

41

De volgende dag was de storm gelukkig gaan liggen. De zon scheen, en een vlagerige wind speelde met de hoeden en rokzomen toen de genodigden de kerk uit kwamen en zich om het open graf verzamelden.

Didi was blij dat ze een lange broek droeg. Naast haar worstelde Maura met de gele dunne zijden stof van haar jurk. Fluisterend vroeg ze: 'Zal ik je tas anders vasthouden?'

Haar moeder schudde vastbesloten haar hoofd. 'Het gaat wel.'

Didi geloofde haar op haar woord. Ze wist nog steeds niet waarom haar moeder gistermiddag per se bij Shay langs had gewild. Wat ze wel wist was dat ze er zelf enorm naar had verlangd om hem te zien, om bij hem te zijn, zodat ze hem kon vertellen dat het haar allemaal speet, en om daarna samen herinneringen te kunnen ophalen aan Red. Maar toen ze op het punt had gestaan om weg te gaan had haar moeder verkondigd dat ze Shay moest spreken, en nee, dat kon niet wachten, en Didi zou gewoon even geduld moeten hebben. En dat was dat. Toen Maura twee uur later terugkwam had Didi het te druk gehad met problemen met het personeel, en toen ze eindelijk wel weg kon, was het te laat. Caz, die het was gelukt om een paar dagen eerder te vertrekken uit Kaapstad, waar ze opnames had gehad, was inmiddels gearriveerd.

En nu, op de begraafplaats, vloog een zwarte hoed met brede rand van het hoofd van een elegante brunette en zeilde langs een rij grafstenen. Nu Didi erop lette, viel het haar ineens op dat zich tussen de ongeveer tweehonderd aanwezigen behoorlijk wat aantrekkelijke vrouwen op leeftijd bevonden, zonder partner.

Nou ja, Red was nogal populair geweest bij de dames.

Er snelden kleine witte wolken langs de hemel toen de dominee het woord nam. De aantrekkelijke oudere dames depten voorzichtig hun ogen met zakdoekjes, in een poging om – met wisselend succes – hun make-up niet te verpesten. Toen de kist in de grond zakte was gedempt gesnik hoorbaar.

Didi zag aan Shays gezicht hoe verdrietig hij was, en ze zou hem het liefst willen troosten. Maar dat was niet aan haar; hij hoorde niet bij haar. Over het gezicht van Caz, die naast hem stond, gleed een eenzame traan. Ze had haar hoofd op Shays schouder gelegd en zag er prachtig uit. Met zijn hand in de hare keek ze met een onuitsprekelijke droefheid naar het open graf, terwijl Shay even een stap naar voren deed om een handvol aarde op de rieten kist te gooien.

Na de plechtigheid werd iedereen op Hillcrest verwacht. De mensen begonnen zich over de begraafplaats te verspreiden. Shay bleef waar hij was, met Caz naast hem. Didi vroeg zich af of hij zich misschien voorstelde dat Red eindelijk weer was herenigd met Mel, de vrouw van wie hij meer had gehouden dan van alle vrouwen uit zijn veelbewogen leven daarna.

Ze hoopte dat ze nu voor altijd samen waren. Shay kon nu in elk geval zijn vaders naam toevoegen aan de zwarte marmeren grafsteen. Didi kreeg tranen in haar ogen terwijl ze naar hem keek.

'Kom.' Maura trok aan haar arm. 'We willen hier niet als laatsten achterblijven, toch? Ik heb drank nodig.'

De meeste mensen die de begrafenis hadden bijgewoond gingen inderdaad naar Hillcrest. Gelukkig was de vlagerige wind gaan liggen, zodat ze ook de zonnige tuin in konden. Er werden drankjes en hapjes geserveerd, verhalen verteld over Red, en Didi herkende ineens mensen die ze jaren niet had gezien. Daar had je Big Gav en zijn vrouw, die allebei cider achteroversloegen en worstenbroodjes aten. En achter in de tuin zag ze Barbie staan, die tot haar verhuizing van tien jaar geleden een bloemenzaak aan het marktplein had gehad.

'Wie is dat?' Maura wees naar een mollige vrouw in een strak beige broekpak.

'Ik heb geen flauw idee,' zei Didi.

'En die vrouw daar?'

'Mam, ik ben Google niet! Ik weet het niet! Red kende overal mensen.'

En was met de meesten ervan ook naar bed geweest waarschijnlijk.

'Ik weet wel wie die vrouw met die onderkinnen is.' Layla was bij hen komen staan en had gehoord wat er was gezegd. 'Ze heeft zo'n schattige kleine sieradenwinkel in Garrett Street in Cheltenham. Daar heb ik die armband voor mijn moeders verjaardag gekocht.'

'O ja.' Maura knikte een beetje schokkerig, en ze kreeg een rood hoofd. 'Dat is het. Ik wist dat ik haar ergens van kende.'

Toen Didi zich een hele tijd daarna omdraaide ving ze de blik van Shay, die ook in de tuin stond. Caz was een eindje verderop aan het praten met het oudere echtpaar van de begrafenisonderneming, en Shay was even alleen. Toen hij met een lachje haar kant uit kwam liep ze hem tegemoet.

Ze begroette hem met een vluchtige kus op de wang – o god, hij mocht dan wel vluchtig zijn, maar haar hart sloeg toch over – en vroeg: 'Hoe gaat het?'

'Ik zal blij zijn als het achter de rug is.' Weer dat scheve lachje. 'Alleen zal het nooit echt achter de rug zijn. Want hij komt niet meer terug.'

'Hij hield vreselijk veel van je. En hij was trots op je.' Ze had zin om haar armen om hem heen te slaan, maar stel dat ze dat deed en dan niet meer kon ophouden. Dat zou behoorlijk gênant zijn. 'Gelukkig heeft hij nog even in zijn oude huis kunnen wonen. Ik was zo bang dat hij die kans niet meer zou krijgen. En hij vond het heerlijk om weer terug te zijn.'

'Ja. Dat was heel belangrijk voor hem.' Hij keek haar aan met een uitdrukking die ze niet kon ontcijferen en wendde toen zijn blik weer af. 'Ik ben echt blij dat we het huis op tijd af hebben gekregen.'

Didi voelde dat er naar hen werd gekeken. Dat was een van de nadelen van in een klein stadje wonen. 'Maar hoe gaat het met jou? Doe je het wel een beetje rustig aan de komende weken?' Terwijl ze dat zei maakte Caz zich los van het oudere echtpaar en kwam bij hen staan.

'Niet te geloven! Ze wilden een selfie maken! Hoi!' Ze omhelsde Didi. 'God, het is dodelijk vermoeiend om aardig te moeten doen tegen mensen die je niet kent.'

'Ik vertelde Shay net dat hij het even rustig aan moet doen.'

'Je hebt helemaal gelijk.' Caz sloeg haar arm om Shays middel. 'Dat zei ik ook al. Even helemaal ertussenuit. Een vriendin van me heeft een huis op Saint Lucia, en ze zei dat we daar net zo lang mogen blijven als we willen, maar Shay weet niet zeker of hij wel zin heeft om te gaan.' Ze gaf Didi een por. 'Help me eens. Zeg tegen hem dat hij moet gaan.'

Dit was nu zo'n situatie waarin je echt niet verzeild wilde raken. Didi, die helemaal niet wilde dat hij wegging, maar dat niet hardop kon zeggen, knikte naar Shay. 'Dat zou je goeddoen.'

'Dank je! Zie je nou wel? Didi is het met me eens. Je hebt een klotetijd achter de rug, en nu moet je gewoon een paar weken vakantie nemen. Zodra ik klaar ben in Kaapstad kunnen we twee weken naar Saint Lucia en dan doorvliegen naar Nieuw-Zeeland voordat ik aan mijn nieuwe klus begin... als die al doorgaat.'

'Ik weet het niet...' Shay haalde een hand door zijn haar. Het was duidelijk dat ze hem nog niet hadden weten te overtuigen.

'Schat, neem het nou maar van mij aan, dit is precies wat je nodig hebt. En bovendien kan ik dan voor je zorgen.' Ze kuste hem teder op zijn mond. 'Ik wil alleen maar dat je weer gelukkig wordt en...'

'Didi, daar ben je!' Sylvia had net haar dienst erop zitten en kwam ook nog even langs. Zwaaiend en zich naar hen toe haastend in haar kersenrode jurk, riep ze: 'Waarom neem je je telefoon niet op?'

'Ik heb hem in de kerk uitgezet.' Dat leek haar toch niet meer dan normaal bij een begrafenis, hoewel Red er vast wel om had kunnen lachen als er ineens een telefoon was overgegaan tijdens de grafrede. 'Ik ben vergeten hem weer aan te zetten. Is er iets gebeurd dan?'

'Er is een verrassing voor je,' zei Sylvia met een ondeugende blik in haar ogen. 'In het hotel. O...' Ze wendde zich verontschuldigend tot Shay. 'Gecondoleerd met je vader. Was het een mooie dienst? Zo te zien heb je er echt wat van gemaakt.'

Shay knikte. 'Dank je.'

Na een ongemakkelijke stilte vroeg Didi: 'Wat voor verrassing dan?' Nou ja, dat moest ze toch vragen? Misschien was er wel net een inspecteur van Michelin geweest die zo ondersteboven was van de lunch dat hij het niet had kunnen laten om te vertellen wie hij was en...

'Aaron!' Door het dolle heen klapte Sylvia in haar handen. 'Ik heb hem verteld dat je hier was, maar een romantische hereniging zo vlak na een begrafenis... Nee, dat geeft geen pas. Daarom wacht hij in het hotel op je. Hij is teruggekomen uit New York omdat hij je zo vreselijk miste! En ik kan je één ding zeggen: hij ziet er beter uit dan ooit!'

Wat was dit verdomme?

'Moet je haar zien kijken, ze kan het gewoon niet geloven!' riep Caz. 'Ze is letterlijk met stomheid geslagen!'

Dat was inderdaad zo.

'Ja, dat gezicht van jou!' juichte Sylvia. 'O, we hadden dit moeten filmen!'

'Echt een droom die uitkomt.' Caz deed alsof ze bijna flauwviel van opwinding en wendde zich toen tot Shay. 'Ik hoop dat jij ook altijd zo romantisch blijft.'

'Zal ik het hotel bellen om hem te laten weten dat je eraan komt?' Sylvia stond al met haar telefoon in haar hand.

'Ik kan hier nog niet weg.' Didi had eindelijk haar tong teruggevonden. 'We zijn hier om Red te gedenken.'

'Natuurlijk kun je wel weg,' zei Caz. 'Red zou niet willen dat je bleef… Hij zou de eerste zijn om te zeggen dat je als de donder terug moet naar het hotel. Toch?' Ze keek Shay vragend aan.

Hij knikte een beetje afwezig, zichtbaar in beslag genomen door andere dingen. 'Caz heeft gelijk. Ga maar.'

42

Altijd wanneer Aaron met de taxi bij het hotel was aangekomen en zij nog aan het werk was geweest had hij haar overdreven enthousiast begroet in het bijzijn van anderen, alsof hij genoot van publiek. Deze keer stond hij op haar te wachten in de verder lege gang, maar zodra hij haar zag vlamde er hoop op in zijn ogen.

'Didi.' Hij haastte zich naar haar toe en omhelsde haar. 'Kunnen we meteen door naar je appartement?'

Ze knikte; hij was niet de enige die nu geen publiek wilde.

Ze liepen de glanzend geboende houten trap op. De deur van haar appartement was nog niet achter hen dicht of Aaron flapte eruit: 'Ik heb je zo gemist. O god, je moest eens weten.'

'Ben je daarom hiernaartoe gekomen?' Didi schudde haar hoofd. 'Ik snap het niet.'

'Je bent niet de enige.' Hij kwam voor haar staan. 'Sylvia lijkt te denken dat we nog steeds in december gaan trouwen en dat ik nu uit New York kom.'

'Ah.' Ze had een overplaatsing naar het Amerikaanse filiaal van zijn bedrijf verzonnen om zijn afwezigheid te verklaren.

'Laat me je handen eens zien.'

'Wat?'

'Alsjeblieft.'

Didi hield haar handen voor hem op, en Aaron liet zijn blik eroverheen glijden. 'Oké, ik ben hiernaartoe gekomen omdat ik gisteren een overleg in Leeds had, en daar liet een van mijn collega's me een foto zien die hij in een boulevardkrant had zien staan.'

Didi snapte er nog steeds niets van. 'Een foto waarvan?'

'Van jou. Ik lees die kranten niet, maar hij blijkbaar wel.' Hij liet haar op zijn telefoon een foto van Caz zien die terugkwam in het hotel. Toen Didi de taxi had zien aankomen was ze naar buiten gegaan om haar te begroeten, en dat moment was vastgelegd door iemand aan de overkant van de straat. Terwijl ze elkaar enthousiast hadden omhelsd had Didi haar linkerhand uitgestrekt gehouden.

En daar, duidelijk zichtbaar, zag je de diamant van de ring om haar ringvinger schitteren in het zonlicht.

'Dus je draagt mijn ring nog. En je lijkt ook niemand te hebben verteld dat het uit is.' Hij nam haar met een schuin hoofd op. 'En daarom denk ik dat je spijt hebt van je woorden en dat je nu moed aan het verzamelen bent om tegen me te zeggen dat je een grote fout hebt gemaakt. Klopt dat?'

Didi voelde zich steeds beroerder worden. Het was haar eigen schuld dat het zo'n puinhoop was, en op de een of andere manier moest ze het ook zelf zien op te lossen.

Dat kostte nogal wat moeite. Aaron was niet iemand die graag toegaf dat hij het misschien bij het verkeerde eind had gehad. Didi voelde zich genoodzaakt een bijzonder opdringerige aanbidder te verzinnen die ze van zich af probeerde te houden door te doen alsof ze nog steeds verloofd was. Aaron wilde natuurlijk weten wie die aanbidder was, maar ze weigerde hem dat te vertellen. Vervolgens vroeg hij haar of er nog iets tussen haar en Shay was gebeurd, en toen kon ze hem naar waarheid vertellen dat dat niet het geval was.

'Maar ik had je toch gezegd dat je dat moest doen. Ik heb je toestemming gegeven.' Het leek hem te frustreren dat ze geen gebruik van zijn genereuze aanbod had gemaakt.

'Shay heeft Caz. Bovendien wilde ik niet met hem naar bed.'

Aaron maakte een geïrriteerd gebaar. 'Maar hoe denk je hem dan uit je systeem te krijgen?'

Twintig minuten later kreeg ze een berichtje van Sylvia op haar telefoon: Sorry dat ik je lastigval, maar de Walker-Dunns zijn hier. Ze willen het hotel reserveren voor een tachtigste verjaardag en staan erop om jou te spreken.

'Ik moet naar beneden,' zei ze tegen Aaron. 'Even iets regelen.'

'Werk, werk, werk... Het enige waar je om geeft is dit klotehotel.' Hij haalde minachtend zijn neus op. 'Als je vaker naar Londen was gekomen was dit nooit gebeurd en zouden we nog steeds bij elkaar zijn.'

De steek die Didi voelde was een mengeling van droefheid en opluchting. Misschien had hij wel gelijk. Het enige wat zij wist was dat als Shay niet was teruggekeerd naar Elliscombe, ze zich misschien nooit meer zou hebben herinnerd hoe ware liefde voelde. Maar hij was wel teruggekeerd, en alle oude gevoelens waren weer naar boven gekomen, en ze had zich ineens gerealiseerd hoe belangrijk die gevoelens waren om een vervuld leven te kunnen leiden.

Misschien kon ze dat leven niet met Shay delen, maar ze kon ook niet in een relatie blijven met iemand van wie ze niet op zo'n manier hield.

'We kunnen toch gewoon bij elkaar blijven,' drong Aaron aan. 'Ik kan je gelukkig maken, maar dan moet jij dat wel willen.'

Wellicht kon hij dat ook. Maar opnieuw gold dat het niet gelukkig genoeg zou zijn.

Ze slikte. 'Het spijt me. Neem alsjeblieft de ring terug.'

'Zeker weten?' vroeg hij, alsof hij nu pas ten volle besefte dat ze het meende.

'Ja.' De ring gleed gemakkelijk van haar vinger; ze was afgevallen zonder dat ze het had gemerkt.

Hij stopte hem in zijn portefeuille en omhelsde haar, wat een veel prettiger manier was om het uit te maken dan de vorige keer in Londen.

'Er is meer in het leven dan alleen dit hotel,' zei hij met een vriendelijke blik. 'Ik hoop dat je dat ooit zult beseffen.'

Ze knikte. 'Dank je. Het komt wel goed. En ik hoop dat jij ook gelukkig wordt.'

Beneden zaten de Walker-Dunns op haar te wachten. Ze zat twee uur lang met hen opgesloten in haar kantoor, terwijl ze een lange lijst met eisen voor de verjaardag in januari doornamen. Toen ze vertrokken, nadat ze alles uitputtend hadden besproken, had Didi een knallende koppijn.

'Je zit er moe uit,' zei Sylvia.

'Ik ben ook moe.'

Sylvia knipoogde. 'Dat verbaast me niets. Sorry dat ik jullie romantische ontmoeting moest onderbreken. Jammer trouwens dat Aaron niet langer kon blijven.'

'Het was even een kort bezoekje, hij moest weer terug naar Londen.' Didi had het gevoel alsof haar hersens werden geplet in een bankschroef. 'Luister, ik wil niet dat mijn hoofdpijn overgaat in een migraineaanval. Ik ga even rusten.'

'Ocharme! Dat is het probleem met die romantische ontmoetingen,' zei Sylvia grijnzend. 'Die kosten handenvol energie!'

Op Hillcrest waren nog steeds een stuk of honderd gasten, die vastbesloten leken om te blijven. Zoals de traditie voorschreef was de wake langzaam veranderd in een echt feest, met muziek en dansen en wilde verhalen over vroeger.

Het had even geduurd voordat Maura genoeg moed had verzameld, maar nu was het zover. Terwijl ze haar glas witte wijn leegdronk, zag ze dat de in het strakke broekpak gestoken vrouw met de onderkinnen haar tas had gepakt en afscheid begon te nemen.

Maura volgde haar eerst door het huis en vervolgens naar buiten. Er stonden veel auto's langs de straat geparkeerd, en de vrouw rammelde met haar sleutels terwijl ze door de berm liep. In de juwelierszaak zouden camera's hangen; het was veiliger om het hier te doen.

'Hallo?' Maura versnelde haar pas. 'Sorry dat ik je lastigval, maar jij bent toch Pat?'

Pat draaide zich om en knikte. 'Ja. En jij bent die vrouw van het hotel. Maura is het toch?'

Maura knikte; ze werd een beetje misselijk. 'Ik woonde vroeger in het hotel. Ik heb iets... Ik heb het Red gevraagd, en hij zei dat jij me wel zou kunnen helpen...'

'Ja, hij heeft me gebeld om te zeggen dat er misschien iemand contact met me zou opnemen. Maar hij zei niet dat jij het was.' Pats onderkinnen trilden, terwijl ze samenzweerderig glimlachte. 'Heb je hem bij je?'

Maura's handen beefden toen ze het stevig ingepakte pakje uit haar tas haalde. Met een blik over haar schouder naar het huis zei ze: 'Ik wil er alleen maar vanaf, snap je? Red zei dat jij de stenen eruit kon halen en het goud smelten...'

'Dat zou ik kunnen doen, ja. Laten we eerst maar eens kijken waar het precies om gaat.'

'Zullen we anders even in je auto gaan zitten?' flapte Maura eruit. 'Is dat niet gemakkelijker?'

'Ik sta daar.' Pat klonk geamuseerd.

Eenmaal in de groene Nissan opende Maura het pakje en haalde de smaragden ketting eruit. 'Ik geef het geld aan het goede doel.'

'Ja, natuurlijk.'

Maura besefte ineens dat Pat haar kon chanteren. Ze keek naar de vrouw die een loep uit het handschoenenvak pakte en de ketting ophield om de stenen te kunnen bestuderen.

'Mooi.' Ze knikte. 'Zullen we zeggen ieder de helft?'

'Sorry?'

'Ik moet er ook iets aan overhouden, schat. Ik handel niet voor niets in gestolen waar.'

'Hij is niet gestolen. Het is mijn ketting.' Ze schrok zich ineens een ongeluk, want het achterportier werd opengetrokken.

Pat zei onverstoorbaar: 'Alles goed daarachter? Ik moet even wat zaken afhandelen voordat ik jullie naar het station kan brengen.'

'Wat heb je daar, Pat?' Big Gav boog zich naar haar toe en pakte de ketting uit haar hand.

O shit. En hij had zijn vrouw ook bij zich.

'Deze dame hier wil dat ik hem voor haar uit elkaar haal. Eigenlijk zonde. Prachtig stukje vakmanschap. Zal een aardige duit gekost hebben.'

Fuck fuck fuck. Maura draaide zich vol afschuw om naar Big Gav, de man die de inbraak had gepleegd.

'Zo zo,' zei hij vrolijk. 'Ik heb me altijd al afgevraagd wat er met die ketting was gebeurd. Want ik wist één ding zeker: namelijk dat ik hem niet had.'

'Ik geef het geld aan een goed doel,' zei Maura stamelend.

'Nou, als je maar niet verwacht dat ik dat met mijn deel ook doe.' Pats kakelende lach had wel iets van een zak chips die in elkaar werd gefrommeld.

Big Gav gaf Maura van achteren een por. 'Hoeveel wil ze van je hebben?'

'De helft.' Maura wilde alleen nog maar weg. Hij stonk naar cider. Het was net alsof ze in een of andere enge serie over de onderwereld verzeild was geraakt. Ze zouden haar ter plekke kunnen vermoorden en haar lichaam in een greppel achterlaten, zodat ze verscheurd en aangevreten zou worden door vossen.

'Hé, je mag wel wat aardiger voor haar zijn,' zei Big Gavs

vrouw. 'Het is wel Reds begrafenis, hoor. Geef haar gewoon het geld. Jullie hebben allebei veel aan hem te danken.'

'Ja,' deed Big Gav een duit in het zakje. 'Geef haar het geld en breng ons naar het station. We moeten de trein halen.'

Maura knipperde met haar ogen toen Pat haar tas opende en daar een stuk of wat rolletjes bankbiljetten van twintig pond uit haalde. 'Oké dan, pak aan. Zesduizend. Je hebt geluk dat ik in zo'n goede bui ben.'

'Dank je,' mompelde Maura. Ze opende het portier en struikelde bijna nog in haar haast de auto uit te komen.

'Zoek maar een mooi goed doel uit,' zei Big Gav.

Maura wilde alleen maar dat ze de beelden van hem naakt op die foto's uit haar hersens kon bannen. 'Dat zal ik doen,' zei ze schor.

'En ik wil jou nooit in mijn winkel zien,' riep Pat nog, terwijl ze de motor startte. 'Ik moet aan mijn reputatie denken. Die laat ik niet verpesten door een stelletje amateurs!'

Toen Didi de volgende ochtend wakker werd was het zes uur en nog donker buiten, maar uit het geluid van een rolkoffer op straat kon ze opmaken dat er in elk geval al één hotelgast vertrok.

Ze tuurde door het glas-in-loodraam dat uitkeek op de hoofdstraat. Er stond een chauffeur een koffer in de kofferbak van zijn auto te laden. Meteen daarna verscheen Caz, gekleed in een licht sweatshirt, een roze legging, en op teenslippers. Waar ze ook naartoe mocht gaan, het was er warmer dan hier.

En meteen daarna dook er een lange gestalte met nog een koffer op. Didi kreeg een steek in haar maag toen ze zag dat het Shay was. Hij had blijkbaar bij Caz geslapen na de wake op Hillcrest.

Ging hij met haar mee naar het vliegveld om haar uit te zwaaien? Zo te zien wel. Terwijl Didi haar voorhoofd tegen het koele glas legde keek Caz op en zag haar. Ze gaf Shay een duwtje, wees naar boven, begon toen als een gek te zwaaien en blies Didi een kusje toe. Toen stak ook Shay zijn hand op, zodat Didi zich genoodzaakt voelde terug te zwaaien en vriendelijk te lachen.

Ze stapten samen in de taxi. Didi's glimlach verdween meteen van haar gezicht toen de glanzende zwarte auto wegreed. Als Shay meeging naar het vliegveld om afscheid te nemen, moest hij wel heel veel van Caz houden.

Wat een bofkont was Caz.

Toen Didi een uur later beneden kwam om aan het werk te gaan zei Sylvia: 'Caz Holloway is al heel vroeg vertrokken vandaag.'

'Oké.' Didi knikte.

'Terug naar Zuid-Afrika. Met Shay.'

Met Shay? Hoe lang bleven ze dan weg?

'Moet ze niet werken dan?'

'O, nog maar een paar daagjes, vertelde ze. En daarna gaan ze naar Saint Lucia! Caz vond dat hij aan vakantie toe was, en ze heeft alles gisteravond nog geregeld. Ja, je hebt luxepaarden en werkpaarden! Och, dat is niet aardig, hij heeft net zijn vader verloren.' Sylvia veranderde snel van onderwerp. 'O, heb je die foto van jou en Caz in de *Mail* gezien? Stond ze er niet prachtig op?'

Didi knikte. 'Ja, Aaron liet hem me zien.'

Sylvia keek haar stralend aan. 'En goed dat het hotel er ook op stond, hè? Alleen jammer dat je geen make-up ophad.'

43

'Klaar!' Angel trok de donkerblauwe nylon cape met een zwierig gebaar van Layla's schouders en deed een stap naar achteren om haar werk te bewonderen. 'Vind je het mooi?'

'Prachtig!' Layla hield haar hoofd scheef en haar haar zwiepte van de ene kant naar de andere; het was voor de verandering wel eens leuk om blij te zijn met het eindresultaat in plaats van je best te moeten doen om niet te gaan huilen. 'Jij bent goed, zeg!'

'Ik weet het.'

'Je snapt toch wel dat je nu niet meer van me afkomt?'

'Te gek. Over niet meer van iemand afkomen gesproken, die bewonderaar van je is er.'

'Hij is mijn bewonderaar niet.' Layla voelde dat ze bloosde. Door de etalageruit zag ze Will handig inparkeren op het plein.

'Oké, je rijinstructeur dan.'

'Dat is hij ook niet.'

'Goed, de aardige man die probeert je weer zoveel zelfvertrouwen te geven dat je zelf kunt rijden.' Ondeugend voegde Angel eraan toe: 'De aantrekkelijke man die te verlegen is om te zeggen dat hij op je valt.'

'Wat een onzin. Hij valt helemaal niet op me!'

'Welles.'

Na een korte aarzeling vroeg Layla: 'Vind je hem echt aantrekkelijk?'

'Wie? Will? O ja!'

'God, ja!' viel Anthony, een van de andere kappers, haar bij. 'Op zo'n terloopse manier, wat hem alleen maar nog aantrekkelijker maakt.'

'Ja, ik snap wat je bedoelt,' zei Matt. 'Het komt door die truien met v-hals met daaronder een buttondown overhemd. En dan die ogen achter die brillenglazen. Een soort Clark Kent, maar dan uit Elliscombe.'

De oudere vrouw bij wie hij highlights aanbracht zei: 'Matt, ik heb nooit geweten dat je homo was.'

'Dat ben ik ook niet. Maar ik kan zijn looks toch wel waarderen.'

'Ja, een soort sexy scheikundeleraar,' deed Anthony weer een duit in het zakje. 'Was hij maar homo, dan wist ik wel wat ik deed!'

'Hij ziet alleen Layla staan.' Met een reusachtige spuitbus haarlak in haar hand vroeg Angel: 'Lak?'

Maar Layla, die nooit nee durfde te zeggen tegen haarlak omdat ze dat onbeleefd vond, zag ineens voor zich hoe Will en zij elkaar hartstochtelijk kusten. Ze knipperde met haar ogen en zei: 'Nee, het is goed zo.'

Het was inmiddels iets meer dan een maand geleden dat er een abrupt einde was gekomen aan haar relatie met Harry, hoewel het meer aanvoelde als een jaar. En eigenlijk had ze hem niet eens gemist. Maar misschien had ze wel iets anders gemist...

Dit zou de vierde poging worden om met hulp van Will haar zelfvertrouwen achter het stuur weer terug te krijgen. Op de een of andere manier had ze bedacht – omdat Will altijd zo kalm en zelfverzekerd achter het stuur zat – dat ze het misschien toch kon. Alleen was de eerste poging een gigantische mislukking geweest; nadat ze twintig minuten tegen haar tranen had zitten vechten had ze het opgegeven en was ze voor een stoplicht gewoon uitgestapt.

De tweede keer was al iets minder rampzalig verlopen, en tijdens de derde les was ze erin geslaagd om een heel uur te rijden. Hoewel ze het zenuwslopend bleef vinden, lukte het haar steeds beter om niet in paniek te raken. Een andere instructeur had misschien allang zijn geduld met haar verloren, maar Will bleef begripvol en eindeloos geduldig en... Oké, ze bekende het: ze was hem steeds aantrekkelijker gaan vinden.

Zo zie je maar weer. Je wist nooit wat er allemaal kon gebeuren, wat voor verrassingen de toekomst voor je in petto had.

En er leek inderdaad wat te gebeuren. Nu ze zich niet meer in de verdediging gedrukt voelde en niet meer steeds haar zogenaamde vriend hoefde te verdedigen bij wie Will vanaf het begin zijn bedenkingen had gehad, begon ze zijn ontspannen houding en zijn droge humor steeds meer te waarderen. En misschien ook wel zijn lichaam, dat eigenlijk best gespierd en atletisch was onder die Clark Kent-outfits.

Wat zou hij doen als ze zich plotseling op hem stortte in een aanval van lust en hem gewoon in de auto begon te kussen, op een gewone dinsdagmiddag in november, midden op de markt?

Nou, het antwoord op die vraag was niets, want ze ging dat echt niet doen. Voordat er zoiets kon gebeuren moest ze minstens zes gin-tonics achter haar kiezen hebben.

'Goedemiddag.' Will knikte goedkeurend. 'Je hebt een nieuw kapsel.'

'Angel heeft me geknipt.' Ze zwiepte even met haar haar. 'Vind je het mooi geworden?'

Dat durfde ze best te vragen, want hij kon toch geen nee zeggen nu ze er zo fantastisch uitzag.

'Heel mooi. Wil je rijden?'

'Nog niet.' Ze vond het nog steeds eng om in de stad te rijden met al die voetgangers en auto's; tot nu toe was ze pas achter het stuur gaan zitten nadat ze het centrum achter zich hadden gelaten.

Een paar minuten later reed Will een oprit op, en ze wisselden van plek. Layla merkte dat haar hartslag meteen omhoogging; kwam dat door het vooruitzicht zo meteen te moeten rijden of door de vage maar heerlijke geur van zijn aftershave toen ze voor de auto langs elkaar heen liepen?

'Je mag nu wel even op je telefoon kijken,' zei ze, want zijn toestel had continu gebliept nadat ze waren weggereden van het marktplein.

'Dat hoeft niet.'

'Misschien is het wel belangrijk.' Layla voelde zich al schuldig genoeg, want door haar les te geven, miste hij een uur lang eventuele klanten voor zijn taxi.

'Als mensen echt zo verlegen zitten om een taxi kunnen ze Darren wel bellen. Goed, even diep inademen en je ontspannen. Daar gaan we.'

Layla deed wat haar werd opgedragen. Terwijl ze over de bochtige landweggetjes reden gaf Will bemoedigend commentaar. Toen er een konijn de weg op huppelde lukte het haar om niet te gaan gillen, maar gewoon rustig af te remmen en eromheen te rijden zonder in een heg te belanden. Ze praatten wat over hun werk en over mensen die ze allebei kenden, zoals haar moeder en Benny, van wie de relatie liep als een trein.

'Ze is zo gelukkig,' vertelde Layla. 'En het is ook zo mooi om ze samen te zien. Aankomend weekend gaan ze naar Londen voor wat voorstellingen. Want Benny heeft *Hamilton* nog nooit gezien, en dat is de lievelingsmusical van mijn moeder. Het is net alsof het zo heeft moeten zijn.' Ze stopte met praten toen Wills telefoon overging, en hij het geluid zonder zelfs maar te kijken uitzette. 'Maar wat als het iets belangrijks is?'

'Dat is het vast niet. Ik concentreer me nu liever op jou. We zijn bijna in Moreton... Zullen we daar een rondje rijden over het parkeerterrein bij het station?'

'Niet nu, het is vast druk.' Veel te veel mensen die zonder kijken het station uit liepen, zich eerder bekommerend om hun koffers dan om het vooruitzicht geraakt te worden door een langsrijdende auto. Terwijl ze de richtingaanwijzer naar links aanzette, zei ze: 'Laten we ons nog maar even beperken tot rustige wegen.'

'Oké. Hoe gaat het eigenlijk met Didi?'

Dat was wat ze zo fijn vond aan die uurtjes met hem in de auto, de complete afwezigheid van druk. Als ze nee zei, dan hoefde ze niet uit te leggen waarom. Terwijl ze zich weer ontspande hoorde ze zijn telefoon in stilte vibreren. Omdat hij het bleef negeren vervolgde ze: 'Voor zover ik kan zien wel redelijk. Ze vindt zelf dat Aaron en zij niet bij elkaar pasten en dat het daarom niet meer dan logisch was om de bruiloft af te blazen. Maar ik weet het niet, volgens mij is ze niet gelukkig. Ze eet niet goed, en dat is niets voor haar. Didi houdt van eten.'

'Denk je dat ze er spijt van heeft dat ze het heeft uitgemaakt?'

'Ze zegt van niet, maar ik weet het niet. Het enige wat ze doet is werken werken werken.'

'En hoe gaat het met jou?' Net toen hij de vraag stelde, wervelden er allemaal oranje blaadjes over de weg voor hen. Hoewel Layla een gilletje slaakte, omdat het net muizen in herfstkleur leken, lukte het haar om gewoon door te rijden. Ze boekte vooruitgang. 'Met mij? Prima.'

'Mis je Harry niet?'

'Echt niet! Geen van ons mist Harry.'

'Dus je bent een tevreden single.'

'Er is niks mis met single zijn, ik ben het wel gewend. Ik heb een fantastisch leven.' Layla concentreerde zich uiterlijk op de weg, maar innerlijk kwam haar eerdere fantasie weer bovendrijven. Wat zou er gebeuren als ze zou stoppen en dan tegen hem zei: 'Ik wil je kussen'? Gewoon pats-boem.

Of: 'Wil je mij kussen?'

Nee, beter van niet. Stel dat hij zei: 'Nee, dank je.'

'Waar denk je aan?' vroeg Will.

O god, kon hij soms haar gedachten lezen? 'Ik zat te denken dat ik gek word van je telefoon. Ik zat te denken dat je maar eens op moest nemen.'

'Nog niet. Als jij klaar bent met rijden.'

'Is het een vriendin?'

'Nee.'

'Heb je eigenlijk een vriendin?'

'Nee.'

Layla trapte op de rem en bracht de auto tot stilstand aan de rand van de verder verlaten weg.

'Wat doe je?' vroeg hij.

'Ik ben gestopt.'

'Waarom?'

'Zodat je die irritante telefoon van je kunt opnemen.' Ze zette de motor af, keek hem aan en haalde diep adem. 'En zodat je me kunt kussen.'

'Wat?'

O god o god. 'Zodat ik jou kan kussen. Of jij mij.' Ze voelde dat ze rood werd van schaamte. 'Jij mag kiezen. Maar als je geen van beide wil, is het ook goed.'

Stilte. Will staarde haar aan.

Zijn telefoon zoemde weer, als een boze wesp die gevangenzat. Hij drukte op de knop om het raampje aan zijn kant mee open te doen. Daarna gooide hij zijn toestel in de berm. Toen keek hij haar weer aan. 'Echt?'

Ze was begonnen en dan kon ze het net zo goed afmaken ook. 'Echt.'

'Ik wil dit al maanden. Ik had nooit gedacht dat het echt zou kunnen gebeuren.'

Angel had dus gelijk gehad. Terwijl de adrenaline door haar heen kolkte, vroeg ze met onvaste stem: 'Echt?'

Om zijn mond verscheen het begin van een lach. 'O ja. Echt.'

'Oké. Nou, dat is fijn dan.'

'Ik was jaloers op Harry.' Will zweeg even. 'Ik wist dat hij fout was. Maar ik wist ook dat je dat niet van mij wilde horen.'

'Harry bestaat niet meer. We hoeven het niet meer over hem te hebben.' Hoewel het in zekere zin aan haar beroerde smaak op het gebied van online daten te danken was dat ze nu op dit punt waren aanbeland.

'Het is misschien handiger als je je autogordel losmaakt,' zei hij.

'Ja, en jij die van jou ook.'

Klik.

Klik.

Will zei: 'Ik heb nog nooit iemand in deze auto gekust.'

Layla begreep meteen wat hij bedoelde; het zou net zoiets zijn als een klant kussen in haar kantoor, boven een stapel facturen en aangiftebiljetten. 'Denk je dat het raar voelt?'

Zijn wenkbrauwen gingen geamuseerd omhoog, op die kenmerkende manier van hem. 'Ik denk dat het heerlijk voelt. En ik kan bijna niet wachten tot het zover is.'

Wat een schatje was hij ook. Waarom had ze niet eerder gezien wat een aardige, fatsoenlijke man hij was? Diep vanbinnen had ze hem altijd al leuk gevonden, alleen had ze die gevoelens onderdrukt, omdat ze ervan overtuigd was dat hij nooit belangstelling voor haar zou kunnen hebben.

Ze boog zich naar hem toe, nam zijn gezicht tussen haar handen en kuste zijn prachtige mond. Zijn lippen waren warm, hij rook heerlijk, en ze voelde zijn hart tegen haar borst bonken, bijna net zo woest als het hare. Ze werd duizelig van vreugde, want het voelde allemaal zo goed, zo perfect. En nu zijn vingers door haar haar gleden was ze extra blij dat ze geen...

'Gaan jullie lekker?' schreeuwde een mannenstem uit het raampje van een passerende vrachtwagen. Om zijn woorden kracht bij te zetten, toeterde hij ook nog.

'Dat zal me er echt niet van weerhouden,' mompelde Will grijnzend.

En dat was ook zo. Ze bleven elkaar kussen... en kussen... en nog wat kussen...

Tot er op het raampje werd geklopt, en ze zich geschrokken van elkaar losmaakten. Er stond een oudere vrouw met het gezicht als van een verschrompelde walnoot naar hen te kijken, met naast haar een elegante Afghaanse windhond.

Ongeduldig tikte de vrouw met haar kromme vingers op het glas.

Layla draaide het raampje open. 'Kan ik u ergens mee helpen?'

'Nee, maar ik jou wel. Allereerst wil ik je even waarschuwen, meisje.' De vrouw keek Will met haar kraaloogjes strak aan en richtte toen haar aandacht weer op Layla. 'Je moet jezelf niet zo te grabbel gooien. Ik weet hoe mannen zijn. Ze zullen nooit een koe kopen waar ze de melk gratis van kunnen krijgen.'

Layla hoorde dat Will een lach probeerde te onderdrukken door te doen alsof hij moest hoesten.

'Dank u, ik zal proberen eraan te denken.' Ze trok haar wenkbrauwen op. 'En wat was het tweede waarmee u me wilde helpen?'

'Er ligt zo'n hels zoemapparaat aan de andere kant van de auto, tussen de paardenbloemen. En als dat ding van jou is, kun je het maar beter even pakken, want dat is precies de plek waar Bert graag zijn behoefte doet.'

Bert kwispelde verontschuldigend.

'O. Dank u.' Beleefd als hij was, deed Will het portier open. Hij raapte zijn telefoon op, bedankte de vrouw en stapte weer in.

'Je mag van geluk spreken dat Bert er niet overheen heeft gepist.' Ze schudde haar hoofd. 'Waarom zoemt zo'n ding eigenlijk de hele tijd?'

'Iemand probeert me te bellen,' antwoordde Will.

'Waarom neem je dan niet op?'

'Ik had andere dingen aan mijn hoofd.' Terwijl Will dat zei, begon Bert over de paardenbloemen heen te plassen.

'Zal ik anders voor je opnemen? Zeggen dat ze je met rust moeten laten?'

'Dat is heel aardig aangeboden, maar nee, dank u.'

Toen de hond klaar was, liepen de oudere vrouw en hij weer verder, nagekeken door Layla en Will.

'Wat één ding betreft heeft ze gelijk,' zei Layla. 'Je moet echt opnemen.'

44

'Dat wil ik niet,' zei hij.

'Waarom niet?'

'Misschien is het wel slecht nieuws.'

Ze verstrakte. 'Ben je ziek?'

'Nee. Niet dat soort slecht nieuws.'

Hij had de telefoon in zijn handpalm liggen en staarde naar de naam op het schermpje. Layla's gedachten vlogen alle kanten uit. Was het een familielid dat hij al heel lang niet had gesproken? Iemand die probeerde hem geld af te troggelen? Een ex die hem wilde vertellen dat ze net het leven had geschonken aan zijn kind? Ze vroeg: 'Wie is Esther Richmond?'

Ze had van alles verwacht, maar niet dat Will een diepe zucht zou slaken en zeggen: 'Mijn literair agent.'

Ze knipperde met haar ogen. 'Sorry?' Ze wist best wat een literair agent was, want ze had een schrijver als klant die ondoorgrondelijke sciencefiction- en fantasyboeken schreef die hij haar per se wilde geven, om dan later allemaal ingewikkelde vragen te stellen om te controleren of ze ze wel had gelezen. Maar Vincent had een literair agent omdat hij schrijver was.

En Will was taxichauffeur.

'Esther is mijn literair agent. Ze heeft me twee weken geleden opgenomen in haar stal.'

'Ik wist niet eens dat je van boeken hield.' Ze had nooit ook maar een oude pocket in zijn handschoenenvak zien liggen.

'Ik ben dol op boeken.'

Wat was er veel dat ze niet van hem wist... 'Ik heb je nooit zien lezen, echt nooit. Je zit altijd op je... je weet wel... iPad.' Terwijl ze deed alsof ze typte, drong het eindelijk tot haar door. Hem ongelovig aankijkend vroeg ze: 'Heb je een boek geschreven?'

Hij knikte. 'Ja.'

'Dus dat zat je steeds op je iPad te doen!'

'Ja.'

Ze schudde haar hoofd. 'Ben ik de enige die dat niet wist?'

'Integendeel. Je bent de enige die het wel weet.'

'Wat? Ben je wel goed bij je hoofd? Je hebt een heel boek geschreven, een agent genomen, zonder dat ook maar aan iemand te vertellen? Als ik jou was zou ik door de hoofdstraat lopen met een gigantische megafoon. Ik zou het de hele wereld willen vertellen!'

'Jij bent jij en ik ben ik,' zei hij met een klein lachje. 'Maar een agent hebben wil nog niet zeggen dat je ook een uitgever vindt.'

'Maar je agent probeert je de hele tijd te bereiken! Waarom neem je niet op? Misschien heeft ze wel fantastisch nieuws.'

'Ja, of niet. Ik weet dat ze het manuscript aan zes redacteuren van grote uitgeverijen heeft gemaild. Maar wat als die het allemaal hebben afgewezen? Wat als ze het aan nog meer mensen heeft gemaild en dat die allemaal nee hebben gezegd? Wat als ze zegt dat het haar spijt, maar dat ze verder niets meer voor me kan doen, dat het manuscript gewoon niet goed genoeg is? Wat als...'

'Ho!' Layla hield haar handen op. 'O mijn god, niet te geloven. Je moet haar meteen bellen. Echt, gewoon doen.' Ze pakte zijn toestel en drukte het in zijn hand.

Will werd lijkbleek. 'Ik ben misselijk.'

De telefoon begon weer te zoemen, maar Will schudde zijn hoofd. Layla pakte het toestel uit zijn hand en nam op.

'Eindelijk,' zei Esther Richmond. 'Maar jij bent Will niet.'

'Hij zit naast me.'

Will sloeg zijn handen voor zijn gezicht.

'En waarom neemt hij dan niet op? Slaapt hij? Ligt hij in coma?'

'Hij is bang dat je hem gaat vertellen dat niemand zijn boek wil uitgeven omdat het slecht is.'

'Met andere woorden: hij denkt dat ik mijn vak niet versta.' Esther Richmond barstte in lachen uit. 'Geef hem nou maar.'

'O god.' Will was zo wit als een vaatdoek.

Nadat hij de telefoon van haar had overgenomen, probeerde ze mee te luisteren, maar hij hield het toestel zo stevig tegen zijn oor gedrukt dat ze alleen maar wat gemurmel aan de andere kant hoorde, onderbroken door Wills 'Oké... Ja... Goed... Oké,' en dat alles met een verbijsterde blik op zijn gezicht.

Uiteindelijk hoorde ze hem zeggen: 'Ja, ik weet het. Het spijt me,' en daarna verbrak hij de verbinding.

'Wat spijt je?' vroeg Layla.

'Dat ik mijn telefoon niet heb opgenomen, terwijl zij een afspraak probeerde te regelen met een redacteur.' Hij slaakte een zucht, en ze zag dat zijn handen trilden. De coole, eeuwig kalme Will was in shock.

'En? Betekent dat dat ze een uitgever heeft gevonden die je boek wil uitgeven?' Haar hartslag ging omhoog; het was net zoiets als op een paard wedden dat dan op het allerlaatste moment pas de leiding neemt.

'Nee.' Hij slikte hoorbaar en zei toen, na een korte aarzeling: 'Er zijn er vier die het willen uitgeven.'

'Mijn god, dat meen je niet!'

Hij fronste. 'Of ze moet me in de maling hebben genomen.'

'Je weet best dat dat niet zo is. O Will, maar dat is fantastisch! Ongelofelijk gewoon!' Ze sloeg haar armen om hem heen en gaf hem een dikke kus. 'Gefeliciteerd!'

'Ik moet naar Londen voor een kennismaking met alle vier, om een idee te krijgen hoe de uitgeverijen zijn en wat hun plannen met mijn boek zijn. Esther zegt dat ze van plan is ze tegen elkaar op te laten bieden... en een Amerikaanse uitgever heeft ook belangstelling getoond.'

'Stomkop,' zei ze liefdevol. 'Je had dit al een uur geleden allemaal kunnen weten als je meteen je telefoon had opgenomen.'

'Ja, maar ik was met jou. Wat al fijn was. En toen bleek mijn gewoon fijne dag te veranderen in een van de allermooiste dagen uit mijn leven.' Hij verstrengelde zijn vingers met de hare. 'En toen dwong je me om met Esther te praten en werd het allemaal nog mooier.'

Layla's hart ontplofte bijna van vreugde. 'Ik weet niet eens wat voor soort boek je hebt geschreven. Ik ben alleen maar heel blij voor je.'

'Het gaat over een ruimtecowboy die door het universum reist en samen met zijn huisaap misdaden oplost.'

Ze knipperde met haar ogen. 'O. Dat zag ik niet aankomen.'

'Grapje. Het gaat over een taxichauffeur die een roadtrip door Groot-Brittannië maakt op zoek naar zijn verloren familie. Volgens Esther is het spitsvondig, grappig en meeslepend. Ze zei ook dat ze ervan moest huilen, en ze huilt anders nooit.'

'O, dat klinkt meer naar jou. Het lijkt me echt een boek dat ik leuk zou vinden. Mag ik het lezen?' Terwijl ze het vroeg, drong ineens tot haar door dat ze de auto had gestart én gekeerd en dat ze terugreed naar Elliscombe. Nou ja, ze konden niet eeuwig aan de rand van de weg blijven zitten.

'Waar ga je naartoe?' vroeg Will.

'Zeg het maar, jouw huis of het mijne?'

Hij grinnikte. 'Deze dag wordt almaar leuker.'

'Vertel me nog eens wat meer over je boek.'

Tien minuten later waren ze in Elliscombe. Layla ging zo op in wat hij haar vertelde dat ze vergat in paniek te raken van het drukke verkeer en gewoon doorreed naar het laantje achter haar flat, waar ze een eigen parkeerplaats had, die ze nog nooit had gebruikt. Zonder nadenken reed ze achteruit de smalle plek op. Omdat de auto niet helemaal recht stond, deed ze een nieuwe poging. Ze had geen klamme handen, en haar hart bleef normaal slaan; het was net alsof zo'n hypnotiseur die je wel eens op tv zag haar angsten had weggenomen.

'... nou, en ze belde me om te zeggen dat ze de hele nacht was opgebleven om het manuscript uit te lezen. Goed gedaan,' zei Will.

'Ja, hè? Ik denk dat ik genezen ben.' Zelfs haar handen trilden niet, zag ze. Ze keek er met bewondering naar.

'Heel goed. Heb jij nog klanten vanmiddag?'

'Nee.'

'Nog beter.'

'En jij?'

'Als iemand een taxi nodigt heeft, belt hij maar iemand anders. Ik zet gewoon mijn telefoon uit.'

Toen ze naar de voordeur liepen pakte hij haar hand, en hun vingers verstrengelden zich weer. Het was het allermooiste gevoel van de wereld. Haar hele lichaam tintelde van voorpret; hier had ze zo lang op...

'Layla, perfecte timing!' Malcolm Painter, van de plaatselijke garage, kwam over straat naar haar toe lopen, met een dikke dossiermap in zijn hand. 'Ik wil dit even met je doornemen. Het is urgent.'

Was hij wel goed bij zijn hoofd? 'Dat zal tot morgen moeten wachten, Malcolm.'

Hij keek haar verschrikt aan. 'Maar dat kan niet! Anders vind je ook altijd een gaatje voor me als ik haast heb. Kan het nu niet even?'

Je kon wel merken dat hij al tweeënveertig jaar met dezelfde vrouw was getrouwd. Zag hij dan niet dat ze hand in hand liep met Will, dat ze met hem naar binnen wilde en dat het nu gewoon niet uitkwam?

Will gaf haar hand een geruststellend kneepje, en ze begreep dat hij daarmee wilde zeggen dat hij best wilde wachten als ze eerst die ongeorganiseerde troep van Malcolm wilde doornemen.

Maar Layla wilde niet wachten. Ze wilde geen minuut meer verspillen met buiten op de stoep staan. Op vastbesloten maar vriendelijke toon zei ze: 'Het spijt me, Malcolm, maar het blijft nee.'

Zodra ze de voordeur achter hen had dichtgedaan drukte ze zich tegen Will aan en kuste hem tot haar hele lichaam in lichterlaaie stond. Toen zei ze: 'Ik moet je iets vertellen. Nou ja, je ergens voor waarschuwen.'

'O fijn, nou krijgen we het. Je hebt een man. Je hebt zes kinderen. Je houdt babykrokodillen in je bad.'

'Ik praat veel in mijn slaap.'

'O ja?' Will pakte een lok haar van haar wang en stopte hem achter haar oor. 'In dat geval moet ik je ook ergens voor waarschuwen. Je zult weinig slapen voorlopig.'

45

'Wat een verrassing! Ik wist niet dat je zou komen.'

Caz, die haar rolkoffertje over de oude stenen vloer van de receptie trok, zag aan Didi's gezicht dat ze oprecht blij was haar te zien, en dat was precies de reden waarom ze weer voor dit hotel had gekozen. Ze had in de loop der jaren wel geleerd om het verschil te zien tussen mensen die deden alsof en mensen die het meenden.

Didi was een van degenen die het meenden.

En het was ook fijn om te weten dat iemand die je mocht en bewonderde jou ook mocht en niet alleen maar beleefd was.

'Weer zo'n kort bezoekje.' Toen ze Didi omhelsde snoof ze de rozengeur van haar shampoo op. 'Ik heb morgenvroeg een afspraak met een regisseur van de Royal Shakespeare Company uit Stratford.'

'Nou, je ziet er heel goed uit. Is Shay met je meegekomen?'

'Nee, dat had geen zin. Ik ga morgen na die afspraak meteen weer terug.'

'Heb je vanavond al iets? Want als je niets hebt, kunnen we misschien samen een hapje eten. Als dat je leuk lijkt,' liet Didi er haastig op volgen.

'O, dat zou ik hartstikke leuk vinden! Hoe gaat het met jou?'

'Goed. Al ben ik minder bruin dan jij.'

'Ja, dat krijg je als je drie weken ligt te bakken op een Caribisch strand.'

'En hoe gaat het met Shay?'

'Ook goed. Gezien de omstandigheden. Hij mist zijn vader natuurlijk.'

'Logisch. Maar luister, er staan mensen op me te wachten. Je kunt inchecken bij Sylvia. Zullen we zeggen om acht uur vanavond?'

'Prima,' zei Caz.

Didi omhelsde haar nog een keer. 'Ik heb er zin in. Dan kunnen we fijn bijpraten.'

Ze aten in Caz' kamer. Omdat geen van de suites beschikbaar was had ze een van de kleinere tweepersoonskamers op de eerste verdieping gekregen, maar dat maakte helemaal niet uit.

'Ik heb de afgelopen weken alleen maar chic gegeten, veel vis en schaaldieren, dus ik had ontzettend veel zin in pizza en patat. Vind je het erg?' vroeg ze op verontschuldigende toon.

'Nee, lekker juist.' Didi, die in kleermakerszit tegenover haar op het kingsize bed zat, maakte de pizzadoos open en snoof verrukt de warme knoflookgeur op die opsteeg. 'We hebben een goed restaurant, maar wat er nog aan ontbreekt is een echte pizzaoven. Carlo maakt de beste pizza's in de wijde omtrek.'

'Ja, Shay vertelde me vorige week over hun zaak. Hij zei ook dat jij altijd pepperoni met champignons en Spaanse peper bestelde.'

'Dat hij dat nog weet na al die jaren!' Didi schudde grijnzend haar hoofd. Ze pakte een pizzapunt en nam een hap. 'O, heet...'

'Wat was Shays lievelingspizza?'

'Gekruid vlees met extra olijven en paprika, en die was tachtig cent duurder dan de mijne. Gek dat dat soort dingen je bijblijven. Ik snap trouwens niet hoe mensen olijven lekker kunnen vinden.'

'En Aaron?' Caz keek toe terwijl Didi handig een draad gesmolten kaas om de wijsvinger van haar ringloze hand wond en in haar mond stopte.

Didi legde de half opgegeten punt terug. 'Tomaten en mozzarella. Maar het is uit.'

'Ik weet het. Rot voor je.' Toen Didi haar verbaasd aankeek, zei Caz: 'Bij het inchecken liet ik me iets ontvallen over de bruiloft, en toen vertelde Sylvia dat het niet doorging.'

'Het is geen geheim. En ik ben er niet verdrietig om. Soms kom je tot de ontdekking dat het gewoon niet werkt.'

'Als hij het liefst een pizza Margherita heeft, verbaast het me niets dat je niet met hem kunt trouwen. O sorry, dat was niet aardig.' Bij wijze van verontschuldiging wapperde ze even met haar hand. 'Maar het is echt de saaiste pizza die er is. Wanneer hebben jullie het precies uitgemaakt?'

Didi haalde haar schouders op. 'Het was meer een kwestie van doodbloeden.'

'Volgens Sylvia is het al een hele tijd uit, maar bleef je de ring gewoon dragen en deed je alsof alles in orde was. En nu kijk je betrapt,' zei Caz vriendelijk. 'Wat heel... interessant is.'

Didi schudde haar haar naar achteren en pakte een plakje champignon van haar pizza. 'Ik dacht dat ik misschien nog van gedachten zou veranderen.'

'Maar je wist al dat je niet van gedachten zou veranderen. Dus dan lieg je, toch?' Caz duwde zacht tegen Didi's voet om haar te laten merken dat ze het niet kwaad bedoelde, en ze zag een blos over Didi's hals kruipen. 'Kijk, ik ben op mijn vijftiende van school getrapt, en daarom denken mensen altijd dat ik niet al te slim ben. En ze hebben waarschijnlijk gelijk als het om wiskunde en natuurkunde en aardrijkskunde gaat, maar wat andere dingen betreft heb ik meestal gauw door hoe het zit.' Ze liet een veelbetekenende stilte vallen. 'En als het om gevoelens gaat, ben ik de beste van de klas. Dat durf ik wel van mezelf te zeggen.'

'Oké, ik vond dat er al genoeg aan de hand was hier. Red lag op sterven, en ik vond dat de aandacht daarnaar uit moest gaan, en niet naar wat er in mijn leven gebeurde.'

'Kijk, dat is weer zo'n mooi antwoord van je.' Caz wees met een pizzapunt naar haar. 'En het is ook bijna geloofwaardig. Maar ik denk dat je het stilhield omdat je niet wilde dat ik me zorgen zou gaan maken, of omdat je Shay niet iets wilde geven om over na te denken.'

Bingo. Didi liet verslagen haar schouders zakken. 'God, hoe doe je dat? Wil je het echt weten? Oké, je hebt gelijk. Maar je moet beseffen dat ik alleen maar wil dat jij en Shay gelukkig worden. Jullie hebben elkaar gevonden, en daar gaat het nu om. En echt, ik heb nooit geprobeerd om daartussen te komen; zoiets doe ik niet. Zo ben ik gewoon niet.'

Caz knikte. Ze was er altijd goed geweest in zichzelf voor de gek houden wanneer het om de mannen in haar leven ging, om haar ogen te sluiten en te geloven wat ze erg graag wilde geloven. Maar het was tijd om volwassen te worden, om het heft in handen te nemen en te luisteren naar wat haar onderbewustzijn haar wilde vertellen in plaats van haar vingers in haar oren te stoppen en la-la-la te zingen.

'Dat weet ik.' Even was ze bang dat ze zou gaan huilen; gelukkig wist ze de warme tranen achter haar ogen nog net op tijd tegen te houden.

'Dat moet je echt geloven, hoor,' zei Didi met nadruk.

'Ik geloof je volkomen.' Caz pakte haar hand. 'Je bent een goed mens.'

'Jij ook. En mocht het ooit uitraken tussen jullie, dan zal ik altijd aan jouw kant staan.'

'Dat is fijn om te weten.' Verdomme, zo meteen ging ze echt nog huilen. 'En kunnen we dan ook altijd vriendinnen blijven?'

'Zeker weten.' Didi hief haar eigen stuk pizza en tikte er plechtig mee tegen dat van Caz. Er viel een stukje paprika af, dat op haar witte broek belandde.

'Zullen we een fles rode wijn bestellen om het te vieren?'

Didi wierp haar een waarschuwende blik toe. 'Je hebt morgenvroeg een afspraak met een wereldberoemde regisseur. En daarom zeg ik als goede vriendin nee.'

Diep vanbinnen wist Caz wat haar te doen stond, maar ze vroeg zich af of ze het kon. Had ze het in zich om zich voor het eerst in haar leven te gedragen als een volwassen vrouw? Ze pakte haar blikje cola light en spetterde een paar druppels in Didi's richting. 'Een mens kan ook genoeg krijgen van een ander, hoor.'

Vierentwintig uur later, tegen het einde van de negen uur durende vlucht, deed Caz haar oogmasker af. De vrouw in de businessclassstoel naast haar riep uit: 'O gelukkig, ik dacht dat je nooit wakker zou worden! Mag ik snel even een selfie maken om mijn vrienden te laten zien dat ik naast je heb gezeten? Anders geloven ze me nooit.'

Caz stond erom bekend dat ze altijd vriendelijk was tegen mensen die haar op straat aanhielden voor een praatje en een selfie. Ze ging rechtop zitten, wachtte tot de vrouw zich tegen haar aan had gevlijd, zette de gewenste glimlach op en vroeg toen: 'Mag ik even kijken hoe ik erop sta?' Ze pakte het toestel.

Ja, het was precies zoals ze had verwacht. De vrouw had urenlang stiekem foto's van haar zitten maken. Ook een stuk of tien van haar met oogmasker.

'Sorry, ik kon het niet laten. Maar het geeft niet, je was niet aan het snurken of kwijlen of zo. Zelfs in je slaap zie je er prachtig uit.'

'Nou, dat is al wat. Sorry, maar ik moet mijn tekst leren.' Caz zette haar telefoon aan en stopte haar oortjes in.

De vrouw keek haar verrukt aan. 'O, wat spannend! Zal ik je helpen? Dat doe ik graag voor je!'

'Dank je, maar dit is iets wat ik zelf moet doen.'

Caz had niet geslapen. Tijdens de hele vlucht had ze nagedacht over wat ze wist en zich afgevraagd of ze sterk genoeg was om het door te zetten. Zou ze er eeuwig spijt van hebben als ze dat deed, of zou ze haar hele leven last hebben van haar geweten als ze het niet deed? Zou ze dan wel echt gelukkig kunnen zijn?

'Dames en heren, wilt u alstublieft terugkeren naar uw stoel en uw stoelriem vastmaken,' werd er omgeroepen. 'We beginnen aan onze daling...'

En daar had je Shay; hij stond op haar te wachten in de aankomsthal, diep gebruind en aantrekkelijk in zijn spijkerbroek en zachtgroene katoenen overhemd. Caz' hart sloeg over van verlangen toen ze zijn ontspannen gestalte, zijn verwaaide zongebleekte haar en die prachtige glimlach van hem in zich opnam.

Misschien houdt hij echt van me.

Ze sloeg haar armen om zijn nek en kuste hem. O, die vertrouwde onweerstaanbare mond. 'Je had me niet hoeven afhalen. Ik had een taxi kunnen nemen.'

'Het was geen moeite. Ik had toch niets te doen.' Met zijn arm om haar middel liepen ze naar de uitgang. 'Hoe ging het met die regisseur? Wanneer hoor je of je die rol krijgt?'

Dat was Shay; hij stelde altijd de juiste vragen en luisterde naar de antwoorden. Iedereen die hen nu samen zag zou denken dat hij de perfecte vriend was. Caz werd zich bewust van het geluid van een telefooncamera achter haar, en toen ze zich omdraaide zag ze de vrouw uit het vliegtuig staan giechelen met een vriendin. De vrouw zwaaide en riep: 'Dag, Caz, leuk je te hebben ontmoet!' Meteen daarna hoorden ze haar veel te hard tegen haar vriendin fluisteren: 'Jemig, is dat haar vriend? Daar zou ik ook geen nee tegen zeggen.'

Oké, nu had ze er echt genoeg van. Razendsnel draaide ze zich om en zei: 'Alsof hij ooit iets met jou zou willen beginnen.'

De vrouw kreeg een kleur en haastte zich weg met haar vriendin.

Shay keek haar fronsend aan. 'Waarom zei je dat nou? Ze bedoelde het niet kwaad.'

'Dat weet ik, ik ben gewoon gestrest. In het vliegtuig heeft ze allemaal foto's van me gemaakt. Sommige mensen zijn echt heel irritant.'

'Kom, dan gaan we naar de villa.' Hij troonde haar mee naar het parkeerterrein waar hun gehuurde 4x4 stond. 'Als je wat hebt geslapen voel je je vast beter.'

Caz zei niets; ze wist bijna zeker dat ze zich straks nog een stuk slechter zou voelen.

46

Drie uur later, na een onrustig dutje en een lange, verfrissende douche, ging ze naar buiten, waar Shay al aan tafel zat te wachten. De hemel was bedekt met sterren, en boven de zee hing een maansikkel, als de grijper in zo'n kermisapparaat. Terwijl ze genoten van hun rode snapper vertelde ze hem over haar gesprek met de regisseur en wat het zou betekenen als ze de rol kreeg aangeboden en zou accepteren.

'Dan zou ik zes weken in New York moeten werken. Wat vind jij daarvan?'

'Het is jouw carrière. Ik ga je niet vertellen wat je moet doen.' Hij was ontspannen, zich er niet van bewust dat dit een van die terloopse vragen was die de opmaat vormden voor vragen van het kaliber leugendetector.

'Ik heb gisteravond een hapje gegeten met Didi,' liet Caz zich ontvallen. En daar had je het al, die korte maar onmiskenbare flakkering van adrenaline door zijn lichaam. Ze had het geweten; die flakkering was er altijd. Zonder dat Shay zich ervan bewust was, werd hij altijd net iets oplettender zodra Didi's naam viel of wanneer ze ineens haar opwachting maakte. Het was alsof je op zo'n knop drukte waarmee je foto's op je scherm automatisch scherper kon maken. Hij had geen idee dat hij zichzelf verraadde, en hij had er ook geen controle over, maar wanneer je eenmaal wist waar je op moest letten, kon je er niet meer omheen.

Het Didi-effect was er altijd.

Maar aangezien ze het voor de duizendste keer moest bewijzen, vervolgde ze: 'Het was fijn om haar weer te zien.'

'In Stratford?'

'Nee, ik heb mijn plannen gewijzigd en heb op het laatste moment toch een kamer in het Wickham genomen. Het is prettiger om ergens te zijn waar ze je kennen.'

'O, oké.' Hij pakte zijn glas en nam een slok wijn. 'Dus jullie hebben het leuk gehad.'

'We hadden pizza's besteld bij Carlo's, je weet wel, waar jij me laatst over vertelde. Je had helemaal gelijk, ze waren verrukkelijk. En ik heb haar ook nog gevraagd hoe ver ze met de plannen voor de bruiloft waren. Want ik had echt verwacht dat ze ons wel zouden uitnodigen. Jij niet?'

Shay prikte met zijn vork een stukje vis op. 'Het wordt geen grote bruiloft. Ze moeten zelf weten wie ze wel of niet uitnodigen.'

Schouderophalend zei ze: 'Dat is ook zo. Maar hoe dan ook, het doet er niet meer toe, want het gaat toch niet door.'

Hij bevroor in zijn bewegingen. Caz voelde zich gevangen in de koplampen van zijn blik. 'Wat gaat niet door?'

'De verloving, de bruiloft, de hele mikmak niet.' Er vertrok een spiertje in zijn kaak, en ze zag aan de ader in zijn hals dat zijn hartslag omhoogging. Het was echter zijn blik die hem verraadde.

'Wie van de twee wilde niet meer?'

'Didi. Ze zei dat hij niets verkeerds had gedaan. Hij is een aardige vent. Het was alleen niet genoeg. Ze wilde zo niet verder.'

'Wanneer is dat allemaal gebeurd?'

'Weken geleden al. Nog voor de dood van je vader.'

Shay zei niets. Hij wendde zijn blik af om het nieuws te verwerken. Toen zei hij: 'Wauw.'

'Het is maar goed dat ze het besefte voordat het te laat was. Didi voelt zich opgelucht.' Caz schonk nog wat wijn in haar glas; ze had het nodig om zich moed in te drinken. 'Zoiets kun je maar beter meteen aanpakken. Niemand is ermee gebaat als je zo'n relatie laat dooretteren.'

'Daar heb je denk ik wel gelijk in.'

'Mooi. Ik ben blij dat je er ook zo over denkt.'

Shay was zo diep in gedachten verzonken dat haar opmerking totaal langs hem heen ging.

Ze nam een slok wijn en zei toen: 'Maar ik wil het niet meer over hen hebben, we moeten het over ons hebben.'

Aha, nu had hij ineens wel aandacht voor haar. 'Hoezo ons?'

'Ach, toe zeg. Je weet best wat ik bedoel, Shay.'

Zonder een vin te verroeren vroeg hij: 'Wat wil je nu precies zeggen?'

'Jij en ik. Wij zouden het ook eerder hebben moeten doen. Maar het was steeds het verkeerde moment, hè? Eerst was je vader ziek, en toen werd hij heel erg ziek, en alleen een complete trut zou dan de benen nemen, en toen hij stierf... Nou, je kunt je wel voorstellen hoe mensen zouden hebben gereageerd als ik het toen met je had uitgemaakt. Dan had ik de koppen gehaald als de harteloze bitch. Maar het heeft nu lang genoeg geduurd. We weten allebei dat dit nergens toe leidt.'

'Oké.' Shay probeerde te verwerken wat ze allemaal zei. 'Ik wist niet dat je er zo over dacht.'

'Kom op, denk eens na. Ik ben mooi, en jij bent een stuk, we vormen een prachtig plaatje, en we vielen meteen op elkaar en we kunnen het ook goed samen vinden... maar in feite passen we totaal niet bij elkaar. Ik ben slordig, egoïstisch, we houden niet van dezelfde films of boeken, jij vindt mijn vrienden oppervlakkig, je houdt er niet van als ik mijn drankje opslurp met een rietje of als ik zing terwijl jij tv kijkt.' Caz haalde even adem; nu ze op stoom was, tuimelden de redenen haar mond uit. 'Je ergert je als ik knoei. Ik erger me als je het over politiek hebt, want dat soort dingen kunnen me niet schelen.'

'Oké,' zei hij weer. Hij knikte langzaam.

'Je bent intelligenter dan ik. En dat vind ik ook behoorlijk irritant. Het komt erop neer dat we samen lol hebben gehad, maar dat het nooit meer dan dat zal worden. Als je even wat verder denkt, moet je toegeven dat we ontzettend slecht bij elkaar passen en dat je op de lange duur gek van me zou worden. Dus kunnen we er maar beter een punt achter zetten. Ik zal niets slechts over jou zeggen,' eindigde ze haastig, 'en ik hoop dat jij ook niets slechts over mij zal zeggen. Hoe lijkt je dat?'

Droog zei hij: 'Zo te horen heb jij de beslissing al genomen.'

Maar hij zag er meteen al relaxter uit. Opgelucht. Ze had hem net zijn vrijheid teruggegeven. 'Zie je nou wel? Je neemt het heel goed op. Ik zou het fijn vinden om vrienden te blijven. Ik bedoel, je zult me weinig te zien krijgen vanwege mijn werk en zo, maar ik zou echt graag contact houden. En dat geldt ook voor Didi als ik weer eens in de Cotswolds ben. Ik zou het ontzettend leuk vinden om dan iets af te spreken. En ik wil natuurlijk altijd terug kunnen komen naar mijn lievelingshotel.' Ze lachte het soort verrukte lachje dat je altijd tevoorschijn moest toveren als de presentator aankondigde dat de prijs naar iemand anders ging.

'Natuurlijk kunnen we vrienden blijven,' zei Shay.

'Heb je al besloten wat je gaat doen? Blijf je in Elliscombe wonen? Of ga je terug naar Londen? En je kunt natuurlijk altijd weer terug naar Australië!'

'Wie zal het zeggen?'

Nou, ik kan het je wel zeggen, ik durf er zelfs een miljoen om te verwedden.

Caz, die haar verdriet net zo moeiteloos wist te verbergen als Shay zijn opluchting, zei: 'Nou ja, het heeft geen haast. Je hebt tijd genoeg om te bedenken wat je wil.'

De volgende ochtend laadde Shay de turquoiseblauwe koffers achter in de huurauto en reed Caz naar het vliegveld.

'Daar zijn we dan.' Hij gaf haar de geprinte tickets die ze gisteravond online hadden gekocht. 'En hier heb je je paspoort. Raak het alsjeblieft niet kwijt.'

'Dank voor al je goede zorgen. Tegen de tijd dat ik in Los Angeles land, zullen al mijn jetlags door elkaar lopen.' Een uur geleden had ze het uitgegild van frustratie omdat ze haar paspoort kwijt was, en Shay had het toen buiten in de tuin onder een van de ligstoelen gevonden.

'Probeer deze keer maar wel wat te slapen in het vliegtuig.' Hij zette haar koffers op een trolley.

'Ik zal wel moeten. Sandy neemt me vanavond mee naar een feest. Ze zegt dat er alleen maar beroemdheden komen.'

'Kijk, dat is nou mijn idee van de hel.' Shay duwde de trolley door de schuifdeuren naar binnen. 'Zal ik nog even helpen bij het inchecken?'

'Nee, dat hoeft niet.' Caz bleef staan; het was tijd hem te laten gaan. Ze zou nooit meer met Shay naar bed gaan, of hem echt kussen, of zijn slanke, gespierde naakte lichaam naast het hare voelen.

Ze spreidde haar armen en zei: 'Sorry. Red je het wel?'

Hij glimlachte. 'Ja hoor.'

'Ben je eigenlijk wel eens eerder gedumpt?'

'Nee, nooit.'

'Ach, het is karaktervormend. Je komt er wel overheen.' Met ingehouden adem omhelsde ze hem stevig. Met haar gezicht tegen zijn schouder zei ze: 'Ik weet dat je nu verdrietig bent, maar zal ik je eens vertellen wat een goed idee zou zijn? Als jij en Didi het nog een keer samen proberen.'

Ze vertelde hem echt niet wat hij moest doen. Hij kon zelf heus wel denken. Ze wilde hem alleen maar laten weten dat ze blij voor hen zou zijn, mocht het ervan komen.

'Veel plezier in Los Angeles,' zei Shay. 'En in Nieuw-Zeeland.' Hij maakte zich van haar los, zichzelf en haar voorbereidend op het moment dat ze elkaar moesten laten gaan.

Caz vertelde hem niet dat ze die ochtend was gebeld door haar agent, met de mededeling dat de film in Nieuw-Zeeland niet zou doorgaan. Dat deed er niet meer toe. Ze gaf hem een laatste vluchtige kus op zijn mondhoek, zich verbazend over haar goede toneelspel, want hij had geen idee dat ze dit alles voor hem deed.

Nadat ze zich had omgedraaid en de bagagetrolley voor zich uit duwde, mompelde ze bij zichzelf: 'O god, geef me alstublieft nu mijn Oscar, want ik ben toch zo'n verdomd goede actrice.'

47

Het was zaterdagmiddag, 7 december, en Didi stond achter in de Bingham Suite van het hotel te kijken naar twee mensen die elkaar het jawoord gaven, twee mensen die niet zij en Aaron waren.

Ze was blij dat zij het niet was, en Aaron ook. Die ochtend had hij haar nog een mail gestuurd om haar dat duidelijk te maken. Hij had een ander meisje leren kennen, deelde hij haar mee, en deze keer was het iemand die hem waardeerde om wie hij was en die genoot van zijn gezelschap. Maar de reden dat hij contact opnam was om haar te laten weten dat hij het haar vergaf en haar het beste wenste voor de toekomst.

Omdat hij nu eenmaal Aaron was, had hij ook nog een foto meegestuurd met de tekst: *Amy en ik aan het wandelen*. Didi had moeten glimlachen, want het was typisch zo'n Instagramfoto, waarop ze er allebei volmaakt uitzagen, terwijl ze in een herfstig bos lachend herfstbladeren in de lucht gooiden.

Ja, net als confetti. Die kleine steek onder water was haar niet ontgaan. Nou ja, zolang zij gelukkig waren, vond zij het allemaal best.

Hoe dan ook, nu stond ze te kijken naar de huwelijksvoltrekking van Beth en Phil, twee mensen die oprecht van elkaar hielden, in voor- en in tegenspoed, en ze had er geen seconde spijt van gehad dat zij hen voor deze dag had geboekt. Sommige gasten hadden moeite hun tranen te bedwingen, terwijl de dominee ontroerd vertelde over de gebeurtenissen die tot deze dag hadden geleid. Beths moeder zat op de eerste rij; ze zag er broos uit in haar rolstoel, maar was zichtbaar blij dat ze erbij kon zijn en depte haar ogen met een kanten zakdoekje. De drie dochters van Phil waren bruidsmeisjes en droegen identieke rode jurken en hadden smalle bloemenkransjes in hun haar, en toen de jongste van het stel struikelde en opgetild wilde worden, nam Beth haar in haar armen en plantte een kus op haar wang. Ze hield haar op haar heup, terwijl de dominee doorsprak.

Terwijl Didi naar het kleine meisje keek dat achteloos haar handjes om Beths nek sloeg kreeg ze een brok in haar keel en voelde ze zich genoodzaakt weer te denken aan naakte politici die aan het modderworstelen waren, want haar make-up mocht niet uitlopen, niet nu ze aan het werk was. Het was haar taak om deze bruiloft soepel te laten verlopen en ervoor te zorgen dat de gasten een fantastische dag hadden. Ze wierp een steelse blik op haar horloge en zag dat het halfvier was. Nog zeven uur te gaan voordat ze naar Benny en Rosa kon. Hopelijk was hun feest dan nog niet afgelopen.

In Compton House blèrde 'Merry Xmas Everybody' van Slade uit de speakers, en er dansten rode en groene heliumballonnen tegen het plafond, terwijl Rosa, die pijn had in haar kaken van het lachen, door de keuken werd gezwierd door Benny.

Strictly Come Dancing zouden ze nooit winnen, maar ze kon zich niet voorstellen dat de winnaars daarvan gelukkiger zouden zijn dan zij zich nu voelde. De afgelopen drie maanden was haar leven veranderd op een manier die ze zich nooit had kunnen voorstellen. Benny Colette maakte haar gelukkig, en ze hield iedere dag weer iets meer van hem. In het begin had ze zich schuldig gevoeld, was ze bang dat mensen zouden denken dat ze Joe was vergeten, maar haar vrienden hadden haar gerustgesteld en gezegd dat niemand dat dacht. Iedereen was alleen maar blij voor haar dat ze iemand had gevonden die haar zo gelukkig maakte. En zoals Layla ook had gezegd, als Joe en Benny elkaar ooit zouden hebben ontmoet, dan hadden ze het meteen met elkaar kunnen vinden. Het waren allebei mannen van wie het glas altijd halfvol was, extraverte en vriendelijke mannen. Als Joe een vervanging voor zichzelf had kunnen kiezen, dan had hij zonder enige twijfel Benny uitgekozen.

Het nummer op de radio was afgelopen, en Benny en Rosa schreeuwden als uit één mond: '*It's Christmas*!' en omhelsden elkaar. Toen pakte Rosa de houten lepel en richtte haar aandacht weer op de pan chili die op het fornuis stond te sudderen. Alles was klaar voor het feest van vanavond. De minimalistische Scandinavische chic was verruild voor 'het kan niet gek genoeg zijn': op de benedenverdieping stonden drie geurende kerstbomen, en er hingen overal gekleurde lampjes en kleurige kerstversieringen. Ze hoefden zich nu alleen nog om het eten te bekommeren. Benny had voorgesteld om cateraars in de arm te nemen, maar Rosa vond dat zelfgemaakte lekkernijen bijdroegen aan een fijne, huiselijke sfeer. Kleine hapjes konden dan wel leuk zijn, maar reusachtige schalen met pasta puttanesca, cottage pie, kipcurry en Mexicaanse chili waren nog veel beter.

'Als je steeds van de curry proeft, is er niets meer van over tegen de tijd dat iedereen er is,' zei Rosa tegen Benny toen hij voor de zoveelste keer een schone lepel uit de keukenlade pakte.

Hij kneep even zacht in haar achterste. 'Had je maar niet zo'n goede kok moeten zijn.'

'Ik ben het!' Layla kwam de keuken binnenstormen. De deur viel met een klap achter haar dicht terwijl ze haar zilveren baret met lovertjes afdeed en haar roze-groen gestreepte handschoenen uittrok. 'Jezus, het is echt ijskoud! Wat ruikt het hier lekker... O, dat is mijn lievelingseten, mag ik een hapje proeven?' Ze begroette Benny met een kus op zijn wang.

'Als je bent gekomen om te helpen, dan kun je beginnen met de aardappelen te schillen.' Rosa sloeg Layla weg bij de puttanescasaus en vroeg: 'Hoe laat kan Will hier eigenlijk zijn?'

'Hij moet werken tot acht uur, en daarna komt hij hier meteen naartoe.' Nadat Layla haar paarse namaakbontjas over een kruk had gegooid haalde ze een stuk focaccia door de saus en nam een hap. 'Verrukkelijk. O, en Esther belde vandaag nog. Ze heeft *Taxi Man* aan een Nederlandse uitgever verkocht, dus dat zijn al zeven vertalingen. Fantastisch, hè?'

'Wat fijn,' zei Rosa gemeend. Ze waren allemaal overvallen door Wills geheim en moesten nog steeds wennen aan het idee dat hij een boek had geschreven waar uitgevers hoge verwachtingen van hadden. Hoewel zelfs de filmrechten al voor een aanzienlijk bedrag waren verkocht, wilde Will de baan die de inspiratie was geweest voor het boek niet opgeven. Hij bleef gewoon rijden en schreef in zijn vrije uren. Maar het bleef bijzonder opwindend. Omdat ze Harry nooit had mogen leren kennen, genoot Rosa er extra van dat ze de nieuwe vriend van haar dochter graag mocht. Ze hoopte met heel haar hart dat Will een blijvertje was.

'Goed, waar is het aardappelschilmesje?' Layla had haar handen gewassen en was eindelijk klaar om te beginnen. Toen haar telefoon bliepte betrok haar gezicht. 'O nee, het is Will. Ik hoop niet dat hij zegt dat het wat later wordt.'

'Wat schrijft hij?' vroeg Rosa toen Layla het berichtje fronsend bekeek.

'Ik snap het niet! Hij wil dat ik je vraag of hij een extra gast mag meenemen vanavond, maar hij zegt niet wie.'

Rosa zei: 'Nou, er komen zoveel mensen dat eentje meer of minder geen verschil maakt.'

'Zeg hem maar dat het goed is.' Benny dacht even na. 'Zolang het maar niet Ingrid is.'

'Of Harry!' zei Layla.

'Of die luidruchtige Carol van dat tv-programma,' zei Rosa. 'O, moeten jullie eens kijken!' Ze slaakte een gilletje van plezier terwijl ze naar buiten keek. 'Het begint te sneeuwen!'

Acht uur. Nog tweeënhalf uur. In Compton House zou het feest van Benny en Rosa wel in volle gang zijn. Niet dat Didi in zo'n feestelijke stemming was, maar soms moest je je er gewoon toe zetten, een vrolijk gezicht trekken en jezelf dwingen om plezier te hebben.

Hoe dan ook, de trouwdag was een groot succes geweest, en de gasten maakten zich eindelijk gereed voor vertrek. Ze kwam achter de receptie vandaan toen Phil zijn nieuwe schoonmoeder in haar rolstoel de Bingham Suite uit reed.

'Dank je voor alles.' Beth glom helemaal van vreugde toen ze Didi omhelsde. 'Je hebt ons een volmaakte dag gegeven, en dat zullen we nooit vergeten.'

'Graag gedaan.' Didi lachte naar de drie kleine bruidsmeisjes, van wie er eentje diep lag te slapen in haar wandelwagen. De andere twee hadden hun bloemenkransjes scheef op hun hoofd. 'Ik ben blij dat jullie het fijn hebben gehad.'

Beth zei: 'Als iemand me drie jaar geleden had verteld dat ik nog eens zo gelukkig zou worden, had ik het niet geloofd. Wat is het leven toch raar, hè? Je weet nooit wat er kan gebeuren.' Ze legde haar hand op het hoofd van het middelste meisje. 'En nu heb ik alles wat mijn hartje begeert.'

Phil knikte en keek zijn nieuwe vrouw stralend aan. 'Dat geldt voor ons allebei.'

De gasten verdwenen in een hele trits auto's, nagezwaaid door Didi. De temperatuur was flink gedaald 's middags, en de eerste dwarrelende sneeuwvlokken hadden voor grote opwinding gezorgd onder de hotelgasten. Inmiddels sneeuwde het echt, maar niet zo hevig dat het gevaar zou opleveren. Het effect was echter prachtig, alsof Elliscombe werd bedekt door een dun laagje poedersuiker. Het kerstachtige gevoel werd nog eens versterkt door alle kerstversieringen in de etalages en door de reflectie op de witte schuine daken van de slingers met lampjes die in de straat waren opgehangen.

Didi kon niet zeggen dat ze zich echt op de kerst verheugde, maar gelukkig was het dan altijd wel druk in het hotel, zodat ze wat omhanden had.

Er reed een taxi door de straat. Toen Didi de auto herkende stak ze haar hand op. Het was Will, die ongetwijfeld klaar was voor vandaag en nu op weg was naar Compton House voor het feest.

Net toen ze weer naar binnen wilde gaan hoorde ze de taxi een paar honderd meter verderop stoppen. Er werd een portier dichtgeslagen, en toen reed Will weer door.

Een vreemd voorgevoel zorgde ervoor dat ze zich omdraaide. En op dat moment zag ze het silhouet van een lange gestalte op de stoep aan de overkant van de straat. Haar hart sloeg over. De gestalte stond voor de bloemenzaak, met zijn verlichte etalage vol hulstkransen, helleborussen en kleine laurierboompjes. Ze hield haar adem in, want hoewel ze zijn gezicht niet kon zien in de duisternis, wist ze meteen wie het was.

Natuurlijk had ze zijn gestalte herkend. Iedere centimeter van zijn lichaam stond in haar geheugen gegrift; ze kende het beter dan het hare.

Shay was terug in Elliscombe. Nou ja, vroeg of laat had dat toch moeten gebeuren. En hij was alleen, wat betekende dat Caz ergens anders verplichtingen had.

Oké, hij stak nu de straat over. Ze hoefde alleen maar normaal te doen, hem blij te begroeten alsof hij een gewone vriend was. Hoewel dat niet eenvoudig was met de sneeuw die om haar heen dwarrelde en de kou die haar lichaam binnendrong en haar tanden die klapperden.

Ach, ze had het vaak genoeg gedaan. Ze kon het.

48

Er rende een vos langs in de schaduw van de muren, en Didi schrok zich een ongeluk.

Toen Shay voor haar stond, zei ze: 'Hoi. Je bent terug.'

'Ja.' Hij droeg een dun leren jasje en een zwart T-shirt en een zwarte spijkerbroek. 'Goed gezien.'

'We verwachtten je helemaal niet.' Ze kon zichzelf wel een klap geven; waarom zou hij zijn komst moeten aankondigen? 'Waar is Caz?'

'In Los Angeles.'

'O, moet ze werken? Jammer.'

Hij schudde zijn hoofd. 'Nee, ze is op bezoek bij oude vrienden.'

'Hoe gaat het met haar?'

'Fantastisch. Voor zover ik weet.' Hij keek haar kalm aan. 'Het is uit.'

Didi staarde hem stomverbaasd aan. 'Wat? Waarom? Wat is er gebeurd?'

'We hebben er een punt achter gezet. Caz was tot de conclusie gekomen dat onze relatie geen toekomst had. Ze zei dat we niet bij elkaar pasten.'

Didi wist niet wat ze moest zeggen. Verbijsterd zei ze: 'God, wat erg voor je. Je zult er wel kapot van zijn.'

Zijn mondhoeken gingen omhoog. 'Dat zou je wel denken, hè? Ze is een bijzondere vrouw, en we hebben het heel leuk gehad. Maar ze had gelijk, het had nooit lang kunnen duren. Ze denkt bovendien dat ik beter bij iemand anders pas.'

'Wil ze je soms koppelen aan een van haar beroemde vriendinnen?' Didi kreeg een steek van jaloezie. Zou hij daarin meegaan, alleen maar omdat het weer een beroemdheid was?

'Je lijkt het niet helemaal goed te begrijpen,' zei Shay met een raadselachtige blik in zijn grijsblauwe ogen. 'Maar hoe was jouw dag? Als ik me niet vergis is dit toch je trouwdag?'

Ze voelde haar tenen niet meer. 'Die ging niet door.'

'Ik weet het. Caz heeft me het verteld van jou en Aaron.' Weer een korte stilte. 'En daarom ben ik ook hier.'

Didi's ademhaling versnelde. Ze kon dat zelfs zien, want de wolkjes die uit haar mond opstegen hadden het tempo van een stoomtrein. 'Wanneer heeft ze jou dat verteld?'

'Bijna drie weken geleden. Op de avond dat we het uit hebben gemaakt. Toevallig ook de avond waarop ze me vertelde wie er volgens haar meer bij me paste.'

Bijna drie weken geleden...

Didi kreeg een droge mond. Ze slikte moeizaam. 'Wat doe je hier dan?'

'Hé, het is koud hier, je staat helemaal te rillen. Zullen we naar binnen gaan?'

Als ze naar binnen gingen zou ze lastig worden gevallen door gasten of door het personeel dat dan van alles van haar wilde. Didi knipperde de sneeuw uit haar wimpers en schudde haar hoofd. 'Nee.'

Shay glimlachte. 'Nog even koppig als altijd. Dat is een van de dingen die ik zo heerlijk vind aan jou.'

'Wat houdt dat in?' Ze durfde er niet eens naar te raden; ze had het gevoel alsof ze buiten haar lichaam trad. Buiten een ijskoud lichaam ook nog.

'Oké, het is een van de dingen die ik zo heerlijk aan je vind. Een van de vele, vele, vele vaak gekmakende dingen.' Hij trok zijn leren jasje uit en legde het om haar schouders.

Didi sloot haar ogen; ze viel bijna flauw van verlangen, want het jasje was warm van zijn lichaamswarmte en rook ook naar hem.

'Luister,' ging hij verder. 'Ik heb jaren geprobeerd om je te vergeten. En ik had mezelf er bijna van overtuigd dat het me was gelukt, tot ik je deze zomer terugzag. Mijn vader heeft me overgehaald om het huis op te knappen in de hoop dat wij weer bij elkaar zouden komen. Wist je dat?'

Ze staarde hem aan. 'Nee...'

'Maar jij had Aaron, je was gelukkig met Aaron, en de bruiloft was al gepland.' Hij haalde zijn schouders op. 'Dus dat plan ging niet door.'

Didi voelde zich licht in het hoofd van de kou en de warmte en de verwarring en de eerste aarzelende scheuten van blijdschap. 'En toen maakte ik het uit met Aaron, en toen ik thuiskwam had jij iets met Caz.'

Hij trok een wenkbrauw op. 'Datzelfde weekend? Wat een slechte timing.'

'Zei ze echt dat jij bij mij hoorde?'

'Caz? Ja. Ik denk dat ze het altijd al heeft geweten.'

'En dat vertelde ze je drie weken geleden. Waar ben je al die tijd dan geweest?'

'In de villa op Saint Lucia. In mijn eentje. Ik wilde nadenken over hoe ik de rest van mijn leven voor me zag. Maar eigenlijk had ik daar die drie weken niet echt voor nodig, want sinds ik een halfjaar geleden ben teruggekomen in Elliscombe weet ik al hoe ik het voor me zie. Ik dacht alleen dat het niet kon.'

'En ik dacht dat je me nooit zou kunnen vergeven dat ik je toen niet geloofde met die inbraak. Dat spijt me zo,' flapte ze eruit. 'Ik weet inmiddels hoe het is gegaan. Mijn moeder heeft me alles verteld, de dag na jouw vaders begrafenis. Ik wilde je toen zo graag geloven. Maar ik wist gewoon dat je iets voor me verborgen hield.'

Hij knikte. 'Dat was ook zo. Ik wilde je niet vertellen dat ik wist dat je moeder er op de een of andere manier bij betrokken was. Ik wist dat ze iets had gedaan. En dat kon ik jou dus niet vertellen. Maar je kende me zo goed... God, wat een puinhoop...'

'Ik was er kapot van.' Didi kon de snik in haar stem niet verbergen. 'Toen je wegging.'

'Maar ik ben teruggekomen.'

'En toen ging je weer weg, met Caz.' Ze ging vlak voor hem staan. 'En nu ben je weer terug.'

'Voorgoed. Nou ja, als jij dat wilt dan,' zei hij zacht.

Soms was het onmogelijk om te wachten tot de ander de eerste stap zou zetten. Didi sloeg haar armen om zijn nek en drukte haar mond op de zijne. Dertien jaar van verlangen werd samengeperst tot één onstuimige, hemelse kus, en er trok een scheut adrenaline door haar aderen, zo krachtig dat ze er bijna door van haar sokken werd geblazen. Er werd vuurwerk ontstoken, trommels trommelden en engelen zongen. Niets deed er meer toe, alleen het genot van eindelijk weer Shays armen om zich heen te hebben en zijn nooit vergeten lippen op de hare te voelen. Het was een betoverende sensatie.

'Ik heb echt geprobeerd je te vergeten,' fluisterde hij toen ze even naar lucht hapten. 'Maar dat ging niet. Je was er altijd.' Hij legde een hand op zijn borst. 'Hier. En daarom lukte het me nooit om een ander te vinden.'

Didi gleed met haar vinger langs zijn jukbeen. 'Niet te geloven dat we al die tijd hebben verspild, terwijl we gewoon samen hadden kunnen zijn.'

'Zo moet je niet denken. Misschien heeft het zo moeten gaan.' Hij hield haar gezicht in zijn warme handen terwijl er duizenden sneeuwvlokjes om hen heen dansten in de verder verlaten straat. 'Ik hou van je. En na al die jaren weten we dat dat niet overgaat. Je zit aan me vast, voorgoed.'

Didi stond nog steeds te trillen, maar niet meer van de kou. Hadden ze haar in het hotel eigenlijk niet gemist?

'Ik wil niets liever.' Ineens bedacht ze iets. 'Kom je rechtstreeks van het vliegveld?'

'Ja, Will heeft me opgehaald. Hoezo?'

'Waar is je bagage?'

'We zijn eerst langs mijn huis gereden. En ik ben ook nog even naar het graf geweest, terwijl Will op me wachtte.' Hij streelde haar wang. 'Je had verse rozen op het graf gelegd. Toen ik dat zag, voelde het als een teken.'

Ze omhelsde hem weer. 'Je zult hem wel erg missen.'

'Wat ik mis is dat ik hem nu niet meer kan zeggen dat zijn plan om ons bij elkaar te brengen uiteindelijk toch nog is geslaagd.' Hij lachte even. 'Maar aan de andere kant, we hebben het hier wel over Red. Hij weet het waarschijnlijk wel.'

'Iedereen is vanavond op het feest van Rosa en Benny,' zei ze. 'Ik heb beloofd te komen.'

Zijn ogen glansden. 'Ik ook. Will vertelde me erover en heeft me toen op de gastenlijst laten zetten.' Toen ze hem aankeek schudde hij zijn hoofd. 'Nee, niet zeggen. We kunnen het niet maken om niet te gaan.'

'Maar we hoeven niet lang te blijven.' Ze drukte zich tegen hem aan. 'We zeggen gewoon even hallo tegen iedereen en gaan er dan stiekem weer vandoor.' Het fijne was dat ze zich niet hoefde af te vragen hoe Shay in bed was. Dat was nog zoiets wat ze nooit was vergeten.

'Ja, laten we dat doen. En daarna? Naar jouw huis of het mijne?' Toen zijn mond haar oor raakte trok er een huivering van genot door haar heen. 'Hoewel het nu erg koud is in mijn huis.'

Didi knikte naar het hotel, waar het warm was en waar gouden licht door de glas-in-loodramen naar buiten viel. 'Het lijkt me niet meer dan logisch om de nacht met de man van mijn dromen hier door te brengen.' Ze kuste de sneeuwvlokken van zijn lippen. 'Per slot van rekening is het mijn trouwdag.'

Epiloog

Veertien maanden later

Vijftien jaar eerder had er een deken van sneeuw over het San Marcoplein in Venetië gelegen.

En nu waren ze er terug, om die betoverende nacht te herdenken waarin ze onafhankelijk van elkaar het hotel uit waren geslopen, naar het plein waren gewandeld en uiteindelijk – na een onhandig begin – samen een sneeuwpop hadden gemaakt.

'En dat noemt zichzelf romantisch,' zei Didi. 'Als je echt van me hield zou je tien centimeter sneeuw hebben laten bezorgen.'

Hij haalde zijn schouders op. 'Er lag vanochtend sneeuw op je te wachten, maar toen begon de zon te schijnen.'

'Leugenaar. Maar voor deze ene keer laat ik je ermee wegkomen.' Ze kuste hem, iets wat tegenwoordig lastiger ging vanwege de bobbel ter grootte van een voetbal onder haar rode wollen jurk. Het was Shays idee geweest om op hun huwelijksreis terug te gaan naar Venetië, maar tegen die tijd zou ze achtendertig weken zwanger zijn en had ze niet mogen vliegen, en daarom waren ze wat eerder gegaan. De zon scheen, en het was zacht. De onbewolkte hemel had een bijna lichtgevende korenbloemblauwe kleur. Terwijl Didi om zich heen keek haastte zich een groepje nonnen langs hen heen, waardoor de duiven opvlogen. In de Campanile luidden de klokken, en voor Caffè Florian speelde een strijkkwartet. Ze pakte Shays warme hand en voelde dat hij er lichtjes in kneep.

Over een maand zouden ze trouwen – in het Wickham Hotel natuurlijk. En vlak daarna zou, als alles goed ging, hun baby geboren worden. Of misschien nog wel daarvoor, om het allemaal nog spannender te maken, want baby's hielden zich blijkbaar niet zo goed aan schema's. Sylvia had een weddenschap georganiseerd onder het personeel, en iedereen had het erg komisch gevonden toen Didi haar eigen trouwdag als datum had getrokken waarop haar kind zijn intrede in de wereld zou doen.

Maar zou dat eigenlijk iets uitmaken? Natuurlijk niet. Wat er op die dag ook zou gebeuren, wanneer hun kind dan ook zou worden geboren, Didi wist dat ze al gelukkiger was dan ooit tevoren. De afgelopen veertien maanden met Shay waren volmaakt geweest.

'Ik heb iets voor je.' Met zijn vrije hand pakte hij een kleine envelop uit zijn binnenzak.

'Wat dan?'

'Ik heb me altijd voorgenomen om het je niet te laten zien voordat het zover was. Maar nu we hier zijn durf ik het wel aan. Omdat ik er vrijwel zeker van ben dat het gaat gebeuren.'

'Wat is het dan?' Ongeduldig deed ze een greep naar de envelop, maar hij hield hem buiten haar bereik.

'En dit is er precies de goede plek voor.' Zijn ogen glansden in het zonlicht. 'Bovendien denk ik dat je het heel leuk vindt.'

Precies op dat moment gaf de baby zo'n ongenadige schop dat de omtrek van zijn voetje zichtbaar was door de stof van haar jurk.

'Laat nou zien,' drong Didi aan, terwijl ze haar hand op de kleine uitstekende hiel legde. 'We houden het niet meer.'

Nadat Shay haar de envelop had gegeven maakte ze hem open. Er zat een gevouwen vel papier in, vergeeld van ouderdom en vol kreukels. Toen Didi het openvouwde zag ze dat het het briefpapier van Hotel Ciati was, waar ze al die jaren geleden hadden gelogeerd.

Het korte berichtje in zwarte balpen was onmiskenbaar in Shays handschrift. Op de dag af vijftien jaar geleden had hij geschreven: *Vannacht heb ik een sneeuwpop gemaakt met het meisje met wie ik ga trouwen.*

Ze keek er een paar seconden zwijgend naar.

'Ik heb het altijd in mijn aantekenboek bewaard,' zei hij. 'Zelfs nadat we het hadden uitgemaakt. Ik kon het gewoon niet weggooien.'

Er verscheen een brede lach op Didi's gezicht. 'Heerlijk, een man die weet wat hij wil. Vooral als hij mij wil.'

'O, ik wil jou zeker.' Hij sloeg zijn armen om haar heen. 'Dat is altijd al zo geweest en dat zal altijd zo blijven.'

Jill Mansell, daar word je vrolijk van!

Solo *Solo*
Wanneer Tessa vier boterhammen met banaan achter elkaar opeet, beseft ze dat ze zwanger is.

Open huis *Open House*
Tegenpolen trekken elkaar aan, zeggen ze, maar de verschillen tussen Marcus en Nell zijn wel heel groot.

Tophit *Kiss*
Izzy raakt in één klap alles kwijt, maar ze klimt weer uit het dal, vastbesloten om te scoren.

Kapers op de kust *Sheer Mischief*
Maxine solliciteert bij een beroemde fotograaf, maar ze is niet de enige.

Hals over kop *Head Over Heels*
Als de nieuwe buurman je oude grote liefde is, dan kan het leven heel ingewikkeld worden.

Geknipt voor Miranda *Miranda's Big Mistake*
Een man is net een trein, er komt altijd een volgende!

De boot gemist *Perfect Timing*
Poppy Dunbar ontmoet op een vrijgezellenavond de man van haar dromen.

Millies flirt *Millie's Fling*
Millie vindt het wel best, een manloze zomer. Tot ze Hugh ontmoet.

Niet storen! *Staying at Daisy's*
In het hotel van de spontane Daisy is het nooit saai.

Kiezen of delen *Nadia Knows Best*
Nadia wordt gered door een knappe vreemdeling. Nu moet zij...

Gemengd dubbel *Mixed Doubles*
Drie vriendinnen gaan vol goede voornemens het nieuwe jaar in. Maar het lot heeft andere plannen.

Geluk in het spel *Good at Games*
Suzy valt nota bene voor de agent die haar een boete geeft... maar na hun tweede ontmoeting is hij verdwenen.

De prins op het verkeerde paard *Falling for You*
Voor Maddy en Kerr is het liefde op het eerste gezicht. Tot ze ontdekt wat zijn achtergrond is.

Schot in de roos *The One You Really Want*
Nancy vertrekt naar Londen voor een nieuw leven. Al snel ontmoet ze haar nieuwe, knappe buurman Connor.

En de minnaar is... *Making Your Mind Up*
Lottie is helemaal niet op zoek naar liefde, tot ze haar nieuwe baas Tyler ontmoet.

Ondersteboven *Thinking of You*
Ginny wordt door een lange, knappe man van diefstal beschuldigd en is totaal...

Scherven brengen geluk *An Offer You Can't Refuse*
Lola voelt meteen weer kriebels als ze haar oude liefde Doug terugziet.

Eenmaal andermaal verliefd *Rumour Has It*
Tilly Cole raakt verstrikt in de intriges en rivaliteit rondom de aantrekkelijkste man van de stad.

Versier me dan *Take a Chance on Me*
Cleo wordt versierd door de liefste man van de wereld.

De smaak te pakken *To the Moon and Back*
Vindt Ellie na maanden verdriet weer ruimte voor verliefdheid?

Drie is te veel *Two's Company*
Cass ontdekt dat haar man niet zo perfect is als ze dacht.

Vlinders voor altijd *A Walk in the Park*
Lara komt opeens haar vriendje van vroeger tegen. Voor ze het weet voelt ze weer vlinders.

Huisje boompje feestje *Don't Want to Miss a Thing*
Er is meteen een enorme aantrekkingskracht tussen Molly en haar nieuwe buurman.

Rozengeur en zonneschijn *The Unpredictable Consequences of Love*
Voor Sophie geen relatie meer, echt niet! Maar dan ontmoet ze Josh en wordt ze tot haar afgrijzen toch verliefd.

Je bent geweldig *Three Amazing Things About You*
Hallie heeft een geheim: ze is verliefd op de perfecte man. Maar het zal nooit wat kunnen worden, want Hallie heeft niet lang meer te leven.

Lang leve de liefde *You and Me, Always*
Wanneer Lily op haar verjaardag de allerlaatste brief van haar overleden moeder opent, krijgt ze de verrassing van haar leven.

Ik zie je op het strand *Meet Me at Beachcomber Bay*
Clemency ontmoet Sam in het vliegtuig, maar verliest hem uit het oog. Drie jaar later blijkt hij de nieuwe vriend van haar verwaande stiefzus te zijn.

Stuur me een berichtje *This Could Change Everything*
Essie verliest alles als een persoonlijke brief per ongeluk viral gaat. Maar dan ontmoet ze Lucas.

Ik wil met je mee! *Maybe This Time*
Telkens wanneer Mimi's pad dat van Cal kruist voelt ze dat er iets meer is dan alleen maar vriendschap. Zal het juiste moment voor hen beiden ooit aanbreken?

Heerlijk duurt het langst *It Started With a Secret*
Lainey kan haar gevoelens voor Seth maar moeilijk verborgen houden. Maar ze blijkt niet de enige met een geheim...

Tot aan de zon en terug *And Now You're Back*
Didi krijgt de schrik van haar leven als ze na dertien jaar weer oog in oog staat met Shay Mason, haar eerste liefde. Zijn onverwachte bezoek dreigt lang verborgen geheimen aan het licht te brengen...